MW00399831

La conjura de la niebla

Ángela Banzas

La conjura de la niebla

SUMA
de letras

Papel certificado por el Forest Stewardship Council®

Primera edición: septiembre de 2022

Travessera de Gràcia, 47-49. 08021 Barcelona

Printed in Spain – Impreso en España

ISBN: 978-84-9129-596-9
Depósito legal: B-11818-2022

Compuesto en Mirakel Studio, S. L. U.

Impreso en Rodesa
Villatuerta (Navarra)

SL 9 5 9 6 9

A mi hermana Mila

Donde hay un cruceiro hubo siempre un pecado,
y cada cruceiro es una oración de piedra que hizo
descender un perdón del Cielo,
por el arrepentimiento de quien lo pagó y por el
sentimiento de quien lo hizo.

ALFONSO R. CASTELAO

A agonía do solpor
Conmove o pranto da terra
E a paisaxe persínase
Con santas cruces de pedra.

AMADO CARBALLO

Conservarte en mi alma,
esa es la meta de este dolor
que los hombres llaman vida.

OSCAR WILDE

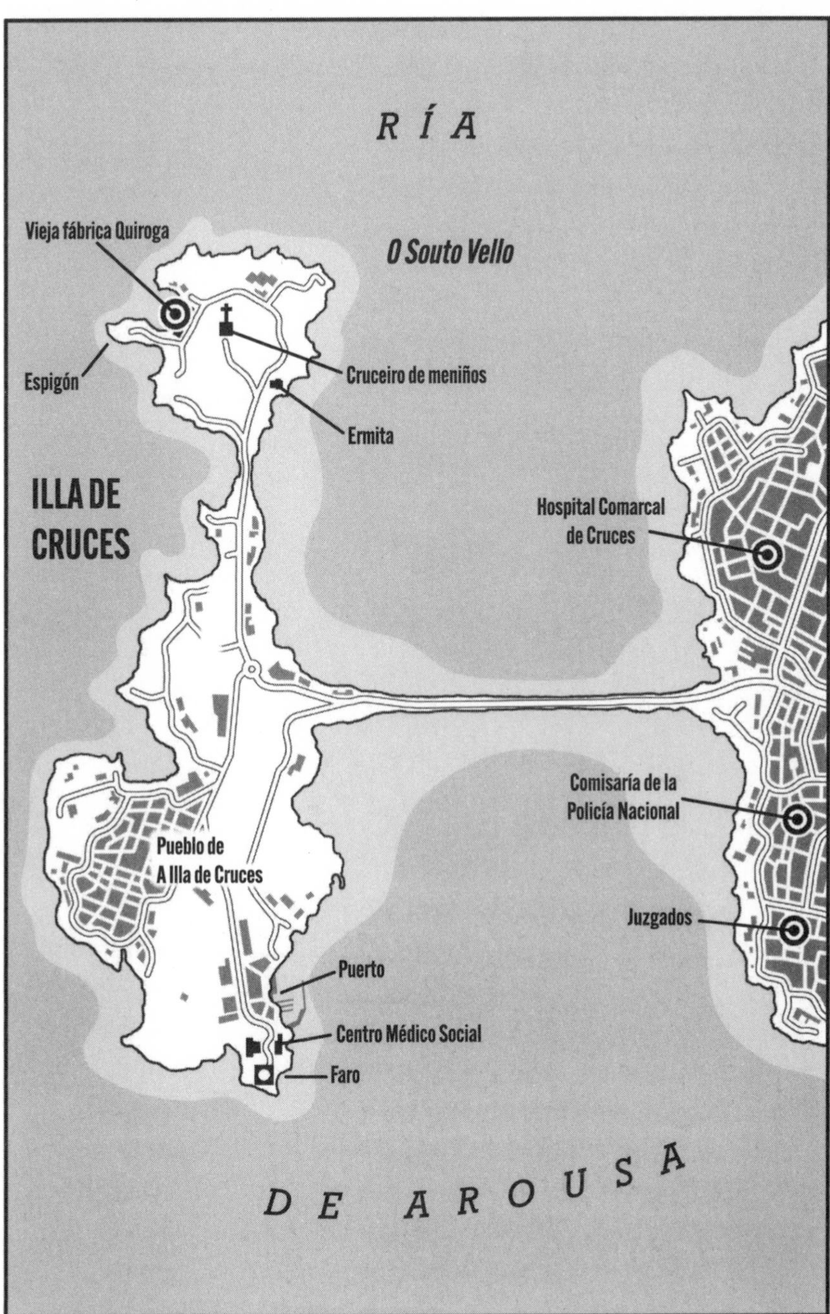
RÍA
O Souto Vello
Vieja fábrica Quiroga
Espigón
Cruceiro de meniños
Ermita
ILLA DE
CRUCES
Hospital Comarcal
de Cruces
Comisaría de la
Policía Nacional
Pueblo de
A Illa de Cruces
Juzgados
Puerto
Centro Médico Social
Faro
DE AROUSA

Madrugada del 28 de febrero de 1990
Illa de Cruces
(Ría de Arousa)

Siempre supo que iba a suceder. No sabía cómo ni tampoco cuándo, pero sabía que el mal vivía en la niebla y se alimentaba del pueblo.

El silencio y la oscuridad de la noche cubrían las únicas dos ventanas de su casa. Cuatro paredes que eran el refugio en el que había nacido seis décadas atrás y que, siendo solo una parte de su hogar, era el lugar que le daba seguridad en el paraíso natural que escondía la isla. Sin duda una casa modesta, casi destartalada, protegida por la arboleda que sombreaba verdes piedras en medio de una ría privilegiada.

En una silla de enea, con los ojos cerrados y las puntas de los dedos sobre sus sienes, el hombre inspiraba y estiraba párpados a un tiempo para después constreñir el gesto en una mueca a medio camino entre el dolor y el miedo.

No era la primera vez que lo sentía, ya había sucedido antes, pero aquella noche el silencio en su cabeza susurraba peligros con nombre y la oscuridad adoptaba formas que tenían rostro.

Sin estar muy lejos de ese día, guardaba en su memoria la última vez que sintió un miedo parecido. Había sido a las puertas del último verano. Podía recordar el temblor en su voz al rogar a dos pobres muchachas para que atendiesen las advertencias que manaban de su boca, encadenadas unas a otras como un rosario de palabras ahogadas que brotan de aguas enajenadas.

Les había hablado de la noche, de la niebla y de todas las sombras que aparecían al esconderse el sol cada día. No tardó en lamentar sus reacciones: sonrisas cómplices de la una con la otra, víctimas de la incomprensión de un mensaje de alerta y también del brillo que la curiosidad propia de la juventud regalaba a sus miradas. Esas con alas de mariposa que sueñan con desplegar grandiosas su fuerza en el universo. De ahí que no vieran la amenaza, que no intuyeran el riesgo al que exponían sus vidas esa noche. Temeridad por la que se ha de pagar un precio, sea grande o pequeño, y que, en su caso, fue inmenso. Porque no eran más que niñas. Solo niñas. Y ya siempre serían niñas.

Hijo de la desesperación, el dolor del hombre esa noche de febrero se reflejó en su rostro, bañándolo de un sudor frío que estremeció su cuerpo y lo puso en movimiento. Avanzó hacia la puerta de madera partida de la entrada, a escasos dos pasos, abrió la hoja superior y asomó medio cuerpo, trémulo como hoja al viento.

«¿Dónde estás?», quiso saber, y preguntó a la noche. Las volutas de su aliento removieron el rocío que flotaba en el aire largos segundos sin hallar respuesta, y la quietud reinó de nuevo con su manto de niebla indiferente.

Abrió la hoja inferior y se detuvo en el umbral de la puerta. «¿Dónde estás, pequeña?».

Un llanto desconsolado rompió la noche como relámpago en la tormenta e hizo que el hombre, tan enjuto en carnes como envuelto en fatigas, se adentrase en la espesura.

Caminó en la niebla con grandes pasos que, de inmediato, corrigió. Porque era imposible ver más allá de su brazo extendido. Imposible reconocer caminos o el lugar que su instinto le susurraba era el correcto y debía alcanzar.

Recordó entonces el ultimátum bajo el que vivía desde hacía tiempo y sus pies se detuvieron un instante, solo uno, bajo el embrujo con olor a sal, vaharada densa del mar que se pegaba a su piel y lo obligaba a pensar en aquello que estaba a punto de hacer, en la persona que estaba dispuesto a salvar con su propia vida de ser necesario. Frotó con avidez las yemas de sus dedos, indeciso, y rememoró el momento en que, entre golpes, le hicieron jurar que viviría al margen, dejándolos actuar a ellos, solo a ellos, a quienes gobernaban en la niebla para arrancar almas de sus cuerpos.

Pero él sabía que, de aceptar la propuesta de vivir con los ojos cerrados, sin entrometerse en nada, el mal ganaría la partida. Porque es cuanto la oscuridad necesita para que nadie dibuje su sombra, ningún límite para atraparla. Podría continuar en su casa, bajo la promesa de mirar hacia dentro de las ventanas. Eso le habían dicho con voz y ojos de amenaza si no quería volver a estar encerrado. Encerrado entre paredes blancas y solitarias que gemían y gritaban, que lloraban y rezaban cuantas penas arrastran los que han sido condenados.

Dudó y concluyó mientras avanzaba un paso tras otro que él ya no temía al encierro. No había peor prisión ni condena que el silencio impuesto a quien no está sordo ni ciego. Así, aquella madrugada de febrero, sin desoír el llanto que rompía la oscuridad, que apelaba a su conciencia y necesitaba de su ayuda para salvarse, se arrogó el aplomo de un ejército, también el miedo de un simple mortal, y consintió ser devorado por las tinieblas.

Con sus manos y temblores abrió la extensa maleza que cubría el camino y la total ausencia de él. Aquella noche la oscuridad era densa, un pesado manto sin estrellas, sin luz ni el testigo de la luna llena. Caminaba deprisa, lamentando el minuto perdido, cada minuto de quien lloraba a su destino.

Árgomas siniestras cerraban su paso cual batallones para forzar la rendición de un hombre desesperado que avanzaba un paso y dudaba dos, guiado por el susurro de la noche y las lágrimas de quien temía a la muerte. Nervioso y menudo, jadeó entre vahos, sintiendo los pinchazos de las zarzas enroscándose a unos pantalones demasiado holgados a sus años.

Arrastró silvas y espinas con el único fin de rescatar a una niña que solo lo tenía a él. A nadie más en el mundo. Y él lo sabía. Dio un tirón y rasgó la pana del pantalón como la garra de un animal furioso. Sus gafas saltaron en el puente de la nariz y, con la mano abierta, en un reflejo, las encajó de nuevo. El tropiezo provocó un tambaleo, poca suerte para sus nervios y cayó al suelo. Fue entonces cuando imploró buscando luz en el cielo de aquella noche sin dejar de lamentar la torpeza de sus pies en la niebla.

Niebla.

Niebla que se deslizaba sobre la tierra que pisaban los vivos, besando con húmedo aliento los sueños de los muertos. Se irguió con ímpetu y rogó misericordia al tiempo que escuchó el graznido de los cuervos, de esas aves que, entre alas, alentaban ánimos carroñeros entre las armonías nocturnas de la isla.

—¡Alejaos! —ordenó casi sin resuello acompañando su voz al movimiento de sus brazos.

Las miró, se miraron y se encogió ante cientos de ojos que aguardaban su momento.

Echó a correr, mortificado, diciéndose que faltaba poco, que lo conseguiría, aunque ya no escuchaba el llanto de la niña, aunque una angustia fría mordía su pensamiento. Un pensamiento que infundía poco aliento y menos certezas de si llegaría a tiempo para salvarla.

Volvió la vista tras él; espesa y oscura, la niebla avanzaba y lo sitiaba con su ingrávido trance de locura. Giró sobre su cuerpo, a la izquierda y a la derecha, cerró los ojos, buscando luz y guía en un pálpito que le decía que la encontraría pronto. No dudó y echó a correr con la respiración agitada.

Al fin intuyó la piedra, al fin la cruz que rezaba al cielo, la que velaba la encrucijada, el camino de las ánimas, con tanta pena sin consuelo, a la que lloraban los desgraciados, los más pobres de aquel pueblo. Sintió alivio, quizá solo un deseo, suficiente en cualquier caso para acertar pasos y sortear espinas, cientos de zarzas y ramas cubiertas de diminutas piñas. No quiso medir la posibilidad ni volver a pensar en si estaría viva, ya no, abrió los ojos y la vio, allí estaba, sobre un lecho de musgo aterciopelado que cubría la tierra y tapizaba cálida cada piedra. Se dejó caer de rodillas, santiguándose entre lágrimas que rodaban por mejillas pálidas y hundidas. Frente a él, a sus pies, un bulto envuelto en una toquilla no lloraba y tampoco se movía. Sollozó abatido, lamentando no haber llegado antes. Culpó al sol y a las estrellas, gritó poseído hacia la niebla y, sin dejar de temblar como hoja en la tormenta, se limpió las manos en la vieja lana de su chaqueta, primero el dorso, luego la palma, y se dispuso a tocarla. Quería acariciar su bello rostro, tan pequeño, tan perfecto, sin más pecado que el impuesto por llegar a un mundo de locos. Pensó que habría vivido una hora, quizá diez, o solo tres minutos. No lo sabía. No importaba. La niña había nacido el mismo día que alguien la condenaba a muerte. Sintió el calor de su pequeño cuerpo, apartó la manta de su cara y siguió con la mirada el camino de sangre que cruzaba su cabeza. Gimió, lloró una y mil veces, quizá mucho más con esa intensidad que no entiende de números o letras, alzando un puño embargado por temblores, sin dejar de buscar luz en la oscuridad de aquel cielo. Cogió a la niña, la arropó en un gesto inconsciente, la arrulló sin saber cómo hacerlo y besó la herida abierta de su frente. Sintió algo. Sangre tibia. Algo más. Pudo sentirlo. Descubrió de nuevo su cara, volvió a mirarla... y los vio, allí estaban, dos pequeños ojos abiertos que juraban venganza.

1

7 de octubre de 2019
Concello de Cruces

Aquello no fue el comienzo y, sin embargo, fue el principio de un final que muchos considerarían justo y necesario. Un golpe inesperado que cambiaría para siempre la vida de Elena Casáis y la de todo su pueblo.

El teléfono sonaba, pero la lluvia en la ventana no se detenía. Elena tecleaba deprisa evitando que las palabras resbalasen y se perdiesen en algún punto entre la cabeza y sus dedos. Pensaba y aplicaba la ley con rapidez, aunque la forma en que acostumbraba a instruir cada caso o expediente era lenta, concienzuda. La primera de su promoción se convirtió en la jueza de instrucción más joven de la provincia de Pontevedra, ocupando con orgullo ese cargo en los juzgados de Cruces, el principal municipio de la comarca de O Salnés al que pertenecía la pequeña isla de Cruces, dentro de la ría de Arousa. Unida al resto del continente por un puente de algo más de dos kilómetros, la isla era un lugar de gran belleza, tradición y superstición en el que la mayoría de sus habitantes se dedicaban casi por completo a trabajar el mar. De forma alargada, concentraba el grueso de la población en algo más de la mitad de su territorio. El resto, el extremo más al norte, semejaba una isla distinta, de verdes profundos e intensos, unida por un tómbolo que, a duras penas, contaba con un camino suficiente para acceder en coche. Conocida como O Souto Vello, esta zona escondía un gran bosque de laurisilva, tan húmedo y espeso que los laureles se estiraban cual colosos con las ramas al cielo en busca de la luz del sol.

Cruces no solo era conocida por el tesoro natural que guardaba su isla, tampoco por las riquezas de su mar de las que vivían pescadores, mariscadoras y trabajadores de fábricas de conservas, también destacaba por sus inmensos viñedos con sus vides emparradas y la elegante frescura de sus vinos albariños.

Sin duda, era un lugar especial. Un lugar del que Elena renunciaba a marcharse y en el que, por encima de todo, soñaba con impartir la justicia que había estudiado durante años, esa que emana de las leyes para alejar a los hombres del caos. Como ese pan que dicen amasó el diablo para dar de comer a hambrientos sin más opción que comer a diario.

Elena creía en lo que hacía y lo hacía con pasión. También con rigor, con fuerza, con ceño en permanente censura y un traje sobrio al color y por supuesto a las formas. «¿Realmente le gustaba aquella ropa?», se preguntó una vez frente al espejo. La respuesta no importaba, porque aquella no era la pregunta que necesitaba recordar. Era joven, atractiva y tenía unas piernas que, de usar tacones, parecerían infinitas. Pero no era ese el rasgo que deseaba destacar. ¿Acaso no quería ser respetada? Esa era la pregunta. Y la respuesta, un «sí» rotundo que su madre celebraba.

Pero Elena era mucho más que un traje y un recogido funcional. Era quien trabajaba hasta entrada la madrugada, quien debía proyectar la voz para ser escuchada ante otros jueces de mayor edad, más expertos, más listos, más altos, más bajos... También era quien había aprendido a dar un golpe en la mesa para que el último de los funcionarios trabajase en el tiempo y la forma que ella demandaba. Dos años llevaba en el juzgado de instrucción de Cruces y no se había permitido ni un día de descanso. Consideraba que en aquel momento era impensable si quería avanzar en la instrucción de un caso de blanqueo de capitales que se le resistía tras haber llegado a sus manos por pura casualidad después de que un magistrado con fama de incorruptible y sin familia solicitase el traslado alegando motivos familiares.

El teléfono sonó otra vez. La lluvia golpeaba con fuerza el cristal de los juzgados. Desde su mesa, siempre abarrotada con varias torres de papel que a veces parecían sepultarla, Elena dejó escapar una mirada hacia la ventana. La bruma se suspendía en el aire y el agua fuera arreciaba. Era la tercera vez que el aparato aullaba y rompía su ritmo de trabajo. Miró la pantalla, donde parpadeaba la llamada perdida del mismo número: el del teléfono móvil de su madre. Desde que se había ido a vivir sola la llamaba varias veces al día: por la mañana, por la tarde y, siempre, sin falta, cada noche. Decía que se preocupaba y Elena sabía que era cierto, aunque los motivos no estuviesen claros, por eso le ponía solo un límite: las horas de trabajo por la mañana. Hablaban a la hora de la comida, también cuando cenaba, pero nunca en el horario del juzgado.

Su madre vivía sola y, aunque su padre no estaba lejos de ella, desde que se separaran tantos años atrás no había vuelto a pisar la casa que una vez compartieron. Ninguno había mostrado interés en conocer a otras personas o tener nuevas parejas, y continuaban manteniendo una relación tan afectuosa que a Elena, muchas veces, le costaba entender el porqué de la separación. Separación que llevó a Elena a crecer en una casa en la que no había hombres, en la que su madre y su abuela gobernaban su universo, sus ideas y sus miedos de la mejor forma que sabían. Aun así, siempre mantuvo el contacto con su padre, don Miguel, un maestro de escuela jubilado. Hombre de paso tranquilo, cada sábado, sin excepción, la recogía para pasarlo juntos. A veces, solo a veces, cuando el día parecía brillar con color, su madre se acercaba a la puerta a despedirlos con una tímida sonrisa en el rostro. En ese momento su padre la besaba en la mejilla regalándole el dulce sabor de la miel en la comisura de los labios, y ella parecía ser feliz un instante. A veces tan breve que se esfumaba a la misma velocidad con la que él retrocedía al ser invitado a pasar al interior de la casa y a la que el semblante de ella se ensombrecía y cerraba tras de sí la puerta, sin más despedida.

El timbre del teléfono aulló una vez más, más agudo, más molesto. Elena puso una mano cansada sobre él, suspiró y cogió aire, también un poco de energía, antes de responder.

—Dime, mamá —contestó, y en un gesto inconsciente bajó la mirada con cierta resignación, midiendo el trabajo pendiente sobre su escritorio.

—¿Elena Casáis? —dijo una voz grave al otro lado del teléfono.

Elena no pudo ocultar la sorpresa, tampoco el miedo en su respuesta, y la voz le tembló.

—¿Quién es usted?

—Le llamo del Hospital Comarcal de Cruces. Su madre ha ingresado hace apenas una hora con un traumatismo craneoencefálico.

—¿Mi madre? —preguntó, y se sintió absurda por mostrar esa incredulidad que manifiesta pánico, una reacción emocional alejada de la mejor versión de sí misma: la racional.

—¿Su madre es María de los Ángeles Freire?

—Así es —afirmó rotunda.

—Pues, según figura en el parte de ingreso, tuvo una aparatosa caída en casa. Por suerte, no se encontraba sola en ese momento y alguien pudo llamar a una ambulancia. La mujer que estaba con ella se presentó como una amiga y la acompañó hasta aquí. Trató sin éxito de ponerse en contacto con usted desde el teléfono de su madre —dijo, y Elena creyó oír el silbido de una bala en su oreja—, pero se la veía tan nerviosa que, hace un momento, se dio por vencida y decidió marcharse.

«¿Una amiga?», se preguntó Elena con el ceño fruncido, desconfiado. Tenía relaciones cordiales con vecinas, sonrisas oportunas en el mercado, palabras acertadas y prudentes en el instituto donde trabajaba como conserje, pero ¿amigas? Ninguna.

—¿Cuál es el estado de mi madre? —interrumpió con solvencia.

—Ahora mismo se encuentra en observación a la espera de que despierte para hacer una valoración neurológica.

Con la mirada fija en el espejo del parasol y una mano en el volante, Elena colocó el flequillo con la punta de los dedos, completamente mojado tras pocos segundos y algunos metros bajo la lluvia. Reparó en su blusa y procuró rehacer la lazada a la altura de su cuello. No lo consiguió a la primera, tampoco a la segunda. La deshizo y rehízo hasta que una sombra, quizá la nube de aquella tarde inclemente, oscureció su rostro. Sus ojos, pensativos y lejanos, se perdían entre pliegues de seda blanca y triangulada que, como la vela de un barco hundido, no recuerda navegar. En su cabeza, un mar de culpas y lamentos se agitó. Desde que había aprobado la oposición a jueza eran demasiados los planes, los fines de semana que había decidido posponer. Demasiados. Y ahora, de repente, una llamada, preocupación, y todos le pesaban vacíos, incapaz de recordar si, en verdad, habían sido necesarios.

Respiró con calma y arrancó el coche. En diez minutos habría llegado al hospital. De camino, relativamente cerca de los juzgados, se encontraba la comisaría de la Policía Nacional. Al lado, junto a un banco, una mujer hacía señales con un brazo en alto. El semáforo cambió a rojo en el paso de cebra y Elena se detuvo. Una lluvia gruesa proveniente de alguna nube solitaria golpeó con estrépito el coche y cuanto encontró a su paso. Accionó el limpiaparabrisas a máxima velocidad, claramente insuficiente ante aquella cortina de agua que saltaba a un lado y al otro sin parar. De pronto, frente a ella, una silueta borrosa y deformada. Aquella mujer. El primer golpe en la chapa del coche rompió el trance hipnótico de las escobillas sobre el cristal. Le siguió otro y luego dos rápidos y más fuertes. El semáforo comenzó a parpadear. Desprovista de paraguas, la mujer se esforzaba en pedir que detuviese el coche junto a la acera. Confusa, sintiendo que en su deber estaba el ayudar, y con la seguridad que le proporcionaba disponer de una comisaría de la Policía Nacional al lado, Elena accionó el intermitente y paró donde la mujer indicaba.

El agua amainaba y la nube avanzaba siguiendo su camino. Sentado en aquel banco, llamó su atención que fuera la única persona que con aquel chaparrón se encontraba en la calle. Era un hombre de poca estatura, provisto de jersey demasiado prieto a sus formas y con la punta de los zapatos anclada al agua que corría turbia arrastrando hojas secas. Llevaba algo en una mano, quizá un papel, una postal o una fotografía que no dejaba de mirar, cabizbajo, tal vez rendido, sin oponer resistencia a la lluvia.

Continuó mirando al hombre a través de la ventanilla y se preguntó dónde se había metido aquella mujer que tanta insistencia había puesto en que se detuviese justo en aquel punto. El hombre, cercano a los cincuenta años, la miró unos segundos. Suficientes para reconocerlo. Elena bajó del coche y corrió mientras accionaba un pequeño paraguas automático.

—Disculpe —dijo ella.

El hombre la miró de medio lado, con los ojos cansados y, aun así, desconfiado. Parecía querer decir: «Cuidado, señorita, que no tengo el día».

—Es usted Paco Meis, ¿no es cierto? —preguntó convencida.

No contestó. Antes necesitaba averiguar las intenciones de quien hacía la pregunta.

—Soy Elena Casáis, hija de Miguel Casáis y Marian Freire. De los Freire de O Souto Vello —se presentó anticipando las predecibles preguntas que tarde o temprano debería responder para disipar todo recelo—. ¿Ha visto a una mujer que hacía señales en mitad de la carretera? —preguntó desconcertada, mirando a un lado y al otro.

El hombre abrió la boca al tiempo que asentía despacio.

—Moncho Freire, claro. Buen marinero. Sí. Incansable y fuerte como siete bueyes. Por algo decían que se quedaba solo trabajando. Eso fue antes de..., bueno, de toda esa desgracia que les tocó vivir. —Sus ojos se contrajeron, espantados quizá de acercar su reflejo al espejo de Moncho Freire—. Sé bien quiénes eran tus abuelos, aunque no llegué a tener mucho trato con ellos. Nosotros vivimos en la otra punta de O Souto Vello, donde el espigón y el curandero.

—Me suena haberle visto alguna vez al ir con mi abuela a buscar las hierbas que le preparaba el viejo Amaro.

Paco Meis no la escuchaba, su cabeza se centraba en buscar la ayuda que en aquel momento necesitaba.

—Entonces ¿es usted la jueza? —preguntó con un soplo de aire fresco en la mirada.

—Sí, soy yo —asintió—. ¿Hay algo que pueda hacer por usted?

El hombre bajó la cabeza de nuevo dejando que la lluvia que se había acumulado en el centro de su boina, en una especie de nido vacío, cayese como el pequeño chorro de una catarata y se concentró de nuevo en el papel que tenía entre sus manos y que ahora Elena distinguía con nitidez: una fotografía, la fotografía de una adolescente.

Así, sin haberlo pedido, él se la tendió.

—He venido a pedir ayuda a un compañero de la mili que trabajaba en esta comisaría, pero parece que pidió el traslado hace unos años... —explicó abatido—. Nos falta Paulina, nuestra niña mayor. Desde el sábado que no la vemos y hoy ya es lunes.

Elena miró la fotografía de aquella niña de ojos verdes enmarcados en sombras negras, cola de caballo alisada a conciencia, brazos en jarras y ombligo al aire.

—Debería usted poner una denuncia formal en la comisaría, no es necesario que pida ayuda ni favores a un amigo.

—Si me atendiesen, sería lo propio... —suspiró cansado—, eso ya lo sé yo, pero no me cogieron la denuncia. La niña está en una edad difícil, ya ve usted —hizo un gesto resignado mirando de soslayo la fotografía— y creo que no nos han hecho mucho caso. Dan por hecho que se escapó y que volverá cuando quiera... Que es una chiquillada. Que tal vez se haya ido con un novio o como acto de rebeldía por un enfado en casa. Pero en casa estaba bien. Ahora estábamos bien... —musitó para sí sin entender—. Por eso sé que no se escapó, no nos haría eso... Cuidaba de sus hermanos y era muy responsable con la escuela, quería estudiar. Su madre lo sabe bien. —Hizo una breve pausa en la que parecía redescubrir y admirar las cualidades de su hija—. Paulina estudiaba en el instituto de la isla. Ya sabe, donde su madre está de conserje. De hecho, mi mujer ha ido a hablar con ella esta mañana. Estaba con ella justo cuando...

—Cuando se cayó —interrumpió la mujer, que apareció de repente bajo un paraguas negro con el que se apresuró a cubrir a su marido, pese a la escasa lluvia que flotaba ya en el aire.

Era ella, la mujer que la había abordado en medio de la carretera. Elena intuyó que habría ido en busca de un paraguas a la tienda que estaba a escasos veinte metros de ellos.

—Soy Pilucha, amiga de la infancia de su madre.

Las palabras «amiga de la infancia» despertaron una vez más la curiosidad de Elena. Su madre no tenía muchas amigas. De hecho, no conocía a ninguna. Por no hablar de que fuera de la infancia. Poco, o más bien nada, sabía Elena de la niñez de su madre. Cuando le hacía preguntas era como si no hubiera existido antes de haberse convertido en su madre.

—Esta mañana fui a su casa —prosiguió la mujer— para contarle lo de nuestra niña. —Miró al hombre y este asintió dando a entender que ya la había puesto al corriente sobre la desaparición de Paulina—. El caso es que Marian quiso subir al fayado a buscar unas cosas con tan mala suerte que tropezó.

—Lo sé. Me han llamado del hospital y ahora mismo iba para allá.

—Lo siento mucho. Lamento que le haya pasado esto a ella... —dijo, y no pudo evitar que las lágrimas ahogasen su voz—. Su intención era ayudarme. Ella solo quería ayudarme. Dijo que me enseñaría algo importante. Algo que tenía que ver con su hermana y también con su hija...

Elena frunció el ceño sin entender.

—Eso dijo..., pero no explicó más. Solo que «eso» que guardaba nos ayudaría a encontrar a Paulina...

—No entiendo —la cortó Elena con una mirada implacable—, pero ¿por qué fue a hablar con mi madre? —dijo, y sonó a una sutil reprimenda—. Si es su amiga, sabrá que tiene una salud delicada. Sabrá que se pone muy nerviosa con todo lo relacionado con su hermana. Pero, supongo que, si la conoce tan bien, conocerá de sobra el porqué.

—Pues por eso mismo. ¡Porque sabía que ella iba a entender mis miedos! —se defendió con la cabeza desbordada y dos ojos huracanados—. Perdone —resopló contenida—, es que va a hacer ya dos días... Desde el sábado que no sabemos de Paulina y estoy desesperada —trató de justificarse—. Salió con una amiga por la tarde y ya no regresó... Sé que le ha pasado algo... Y hoy Marian me lo ha confirmado. —Quiso llevar su mano de mujer del mar a sus ojos empañados, pero rectificó afilando la mirada con un puño que blanqueaba sus nudillos—. Me dijo que llevaba días viéndola cerca del salón de juegos al terminar las clases. Ese maldito salón de juegos que está a cuatro pasos de la escuela. ¿Qué *carallo* hace ahí? —Apartó una mirada cargada de rabia—. Ahí se reúne la peor calaña...

Elena atendía a la vez que se preguntaba cuánto debía apretar esa venda que todo buen padre se ciñe a los ojos para no ver en sus hijos más que pruebas circunstanciales.

—¿Usted nos podría ayudar? —rogó Paco.

Elena escrutó una vez más la imagen que tenía en la mano. En ella veía a una joven que sonreía, que desafiaba su condición y cuantas condiciones limitan el vuelo de la anduriña que sueña en cables de alta tensión. Volvió la mirada al hombre y le preguntó:

—¿Puedo quedarme con la fotografía?

—Puede, claro —asintió torpe el hombre, y se pasó una mano por la cara, arrastrando lluvia, también alguna lágrima.

—Ahora debo ir al hospital. Necesito ver a mi madre.

El matrimonio asintió.

—Pero les aseguro que muy pronto tendrán noticias mías —proyectó la voz y sonó a promesa.

Ya en el coche, en dirección hacia el hospital, Elena se preguntó qué certezas podría haber en los temores de aquella mujer, la madre de Paulina. Pensó en Marian, su propia madre, en cuánto se preocupaba por ella al ser hija única, en cómo anticipaba el peor de los escenarios en cualquier situación. Y así divagó y divagó. Pero, al tiempo de divagar en una única dirección, tal y como sucede al pensar en profundidad algo, dudó. ¿Y si esa niña no se hubiese fugado? ¿Y si alguien se la hubiera llevado contra su voluntad? La respuesta en su cabeza no tardó en llegar y, al hacerlo, sonó tajante: siempre cabe la peor de las opciones en la oscuridad del universo.

2

Habían pasado más de dos horas desde que un enfermero entregara ágil un informe al grito de «traumatismo craneoencefálico» sin detener un segundo la camilla en la que iba su madre. La luz de una máquina expendedora llamó su atención con la promesa de hacer más llevadera la lenta espera de hospital. Metió la moneda, seleccionó minuciosa su bebida y solo recibió decepción. Un piloto luminoso parpadeó deprisa y de pronto se apagó. Elena contrajo ligeramente el gesto, manteniendo el temple y la frustración a raya, y marcó el número de teléfono de incidencias que figuraba en la parte inferior de la máquina. Accionó la tecla de llamada y esperó. Dio pequeños pasos cual sereno haciendo ronda y esperó. Respondió con monosílabos a la voz automática que al otro lado preguntaba y esperó. Se sentó en una rígida silla de plástico junto a una ventana cerrada y se cansó de esperar. Se puso de pie frente a la máquina exigiendo una solución que no llegaría, suspiró y, cansada que no vencida, colgó.

Una joven con bata blanca se acercó hacia donde ella estaba sin mirarla. Caminaba con un gesto tranquilo que daba seguridad a sus pasos.

Elena abrió la boca para decir que la máquina estaba averiada, no fuese a cometer el mismo error que ella. No tuvo tiempo. No fue necesario. La mujer cerró un puño y en un movimiento seco y contundente golpeó el lateral de la expendedora, que no tardó en escupir la moneda que minutos antes ella había introducido.

—Es suya, ¿no es cierto? —preguntó mientras se la mostraba a Elena.

—Sí. Es mía. Justo ahora acabo de llamar al proveedor para solucionarlo —dijo suavizando la estupefacción que le había provocado ver golpear la máquina de forma tan precisa y sin despeinarse a una joven de piel blanca y delicada como la porcelana.

—Cuando esas vías fallan, nos obligan a buscar otras soluciones, ¿no cree? —añadió con media sonrisa mostrando un hoyuelo que regalaba cierta gracia a su rostro.

Ya con la moneda en la palma de la mano, Elena devolvió una sonrisa cordial.

—¿Trabaja usted en el hospital? —se interesó tras leer el nombre bordado sobre el bolsillo de su bata.

—Me ocupo de la farmacia del hospital. No llevo más que un mes y en este tiempo ni un solo día esta máquina ha funcionado. Han venido a arreglarla varias veces, pero a juzgar por el número de monedas que continúa engullendo diría que de poco sirven esas visitas. O quizá todo lo contrario. No sé qué cuentas echarán —añadió suspicaz.

—¿Ha probado a hablar con la gerencia del hospital? Ellos podrían hablar con el proveedor para que cambie la máquina o revocarle el contrato —explicó Elena ante la mirada penetrante de la farmacéutica.

—Un buen golpe es más efectivo —respondió seca.

Elena se sintió incómoda y trató de reconducir la conversación.

—¿Podría indicarme alguna otra máquina de café en esta planta?

—Allí mismo —señaló sin mover un pelo de su flequillo.

Elena giró la cabeza y en un horizonte de media docena de puertas intuyó la silueta de otra máquina expendedora.

—Perfecto, gracias —se despidió.

—Y, si se traga su moneda, ya sabe dónde golpear. —Esbozó una sonrisa de medio lado y se fue.

El altavoz sonó grave al llamar a «familiares de María de los Ángeles Freire». Elena respiró profundamente y se dispuso a cruzar la sala de espera para entrar en la consulta. Iba a hacerlo cuando algo llamó su atención. Creyó ver a un conocido, a un inspector de policía con el que no tenía especialmente buena relación. Le sorprendió verlo entrar por urgencias a él solo.

El nombre de su madre sonó de nuevo con la voz distorsionada del altavoz. Elena abandonó la momentánea distracción y pasó a la consulta. Allí, un médico le explicó que la paciente se encontraba estable y ya ingresada en planta. Lo hizo justo antes de incidir en el hecho de que los próximos días serían determinantes.

—¿Puedo verla? —preguntó como si en aquel momento fuera lo único que importase.

Y eso hizo. Elena pasó cuanto quedaba de día y la noche entera pegada a la cama de su madre. Se mantuvo alerta, como un búho o un centinela, sin dejar de acariciar una mano salpicada de manchas, aferrada a la esperanza… A esa fe difusa que, a su pesar, bien conocía, pues regía el pasado de su casa y de su familia, pero también el de todas las casas y familias que velaban sin descanso a un ser querido que había dejado por rastro nada más que abismo. Sí, esperanza, luces y sombras de esa pequeña llama con la que una mariposa de aceite acompañaba la fotografía de su tía Melisa en el pequeño altar de un velador. Esa tía desaparecida a la que su abuela lloró cada segundo hasta el día en que, cansada, cerró los ojos para siempre, sin despedida, convencida como estaba de que ni muerta podría descansar.

En la oscuridad intermitente de monitores y demás luces del hospital, Elena rememoró parte de la conversación que había mantenido con la madre de Paulina Meis. Justo el momento en que aseguraba que Marian, su madre, pretendía enseñarle algo importante antes de la caída. Algo que tenía que ver con su hermana y también con su hija. «¿Su hija? ¿Algo que tenía que ver con ella?», dudó y se preguntó Elena. Estaba convencida de que eso le había dicho Pilucha al explicar el motivo por el cual su madre quiso subir al fayado. Pero no entendía qué podía tener que ver su tía Melisa con Paulina Meis. Melisa desapareció a los diecisiete años, casi dieciocho, por una más que probable fuga voluntaria. Así había concluido la denuncia por su desaparición el 24 de junio de 1989. Desde ese día nadie volvió a saber de ella. Se había esfumado.

Elena no la conoció, más allá de esa foto sobre el velador en la que lucía vestido de primera comunión y angelical sonrisa. Aun así era consciente de la pena y el vacío que había dejado en el corazón de su madre. También en el de su abuela Manuela. Mujer de luto perpetuo, su abuela rezaba más que comía, escondiendo el miedo en un pañuelo más cargado de nervios que de lágrimas, sin ninguna certeza, sin saber si estaría viva o muerta. Así cada día, frente a una llama encendida, el ramito seco de las hierbas de San Juan y la sonrisa de Melisa.

Cuando era niña, Elena acompañaba a su abuela a buscar remedios y hierbas al curandero, al viejo Amaro, para aliviar aquel mal que la consumía, que le impedía comer, dormir y muchas veces hasta respirar. Tenía mal los nervios, eso le decía él mientras ella daba pequeños pasos con la mano en el corazón. La angustia, lejos de disminuir al sentarse en una silla, se concentraba en la punta de sus dedos que, inquietos como hormigas, pellizcaban el vestido como quien pliega neuras que luego ha de estirar con las palmas abiertas.

El curandero la consolaba con esa *docta ignorantia,* mezcla de empatía y acertijos vitales, que la niñez de Elena no alcanzaba a comprender del todo. ¿Qué siente el vivo enterrado en tumba de piedra? ¿Qué sienten sus manos al arañar granito desesperadas? ¿Qué pueden ver sus ojos abandonados en la más absoluta oscuridad?

No obstante, la nieta sí entendía que aquella era una enfermedad sin cura para su abuela. Así se lo confirmaba el viejo Amaro cuando le hablaba del descanso de los vivos y de los muertos mientras la miraba a los ojos y veía ante él un ánima ardiendo en el purgatorio.

En esas visitas donde el curandero, más allá de las pócimas y los rezos, escuchaba con la atención dispuesta, Elena entendía que, aunque no curasen, aquellas conversaciones eran bálsamo en sus miedos. Manuela caminaba más tranquila y al llegar a casa le agradecía la compañía con un vaso de leche y dos galletas de un paquetito que guardaba en la despensa para racionar en largos meses. La niña se las comía en silencio para no molestar el descanso de su abuela tras dos tazas de hierba de San Juan infusionada.

Definitivamente a Elena, de niña, no le gustaba entrar en su propia casa. De adulta tampoco. Porque la casa en la que había crecido, la de su abuela Manuela, olía a humedad, a cera quemada y a sombras. A quien busca esperanza y solo encuentra más culpas que cargar.

Marian, su madre, tampoco superaba la desaparición de Melisa y mantenía viva la llama de la esperanza por encontrarla. Un fuego diminuto, esa chispa en una noche fría al calor de sueños y oraciones, de plegarias convertidas en volutas de humo que volaban entre nubes y tormentas.

Elena sentía profunda lástima por su madre. Sabía que, al igual que su abuela, sufría el mal de quien vive atormentado y no sabe si morir o seguir llorando. Pero ahora parecía que su fe se sostenía, que se aferraba a algo que guardaba en el desván. Había luz, algo por lo que merecía la pena arriesgarse a subir unas escaleras en mal estado. Deterioro que nunca estimó solventar; como si solo de esa forma los precarios travesaños metálicos cumpliesen de sobra su función, como si no tuviera intención de volver a subir allí nunca más. Ni ella ni nadie. Nunca.

Sigilosa y con el peso de mil piedras, Elena caminó hasta la máquina de café que velaba a desconocidos y afines en el hospital. Comenzó por lamentar no haber cogido el teléfono aquella mañana y terminó arrepintiéndose de haberse independizado, de desear vivir sola y, en definitiva, de querer vivir. De todo aquello que el pueblo consideraba que hacía tarde y que su madre siempre vería precipitado. Y eso que los roles con Marian se invertían y cruzaban como los hilos de una marioneta que baila el charlestón hacia uno y otro lado con el ritmo de los ciclos lunares. Cuando era niña, tan pronto le negaba salir a jugar para que no se lastimara, cogiera frío o enfermara como dejaba en sus manos el cuidado de la casa, la comida y hasta el aseo de ambas. Era en esos momentos que la niñez de Elena se esfumaba al presenciar cómo el gesto amable de su madre demudaba en un silencio que la arrastraba a la cama. Obligada a vivir situaciones en las que reinaba la confusión, era la hija quien cuidaba a la madre.

Habían sido años difíciles que era mejor no recordar, que ya formaban parte del pasado. Ahora vivían en equilibrio. Elena siempre sabía qué hacer para devolverle la tranquilidad y la armonía que necesitaba. Pero esa mala noticia, la desaparición de esa niña, lo cambiaba todo, lo pondría todo del revés. Elena recordó las sombras que proyectaba la mariposa de aceite en las paredes de su casa. El miedo, la angustia. Fue entonces cuando temió que su madre no se recuperase. Y que, de hacerlo, el recuerdo de Melisa, la tristeza y los silencios regresaran a su vida, esta vez para quedarse.

3

El amanecer del 8 de octubre la encontró en la planta cuarta del Hospital Comarcal. La luz se colaba por las ventanas cruzando pasillos en los que atareadas y sonrientes enfermeras y auxiliares portaban bandejas dando los buenos días a cuantos enfermos y acompañantes hallaban a su paso.

Elena subió la persiana y tomó conciencia de dónde estaba. Sentía las piernas hinchadas, un frío en el cuerpo que la destemplaba y nada más que niebla enmarañada dentro de su cabeza. Necesitaba el que sería solo el primer café de la mañana.

Frente a la conocida máquina agarró el vaso de plástico con la mano abierta, fruto probable de la miopía del cansancio y, de inmediato, sintió que se abrasaba. Con palabra tan certera como malsonante se giró mordiéndose los labios. Lo hizo de forma tan brusca, con los ojos en la palma del color de la grana, que no vio a la persona que detrás de ella esperaba su turno. El café saltó con el movimiento para caer sobre la camisa del hombre, quien reaccionó apartando cuanto pudo el tejido de su cuerpo con las dos manos en pinzas mientras retrocedía un paso sin decir una palabra.

—Disculpe, por favor. No sabe cuánto lo siento... —dijo apurada, y se despertó del todo sin haber probado el café. Queriendo ayudar pero sin atreverse a tocarlo.

Una corbata de seda italiana con distintas tonalidades de azul en un traje oscuro de diseño le hizo suponer que aquel hombre entrado en la cuarentena no era del pueblo.

—Déjelo —respondió sin mirarla buscando algo en el bolsillo interior de la americana.

Con un golpe seco de muñeca, el hombre desplegó un pañuelo de tela que llevaba dos iniciales bordadas y se dispuso a limpiar la camisa.

—A unos diez pasos, en el pasillo de la derecha, están los aseos —explicó ella con una mano estirada y él, sin despedirse, sin mirarla siquiera, siguió la indicación y se fue.

Al cabo de unos minutos que Elena supo aprovechar para dar carpetazo al malestar provocado por el tropiezo con aquel hombre, llegó de vuelta a la habitación y se la encontró cerrada. Empujó la puerta y un enfermero se acercó prudente para pedirle que esperara fuera. Eso hizo; dio vueltas de un lado a otro, reviviendo los nervios del día anterior.

Al fin, el médico y un par de acompañantes, quizá residentes, abandonaron la habitación y se dirigieron a ella con intención de darle el parte. Las primeras palabras fueron para celebrar que su madre seguía estable y había respondido a los primeros estímulos neurológicos. Casi como un reflejo el rostro de Elena se relajó con un discreto suspiro, con la sanadora sensación de alivio descendiendo por hombros y espalda. No duró mucho, su gesto demudó tan pronto el médico le explicó que ahora debían hacer pruebas de mayor calado; que había algo que les inquietaba, que un resultado parecía dudoso y que, en cualquier caso, era necesario esperar.

Elena mantuvo la entereza, hizo cuantas preguntas consideró prudentes y escuchó con atención las explicaciones que le dieron, aunque no consiguió enterarse de si el estado de su madre era de gravedad ni tampoco de lo contrario.

Caminaba decidida, con el ánimo palpitante del café y sentimientos encontrados. Por un lado lamentaba dejar sola a su madre, pero por otro debía averiguar qué había pasado con Paulina Meis antes de que despertara. Tenía que alejar toda preocupación de su cabeza cuando mejorase, porque no dudaba de que se recuperaría, y cuidarla era su prioridad.

Cruzó la puerta de salida del hospital y vio al hombre sobre el que había vertido café una hora antes subirse en la parte de atrás de un sedán oscuro de alta gama. Le llamó la atención descubrir que llevaba la misma cara de pocos amigos que en el momento del incidente. El coche pasó frente a ella y la salpicó de arriba abajo. Elena torció el gesto pensando en lo inoportuno de algunas casualidades. Buscó con la mirada al conductor y responsable de la mojadura y encontró dos ojos como dos rayos en terrible tormenta que la atravesaron.

4

A la decrepitud habitual de politoxicómanos buscavidas, a los roces frecuentes con furtivos y a las riñas de lindes heredadas entre familias que ya nadie entendía cabía sumar el griterío de media docena de vecinos contra dos funcionarios del ayuntamiento. En la comisaría de Cruces reinaba un caos que podía leerse en los rostros fatigados de los agentes que custodiaban la entrada. Elena saludó con una leve inclinación de cabeza mientras cerraba el bloc en el que había anotado la matrícula del sedán y se dirigió decidida a un mostrador donde un joven uniformado recuperó la rectitud de su espalda nada más verla entrar. Un gesto que ella percibió y que, en el fondo, fue de su agrado. Sin duda se había labrado fama de exigente, además de ser conocida por tener poca paciencia y menos tiempo todavía.

—Necesito hablar con el comisario Carballo —dijo por todo saludo.

—Todavía no ha llegado, señoría.

Sin disimular, Elena echó un vistazo a su reloj de pulsera.

—Esta mañana tenía reunión con la alcaldesa —explicó el joven—. Es muy posible que no se pase por aquí hasta la tarde... después del lío que han montado los de la Plataforma Vecinal para Salvar el Espigón de O Souto Vello —dijo haciendo un ademán en dirección a un grupo que ahora parecía ligeramente más tranquilo.

Conocía esa plataforma de vecinos constituida meses atrás con el fin de frenar la iniciativa de un empresario para convertir un espigón natural de arena en un puerto privado, con el perjuicio que conllevaba drenar agua, añadir arena y desbaratar la cara y el perfil más hermoso del norte de la isla de Cruces, justo cruzando el tómbolo, en O Souto Vello. Ese tema a Elena le interesaba. Sostuvo la mirada al agente y él no dudó en explayarse.

—Aunque hasta ahora los vecinos habían conseguido paralizar las obras, parece que la alcaldía ha decidido avanzar y conceder el acceso exclusivo al espigón a ese *bateeiro* que nadie conoce. Esta mañana a primera hora se presentaron dos funcionarios en la zona y comenzaron la instalación de varios pivotes de madera frente a la vieja fábrica de conservas Quiroga junto con la prohibición de pasar al espigón.

Elena se preguntó qué le habría ofrecido ese empresario al ayuntamiento o, en concreto, a la alcaldesa.

—Lo que no entiendo —añadió el joven uniformado con total naturalidad— es qué le parecerá esto a los Quiroga. Con lo poderosos que han sido siempre en Cruces, ¿acaso no tienen nada que decir?

—¿Los Quiroga? —intervino un orondo policía mientras retiraba el papel de aluminio a un bocadillo de tortilla sin tiempo de llegar a su silla para hincarle el diente—. ¿No sabe, señoría, que el viejo Lorenzo Quiroga está ingresado en el hospital desde hace una semana?

—¡Ya está bien! ¿No tenéis nada mejor que hacer? —vociferó desde la puerta de su despacho el inspector Ricardo Ruiz.

Entonces Ruiz se fijó en Elena y sonrió cual hiena.

—Señoría, ¿qué se le ofrece?

—Venía para hablar con el comisario Carballo.

—Él no está, pero procuraré serle de ayuda —mostró sus dientes de nuevo—. Pase a mi despacho. Estará más cómoda —indicó, y le cedió el paso.

Con la puerta cerrada, el penetrante olor a colonia barata a base de cítricos acentuó la incomodidad que le producía estar allí. Una tableta de chicles de menta encima de la mesa y un pequeño vaporizador de colonia al lado del teclado del ordenador le confirmaron que aquel hombre no solo sonreía como una hiena en una noche oscura, sino que al natural también debía desprender el mismo olor.

—Usted dirá, señoría —insistió, y le regaló más dientes.

—Me gustaría conocer el motivo por el cual no se ha aceptado una denuncia por desaparición de una menor.

Ricardo Ruiz continuaba sonriendo al tiempo que se acariciaba una patilla, quizá medio distraído, quizá buscando dinamitar su templanza. A Elena le costaba terminar de descifrar a aquel hombre de rostro alargado, entreverado de canas, con la ropa arrugada y, con independencia de su peso o de la época del año, siempre demasiado holgada.

—Ayer hablé con sus padres. Sabe tan bien como yo que tratándose de una menor ha de considerarse una desaparición de alto riesgo —explicó con determinación—. Su nombre es Paulina Meis, natural de O Souto Vello, ¿le suena?

—Claro que me suena. Le diré que ya estamos trabajando en este caso con los medios de los que podemos disponer en este momento. He desplegado a los mejores hombres que tengo para encontrarla. Ahora mismo se están coordinando grupos vecinales para una batida por las zonas boscosas y más inaccesibles de la isla, principalmente la de O Souto Vello, por la cercanía con la vivienda de la chica y por las características de humedad y poca luz de esa zona. Además, le adelanto que yo mismo me encargaré de supervisarlo todo personalmente.

A Elena la respuesta le sorprendió. ¿Cómo era posible que hubiesen pasado de no querer aceptar la denuncia un día a dedicar todos los recursos disponibles al día siguiente?

—Perfecto —contestó finalmente—. En ese caso me gustaría que me mantuviesen al corriente de todos los avances.

—Por supuesto, nada más que hablar —sentenció el inspector Ruiz y se puso en pie para despedirla.

Ella lo miraba extrañada, casi podría decirse que desconfiada. Dio dos pasos hacia la puerta, tocó la manilla y en el último segundo se dio la vuelta. Él tenía en la mano el vaporizador de la colonia y creyéndose a salvo de su mirada había comenzado a pulverizarlo sobre el uniforme. Exactamente a la altura de sus axilas.

—Una pregunta más —dijo ella y él la miró incómodo con la colonia en la mano.

—Usted dirá —hizo una pausa—, señoría.

—¿Qué ha cambiado con este caso para que hoy haya decidido dedicar todos los recursos disponibles y no así ayer?

—Lo sabrá en su debido momento, señoría —contestó, y a ella le sonó a burla—. Solo puedo adelantarle que hemos detectado ciertas similitudes con otro caso de desaparición que se produjo hace treinta años en la isla.

El rostro de Elena demudó. En verdad no se esperaba esa respuesta. Recordó la caja metálica de galletas que su madre tenía sobre el chinero de la cocina y que, probablemente, habría sacado de su sitio durante la visita de Pilucha. Sabía bien que esa caja contenía fotos de una época lejana, de la década de los ochenta, fotos de infancia en las que dos nombres se repetían demasiado para no tener importancia: Melisa y Jackie.

—¿Tiene algo que ver con Jacinta Noboa? ¿Con la Jackie?

Él la contemplaba satisfecho.

—Porque entiendo que no se referirá a Melisa Freire. Su expediente concluía con que no había indicios para considerar más hipótesis que una fuga voluntaria.

—Sé lo que dice ese expediente —dijo con lengua empalagosa—. Tal vez me haya precipitado en mis divagaciones.

Elena exhaló despacio un aire caliente que provenía de sus pulmones.

—Déjenos trabajar a nosotros. Analizaremos qué ha cambiado en estos días en el pueblo, el entorno de esa niña, de Paulina Meis...

—Hágalo —ordenó— y manténgame informada.

El inspector hizo un movimiento con la cabeza y los ojos, con acento de sorna, con el que ella dio por entendida y aceptada su petición.

—Una última cosa, inspector —dijo ella con voz sobria y en calma.

Él levantó la cara pidiendo que continuara.

—Lo vi ayer en el Hospital Comarcal. Entiendo que no ha sido grave y ya está recuperado.

—Ha debido confundirme con otra persona.

5

Al verde húmedo y fragante que se orillaba en piedras y caminos, el otoño regalaba a la isla tímidas pinceladas canela que caían con grácil pluma desde majestuosos robles. Así las hojas acariciaban la tierra donde crecían las primeras setas y hongos de la temporada. Entre todos ellos, de un rojo intenso, bayas de algún espino albar en el que la intrépida madreselva se enroscaba a fin de camuflar sus venenosos frutos. En lo alto, entre nubes blancas y grises, un haz de luz, quizá brillante promesa del cielo, descendía con calor y gloria sobre hojas verdes de laureles y demás frutales silvestres.

Frente a la casa de su madre creyó escuchar al mirlo cantar. Lanzó una mirada en lontananza en busca del culpable, quizá con la intención de preguntarle qué fiesta merecía su canto y, entendiendo el contraste de ánimo, Elena continuó su camino y prefirió ignorarlo.

Un paso, luego otro, el leve chirriar de la cerca no consiguió deslucir el gorjeo del ave ni silenciar el murmullo de un riachuelo salpicado de piedras, que avanzaba fatigado y silencioso varios metros más abajo de la ermita de los Milagros. Frente a ella, el principal *cruceiro* de O Souto Vello devorado por hiedras trepadoras que luchaban por agarrar al santo en su cruz.

Traspasada la cerca, los frescos y verdes aromas del romero, la malvarrosa y la ruda la recibieron agradecidos por el rayo de sol que los alcanzaba. Podría haber muchos cambios en aquella casa que primero había sido de sus abuelos y ahora de su madre, pero lo que nunca faltaría eran esas tres plantas que entendían necesarias para proteger a la familia. Indispensables para alejar el mal de ojo y las envidias. Creencias, cultura popular… Elena nunca tendría esas especies en su casa por esos motivos, pero tampoco se plantearía arrancarlas o tirar con ellas años de tradición a la basura. Por respeto y también por si acaso.

Recorrió el camino de tierra que, tiempo atrás, su madre había dibujado hasta la puerta de su casa. Lo hizo con cantos que se asemejaban en tamaño, con una sonrisa lejana que la hacía parecer menos triste de lo que sus ojos, desde hacía años, mostraban. Tal vez ella, en calidad de hija y ayudante en la tarea, influyese en la energía de Marian aquel día. El de aquella primavera en que la alegría de los pájaros y la fiesta de aguas alborotadas, orquestados por la deslumbrante luz de la mañana, habían seducido a su madre para salir al jardín arrastrando ese vacío que desde 1989 la acompañaba. Elena evocó la imagen de ese recuerdo. En él su madre lucía una blusa de estampado floral con un escote que dejaba a la vista la única joya de la que nunca se separaba: una fina cadena de plata de la que siempre colgaba una llave diminuta que, casi como un tic o ademán nervioso, acariciaba al acostarse y levantarse de la cama. También al ver la televisión, leer un libro o al sentarse en una silla, indiferente al sol y a la lluvia, en cualquier rincón de la casa.

Elena era solo una niña, apenas ocho velas sopladas, pero ese día de primavera al contemplar a su madre y admirar el mimo con que removía la tierra con las manos, mientras abría pequeños agujeros donde asentar raíces a petunias y pensamientos que después cerraba y sellaba con toques livianos de sus dedos, entendió que la pena en un corazón tan grande, cuando llega, es para quedarse. Viviendo en su pecho, en cada latido y en cada una de sus palabras. En su corta vida había visto cómo sus ojos se habían ido secando y su voz se había vuelto frágil, como pétalo en la tormenta, un hilillo de suave seda por la que resbalaban consejos y miedos a diario. Así cuidaba de Elena, para que nada le pasara, evitando que anduviera para no tropezar, que saliera para no enfermar, que viviera para no morir nunca. Todo con el único fin de protegerla. Y creyendo sin duda que lo hacía.

Elena ahora era adulta y al echar la vista atrás se preguntaba qué arrastraban las alforjas de aquel ánimo derrotado y, al igual que de niña, interrogantes y silencios contestaban.

Avanzó por el estrecho sendero un par de metros, mirando a un lado y al otro. No tardó en detectar las dos empalizadas que habían sufrido el atropello de la ambulancia. Hizo un gesto resignado, lamentando el destrozo, pero entendiendo que había sido necesario. Podían sentirse afortunadas, ya que el camino hasta su casa en aquel lado de O Souto Vello contaba con el ancho necesario para facilitar el acceso de la ayuda urgente.

La puerta de la casa no estaba cerrada con llave, la abrió y la luz se adelantó a sus pasos. En la pared, la imagen del auricular que pendía inerte de un cable rizado a escasos dos palmos de un suelo ensangrentado la golpeó en la cara.

Al otro lado del pasillo, sobre la encimera de la cocina, dos tazas con restos de café, cada una sobre su plato. En una, azúcar, «demasiado», pensó creyendo oír a su madre, mientras que en la otra no había ni rastro.

Sobre el chinero de madera de castaño, junto a la mesa, vio una caja metálica circular que en el pasado contenía galletas y ahora se encargaba de guardar viejas fotografías con rostros desconocidos para Elena.

Al fondo de la cocina, en un pequeño cuarto anejo que hacía de despensa, las escaleras metálicas del fayado permanecían desplegadas con un travesaño fuera de su sitio y más sangre en el suelo. La imagen de su madre en el hospital, el eco lejano del médico explicándole que los próximos días serían determinantes para ella, invadió de pronto su cabeza. Cogió un paño, se puso de rodillas y limpió cuanto pudo aquella escena mientras imaginaba la plausible secuencia de los acontecimientos que habrían ocurrido allí el día anterior. Supuso, con buen criterio, que su madre habría llegado a casa del colegio en el que llevaba media vida de conserje, recibió la visita de Pilucha, la madre de Paulina Meis, le sirvió café y las dos mujeres se sentaron en la mesa de la cocina con la confianza propia de dos viejas amigas de infancia. Elena imaginaba el gesto dolorido de su madre al escuchar a aquella madre hablar de su hija, respetando su dolor y guardando silencio, al tiempo que aguijones de recuerdos susurraban en su cabeza el nombre de Melisa. Sería en ese momento cuando tomó la determinación de subir al desván, de mostrarle algo a la madre de Paulina, algo que bien valía el riesgo y el esfuerzo, algo que Elena desconocía y que su madre escondía desde hacía tiempo... Algo, pero el qué, se preguntó y, sin decidirse a subir aquella precaria escalerilla, prefirió avanzar por el pasillo y entrar en el dormitorio.

Allí, sobre la cama, encontró un álbum familiar donde veía a sus abuelos en blanco y negro, marcos de fotos en la pared donde su padre lucía joven una sonrisa afable y serena. Lo miró un segundo y casi como un reflejo lo acarició con el dedo índice. Debía hablar con él y contarle lo que había sucedido. Él merecía estar a su lado. Pese a no vivir en la misma casa, era quien mejor la conocía, quien de un solo vistazo podía advertir la mirada de su madre anclada a la tierra, incapaz de levantarse, viendo el lento caer de las hojas, entendiendo que, pardas y ocres, no volverían nunca a ser verdes y fragantes, a brillar bajo el sol ni a disfrutar del verano. Días grises, complicados, en los que su ánimo postrero la llevaba a coger entre sus manos un cuaderno de hojas blancas para escribir en una suerte de trance, de fantasma y de misterio. Eran esos momentos en los que Elena no entendía y preguntaba. Momentos en que su padre, don Miguel, con su voz de maestro le explicaba, en un susurro, que su madre guardaba ahí sus pensamientos; la belleza de la naturaleza, su poesía, melancólicos acentos de un viento que se cree libre porque vuela y solo es alma errante que gira y gira en la rueda… Al ver en los ojos de la niña que no lograba descifrar sus palabras, el padre esclarecía el mensaje y concluía que su madre escribía cuantos recuerdos la hacían llorar pero también amar lo que tenía.

Finalmente subió la escalera metálica y encendió la única bombilla que colgaba de una viga entre uralitas. Una vez más dudó que fuese necesario, que estuviese justificado revolver entre sus cosas, bucear en su intimidad, en su pasado, en cuanto había sido lo bastante importante o valioso para ella como para haberlo guardado en una caja precintada, protegida del tiempo, imposible saber a primera vista desde cuándo. Ninguna de las cajas contaba con nombre o clasificación, ningún distintivo, pero todas ordenadas, sin polvo, colocadas con el mismo mimo con el que su madre sellaba la tierra y las raíces de vistosas petunias aquella primavera.

Abrió la primera. Con cuidado, respetuosa, sin dejar de pensar en cómo se lo explicaría a su madre llegado el momento de tener que hacerlo. Deseando que llegase, pues en otro supuesto aquella acción, como otras muchas, carecería de interés para nadie. Vio dibujos, trazos de color gruesos y finos, más bien infantiles garabatos, abstractos, todos guardados en portahojas de plástico. Sonrió con aire de pena. Su madre conservaba si no todas, casi todas las pequeñas obras de arte que había hecho Elena en su infancia.

Abrió otra caja. Dobladas, perfumadas y en dulces tonos pastel, decenas de rebequitas de lana, una sobre otra, formando dos hileras en las que se advertían pequeñas diferencias de tamaño. Elena las acarició. Después introdujo la mano hasta el fondo de la caja para asegurarse de que no hubiese nada más que ropa en ella.

De igual forma, metódica, diligente, fue abriendo una a una, y encontró recuerdos de infancia, juguetes y prendas que en la mayoría de los casos ni recordaba. Hizo un alto, quizá en la quinta o en la sexta, cansada, desanimada, y se sentó sobre el frío cemento del suelo. Hizo pinza con dos dedos entre sus ojos, cerrados, pensando, dudando. ¿Qué querría coger su madre? ¿Qué habría guardado que fuera ahora de interés para encontrar a Paulina Meis? Cabeceó, alejó el desánimo y se dijo que debía continuar, que su alma no albergaba vocación de plañidera.

Se arrodilló frente a otra caja y la abrió. Encontró baberos planchados, casi todos rosas y bordados. Cerró las dos solapas de cartón y la empujó decidida a continuar la búsqueda en otra parte. En un tropiezo al deslizarla sobre la superficie irregular la caja cayó hacia un lado, dejando que las diminutas prendas se desbarataran sobre el cemento. Arrepentida del exceso de fuerza empleada o de simple mal tino, Elena se apresuró a recoger cada babero. Los sacudió en el aire, los frotó contra su pantalón y sopló para conseguir liberarlos del polvo. Uno a uno, de forma mecánica, sin apenas mirarlos, pensaba en cuántos podían faltar, y entonces, en un reflejo que creyó alucinación, lo vio. Miró el babero ribeteado de rosa que tenía en la mano. Al igual que muchos de los anteriores estaba bordado. Dos flores y un nombre. Pero no el suyo. No Elena. Revolvió de nuevo cuantos había guardado en la caja, estiró los que quedaban desperdigados por el suelo. No todos, pero sí la mayoría, tenían un nombre, siempre el mismo: Martina.

«¿Martina?», murmuró Elena con cara de extrañeza. Ni Elena ni Melisa, la hermana a quien Marian sacaba una década. No. El nombre estaba claro: Martina. «¿Quién es Martina?», se preguntó ante al menos una veintena de pequeños baberos, todos con ese nombre bordado a punto de cruz. De rodillas en el suelo alargó una mano y acercó una de las cajas que ya había revisado. Cogió el primero de los archivadores con portahojas de plástico y extrajo uno a uno los dibujos infantiles. Les dio la vuelta, se alejó y su gesto se descompuso al musitar: «Martina».

6

¿Quién era Martina? ¿Por qué había cosas suyas en el fayado? Elena no lo sabía. Sus pensamientos levitaban entre la realidad y el absurdo, viendo cómo se peleaban y fundían en extraña armonía de color y, también, en blanco y negro.

Caminó de un lado a otro, apartó muebles, revolvió cajones y anaqueles, raquíticas puertas de armarios y un amplio baúl de roble con cuatro compartimentos que, en dos movimientos, consiguió despejar. Encontró pañuelos de colores, una pequeña caja aterciopelada con dos pendientes diminutos, libros antiguos de escuela, lápices roídos y hasta una muñeca del tamaño de una mano con un gesto en la cara que parecía desafiarla. Frente al esqueleto de madera extrajo las cuatro piezas ya vacías y accedió al fondo del baúl.

Papeles, blocs de notas, cuadernos con hojas amarillas y espirales intactas... Llamó su atención un pedazo de papel que estaba suelto, doblado a la mitad. Con cuidado lo cogió en la mano y de su interior se deslizó la pequeña fotografía de un bebé. Parecía divertirse, sonreía mientras agarraba con ambas manos sus pies. Lo miró con la intensidad de quien busca una identidad, un nombre. No lo encontró y dejó la imagen en el centro de un compartimento de madera a la espera quizá de un vistazo renovado con más suerte que el primero.

Recobró el interés por el papel que, entre alas de paloma blanca, protegía aquella fotografía. No tardó en advertir en él las cicatrices que un instante de furibundo desencuentro le habría dejado después de ser apretado en un puño y lanzado cual piedra a las profundas aguas del Lete. Ese río del inframundo que dicen prometía olvido. Elena lo leyó y casi como un reflejo o un recuerdo que, aun no suyo, sentía latir, entregó un suspiro al aire y leyó:

Vuelve a mí, flor de mis pasos,
Vuelve y no eches a volar,
Que la luz está muy lejos,
Y te necesito más.
Más que a nada,
Más que a todo,
Absoluta soledad,
La que guiará mi sombra,
Tan pequeña, sin piedad.

Elena reconoció aquella letra que se estiraba, exhausta hasta el desmayo, diminuta, casi secreta e imposible de olvidar. Estaba ahí, ante sus ojos. Era la letra de su madre.

Pensó en el duelo, en la pérdida, en el dolor que habría inspirado sus versos, como pátina de agua salada en la que resbala el alma de las letras. Bajo ellas, una fecha: 19 de octubre de 1989.

«1989», musitó para sí misma y devolvió tan frágil papel de vuelta al fondo de aquel baúl de olvidos con dolorosa memoria.

Elena sintió la garganta inflamada y bajó a la cocina a por un vaso de agua. En su cabeza aquellos versos flotaban en nebulosa atmósfera y se preguntó cuánto debía haber llorado un triste 1989, el año de la desaparición de su hermana Melisa, también el de la muerte de su padre. Pensó en su abuelo pese a no haberlo conocido. Recordó a Paco Meis, recordó las puntas de sus zapatos ancladas al agua turbia de una acera y vio los ojos sedientos de un padre que espera encontrar viva a su hija en el desierto.

Un vistazo al reloj la asustó al ver que una vez más se le había pasado la hora de comer. Se dispuso a coger el móvil y así tener tiempo de pasar por el juzgado antes de volver al hospital. Reparó entonces en que no lo tenía con ella. Ni en un bolsillo ni en el otro, tampoco en la encimera ni en la mesa de la entrada. Razonó que se lo habría dejado en el desván y fue a buscarlo.

Allí estaba. En el interior del baúl todavía abierto y desprovisto de sus compartimentos. Lo cogió y pudo ver que bajo él, con las medidas de un cuaderno o un libro, una superficie lustrosa y colorida cual primavera cubierta de flores aguardaba el momento de aquel otoño para ser rescatado del olvido. Con candado y bien tratado por el tiempo, Elena encontró un diario que, a juzgar por el juego de color y pétalos que había en su portada, dedujo sería de una niña o quizá una joven dulce y alegre.

Trató de abrirlo en vano. Podría emplear más fuerza y acceder a sus páginas, a sus secretos, al día a día de alguien que necesitaba desahogarse sin ser juzgada por nadie. ¿Era correcto que ella lo leyese? Elena dudó con la vista puesta en el candado que lo custodiaba y a su mente acudió la imagen de la pequeña llave que colgaba día y noche del cuello de su madre. Frunció el ceño y negó despacio con la cabeza. ¿Dónde estaba la llave? No recordaba haber visto la cadena al cuello de Marian en el hospital. Tampoco sus pendientes. «Habría sido necesario para realizar alguna prueba médica desproveerla del metal», concluyó. Debía confirmarlo, porque sentía que esa llave la acercaría a las respuestas que ahora necesitaba. Por su bien, por el pasado de quien había escrito ese diario, pero sobre todo por el futuro, el futuro de su madre.

Elena llegó a los juzgados sin tiempo para haber metido nada en el estómago, más apurada que de costumbre y con escasas ganas de aguantar los comentarios pasivo-agresivos de Mari Mar, la auxiliar que se encargaba de facilitar sus tareas diarias y que, pese al disgusto que le ocasionaba el cargo, podría considerarse su secretaria. Elena estaba convencida de que en el fondo la maldad no era su fuerte y que tras su voz cantarina, de retintín e infantil acento, su pelo cardado al estilo años ochenta y la ineficacia de cuanto hacía con desaire y malas caras, escondía el complejo de quien persigue estrellas escupiendo la tierra que pisa.

La bandeja de entrada de su correo comenzó a cargar furiosa mensajes sin conseguir abrumarla. De todos cuantos había, empezó por leer los del juez Fernández Lama, su antecesor en el caso de blanqueo que instruía desde poco antes del verano y que, con las vacaciones estivales, equivalía a no más de un par de semanas de trabajo adelantado. Elena leía con atención y archivaba meticulosa los documentos adjuntos que el juez le facilitaba como parte del necesario traspaso de expediente. En cuanto pudiese se sentaría a leerlos con atención. «No sería ahora y tampoco hoy», se dijo.

Un mensaje destacaba una exclamación roja tras las palabras: «Ayuda Bateas». El remitente, un tal Xacobe Verde. Dedujo que otro ecologista ocurrente se ocultaba tras ese nombre y, sin más, lo borró.

Revisó su agenda de los próximos días, pospuso cuanta reunión accesoria y vacía de contenido consideró y abrió un mensaje nuevo para introducir en el cuerpo del texto nada más que una matrícula. Cuatro dígitos y tres letras. La matrícula del sedán oscuro en el que aquel hombre de penetrante mirada y barba perfectamente recortada había subido ocultando una mancha de café en su camisa.

En el asunto insertó solo una pregunta: «¿Propietario?». Cerró el ordenador y, con una escueta despedida frente a su secretaria, salió en dirección al hospital.

Con la palidez de la cera que sucumbe a la llama, el rostro de Marian ocultaba el rastro de ríos secos enfrentados a la lava. Vio su cuerpo en la misma posición que la había dejado, sus ojos cerrados y las mil arrugas que entre ellos se cruzaban, y recordó los versos de aquel papel cicatrizado en el fondo de un baúl.

Le dio un beso y su gesto permaneció inmutable. Quiso creer que descansaba, que quizá la medicación la tenía en ese estado de profundo letargo y salió de la habitación con el fin de encontrar una enfermera y preguntarle por el estado de su madre.

La joven sanitaria, de vocación cuidadora y entregada, la escuchó con la mirada y no tardó en buscar entre sus papeles el que recogía las novedades en el seguimiento de Marian.

—El doctor ha dejado indicación para que la avisásemos. Quiere hablar con la familia. Yo misma, al no encontrar otro número, la he llamado al juzgado y le he dejado recado a su secretaria.

Una punzada de preocupación atravesó el pecho de Elena al tiempo que respiró tragando la bilis que la sonrisa sorda de Mari Mar le generaba.

—¿Tiene ya los resultados de alguna prueba? —dijo ocultando los nervios de intuir poco más que incertidumbre en la respuesta.

—Debe hablar con el médico —contestó la enfermera mientras fingía rebuscar entre hojas sin levantar la vista para no ser alcanzada por la angustia de Elena.

—¿Sabría decirme dónde puedo encontrarlo? —preguntó con la voz clara y calmada.

—Trataré de contactar con él en su busca y ahora le digo algo —anticipó a modo de despedida.

Elena se dio la vuelta con intención de volver al lado de su madre. Su gesto contrariado manifestaba la frustración que le producía esperar. Mayores problemas, adversidad, un viento cálido y el olor eléctrico en el aire anunciaban tormenta en el horizonte. Necesitaba saber a qué se enfrentaba, necesitaba un plan, una hoja de ruta; necesitaba conocer cada detalle y así estar preparada para cuanto pudiese suceder.

Apoyada en la jamba de la puerta, la luz tibia de la tarde bañaba el rostro de su madre, inalterable, lejana. Elena la miraba apesadumbrada. De pronto su cuerpo recuperó la tensión y salió de nuevo hacia el mostrador de la enfermería.

—Perdona —se dirigió a la misma joven, quien levantó la cabeza y pareció asustarse al intuir una terrible urgencia—, ¿sabes qué ha pasado con las pertenencias de mi madre?

—Deberían estar en el armario de su habitación. ¿Ha mirado allí?

—No. Ahora lo haré —anunció y se giró para volver sobre sus pasos.

—Debería haberlas dejado allí la mujer que estaba con ella a su llegada al hospital —añadió la enfermera.

Elena asintió y continuó caminando.

Tenía el pomo de la puerta del armario en la mano cuando una voz a su espalda la llamó.

—¿Es usted la hija de María de los Ángeles Freire?

Cada vez que escuchaba esa pregunta, Elena intuía un golpe.

—Sí, soy yo —afirmó al comprobar frente a ella que quien le hablaba era el médico de su madre.

—Tenemos los primeros resultados del TAC y la resonancia que le hicimos a su madre.

Elena tragó saliva.

—No se aprecia ninguna lesión de importancia. Todo está dentro de unos parámetros que podemos considerar «normales».

—Eso es bueno, ¿no?

—Lo sería... de no estar su madre en coma.

El gesto de Elena se descompuso.

—¿En coma?

—Se encuentra en un estado cercano al coma, inconsciente. Debe entender que no es algo frecuente, pero ahora mismo no tenemos una razón médica que lo explique. Médicamente no hay nada que justifique que su madre no despierte.

Elena sintió que el suelo se hundía y su cuerpo caía pesado en un agujero.

—¿Cómo que no hay una razón médica que lo justifique? Tiene que haberla, solo que todavía no habrán dado con ella. ¿Qué trata de decirme? —dijo Elena presa del desconcierto.

—Por ahora no puedo ofrecerle otra respuesta.

—Pero... ¿cuánto tiempo podría estar así?

—Una hora, dos días, diez años... En medicina no hay certezas. En casos como el de su madre, menos todavía.

No supo si le habían fallado las piernas, bajado el azúcar o si había sucumbido a la impresión de las palabras del médico, pero Elena abrió los ojos tumbada en la cama al lado de su madre, sintiendo la cabeza en las entrañas de una nube de plomo. La joven enfermera la observaba cariñosa mientras le tomaba la tensión.

—¿Qué ha pasado?

—Te has desmayado. ¿Cuándo ha sido la última vez que has comido algo sólido? —preguntó enarcando una ceja hacia un par de vasos de plástico con restos de café sobre la mesita auxiliar.

Elena no dijo nada. No aceptaba que nadie, salvo su madre, le diese consejos, por muy amables que fuesen las formas y muy loable la intención. Aun así entendió el mensaje. No le faltaba razón a la enfermera y debía comer algo, cuidarse un poco, o de escasa ayuda iba a servir a su madre, a los padres de Paulina Meis ni a ella misma.

La enfermera dudó un segundo y después escribió algo en un pequeño papel. Alargó la mano y se lo tendió a Elena.

—Baja a la farmacia del hospital y que te den esto.

Elena cogió el papel y trató de descifrar lo que había escrito sin éxito.

—No es más que un remedio natural para ayudar en situaciones de mucho estrés. Creo que te puede ir bien —respondió antes de ser preguntada.

Elena asintió mirándola a los ojos.

—Pregunta por Emma Fonseca. Di que te envía Felisa, de la cuarta planta. Ella sabrá lo que tiene que darte. —Dibujó una sonrisa y salió de la habitación.

Se puso en pie despacio. Pensó que sin duda había sido una suerte que la otra cama de la habitación de su madre no estuviese ocupada. Era la primera vez que la situación la desbordaba. La primera que su cuerpo caía al suelo como un saco de arena. Debía cuidarse. Debía hacer algo. Iría a ver a esa… «Emma Fonseca», pensó. Repitió el nombre una vez más en su cabeza. Y recordó. Ya había visto antes ese nombre: la joven que había golpeado impasible la máquina de café.

Bajó a la farmacia del hospital situada en la planta baja. Entregó el papel ilegible que le había dado la enfermera a una sexagenaria con semblante apacible y facilidad para extenderse en ríos de comentarios que desembocaban en ninguna parte, quien terminó por invitarla a pasarse en otro momento, alegando que, en remedios naturales, la única entendida era Emma Fonseca y, en ese momento, no estaba.

—Emma ha salido a llevar la medicación a casa de un paciente.

Con buenos reflejos, la boticaria percibió la sorpresa en el semblante de Elena.

—Ya ve, ahora hacemos también servicio a domicilio.

—Entiendo que no es algo habitual.

—No es habitual que lo hagamos nosotras. Por norma general a «determinadas casas» se les envía por mensajero. Pero no sé qué problema ha habido hoy con la empresa de reparto que mi compañera Emma se ofreció para llevarlo ella. Y, claro, yo me he quedado aquí al frente de todo —se quejó poco avezada en disimulos.

—Ha dicho a «determinadas casas» —pronunció exagerando las comillas—, ¿a qué casas se refiere?

—A las de aquellos que vienen al hospital cuando es solo estrictamente necesario. A los que tienen medios suficientes como para pagar el servicio de reparto a domicilio. Ya sabe a qué familias me refiero en este pueblo... —recalcó el sobrentendido mirándola por encima de las gafas.

Elena asintió. Sabía perfectamente a qué familias se refería.

—Imagino entonces que su compañera habrá salido a casa de los Quiroga —aventuró a decir para tirarle más de la lengua.

—¿Quiroga? —preguntó y exclamó a un tiempo, disfrutando su condición de mejor informada—. Lorenzo Quiroga lleva días ingresado. Algo del corazón. No conozco los detalles, porque es Emma la que se encarga de preparar su medicación. La mano que tiene esta chica, ¡con lo joven que es! Bueno, más o menos como usted. Porque usted...

—Entiendo que si no ha salido a casa de los Quiroga, habrá ido a casa de los Bergara, ¿no? —interrumpió a la farmacéutica, lo que provocó que se replegase el entusiasmo esclarecedor de aquella solícita informadora que empezaba a reclamar reciprocidad.

—No puedo decírselo —dio por toda respuesta.

El teléfono de Elena sonó justo a tiempo. Con el aparato ya en una mano, se despidió dándole las gracias e indicando que se pasaría más tarde para continuar la charla, a lo que la mujer respondió con una sonrisa sin rencor y con el deseo de retomar la conversación.

—Dime, Marco —saludó al descolgar con la confianza de quien ha sido compañero de pupitre en la escuela—. ¿Has podido averiguar a quién pertenece la matrícula que te he enviado?

—¿Cuándo me lo has enviado?

—Esta mañana. ¿Has podido verlo?

—No me ha llegado ningún correo tuyo hoy. Hasta ahora he estado fuera, reunido. Acabo de llegar a mi despacho y en mi bandeja de entrada no hay nada tuyo.

—Entonces ¿para qué me llamabas?

—Me he enterado de que tu madre está en el hospital y quería saber cómo se encuentra. Fue una caída por las escaleras, ¿no?

—¿Cómo lo sabes?

—En el tiempo que llevas viviendo al otro lado del puente que conecta Cruces con la isla, se te ha olvidado que aquí las noticias vuelan bastante más deprisa que internet —dijo divertido, y Elena intuyó su graciosa expresión de niño bueno al otro lado del teléfono.

—Tienes razón —contestó ella con sonrisa cómplice.

Porque Marco Carballo era su mejor amigo, su más fiel compañero desde la escuela. Después de haberse distanciado en la universidad, cuando ella se matriculó en Derecho y él en una ingeniería que nunca recordaba, no por falta de interés, sino porque él, una vez licenciado, en apenas seis meses se incorporó al cuerpo de la Policía Nacional de Cruces en calidad de inspector. Cargo del que no tardó demasiado en promocionar a comisario.

—Imagino que a estas alturas habrá llegado ya a oídos hasta de la alcaldesa —rio maliciosa—. ¿Qué tal te ha ido con Sonia? Menudo follón tiene montado con el empeño de ese misterioso *bateeiro* en utilizar suelo público con fin privado. Tiene a la plataforma vecinal en pie de guerra. Si es que... desde el instituto siente debilidad por meterse en líos. Creo que por eso decidió dedicarse a la política —se regocijó unos segundos—. Por cierto, ¿se sabe quién es ese *bateeiro*?

Al otro lado del teléfono el comisario Carballo se arrellanó en su asiento con un gesto de cariñosa socarronería.

—¿Hay alguna información que tú no consigas sacarme? —preguntó él.

—Está bien, no me lo digas —retó ella—. Sabes que acabaré por enterarme.

—Desconozco el nombre del «misterioso *bateeiro*» como lo llamas. Se trata de una sociedad limitada. Horizon, S. L.

Una llamada de nudillos en la puerta de su despacho interrumpió a Marco. Elena escuchó con claridad el nombre de Paulina Meis en boca del otro hombre.

—Elena, debo dejarte. Imagino que ya sabes que ha desaparecido una chica en la isla y, aunque está a cargo el inspector Ruiz, necesito estar al corriente de todo. Ya me conoces.

—Lo entiendo perfectamente, en eso somos iguales —contestó, y se mordió la punta de la lengua para no decir que no le gustaba Ruiz y que ni en un millón de años trabajando con él se fiaría lo más mínimo de su trabajo—. Cuando puedas, por favor, encarga a algún agente que mire a quién pertenece la matrícula que te he enviado.

—Elena, no me ha llegado ningún correo tuyo.

—Estoy segura de que lo he enviado...

—No te tortures, con tu madre en el hospital tienes la cabeza en mil sitios. Cuando puedas, me lo reenvías y pronto te diré algo.

Marco se despidió apurado y colgó. Elena, pese al pitido molesto y lineal, mantenía el teléfono pegado a la oreja. La sombra de una certeza nubló su mirada. Pensó que su cabeza estaba perfectamente. Que estaba donde y como debía estar. No tenía dudas, había enviado ese correo.

7

Antes de guardar el teléfono, llamó al juzgado. Nadie contestó. Mari Mar tendría una excusa para justificar la ausencia de su mesa, siempre la tenía. Elena concluyó que esa mujer devolvería la llamada solo cuando quisiera hacerlo. Y entonces le preguntaría por los mensajes que no le estaba haciendo llegar. Pero ahora debía comer algo antes de subir a la habitación de su madre. Razón no le faltaba a la enfermera al aconsejarle que se cuidase un poco más.

La cafetería del hospital desbordaba tristes almas y más lastimosas miradas que, bandeja en mano y con cuerpos arqueados, simulaban una procesión de ánimas de la que Elena se negaba a formar parte. No quería perder el tiempo así. Ya ni tenía hambre. Y se fue.

Rodeó los ascensores y recorrió un par de pasillos y, sin saber adónde iba, volvió al lado de la máquina de café. Junto a ella se sentía menos sola, quizá también menos confundida en aquella extraña espera en la que su madre, sin estar en coma, no podía despertar. Acompañada por sus pensamientos. Sacó el teléfono y comprobó que no tenía mensajes nuevos ni tampoco llamadas. ¿Habría encontrado Marco el correo que ella juraba haber enviado? Porque estaba segura de haberlo enviado...

Entonces dudó. Tal vez estuviera en lo cierto su amigo el comisario. Tal vez sí tuviera ella muchas cosas en la cabeza. Demasiadas.

Dio un sorbo al café y comenzó a repasar. El trabajo sobre su mesa se estaría acumulando. Respiró con mirada de águila, se apoyó en el alféizar de la ventana y vio brumas desperdigadas, flotando sombrías alrededor del hospital. Qué estaba ocurriendo en Cruces. Qué se le escapaba en aquel expediente que apuntaba al blanqueo de capitales. Extraños movimientos bancarios. Jóvenes y ancianos, pensionistas y desempleados, padres de familia, antiguas mariscadoras, viudas y casados. Eran demasiados los perfiles que ingresaban pequeñas cantidades de dinero, siempre por debajo de los tres mil euros, en distintas cuentas bancarias. Todo apuntaba a que estaban vinculadas, a que el pueblo ayudaba a blanquear un dinero que necesitaba para vivir sin saber que lo estaba matando. Necesitaba pruebas. Y pronto las tendría. Un exempleado de una sucursal bancaria proporcionaría una lista con los nombres de aquellos que se prestaban a hacer esos ingresos periódicos. Estaba cerca de dar otro paso en la investigación. Y lo deseaba, porque ya no era habitual el blanqueo en Cruces. El narcotráfico se había reducido considerablemente desde las décadas de los ochenta y los noventa. Sin embargo, todo apuntaba a que había quien se resistía a abandonar el negocio, o quizá algún foráneo estaba operando en la zona... En cualquier caso, alguien estaba en asuntos turbios y ella aspiraba a dar con los implicados, a destaparlo todo.

Otro sorbo de café. Otra mirada en la lejanía, en busca de la orilla de la isla, de sus formas suaves salpicadas de casas a un lado y de la húmeda espesura de su bosque de laureles al otro. O Souto Vello se ocultaba de la noche, frondoso y todavía más oscuro. En sus pensamientos resonó el nombre de Paulina Meis; una niña de quince años que a lo mejor se había fugado a fin de encontrar mejores oportunidades lejos de Cruces, de las aguas frías en las que su madre mariscaba, de un presente de lluvia y un futuro nublado. No la culpaba. La entendía y entendía especialmente a quien padecía las dificultades de quien poco tenía en la isla. Paulina no habría sido la primera en huir. Ya lo habían hecho otras, como por ejemplo su tía Melisa. Pero… ¿y si le hubiese ocurrido algo? ¿Y si no fuera voluntario y estuviera en peligro su vida?

Dio un último sorbo al café. Trató de relajarse al pensar que la investigación sobre su desaparición ya estaba en marcha, pero luego recordó que era Ricardo Ruiz, esa hiena que únicamente quería ocupar el cargo de Marco en la comisaría, quien se encargaba de todo, y se inquietó al pensar en la suerte de Paulina. Paulina… Paulina… y Martina. ¡Martina! El nombre acudió a su mente invocado por aquel repaso de inquietudes y preocupaciones. ¿Quién era Martina? Su nombre estaba en los baberos y en los dibujos que su madre guardaba en el desván. ¿Por qué?

Se llevó el vaso de plástico a la boca para que una última gota fría de café rodase hasta ella. Decepcionada y consciente de que esa bebida no alcanzaba a acompañar cada pensamiento y cada nombre perfectamente compartimentado en su mente, buscó otra moneda y se acercó a la máquina. Junto a ella, de espaldas, el perfecto porte de un hombre que, con ademán elegante y una mano en el bolsillo, esperaba que la expendedora le surtiese su bebida. Fragancia a sándalo, embrujo de la noche o soledad; Elena respiró y suspiró a un tiempo. Su madre estaba en lo cierto al decirle que su vida debía ser algo más que trabajar, que había llegado el momento de conocer a «alguien» especial. Lo decía prudente y aun así con ese eco que tanto disgustaba a Elena. Tal vez fuese el momento de cambiar algunas prioridades en su vida. Tal vez cuando su madre se recuperase… Su madre. Elena se dio la vuelta y lanzó una mirada lejana por aquella ventana de hospital en la que solo había sombras. Se preguntó por qué no despertaba su madre. ¿Qué se le estaba escapando a los médicos? ¿En qué extraño limbo se encontraba? Cabía la posibilidad de que su madre hubiese sucumbido a uno de aquellos momentos de destierro en un rincón con su diminuta llave en la mano. Una mirada de soslayo y otro pensamiento fugaz: ¡la llave!, ¡la llave del diario!

Negó pensativa. Marco estaba en lo cierto. Demasiadas cosas en su cabeza. Sin duda. Con el gesto sobrio y los ojos más allá de aquella ventana, divagó y voló entre preguntas sin respuesta mientras esperaba su turno para sacar café.

Lapislázuli, quizá azul glacial del ártico o el brillo del mar en un día despejado, los ojos de ese hombre la miraron y algo en el interior de su pecho se agitó.

Lucía el entreverado de canas con la misma raya a un lado al más puro estilo del gran Gatsby. El lenguaje de sus movimientos hablaba con los sutiles ecos de superioridad de quien hereda el mundo o incluso lo tiene por castigo. No vestía traje. Hoy no. Su ropa destilaba acentos de templada juventud, con pantalones vaqueros y camisa azul perfectamente remangada. Elena no tuvo dudas y, de inmediato, lo reconoció. Era él, el hombre del sedán, el hombre sobre el que había vertido café justo en el mismo lugar en el que estaban ahora.

Avanzó un paso para extraer su bebida sintiendo aquellos ojos en su nuca. Se preguntó quién era y qué podía haber hecho en aquel coche con un tipo al que no quería ni mencionar. Se dio la vuelta con intención de provocar un acercamiento, una conversación, cuatro palabras... Pero no había nadie. Nadie más que ella en aquel pasillo. Y en una pequeña parte que no reconocería en voz alta, Elena sintió decepción.

Se sentó y se entregó de nuevo a la extraña amistad de la noche en una ventana de hospital. En verdad le gustaría hablar con alguien al terminar el día, sobre todo en circunstancias como las que estaba viviendo. Aunque sin hermanos ni más familia a la que llamar, sin pareja ni demasiados amigos..., sabía que solo tenía a Marco. Podría llamarlo. Era su mejor amigo y siempre estaba ahí, siempre para todo, siempre para ella..., pero Elena sabía de sobra que no era justo para él. Ella fingía no recordar una noche de copas y confidencias junto a las hogueras que iluminaban la playa en la noche de San Juan; una declaración sincera, un beso y aquella forma de mirarla. Esa forma, ese brillo en los ojos, ese pedestal. Se sentía adorada sin merecerlo.

Al fin sacó el teléfono y decidió marcar un número. Los tonos se sucedieron uno tras otro hasta escuchar la señal de mensaje:

—Papá, soy yo, Elena. Necesito hablar contigo. Sé que es tarde, no te asustes, pero cuando puedas llámame —hizo una pausa y suspiró—. Por favor, papá, llámame.

Elena se quedó mirando el aparato y pulsó muy despacio la tecla de colgar. Como si no quisiera hacerlo. Como si esperase el milagro de escuchar a aquellas horas la voz de su padre. Se sentiría menos sola de poder compartir con él el estado en el que se encontraba su madre. Además, pese a que con seguridad él ya estaría al tanto del ingreso de Marian en el hospital —noticias como esa corrían como la pólvora en una isla como Cruces—, sabía que no merecía la pena insistir en la llamada. Porque su padre, el maestro de escuela don Miguel, al igual que sentía aversión a volver a entrar en casa de su exmujer, también rehusaba pisar un hospital. Era superior a él, como si una extraña tormenta de arena lo azotase entre aquellas paredes y el refugio lo esperase en cualquier otro lugar, lejos; cuanto más lejos, mejor.

Creyéndose sola, sentada a horcajadas en una silla, apiló las manos en el alféizar de la ventana y sobre ellas su barbilla. Cerró los ojos y descansó o, al menos, soñó con el descanso que su cabeza necesitaba.

Desde una distancia prudente, con un hombro apoyado en la jamba de la puerta, aquel hombre de penetrante mirada azul la observaba.

Elena abrió los ojos con el gesto de quien ha dispensado bálsamo a una herida. Él continuaba mirándola. Ella advirtió su presencia y estiró la espalda, de nuevo en alerta. «¿Por qué me mira de esa forma?», pensó.

Mandíbula cuadrada, la inmensidad del mar en la mirada y barba de varios días perfectamente cuidada.

—¿Un mal día? —preguntó él.

—No encontrará a mucha gente por aquí que no lo haya tenido —dijo Elena impregnando de falsa seguridad su voz.

Él afiló la mirada y ella ignoró que el corazón le latía con fuerza. Ese hombre la intimidaba con su sola presencia y eso no le ocurría muy a menudo, en verdad nunca.

—Depende de las expectativas de cada uno —añadió con voz grave sin dejar de mirarla a los ojos, y se explicó—: Nuestras expectativas son las que tildan un día de bueno o malo. Igual sucede con los desconocidos.

Elena captó la invitación a dejar la lanza a un lado y, sin saber por qué, le siguió el juego. Sin duda era magnético y su voz sonaba como la había imaginado en un reflejo, casi sin querer. No obstante, era consciente de que debía ser cauta, aquel hombre podía tener negocios, amistad o relación de alguna clase con el tipejo del sedán. No podía olvidarlo.

—Un mal día... —murmuró ella y de reojo miró la pantalla del teléfono móvil.

—Te devolverá la llamada.

Elena activó de nuevo sus alarmas: ese hombre se había quedado escuchando el mensaje que le había dejado a su padre.

—A mi padre no le gustan mucho los hospitales —justificó ella y de inmediato se arrepintió de explicar nada a un desconocido, pese a que en los hospitales no hay más amigo y confidente que un desconocido.

—Algo más que tenemos en común —dijo al tiempo que se ponía de pie frente a ella, exhibiendo con naturalidad su porte, sin dejar de mirarla.

«¿Algo más?», preguntó una voz en la cabeza de Elena y debió de hacerlo tan alto que retumbó en sus ojos al tiempo que él lanzó un vaso de plástico al cubo de la basura.

—Ambos debemos estar despiertos —añadió.

Elena no sabría decir si se había despedido o si, sin más, ese hombre misterioso había desaparecido como un fantasma. De lo que sí estaba segura era de que iba a ser muy difícil olvidarlo.

8

Amanecía y en la habitación del hospital las sombras permanecían expectantes en la pared. La mano de su madre continuaba caliente y Elena respiró con cierta tranquilidad. Apenas había dormido en toda la noche. Pensaba en aquel hombre. Rememoraba sus palabras, su enigma, pero también su voz, sus rasgos, sus ojos y aquella forma de mirarla. En un desliz de su ánimo suspiró desarmada y, casi de inmediato, estiró la espalda, se abrochó la americana y rehízo un moño bajo sin necesidad de espejo.

Había llegado el momento de ver si las cosas de su madre estaban en el armario, tal y como le había indicado la enfermera.

Abrió una puerta con cuidado para no hacer ruido. Como si lo que iba a buscar, lo que pretendía llevarse a hurtadillas, no estuviese bien. De una percha colgaba una chaqueta. De la otra, un vestido en tonos tierra. Ambos de su madre. Se puso de cuclillas. Una bolsa de plástico de grandes dimensiones y poco contenido permanecía inmóvil y doblada con poca maña a sus pies, en el fondo, sobre una repisa con cilindros metálicos a modo de zapatero. Buscó en su interior y encontró una bolsita de plástico más pequeña, mucho más pequeña. En ella encontró los pendientes de su madre y la cadena. Las únicas joyas que siempre llevaba consigo estaban allí, pero no completas. Faltaba la llave. Tal vez se hubiese caído. Tal vez fuese un despiste de quien pretendía únicamente socorrer en una urgencia. Pilucha, la madre de Paulina Meis. «Tal vez...», dudó. ¿Era posible que se la hubiera llevado ella?

Se propuso no alimentar sospechas sobre aquella mujer que, con las certezas que tenía en ese momento, solo había querido ayudar a su madre. Además del hecho de que se encontraba inmersa en su propio infierno con la desaparición de su hija. Marian le había dicho a Pilucha que guardaba algo en el desván que podía ser de interés para encontrar a Paulina. De ser así, ¿por qué robarle una llave de un diario que seguro carecía de más valor que el puramente sentimental? No tenía sentido. No tenía sentido..., salvo que le ocultase algo, salvo que no hubiese sido completamente sincera.

Pese a todo, le concedería el beneficio de la duda. Se lo merecía. Tal vez se le hubiera caído a ella o a alguien del personal sanitario. Hablaría con la enfermera. Hablaría con Felisa y le preguntaría. Parecía de confianza.

No había nadie en el control de enfermería, por lo que Elena decidió dar una vuelta por el pasillo de neurología en busca de esa enfermera. Puertas numeradas, enfermos con etiquetas en las muñecas, preocupación que vagabundeaba con pantuflas y pijamas. Llegó a la zona de ascensores y continuó por otro pasillo, el de cardiología. En él encontró el mismo decorado, la misma distribución y el mismo carácter amable en cuantos sanitarios entregaban su vida a hacer mejor la de pacientes y hasta impacientes con más dificultades que la sola enfermedad. Elena admiraba las cualidades de todos ellos; desde una puerta escuchaba a una auxiliar regalando un comentario optimista a un anciano mientras le ayudaba a comer, en el pasillo un enfermero atendía el sofoco de una mujer abanico en mano, mientras que otra joven de bata blanca entraba con un gran ramo de flores en una habitación. Elena se quedó mirándola. Pelo negro, piel blanca y gafas. Era ella, Emma Fonseca, la farmacéutica. Con cara de extrañeza, Elena caviló que quizá le llevara las flores a alguien conocido. Un familiar, un amigo. Aunque después de haber visto a un enfermero abanicar a una anciana en medio de un pasillo, tal vez se tratase de otro gesto amable del personal sanitario.

Elena se quedó mirando la puerta, el número de habitación, y decidió regresar al control de enfermería, confiaba en que Felisa ya hubiese regresado a su puesto. Esta vez acortaría por un estrecho pasillo que conectaba las dos zonas y que ya había tenido tiempo de conocer en tantas horas de hospital.

Allí, de espaldas, seguro de estar solo, un hombre con un terno gris oscuro, alto y orondo, con poco pelo y engominado, hablaba por teléfono. A juzgar por los ademanes y el tono de voz, parecía alterado, inquieto. Rendía cuentas a alguien que exigía respuestas distintas de las que recibía.

Ella aminoró el paso para tratar de escuchar al menos parte de la conversación. Lo consiguió.

—Le he dado los papeles. Dice que los leerá. Ya te dije que era un cretino. Insistiré para que los firme pronto.

Fue justo al adelantarlo, al pasar a su lado, que pudo escrutar sus rasgos. Por suerte para ella el hombre estaba tan centrado en su conversación que cuando se dio la vuelta la ignoró por completo.

Sin saber de qué hablaba ni a quién se refería en aquel diálogo de absoluta sumisión, Elena concluyó con gesto de hastío que él sí que era un cretino. Lo conocía, sí. Se trataba de un administrador de la propiedad. Exactamente del administrador de Lorenzo Quiroga. Y, curiosamente, tenía más ínfulas de hombre poderoso que el mismísimo Quiroga. A medida que uno sumaba años, el otro se crecía y actuaba, más que como representante de los intereses de la casa Quiroga como un auténtico Quiroga. Quiroga. Un apellido, una casa que lo era todo en Cruces y para Cruces. Ellos eran dueños de viñedos y bodegas, comercializaban distintas marcas de vinos bajo la denominación de origen de Rías Baixas, habían levantado la primera fábrica conservera de la isla y tenían la propiedad de las bateas de cultivo de mejillón más prósperas de la isla, las que se beneficiaban de las corrientes de mayor fitoplancton y que no eran otras que las que se encontraban al oeste de O Souto Vello, justo frente al espigón natural que dotaba de personalidad al perfil de la isla, el que tantos titulares estaba encabezando últimamente en Cruces. Sin lugar a dudas, una casa muy poderosa que se había beneficiado del matrimonio en el siglo XIX de la heredera Fondevila, hija del mayor fomentador catalán en la zona, artífice de la introducción de nuevas y eficientes técnicas para la conservación de la sardina en Cruces y quien erigió la primera fábrica de conservas y de salazón en la isla. Rumores no faltaban entre los lugareños del origen de tan grande fortuna, como tampoco faltaban de los grandes imperios construidos a lo largo de la historia. Y murmuraban mientras admiraban, tras los barrotes de la verja, los excelentes y vigorosos jardines ingleses que doña Lola Fondevila cuidaba noche y día cuando no tocaba el piano extrañando al único nieto que había tenido y al que nunca podría perdonar su marcha.

Rumores y resentimientos en la historia del pueblo, mas nada que se pudiera probar en un juzgado. «Al menos no todavía», se dijo en el reducto malicioso de un pensamiento Elena mientras avanzaba por el pasillo hasta alcanzar el control de enfermería.

Nada más verla Felisa la saludó.

—Buenos días —exclamó, y Elena respondió con un movimiento de cabeza y una sonrisa pequeña—. ¿Has podido recoger lo que te recomendé de la farmacia del hospital?

—Me acerqué ayer. La persona con la que me indicaste que hablara, Emma Fonseca, no estaba. Volveré a pasar por allí más tarde.

—Hazlo, no tienes muy buena cara y te vendrá bien —susurró con ojos inocentes y dos amplias mejillas como amapolas.

Elena esbozó esa sonrisa cordial de quien recibe un consejo que no ha pedido o un comentario por obvio innecesario. «No es mala intención», se dijo y estiró las comisuras de los labios, puesto que ambas conocían lo inevitable de ese halo gris que la atmósfera de hospital proyectaba en los rostros de cuantos por allí vagaban.

—Descuida —zanjó—. Lo cierto es que te buscaba para preguntarte por las pertenencias de mi madre. Tal y como me dijiste, en el armario de la habitación he encontrado casi todo. Casi todo. Ya que falta solo una pequeña… un accesorio, un colgante de su cadena. He pensado que de habérsele caído a la persona que se la retiró del cuello, tal vez haya ido a parar a algún tipo de caja de objetos perdidos.

—Ah, entiendo. Podría ser. Miraré —dijo y salió hacia una puerta bajo el rótulo de ALMACÉN, caminando apurada con la misma gracia que un pato que quiere trotar.

El teléfono en su bolso comenzó a vibrar acompañado por el ulular intenso de la entrada de mensajes. Uno detrás de otro, encadenados sin pausa. Incómoda por el lugar en que se encontraba, quiso apagarlo. No pudo. Estaba de guardia. Comenzó a sonar, a chillar a todo volumen, y Elena cogió la llamada al tiempo que se escurría por el corredor, a izquierda y derecha, hasta llegar a una discreta sala de espera en la que poder hablar.

—Hemos encontrado algo, señoría.

La voz de Ruiz retumbaba metálica por la falta de cobertura y, aun así, eufórica.

Solo podía referirse a un caso.

—Debe saber que nosotros no hemos avisado a los padres de Pualina Meis, pero alguien que nos ha visto lo ha hecho. Vienen para aquí ahora, señoría. Debe llegar antes que ellos.

—¿Qué es lo que han encontrado, Ruiz? —inquirió autoritaria.

—Será necesario que constituya una comisión judicial. Hay sobrados indicios de criminalidad. Será mejor que venga a verlo porque es difícil de explicar, señoría. Y de entender.

Sonó sincero. Elena así lo percibió y sintió que un escalofrío le recorría la espalda. Recordó la mirada nerviosa de Pilucha, los ojos perdidos de Paco Meis…

—Debería venir cuanto antes, señoría. Antes de que lleguen los padres.

Elena guardó el teléfono al tiempo que desandaba pasillos, de vuelta hacia el ascensor. Al pasar por el control de enfermería Felisa la sacó de su abstracción de autómata con una mano en alto a modo de efusivo reencuentro.

—Te estaba buscando —dijo sofocada—. En objetos perdidos no hay nada de tu madre.

Se detuvo en seco.

—¿Cómo sabes que no hay nada de mi madre? No te dije qué es lo que buscaba exactamente.

—Es que, aunque parezca curioso o imposible, sobre todo en un lugar como este, no hay nada en la caja de objetos perdidos.

—¿Nada?

—En absoluto.

Elena compuso un mohín de extrañeza.

—Bueno, tal vez ya nadie pierda nada. O… quizá… todo el mundo encuentre lo que busca.

La joven sonrió despreocupada, con los carrillos más elevados si cabe y mucho más enrojecidos que antes. Sin duda se había empleado a fondo en serle de utilidad. Elena se despidió alegando asuntos de trabajo, aunque sin extenderse en explicaciones.

—Pregunta a su amiga.

Elena se dio la vuelta. Sorprendida.

—Yo que tú preguntaría a su amiga. A la mujer que le quitó la cadena. Tal vez ella te pueda confirmar si llevaba ese colgante o no —hizo una pausa—, o incluso, de ser valioso, que haya decidido guardárselo ella.

Al pasar delante de la puerta de la habitación donde Marian continuaba su largo sueño, o incierto limbo de vivos, le dijo que volvería pronto, que esa noche estaría junto a ella para cogerle la mano. Lo hizo con mirada de promesa. La misma mirada con la que dos ojos azules la observaban sin ella intuirlo desde el otro lado del pasillo.

Ya en el coche conectó el manos libres y llamó a Marco. Él acababa de ser informado de las novedades del caso. No era habitual que el inspector Ruiz tomase la delantera y hablase directamente con la jueza instructora. Marco lo sabía, pero consideraba que se debía a la estrecha relación que él mantenía con Elena. Ella, en cambio, no tenía tan claro que se debiera a eso. Ricardo Ruiz no era precisamente un hombre brillante. No cosechaba importantes éxitos en su carrera. En lugar de eso era un verdadero experto en escurrir el bulto, en salir indemne de cuantos fiascos policiales tenían lugar en Cruces. Era un hombre de recursos. Recursos que lo eximían de toda responsabilidad y que favorecían el trato que le dispensaban los altos mandos desde fuera de la comisaría. Recursos que Elena detestaba y que se resumían en ser un pelotillero. Un ser rastrero aquejado de esa cobardía social con la que los mediocres medran; lamiendo galardones, meneando el plumero y mordiendo todo mérito ajeno.

Sin más información que adelantar a Elena sobre el caso, Marco le dio instrucciones precisas para llegar al punto de O Souto Vello donde habían tenido lugar los hallazgos.

—Salgo para allí ahora mismo, Elena —se despidió acelerado.

Iba a colgar sin apartar la vista de la estrecha pista de tierra que conducía a las calas más remotas de la isla. Justo en el último segundo Marco añadió algo:

—Por cierto, he revisado la bandeja de entrada y no tengo ningún correo tuyo.

Elena aminoró la velocidad hasta detener el coche, asintió despacio, abstraída. Algo llamaba poderosamente su atención.

—Pasaré por el juzgado y averiguaré qué ha pasado —musitó sin prestar demasiada atención.

Colgó sin apartar la vista de aquella silueta, del objeto de su turbación. Qué hacía, quién era...

Se bajó del coche. A su espalda podían verse las luces azules de la policía rotando, sus sirenas aullando. La niebla subía desde la pequeña playa de no más de veinte o treinta metros de ancho. Elena caminaba directa hacia el agua. Brumas saladas se mezclaban con la densidad del humo. Un olor que conocía. Una sensación extraña. La silueta desdibujada de un hombre. Un anciano. Al lado, su diminuta casa, perfectamente mimetizada en aquel entorno gris y verde. En sus manos dos grandes ramos humeantes, fragantes. Dos ramos de purificador laurel. Los movía arriba y abajo, los agitaba a izquierda y derecha. Hacia el cielo, el mar y la tierra. La tierra.

Era Amaro, el viejo *meigo*, el curandero. Una curiosidad más de aquel lugar o verdadero enigma para ella. Dudó si acercarse a preguntar qué hacía. De sobra conocía que el laurel se quemaba para quitar el mal del aire y el mal de ojo a una persona, pero el uso más extendido era para limpiar las malas energías de un lugar. De aquel lugar. El viejo Amaro también trataba de ayudar a la isla.

Un grito desgarró aquella atmósfera asfixiante. Una bandada de pájaros despavoridos se perdió en un cielo gris y el viento sopló a la tierra. La niebla se abrió, el humo huyó y las sirenas se silenciaron. A Elena se le erizó la piel y contuvo el aliento un segundo. Echó a correr en la dirección que marcaban los destellos azulados de los coches patrulla en medio del extenso pinar.

Comenzó a llover. Una nube densa descargaba furiosa sobre arenas movedizas. En ellas los padres de Paulina se hundían lentamente devorados por la tierra. Duro golpe para ellos. Jaque a la esperanza.

Dos agentes jóvenes procuraban sostenerla por los brazos. Sus piernas exhaustas, sin fuerza, buscaban tierra a la que entregarse. Una mujer que gritaba, una madre que imploraba, incapaz todavía de llorar. Con el pelo revuelto, el gesto descompuesto y un dolor que la ahogaba, Pilucha cayó arrodillada.

Paco Meis, más bajo, más viejo y más desesperado de lo que recordaba, se frotaba los ojos con las manos, caminando en círculos. Elena se fijó en algo que no había tenido ocasión de ver antes: le faltaban dos dedos de la mano derecha.

El inspector Ruiz se mantenía de pie, brazos en jarra, la vista en el suelo, en aquel corro de perplejidad que a la desgracia aullaba.

«¿Qué es, qué han encontrado?», se preguntaba Elena dando zancadas entre hierbajos y tocones.

Desde otro punto, un coche patrulla derrapaba en el camino de arena. Sin tiempo de cerrar la puerta Marco echó a correr hacia ellos.

Llegaron los dos a un tiempo. Marco se puso en cuclillas. Elena dudó de lo que veía. Allí estaba. Cuanto quedaba de una mano. Una mano, más bien un puño, con signos de ser ya alimento de la fauna cadavérica, presentaba también incisiones que encajaban con mordiscos cometidos por algún animal de la zona. Jabalíes, probablemente.

—Los padres de la chica llegaron antes de que la policía científica acordonase la zona.

Sobre la arena, con sangre seca y cinco dedos, un puño cerrado con poca suerte.

—Señoría, creemos que se trata de la mano de Paulina Meis —dijo Ruiz.

—¿Nada más que su mano? —preguntó en un principio desconcertada—. ¿En qué se basa para creer que es de ella? —preguntó la jueza.

El inspector asintió y se agachó a su lado.

—Tiene un pequeño tatuaje en la cara interna de la muñeca, ¿ve?

Elena solo veía algunos trazos negros justo en el lugar por el que había sido seccionada la mano.

—El padre no recuerda de qué era el tatuaje, pero ha reconocido la mano de su hija.

Los de la científica terminaban su trabajo cuando Elena les hizo señales con gesto de querer preguntar algo.

—¿Podría abrirle el puño?

Ruiz resopló con cierta sorna.

—Esto sí le va a sorprender —dijo el inspector.

Elena prefirió ignorarlo y esperó la respuesta del joven enfundado en un mono blanco.

—Está pegada, señoría. Alguien la ha pegado a conciencia con pegamento industrial.

No pudo ocultar la mirada de asombro y aun así contestó ejecutiva:

—Esperaré a los resultados del Imelga.

Elena quiso actuar demostrando solvencia, pese a que no estaba demasiado familiarizada con el Instituto de Medicina Legal de Galicia y no conocía a nadie allí. Sin duda, eso iba a cambiar muy pronto.

Marco y ella se alejaron para hablar. La policía científica se llevaba la mano de la joven Paulina Meis en una bolsa de plástico.

—Alguien se ha llevado a esa chica y la ha matado. ¿Un sádico? —preguntó Elena.

Él la escuchaba con el ceño fruncido, pensativo.

—¿Qué crees que está pasando? —quiso saber ella.

—Creo que ha llegado la hora de saber qué sucede en esta isla.

9

Eran más de las ocho. Una luz moribunda se derramaba sobre pinos, robles y demás verde bálsamo de aquella atmósfera para perderse en las espesuras nocturnas de la isla.

La lluvia caía ligera mientras Elena conducía en dirección al hospital. Pensó en cómo cambiaba la isla de noche. Cómo el sol en su vigor daba fuerzas a ánimos convalecientes y cómo las pesadas sombras de la noche alimentaban los más oscuros miedos.

En la ventana de su casa, dos ojos cansados; allí quedaba el viejo Amaro buscando la luna cual Endimión triste y enamorado.

La conducción por aquellos caminos no era fácil de noche. No habían sido concebidos para la circulación de coches. Sin asfalto, sin luz, sin ancho suficiente para transitar. Por un segundo pensó que tenía que haber vuelto al mismo tiempo que Marco. Detrás de él. De inmediato negó. «Claro que no», se dijo. No necesitaba que otra persona le abriese el camino, nadie que la guiase. Por supuesto que no. Elena Casáis no estaba bajo la tutela de nadie.

Había sido la última en abandonar la zona en la que encontraron la mano de Paulina Meis. Justo antes de salir su padre le había devuelto la llamada. En ella no tardó en ofrecer un amplio abanico de disculpas por no haberlo hecho antes, también por no haber ido al hospital y porque tampoco lo haría en los próximos días... Alegó trabajo, falta de tiempo y hasta un resfriado que no acababa de curar. El interés al preguntar por Marian era sincero, la pena que silenciaba con pequeños carraspeos atribuidos al constipado, abrumadoramente auténtica. Elena solo quería saber que lo tenía ahí. Saber que podía compartir con él el estado de su madre, inquietudes y miedos, los momentos en que la fuerza fallaba. Nada más. Y todo eso. Jamás le pediría que fuese al hospital; sabía que su padre se quebraría como un árbol alcanzado por un rayo al ver cómo estaba ahora, menguada, reducida a un bulto en una cama blanca. Se rompería en mil pedazos al cogerle la mano. La quería. Pese a llevar casi treinta años, una vida, separados. Quizá esa vida que no habían elegido y en la que los recuerdos que, inexorables, los unían, los separaban con la fuerza de un látigo en la memoria.

La conversación con su padre había durado lo suficiente para que Marco tuviera que marcharse de vuelta a la comisaría. Elena insistió en que se fuera, que ella no tardaría demasiado en volver. Y aunque no se arrepentía de haberse quedado sola, la noche se ceñía sobre la isla y sabía que, si llovía con más fuerza, era muy probable que enterrase alguna rueda, lo que dificultaría enormemente su salida de aquel lugar.

Dio la vuelta en más de una ocasión. Maniobró esquivando piedras y socavones tantas veces que sentía calor en las manos. Se paró un momento. Comprobó que los seguros del coche estuviesen bajados. El trance de la niebla se acercaba. Miró entre los árboles. Contó una, dos, tres, hasta cuatro luces. Una detrás de otra. Se movían en la misma dirección. Elena apagó el coche y se quedó a oscuras. Observando.

Las luces parecían flotar. Elena las siguió con la mirada. Se preguntaba quiénes eran, qué eran o adónde iban. Al fin se detuvieron. Y lo hicieron en el lugar que tantas historias y oscuras leyendas engendraba la isla: el *cruceiro de meniños* o angelitos que estaba en el corazón del bosque, que recibía este nombre por los niños de corta edad enterrados a sus pies.

Negó con la cabeza asqueada.

Su experiencia como jueza orientó su pensamiento en otra dirección. Probablemente se trataba de pandilleros, de los Alacranes, una conocida pandilla de Cruces. Lo mejor de cada casa recalaba o pasaba por ella una temporada antes de acabar en prisión y con la vida arruinada.

Pudo imaginar lo que estarían haciendo. Porque, sin duda, era el lugar perfecto para hacerlo: oscuro, apartado, de difícil acceso y hasta sin cobertura. Se preguntó si conseguirían erradicar esa práctica alguna vez. Volvió a negar. Aquel era un punto conocido por la policía desde hacía años y, aun así, allí estaban esos chavales trapicheando con drogas. Hablaría con Marco, sí, eso haría, pensó en un arranque de rotundidad. Una patrulla debería pasarse por ahí cada noche. Su entusiasmo se desinfló enseguida. Sabía que Marco le iba a decir: «No tenemos recursos para eso, Elena. Lo sabes». Torció el gesto.

En la espesura adivinó cuatro siluetas envueltas en la oscuridad. Llevaban algo sobre ellas. Se movían despacio. Elena pensó de nuevo en la Santa Compaña. De pronto las luces desaparecieron y el trance misterioso de las nieblas parecía inundarlo todo.

Se dispuso a arrancar el coche cuando un haz luminoso la apuntó con un brillo que parecía irreal. «¿Quién era, qué era, qué quería?». No lo pensó demasiado y arrancó sin encender los faros. Alcanzó el asfalto al salir de O Souto Vello y suspiró con el corazón todavía a mil por hora. «Pero ¿qué diablos…?», arengó su ánimo al calor del miedo que se le había clavado en el pecho. Pasaron unos minutos antes de cruzar el puente en dirección al continente, a la otra orilla de Cruces, a su hogar, cuando la razón se impuso a sus sensaciones. Estaba convencida de que se trataba de macarras —alguno de ellos incluso menor de edad— haciendo lo propio a su incomprendida causa, y eso la cabreaba. El recuerdo de una mala experiencia con un pandillero cobraba cuerpo en su cabeza. Había sido en una de sus primeras guardias en el juzgado, hacía poco más de un año; un joven en la veintena, conflictivo y violento, al que había impuesto una orden de alejamiento de sus padres por violencia doméstica. Aquel dechado de virtudes había reaccionado iracundo y la amenazó con cortarle el cuello mientras dormía. Ella se mantuvo firme, impasible con la toga y contundente en su valoración, queriendo dejar muy claro que no le importaba lo más mínimo aquel intento de intimidación. Aunque eso no era del todo exacto. Aquellos ojos la habían traspasado y durante algunas semanas la cara de aquel alacrán le impidió conciliar el sueño.

El arrepentimiento no tardó en llegarle al delincuente después de unos días entre rejas. ¿Había sido sincero? Se retractaba de haber dicho en voz alta lo que le dictaba esa fuerza desquiciada de quien sufre abstinencia, pero ese joven no se arrepentía, únicamente quería salir de prisión, y Elena lo sabía.

Al acercarse a la cafetería del hospital con intención de pedir algo para cenar, comer o merendar —ya no estaba segura—, la imagen de la mano seccionada de Paulina Meis la golpeó en la boca del estómago. «Solo un sándwich. Para llevar», resolvió frente al gesto circunspecto de la camarera.

El mal cuerpo y la desgana se evaporaron como el aliento en el frenesí de una mirada. Su mirada. El enigma de un hombre la empujaba a caminar. Un paso, luego otro, casi sin querer e incapaz de detenerse, hasta la máquina de café. Se sentó al lado de la ventana. Junto a esa vieja amiga y confidente que sostenía diminutas gotas de lluvia en su constante titilar sobre el cristal. Quizá esperando el chaparrón que las arrastrase en mil caudales. ¿Qué esperaba realmente estando allí? Una voz en su cabeza le dijo que aquel hombre no era más que un desconocido que había subido a un sedán conducido por un alacrán. Tal vez, incluso, tuviese algún negocio con él... «No, imposible», se dijo. Y quiso creerlo. ¿De qué otra forma justificar que deseaba verlo de nuevo? Volvió la cabeza a la ventana. La lluvia golpeaba con fuerza formando al fin esa cortina de agua que lo distorsionaba todo. Se acodó en el alféizar, pensativa, dubitativa, extraña. ¿Puede haber placer en el abismo?

Dio el último sorbo, se puso de pie y, con un movimiento enérgico, estrujó el papel del vaso con la mano.

Había llegado el momento de reducir el consumo de café. Se sentía cansada, necesitaba dormir y estaba claro que, después del día que había tenido, sería imposible. Sacó un pequeño papel del bolso a modo de improvisada receta con el nombre de unas pastillas, quizá infusiones o hasta puede que inyecciones —qué más daba— bajo el nombre de una boticaria: Emma Fonseca. Debía ir a la farmacia del hospital. Miró el reloj. «Demasiado tarde». A esas horas estaría cerrada. Si ya resultaba complicado encontrar a Emma Fonseca de día, de noche sería imposible. Igualmente lo intentaría.

Estaba de suerte. O quizá no tanta...

En el mostrador de la farmacia hospitalaria vio cómo a una joven de bata blanca se le marcaba un hoyuelo en el rostro mientras hablaba. Emma Fonseca parecía disfrutar con la conversación. De espaldas, él. Su hombre misterioso.

Elena se acercó un poco más. A esa distancia prudente que le permitía escuchar retazos de cada comentario, intervención o solo su voz.

La farmacéutica restaba mérito e importancia a conocimientos fitoterapéuticos. Nada que ninguna otra mujer de la zona no hubiese recibido en herencia de su madre. Para más inri, insistía en que ella no dejaba de ser una boticaria contemporánea.

Él, por su parte, le extendió una tarjeta que, aun incapaz de leer a esa distancia, Elena pudo reconocer por el logo: Pharma Neuve Switzerland.

«Perfecto», celebró la jueza en su cabeza al tiempo que se alejaba unos metros para colocarse tras un panel informativo de grandes dimensiones, en el que anunciaban unas jornadas sobre trasplantes de corazón en pacientes con diabetes *mellitus.* «Perfecto», repitió. Al fin sabía algo de aquel hombre; seguramente trabajaba para la archiconocida multinacional farmacéutica.

Con el objetivo de que él no la viese allí, Elena esperó unos minutos. Demasiados. Al acercarse de nuevo la farmacia ya estaba cerrada y no había rastro de Emma Fonseca.

—¿Tiene por costumbre escuchar conversaciones ajenas? —dijo a su espalda una voz.

La voz, aquella voz, segura, grave...

Elena tragó saliva y mantuvo la calma.

—Podría decirle lo mismo, ¿no cree?

Él hizo un gesto casi imperceptible. Quizá un amago de media sonrisa. Elena la vio o creyó verla y se lanzó a preguntar.

—¿Entonces ha venido a Cruces por asuntos de trabajo?

Ella sabía perfectamente que, a las horas que estaba en el hospital, pocos negocios —al menos legales— podían llevarse a cabo. Él respondió dibujando una sonrisa tibia, pesada; una sonrisa que parecía arrastrar una sombra.

—No se deje engañar por ciertos matices de mi acento. Llevo muchos años fuera, pero soy de Cruces. Mis padres son naturales de aquí. Ellos son el motivo de mi regreso.

La respuesta conmovió a Elena.

—En mi caso, también es mi madre la ingresada —dijo ella con la confianza anónima que otorgaba aquel lugar—. Agradecerán que haya venido de lejos para acompañar.

Un leve movimiento de cabeza, la mandíbula apretada y el frío en sus ojos le dieron a entender a Elena que él se ampararía bajo la misma confianza anónima de la que todo el que caminaba por allí gozaba.

—Solo la enfermedad y la proximidad de la muerte han permitido que nos acercásemos.

A Elena le sorprendió la crudeza y la honestidad de aquel comentario.

—Nada es tan grave aquí. Nadie recuerda las afrentas al pasar unos días en este lugar.

—Cierto —respondió él con la voz endurecida—. Tan cierto como que nadie olvida aquí sus errores ni tampoco sus miedos.

Elena miró a aquel hombre frente a ella, paseó con disimulo los ojos por sus facciones de fortaleza modelada a cincel y reflexionó un segundo sobre qué podía ser lo que le habría hecho su padre para guardar un rencor que disimulaba con frialdad.

Y como si él la escuchara, se irguió sin dejar de mirarla a los ojos.

—Aquí las sombras de los muertos sentencian a los vivos —pronunció con gesto severo.

Aquellas palabras se clavarían en la mente de Elena y le impedirían pegar ojo en toda la noche. Probablemente, mucho más allá de aquella noche, recordaría esa frase con fuerza de sentencia.

Se dio la vuelta con la cabeza aturdida. La puerta de la farmacia hospitalaria estaba cerrada. Pese al escepticismo, se acercó igualmente y, con dos toques de nudillos, llamó.

Para su sorpresa escuchó una llave revolviéndose en el bombín de la cerradura y el movimiento retráctil del pasador. Elena mantuvo la espalda estirada y el gesto dispuesto, pese a las dos enormes sombras que, bajo sus ojos, amenazaban con delatar su estado de estrés y cansancio.

El leve chirrido de las bisagras anticipó la presencia de la boticaria.

—La farmacia ya está cerrada. Sea lo que sea tendrá que volver mañana en horario de ocho a quince horas —dijo expeditiva mientras agarraba el quicio de la puerta con intención de no entretenerse y cerrarla cuanto antes.

—Espera —pidió Elena, y en sus ojos mostró un atisbo de vulnerabilidad.

Un brillo apagado que, sin duda, la farmacéutica percibió y, lejos de cerrarle la puerta en las narices, tal y como tenía pensado hacer, relajó el gesto.

—¿Podrías darme algo que me ayude a dormir?

—Solo atiendo a los pacientes del hospital. Tú no pareces una paciente. Ve a una farmacia de la zona.

Elena buscó algo en un bolsillo y le mostró el pequeño papel en el que una enfermera había escrito una recomendación el día que se había desmayado. La farmacéutica lo leyó y movió la cabeza con un gesto de paciencia.

—¿Te lo ha dado Felisa, la enfermera de la cuarta planta?

Elena asintió.

—Pero, si es mal momento, volveré mañana. No te sientas obligada —dijo negándose a parecer necesitada.

—Espera aquí un segundo. Ahora vuelvo.

Al cabo de no más de un par de minutos, Emma Fonseca apareció con dos pequeños botes de cristal.

—Aquí tienes. Tómate ahora una cápsula y, si no consigues descansar, mañana toma dos.

Elena leyó las etiquetas escritas a mano en cada uno de los botes, donde figuraba una breve descripción y forma de utilización.

—¿Cápsulas de hipérico y aceite de romero con lavanda?

—Exacto. ¿Algún problema?

—Me sorprende que la hierba de San Juan y un aceite aromático me puedan ayudar.

—Veo que ya los conoces. Ahora pruébalos —dijo la farmacéutica con intención esta vez de cerrar la puerta.

—Pero ¿esto es un remedio de curandero?

—Es un remedio a secas. Si te funciona, perfecto, en caso contrario prueba a ir al médico a por una receta.

Sentada junto a su madre observó su rostro inmóvil, la piel apagada y cuantos surcos horadaban las más lejanas primaveras de Marian. La recordó en un rincón de la casa, con la mirada perdida y su pequeña llave en una mano al tiempo que un médico circunspecto aseveraba: «No hay explicación médica para su estado».

Arrastrada por la preocupación, tomó la cápsula de hipérico con un vaso de agua y vertió unas gotas de aceite de romero y lavanda en las manos, respirando profundamente su fragancia mientras se arrellanaba cuanto podía en la silla.

Cerró los ojos, procuró el descanso que necesitaba, pero a su cabeza acudían preguntas que se sucedían unas a otras sin ninguna respuesta. Elena pensó en las palabras que había escuchado aquella noche y que no podía borrar: «Aquí las sombras de los muertos sentencian a los vivos».

De pronto, extraviados en el vacío, los ojos de Marian se abrieron. Ahogados, desesperados, sedientos. Aspiró aire poseída y gritó con fuerza:

—¡Martina!

10

A las emociones del día anterior se sumaron las agitadas inquietudes de la noche. Elena decidió pasar por casa y concederse una larga ducha antes de salir para el juzgado. La falta de descanso se acumulaba en su cuerpo y, sobre todo, en su cabeza. Vapor de agua y la conversación con su hombre misterioso se cruzaban con el puño cerrado de Paulina Meis entre la tierra, sus padres y una furiosa tormenta que pretendía sepultarlos a todos. El viejo Amaro envuelto en humo de laurel. Luces y sombras. Un *cruceiro* y alacranes que la perseguían en una noche oscura al tiempo que una voz conocida gritaba el nombre de Martina.

Pensamientos desordenados. Nada estaba en su sitio. Nada tenía sentido. Elena cerró los ojos. No quería pensar más. Dejó que el agua caliente cayese sobre su cara, su pelo, su espalda, confiando en que obrase el milagro de revitalizarla.

Encendió la radio mientras desayunaba. Creyó que escuchar otra voz, las noticias, los problemas de gente que vivía a cientos de kilómetros, completos desconocidos, acallaría los miles de interrogantes que cabalgaban entre rutinas y pensamientos en su cabeza.

Tras un animado debate sobre corrupción política, la promoción de unas viviendas de lujo y los anuncios publicitarios de las conserveras de la zona, en la sección local una noticia hizo que Elena sonriese maliciosa.

«La Plataforma Vecinal para Salvar el Espigón de O Souto Vello, en pie de guerra contra la alcaldesa. Los vecinos acusan a la regidora municipal de actuar alineada con intereses espurios, alejados de las directrices recogidas en el Plan de Conservación Natural de la isla».

A Elena poco o nada le sorprendían esas acusaciones. De sobra sabía que la alcaldesa solo obedecía a sus propios intereses. La conocía. De sobra sabía que Sonia Seijo sentía atracción por el poder, sin entender que el poder conjugaba mal con sus amistades de juventud. Tarde o temprano la alcaldesa tendría problemas.

Apagó la radio. No quiso saber más.

Mari Mar la recibió estirando las comisuras de los labios. Una alegría por verla que sus ojos de fastidio no tardaron en desmentir.

Elena se limitó a darle los buenos días antes de encerrarse en su despacho. Lo primero que hizo fue revisar la bandeja de entrada de su correo. Mensajes del juez Fernández Lama, recordatorios automáticos de la agenda y un texto entre exclamaciones rojas del tal Xacobe Verde, con el mismo asunto: «Ayuda Bateas». Pensó que no tenía tiempo para eso y, en un ejercicio de cribado rápido para aligerar trabajo, lo borró.

Después revisó los mensajes enviados. Clicó una vez, dos… Nada. Vacío. Buscó las distintas carpetas donde guardaba mensajes y… ni una. Se levantó arrastrando la silla y se fue directa a la mesa de Mari Mar.

Le pidió que la acompañara a su despacho. «Ahora, por favor». El gesto grave de la jueza evitó las excusas de la secretaria, que la siguió.

—Explícame por qué no tengo ningún correo en mi bandeja de salida. ¿Por qué han desaparecido todas las carpetas en las que clasificaba los mensajes?

La sombra de preocupación en el rostro de Mari Mar se desvanecía a medida que los pretextos y las justificaciones hacían acto de presencia para culminar con esa sonrisa que a Elena la irritaba tanto. Sin duda aquella mujer era una experta en escurrir el bulto. Una verdadera artista. ¿Qué pretendía? Con descaro y total impunidad intentaba culparla a ella.

—Señoría, como sabe, teníamos un problema con la seguridad de algunas cuentas de correo en los juzgados. La tarde del día en que salió corriendo por el accidente de su madre, el informático vino para hacer un borrado de seguridad y un reseteo, o algo así —dijo con su voz cantarina.

—¿Acaso no pasó un aviso el Departamento Informático?

—Sí, claro.

—¿Y no consideraste importante comunicármelo?

—Por supuesto, señoría. Iba a hacerlo, pero, como le he dicho, salió corriendo —explicó con cierta sorna tratando de invertir responsabilidades.

Elena la miró con fijeza y, pasado un segundo, decidió dar su caso por perdido y dejarla marchar.

—Que no vuelva a suceder —dijo por toda despedida para que Mari Mar saliese de su despacho.

Ahora ya entendía el motivo por el que Marco no encontraba el correo que ella insistía en haberle enviado. Ese mensaje no llegó a su destino porque fue borrado antes de salir. Debía reenviarle la matrícula del sedán cuanto antes para tener la respuesta que necesitaba sobre el hombre del hospital y del miserable que lo conducía.

En «elementos enviados» no había nada. Imposible recordar de memoria la matrícula. «Un momento», pensó, la había anotado en su bloc. Cogió el bolso, rebuscó con una mano, luego con las dos y al final le dio la vuelta sobre la mesa, dejando que su contenido se desparramase entre torres de papel.

Después de varios minutos, lo encontró. Había estado todo ese tiempo frente a sus ojos y fue incapaz de verlo. Necesitaba dormir.

En el cuerpo del mensaje le explicó brevemente a Marco lo que había sucedido con el anterior correo. Para Elena era importante dejar claro que no había sido un error. Enfatizó la urgencia de averiguar quién era el propietario del sedán y con sumo cuidado tecleó cada número y cada letra de la matrícula.

Esperó un tiempo razonable hasta cerciorarse de que el correo había sido enviado.

Dos golpes de nudillos y un paso al frente. Mari Mar se acercó a su mesa con una libreta en una mano y un bolígrafo en la otra. A Elena no le cupo ninguna duda de que aquella puesta en escena obedecía a la necesidad de hacer valer su trabajo y, por supuesto, la recibió con escrupulosa atención.

—Señoría, supongo que ahora ya no tendrá importancia dadas las últimas novedades en el caso de Paulina Meis, pero ayer por la mañana, Pilucha, la madre de la chica, estuvo aquí. Se la veía nerviosa y pidió hablar con usted. Insistió mucho en que era importante…

En un primer momento Elena pensó en la angustia que estaría pasando esa mujer con la desaparición de su hija. La terrible incertidumbre…, pero al cabo de unos segundos recordó la llave del diario. «Tal vez… —se dijo— tal vez la tuviera ella y quisiera devolvérmela».

—Gracias por el recado, Mari Mar.

La administrativa se sorprendió de aquel agradecimiento sincero, ya que esa misma mañana había recibido una reprimenda. Libreta en mano y pelo ahuecado, la mujer sonrió satisfecha.

Elena se levantó y cogió su abrigo.

Debía ir a casa de los Meis. Tenía que hablar con Pilucha. No en calidad de jueza instructora, sino por ser la hija de Marian. Esa amiga de la infancia a la que había recurrido al desaparecer Paulina. Esa mujer a la que tal vez le estuviera guardando la pequeña llave de un diario.

El teléfono sonó con un alarido en medio de sus deducciones y de inexplicables rotondas previas a alcanzar el puente que la llevaría a la isla.

—Elena, soy Marco, ¿estás en el coche?

—Sí, iba en dirección a O Souto Vello. Quería hablar con la madre de Paulina sobre...

—Da la vuelta —interrumpió.

Elena enmudeció, sorprendida.

—¿Qué pasa, Marco?

—Me han avisado del Imelga de Pontevedra. Estoy ya de camino y necesito que vayas para allí también. Sé que es un poco informal, pero le he dicho al forense que ya te avisaba yo. Espero que no te importe. Ya sabes que en un sitio pequeño como Cruces nos conocemos todos y no es necesario ser tan escrupuloso con el procedimiento. Al final, los jueces que hasta ahora han pasado por aquí se toman esto como un primer destino obligado y ponen poco empeño en establecer lazos.

Torciendo el gesto, Elena asintió.

—Pronto todo eso cambiará, Marco. Yo he venido aquí para quedarme.

Era la primera vez que estaba en el Instituto de Medicina Legal de Galicia, pero a Elena Casáis no se le notaba. Cruzó el umbral de acceso como si lo hubiera hecho siempre. La primera puerta guardaba un pequeño almacén repleto de tubos de ensayo, la mayoría caducados, hilo para suturas, batas y calzas desechables y una nevera. A la izquierda, sin proponérselo se dio de bruces con las nueve cámaras frigoríficas, apiladas en filas de tres, unas sobre otras, en las que desgraciados cuerpos se ofrecían para dar respuestas a jueces y a los más hondos pesares de familiares y amigos que los lloraban. Aquel era el lugar en el que las funerarias depositaban los cadáveres que, con ánimo indagador y muchos menos recursos de los que necesitaban, audaces y experimentados forenses examinaban minuciosos cada centímetro de piel o víscera en el marco de burocratizadas investigaciones. Dio la vuelta, pues esos cuerpos deberían salir a la sala de autopsias en la que Marco y el forense ya estarían esperándola.

El aliento glacial de aquel lugar la paralizó en el umbral de la puerta. Un escalofrío le recorrió la espalda y en el estómago se le revolvió el desayuno. El olor a formol y desinfectantes se mezclaba con el hedor que dejaban las vísceras y la sangre. No olía a cuerpos descompuestos ni tampoco a muertos. Olía a muerte.

Marco hablaba con un hombre de mediana edad y bata blanca que, al verla, se acercó decidido y le tendió una mano.

—Doctor Araújo —se presentó.

Elena asintió e hizo lo propio.

—El doctor Araújo y yo nos conocemos de hace tiempo —dijo Marco—, por eso me ha avisado a mí antes que al inspector Ruiz —en este punto Marco evitó explicar que la relación entre el médico y Ruiz no era muy buena—. Como ya supondrás, ha sido el encargado de examinar la mano de Paulina Meis y ahora quería comentarnos sus averiguaciones.

—Así es, Marco —tomó el relevo el forense mostrando familiaridad—. Acercaos a la mesa.

A un lado, la carretilla hidráulica encargada de mover los cadáveres de las cámaras frigoríficas a la fría mesa de metal. En ella, una mano abierta y medio despellejada mostraba impúdica la naturaleza humana bajo la potente iluminación de una lámpara de quirófano.

A Elena se le encogió el estómago por segunda vez desde que puso el pie en aquel lugar. Apartó la vista con tan poca suerte que advirtió el aséptico instrumental metálico en la mesa de tallado. Sobre ella un armario con formol y la báscula que usaban para pesar las vísceras. Quiso disimular, quiso mantenerse entera, y se acercó a la ventana. Una ventana enrejada que daba a un estrecho corredor en el exterior del Hospital Provincial de Pontevedra. Vio a dos celadores fumando en el descanso de mediodía. El humo de los cigarrillos la mareó. Todo pasaba deprisa y en su cabeza el tiempo parecía suspendido en otra dimensión. Una mujer llevaba en brazos el menudo de cuerpo de un bebé envuelto en una mantita azul. Al lado del anatómico forense se encontraban las urgencias del materno-infantil. Se preguntó qué extraña psicopatía padecería el gestor responsable de tan imprudente decisión. Se preguntó si consentiría que sus hijos acudiesen aquejados de algún mal a aquel hospital en el que un forense podría estar ventana abierta, bisturí en mano, analizando un cuerpo infectado de hepatitis o algún otro virus de morbimortalidad semejante.

Marco la miró y ella contestó con otra mirada que todo estaba bien.

—Avanzaré exponiendo las certezas que hemos podido cotejar respecto a los restos encontrados en O Souto Vello en el día de ayer. Dada la estrecha relación que me une al comisario Marco Carballo, le he dado prioridad a este caso, sobre todo porque se trata de una menor. Quien hubiera abandonado la mano donde lo hizo no tuvo en cuenta la fauna de la zona, especialmente jabalíes, que no dudaron en mordisquear la mano. Quizá por eso no podamos disponer todavía del resto del cuerpo. Por suerte, dado el exhaustivo examen ocular de la policía científica, estoy en condiciones de asegurar que la mano fue movida por animales carroñeros hasta el lugar en el que fue encontrada por un vecino.

—Amaro —interrumpió Marco mirando a Elena—. El viejo Amaro fue quien la encontró y avisó a la policía.

—Bien —prosiguió molesto por la irrupción el forense—. La mano mostraba unas manchas blanquecinas en la piel que, a primera vista, sería precipitado determinar, por lo que he enviado un hisopo al laboratorio y estoy a la espera del resultado. —Hizo una pausa y señaló con una especie de varilla metálica sobre el borde seccionado de la mano—. Por otro lado, nos encontramos ante una herida inciso-contusa con infiltrado hemorrágico, producida con toda probabilidad por un arma cortante y contundente.

—¿Como un hacha, por ejemplo? —preguntó Elena.

—Efectivamente, el arma vulnerante habría sido un arma pesada de filo cortante con cola de entrada y de salida. Podría haber sido un hacha, sí, entre otros muchos tipos de armas. Se sorprendería de la cantidad de objetos que acaban siendo usados como armas con los más macabros fines. —Hizo una breve pausa bajo el sello de perplejidad que sumaban años de ejercicio profesional y continuó—: Hemos recogido muestras del tejido para comprobar la vitalidad, para saber si estaba viva en el momento de ser amputada la mano, así como restos de tierra y tejido epitelial que raspamos bajo las uñas. Justo a la altura de la muñeca, en la cara interna, se aprecian unas marcas negras que podrían corresponderse con un tatuaje. Del análisis radiográfico se concluye que los huesos concuerdan con la edad, el género y la complexión de Paulina Meis.

Hasta ese momento Elena escuchaba los aspectos más técnicos con poco entusiasmo.

—Pero, sin duda —continuó el forense—, lo más llamativo de la radiografía que le hicimos nada más llegar ha sido el hallazgo que advertimos en el interior del puño. Quien se llevó a la chica y le amputó la mano se tomó muchas molestias para cerrarla con pegamento industrial por un motivo: para esconder algo.

El doctor Araújo acercó una bandeja de metal y la colocó al lado de la mano. En ella, una gasa blanca cubría algo de escaso tamaño. Parsimonioso, con guantes y unas pinzas en la mano, el forense desplegó las cuatro puntas una a una, poniendo a prueba la paciencia de Elena.

La atmósfera de la habitación se volvió densa e irrespirable. La jueza se apoyó en la mesa de autopsias y parpadeó desconfiando de lo que estaba viendo.

—¿La reconoces? —preguntó Marco.

Absorta, incapaz de creer lo que veía, Elena musitó:

—La llave del diario.

11

¿Cómo había ido a parar la llave de su madre a la mano amputada de Paulina Meis? Esa era la pregunta que resonaba en la cabeza de Elena después de haber escuchado con atención las primeras impresiones de Marco.

Él lo tenía claro: quien se llevó a la chica había preparado aquella puesta en escena grotesca como una provocación. De ahí que su mano en un puño encerrara un regalo cruel, quizá incluso una advertencia..., una llave. Una llave que de alguna forma relacionaba a Marian con Paulina. A la madre de la jueza que instruiría el caso con una chica desaparecida y probablemente muerta. Ahora sí los augurios del inspector Ruiz podían tener una base para sostenerse: ¿constituía esa llave un nexo entre la desaparición de Melisa y la de Paulina? Quizá sí. Quizá de alguna forma, extraña y retorcida, que todavía no entendían. En cualquier caso, desde ese momento no solo decretaría el secreto de sumario, sino que también solicitaría a Marco, en injusta calidad de amigo, que no hablase con nadie de ese hallazgo.

Se vio obligada a explicarle que era la llave de un diario que su madre guardaba en el desván para, acto seguido, pedirle que le dejase un poco de tiempo a ella para leerlo antes de entregarlo en comisaría. Antes incluso de decírselo a Ruiz. Y tal y como había previsto, él accedió.

No quería esperar ni un minuto más, necesitaba saber qué escondía ese diario, pero tendría que hacerlo. Porque una voz en su cabeza le decía que debía ir a hablar con Pilucha. Estaba convencida de que no era amiga de su madre. Eran vecinas, tal vez conocidas de O Souto Vello, de esas que hablan del tiempo y de la subida del pan, pero... ¿amigas? ¿Qué más estaba omitiendo esa mujer?

En la línea del horizonte sobre el agua, siluetas de pescadores en sus dornas de colores aparecían en el fondo de un lienzo de porcelana. Justo al lado del espigón, Elena detuvo el coche. Frente a ella, la playa del Arenal, la más extensa de la isla y también la más fecunda en toda clase de bivalvos, se abría como un abanico o generosa mano del mar regalando sus frutos a la tierra.

Decenas de mujeres se desperdigaban en la bajamar sobre la arena, pegadas a sus capachos de plástico, con gorras, escarpines y delantales de múltiples bolsillos, para dedicar varias horas al marisqueo en seco. Clavaban y tiraban de grandes rastrillos, a la vieja usanza, para encontrar aquel tesoro alimentado por las frías aguas del Atlántico. Almejas y berberechos quedaban al descubierto para ser recogidos por las curtidas y ágiles manos de aquellas mujeres. Sorprendida y, en parte, confundida, Elena frunció el ceño al ver que entre ellas se encontraba Pilucha. Doblada sobre la cintura, con un *ganchelo* en la mano y un puñado de almejas finas en la otra, que pronto lanzaba a su capacho a la espera de ser medidas para garantizar así una buena captura. Sin reaccionar a las olas que poco a poco avanzaban lamiendo con suavidad tobillos, a veces con más ímpetu rodillas, pero también codos, muñecas y manos, aquellas mujeres trabajaban duro ignorando el dolor y el frío, y demasiadas dolencias tempranas que, a quien tiene más miedo al hambre que al mañana, poco le pueden importar.

Pese a ser todavía octubre, el sol ausente y un día nublado consentían que gélidos vientos azotasen el pueblo castigando a las mariscadoras que, aunque no se quejaban, a ratos soplaban sus manos y las metían en agua, en busca de ese grado, quizá dos o tres, que al aire de aquella mañana otoñal le faltaba.

Bajó del coche y se apoyó en la puerta cerrada. El olor del mar se fundía con el laurel, el canto de gaviotas y cormoranes se mezclaba con las órdenes de un patrón de galeón y las risas alborotadas de alumnas de secundaria al recibir lisonjas y otros enredos de dos mozos poco centrados en trabajar.

El viento movió un mechón del pelo de Elena. Nada más que uno. Por lo demás, el recogido permanecía intacto, como siempre.

Esperó a que Pilucha se acercase. Su rostro reflejaba la profundidad de un pensamiento doloroso. Ese pensamiento que la ahogaba en una tumba de piedra y, lejos de dejarla morir, la obligaba a caminar hacia donde estaba Elena.

Deseaba saber, preguntar; sin embargo, la amargura se anudaba en su garganta y solo pudo arrastrar un saludo de la mano, sin palabras.

—No esperaba encontrarla aquí —dijo la jueza mientras intentaba camuflar la perplejidad con un tono de voz pausado.

—¿Dónde habría de estar si no? —dio por respuesta Pilucha, con la mirada acerada de quien se niega a llorar.

Un gesto que Elena entendía, que compartía, y se negó a profundizar más.

—¿Cree que podríamos hablar en su casa? —preguntó prudente Elena, a tenor de las cuatro mariscadoras que simulaban recoger sus aperos a escaso metro y medio de donde ellas estaban.

—En mi casa no. Está mi marido y prefiero que lo que tenga que decir de mi hija me lo diga a mí. Yo se lo contaré a él.

—Suba entonces —resolvió Elena, y abrió la puerta del coche.

—Será mejor a pie —dijo cargando sobre un hombro el rastrillo—. Acompáñeme un trecho. Acortaremos por el bosque de laureles y podremos hablar de camino.

La oscuridad del día se acentuaba entre retamas y demás vegetación silvestre. Retales vaporosos de niebla se suspendían misteriosos rozando las copas de los árboles.

—¿Cree que está muerta? —dijo Pilucha con tono neutro, sin mirarla a los ojos. Sin pena aparente y, sin embargo, con el eco silencioso de quien ha llorado las mil muertes y torturas que su hija podía haber sufrido desde el día en que desapareció.

Elena respiró profundamente la verde humedad que la isla guardaba y se preparó para contestar la pregunta.

—No se descarta ninguna posibilidad —mintió—, nos falta el resto del cuerpo, pero es mejor estar preparados para cualquier desenlace.

Tan pronto terminó de decir esas palabras, Elena entendió su torpeza. No había nada en aquella mujer que hiciese sospechar que no estaba preparada para recibir la peor de las noticias. Y dudaba que la peor fuera la muerte. Rastro al hombro, capacho negro en una mano y mirada entre espinos. Poco quedaba de aquella mujer desesperada que luchaba y pedía ayuda bajo la lluvia. Poco quedaba porque su instinto consumía la esperanza. Pilucha prefería creer que su hija estaba muerta a imaginarla objeto de martirios de alguna bestia sin alma.

—¿Tiene idea de qué quería enseñarle mi madre en el desván?

No pasó desapercibido para Elena el gesto demudado de Pilucha y su silencio. Sin preguntas, sin porqués, la mariscadora se dispuso a retomar el camino hacia su casa, como si la pregunta no fuera con ella. Elena le cortó el paso.

—Es conveniente que no se guarde nada. Solo así podré ayudarlas a usted y a Paulina.

—Yo no sé nada —respondió sin mirarla a los ojos tratando de zafarse de ella.

—Algo más que yo sabe. De eso no me cabe duda —dijo con más vigor en la voz—. De qué se trata.

Pilucha bajó el rastrillo y lo dejó en el suelo.

—No estoy segura, pero creo que quería enseñarme un diario. El diario de tu tía Melisa. Se disponía a subir al fayado a buscarlo cuando se tropezó y cayó. Todavía no sé qué tiene que ver ese diario con Paulina ni tampoco con Melisa. Marian es una buena mujer que ha sufrido mucho. Primero con la desaparición de su hermana y luego… con tantas cosas que es mejor no recordar. No me extraña que en algún momento estuviera cercana a perder la cabeza…

Elena la escuchaba con un punto de desconfianza en la mirada y otro de desaprobación por lo osado del comentario, aunque las circunstancias de Pilucha la eximían de cualquier atisbo de reproche o sanción.

—¿Por qué fue a hablar con mi madre ese día?

—Ella se preocupaba por las alumnas del IES de Cruces. Se alertó al ver que Paulina andaba en malos pasos, que se juntaba con quien no debía. Quiso decírmelo y no la escuché. Poco importa ahora —quiso zanjar con sentir derrotista.

—Sí importa. Todo lo que ayude a la policía a saber más del entorno de Paulina importa.

—Espero que antes encuentren a mi hija —pareció desafiar.

Elena asintió dando por hecho que así sería.

—De todos modos, Elenita —dijo iracunda reduciéndola a una niña o a una colilla diminuta—, si quieres avanzar en la investigación, ¿por qué no lees ese diario? —Hizo una pausa y la miró a los ojos—. No sé si serviría de mucho para esclarecer lo sucedido a Paulina, pero estoy segura de que ayudaría a la pobre Jackie.

Sorprendida por una pregunta tan directa y por la forma en que había pasado a tutearla, Elena recordó la vieja caja metálica con fotografías antiguas que su madre tenía sobre el chinero el día que sufrió el accidente en presencia de Pilucha.

—¿Jackie? ¿Qué tiene que ver Jacinta Noboa con todo esto?

—¿Que qué tiene que ver? Pero... ¿qué te han contado de ella?

Jackie había sido compañera, quizá incluso amiga, de su tía Melisa. Eso sabía. Eso y que ahora vivía encerrada en una institución psiquiátrica. Nada más sabía Elena de ella, porque poco más podía ser de interés. ¿O tal vez sí?

En cualquier caso tenía muy claro que debía leer el diario. En verdad era lo que más ansiaba hacer: llegar a casa de su madre, subir al fayado y abrir el diario. Ya no estaba en juego controlar su curiosidad ante una cuestión ética de respeto a la intimidad, era la investigación de una desaparición, quizá de una muerte.

Eso hizo. Cogió el diario en las manos en un gesto solemne, respiró y exhaló aire con fuerza, para después introducir la pequeña llave en la cerradura. Un movimiento delicado, un clic y se abrió.

Sus hojas, de color rosa pálido, desprendían agradable perfume floral e inevitable sabor a infancia, a la dulzura de quien ve el mundo en tonos pastel.

Cruces, 27 de junio de 1983

¡Hoy ha sido un día increíble! Papá me ha comprado esa muñeca de trapo que tienen todas las niñas de la escuela.

¡Qué alegría tan grande! Ya no podrán decirme que no puedo jugar con ellas. Ya no se meterán conmigo ni me llamarán «la garza» por mis piernas de alambre. No, ahora no. Ahora ya no dirán que no soy nadie. Tengo una muñeca como ellas. Me siento muy feliz. Es verdad que tiene una mirada rara, como si hasta a su cara de trapo le extrañara estar en una casa tan pobre. A mí también me extrañó recibirla, envuelta en papel y todo, pero sé que mi padre movería montañas con tal de verme sonreír y saltar de alegría.

Mamá me ha hecho una tarta con el bizcocho empapado en almíbar, como a mí me gusta. Estaba deliciosa. Me dejó repetir un par de veces hasta que empezó a dolerme la tripa... Creo que por falta de costumbre, pero ¡es que esta vez le ha quedado riquísima! La verdad es que aún no sé cuándo la ha hecho... Ayer por la noche, cuando me fui a la cama (muy, muy tarde por la emoción), ella todavía estaba cosiendo las redes de Saturnino, sacristán de la ermita de los Milagros y el pescador con la dorna más bonita de la isla y la casa más fea. Se ve que el señor tuvo la mala idea de pintar la casa con el color que le había sobrado de pintar su barco y... lo único bueno es que ahora tiene una casa y un barco a juego. Menos mal que las redes son del mismo color acastañado que las de los demás pescadores de la isla. Pude comprobarlo ayer al ver con qué tino mi madre unía cada fibra para recomponer la malla. Sí, cosía y cosía, y hoy, como por arte de magia, a las seis en punto, antes de salir el sol, ¡allí estaba mi tarta! Cuando abrí la nevera para coger la leche esta mañana, casi tiro todo de los saltos que estuve dando. ¡Mi madre es la mejor!

Qué decir de mi hermana. Estoy deseando hablarte de ella. Ha sido quien me ha regalado este diario para que mejore mi escritura porque sabe que no me gusta ir a la escuela. Con la de cosas que se pueden hacer sin necesidad de pasar el día allí sentada soportando las miradas de esas niñas que viven en el centro del pueblo. Se creen mejores porque llevan los zapatos relucientes. Hasta la misma suela la tienen impecable. Tanto que me pregunto si vuelan, como las brujas, o incluso si van flotando de un lugar a otro como las ánimas en procesión nocturna.

Mi hermana Marian me ha dicho que con este diario podré conocerme mejor a mí misma, saber que soy mucho más de lo que esas niñas piensan de los que vivimos en O Souto Vello. Dicen que olemos a tripas de pescado, y no es cierto. Pero hoy no hablaré más de eso. Es un día especial. Sé que mi hermana me quiere y por eso insiste en que debo coger gusto al colegio o no podré llegar a nada. Me lo dice a escondidas, para que no la escuchen mamá y papá. Ellos tampoco saben lo que vivo en la escuela. No se lo puedo decir porque no quiero disgustarlos. No quiero que se sientan mal por ser pobres.

La cara de papá al ver este diario y un plumier con lápices y bolígrafos ha sido de susto. De susto para mi hermana, claro. Él la ha mirado con el mismo gesto que le puso el día que ella preguntó si podía seguir estudiando después del graduado escolar. La verdad que todavía no entiendo qué se le pasó por la cabeza. Nadie de nuestro alrededor ha estudiado más que lo obligatorio. Tal vez esas niñas de zapatos brillantes y lazos en los calcetines de los domingos…, tal vez. Y por supuesto los señoritos de las grandes casas de Cruces, como los Quiroga o los Bergara, claro.

Para ser justos, a veces parece que mi padre no quiere tanto a mi hermana como a mí. Una vez escuché a la vecina decir frente al *cruceiro* de angelitos que la culpaba por lo que le había pasado a Matías. Que conste que yo no lo conocí y no sé bien qué pasó ese día. Yo todavía no había nacido y Matías, de seguir vivo, sería mi hermano mediano.

Parece ser que una mañana, cuando salió a mariscar, mi madre dejó a Matías y a Marian, como cada día, en un capacho de esparto lo suficientemente amplio para que los dos no se pudieran salir. Tendría ella dos años y medio, o puede que tres, y él un año menos. Los dejó con un pedazo de pan a cada uno para que no lloraran y se entretuvieran un poco. Si yo no tengo muchos juguetes, imagino que ellos menos tendrían. El caso es que al llegar a casa, mi madre se encontró a Marian con Matías en el regazo y creyó que lo acunaba como a un muñeco dormido, pero el niño estaba completamente morado con el pan atravesado en la garganta. Supongo que por eso mamá reza siempre en ese *cruceiro* cubierto de hiedras, en el que un farolito de aceite está encendido día y noche, porque ahí está enterrado mi hermano Matías.

No he dicho algo superimportante de mi día de cumpleaños: también ha venido mi mejor amiga a comer un pedazo de tarta. Se llama Jacinta, aunque yo he decidido llamarla Jackie, como una famosa que he visto en una revista. Le he dicho que Jackie es más moderno. Además, Jacinta es su madre y ella no quiere ser como su madre. Nadie querría ser como su madre. Da miedo.

Me despido feliz… ¡Ya tengo doce años! Y, desde hoy, junto con Jackie, serás mi otro mejor amigo, mi gran amigo, mi diario, el diario de Melisa.

12

La luz de la claraboya menguaba lentamente sobre muebles, cajas y escaleras, ensombreciendo cada letra del diario de Melisa. Sorprendida por la fuerza y la elocuencia de una mente tan despierta con apenas doce años, Elena agradeció ese agujero del tiempo que, entre páginas rosadas, le permitía acercarse y entender a una tía desconocida, de la que nadie en su casa hablaba, y, sin embargo, a la que todos, de un modo u otro, lloraban. Pero no solo a ella, también podía vislumbrar los contornos y las formas del pasado de su madre y de sus abuelos.

Lanzó una mirada a través del cristal en dirección al bosque de laureles que se escondía en el interior de O Souto Vello. Era allí donde se encontraba el *cruceiro de meniños* al que se refería Melisa. Por el que Elena había paseado, jugado y rezado muchas veces. Se trataba de un *cruceiro de capela* o también llamado de Loreto, puesto que bajo el Cristo crucificado en lugar de capitel contaba con una pequeña capillita en la que en un principio estaría representada Nuestra Señora de Loreto, pero que Elena había conocido vacía. Únicamente repleta de cirios o velas medio consumidas, colocadas de tal forma que, encendidas, creaban un espejismo de fuego abisal, en el que redondeados rostros de pequeños ángeles alrededor de la capilla se purificaban como almitas del purgatorio.

Elena recordaba haber ido hasta allí con su abuela Manuela para dejar un ramo de flores silvestres, al que no escatimaba variedad de colores ni las más purificadoras fragancias que encontraba en su propia huerta o, de no tenerlas, las buscaba por todo O Souto Vello hasta dar con los mejores ejemplares.

Pero no solo la imagen de su abuela frente al *cruceiro* vino a su mente, también la de su madre; tardes grises, silencio y niebla, en las que se dejaba envolver por la melancolía para desaparecer en las entrañas del bosque. No iba todos los días, ni mucho menos, pero cuando lo hacía iba sola. Nunca mostró interés en llevarla a ella, más bien todo lo contrario. Era a su regreso, con el velo taciturno vibrando en su mirada, cuando, pese a estar divorciados, o discutía con su padre, o se negaba a verlo al menos una semana. Después caía en uno de sus silencios y se postraba en la cama durante días.

La tarde continuaba apagándose. Elena decidió llevarse el diario y lo guardó en el bolso. Al cerrar la puerta de la casa escuchó el tañido de las campanas de la ermita de los Milagros tocando a muerto. A unos metros de donde estaba, los vecinos de O Souto Vello caminaban tras el féretro, deteniéndose en cada cruce de caminos, tal y como dictaba la costumbre, pues por esos lugares pasaba la Santa Compaña. Creencias y tradiciones que Elena respetaba, conocedora como era de que en su tierra no había mayor consuelo ni mayor temor que el del purgatorio de las ánimas.

En aquella procesión ordenada de condolencias y respetos a la familia del fallecido y al propio finado, Elena reconoció a Pilucha. Caminaba al lado de una anciana de gesto duro, moño plateado y pañuelo negro sobre los hombros, a la antigua usanza, triangulado y anudado al cuello.

Se acercó adaptando el paso al de las mujeres con intención de mostrar interés por el muerto. La octogenaria no tardó en contestar que se trataba de un tal Samuel Vilariño. Nombre que nada le decía a Elena, y que a juzgar por la cara de Pilucha, tampoco a ella. La señora destacó en la necrológica que había muerto de una larga enfermedad a los setenta y siete años e hizo hincapié en los mil trabajos que había pasado en vida y en lo mucho que sufrió a la muerte. Argumento que, según entendía la señora, era necesario que Elena conociese para sentir la pérdida de un desconocido. Punto previo necesario a los detalles escabrosos y al morbo que todo morboso niega.

Elena movió la cabeza de un lado a otro, dejando creer a la mujer que el mensaje le había llegado. Lo dijo con labios escondidos y esa mirada que decía «no somos nada».

Entonces se volvió a Pilucha para preguntarle si sabía algo de Jacinta.

—¿Por qué Jacinta pregunta usted? —se encaró la anciana de pronto.

—Elena, esta es la señora Jacinta —explicó Pilucha.

—Discúlpeme. Yo pregunto por Jackie.

—Jacinta Noboa. Su nombre no es Jackie ni la Jackie. Es Jacinta Noboa —contestó la mujer con ojos furibundos y más airadas palabras.

—¿Es usted su madre? —le preguntó Elena sin inmutarse.

Pilucha miró al suelo, sin querer contestar esta vez, con el gesto fatigado de quien arrastra pasos y carga su propia cruz.

—No —espetó Jacinta—. No lo soy.

Sin conocer a Jackie, Elena sintió una profunda pena por ella. No podía haber sido fácil crecer con una madre como aquella.

Se despidió educada y dejó que la procesión avanzara sin ella. Fue en ese momento cuando —sentado en una piedra del camino que cumplía de taburete, silla y, según el cansancio del caminante, del mejor de los almohadones— vio al viejo Amaro, boina negra, cara pequeña y ambas manos apoyadas en su cayado de madera. La observaba silencioso. Con esa mirada cansada tras los cristales de quien parecía haber sido condenado a cargar con el peso del mundo, de un mundo que solo él podía ver o entender.

—Hay silencios que gritan secretos y secretos ocultos en mil palabras —dijo el hombre con aire místico, sin apartar la vista del mar.

Entendiendo la alusión a la señora Jacinta, Elena se acercó al viejo curandero.

—Jackie lleva muchos años ingresada en el Centro Médico Social —dijo él.

—¿El Centro Médico Social? —repitió sorprendida.

—Antes era un asilo adonde iban a parar ancianos desamparados y locos sin curación. La familia Quiroga mandó construirlo a mediados del siglo pasado. Más o menos al mismo tiempo que abrieron la escuela. Hace muchos años ya que Dante Bergara lo compró para transformarlo en una especie de clínica con especial atención a los que han perdido la cabeza.

Elena sabía que él había abierto la primera escuela de la isla, también que su apoyo había sido crucial en la construcción del puente que los unía al continente, pero lo de ese Centro Médico Social fue todo un descubrimiento.

—Perdone, pero ¿por qué sabe usted dónde está Jackie?

Los diminutos ojos cristalinos del anciano parecieron perderse un segundo en lo más profundo del mar antes de contestar:

—Porque yo estuve allí encerrado como hoy lo está ella.

La franqueza de aquella respuesta le extrañó. Su forma de decirlo, aséptica, clara, como si hablara de otra persona, la estremeció.

—Imagino que irá al entierro de ese vecino. No le entretengo más —trató de despedirse ella.

—No imagines, Elena. Pon ojos, sentidos, observa todo ahora para encontrar mañana esa piedra que hoy vas a pisar.

Sin palabras. Sencillamente, el viejo curandero de la isla la había dejado sin palabras. Era un experto en dar consejos que todo el mundo escuchaba, aunque no todos entendían.

Corriendo, casi sin resuello, la hermana de Marco la alcanzó en su maratoniana carrera hacia el cementerio.

—Pensé que no llegaba —dijo Maite sofocada y con una mano en el pecho—. Y si no llego, mi madre me mata.

—¿Conocías a Samuel Vilariño?

—¿Yo? Qué va. Y supongo que mi madre tampoco. Pero ya sabes cómo funciona esto. Hoy por ti, mañana por mí. Igual que se hacía antes para la siembra, se sigue haciendo con los entierros. Así que aquí estoy yo para dar el pésame en representación de mi familia.

Elena sonrió. Maite tenía gracia natural. Una energía positiva que atraía. Sabía escuchar y encontrar la sonrisa necesaria tanto en las risas como en las penas.

—Tienes mala cara —dijo con su habitual tacto Maite—. ¿Cómo sigue tu madre?

—Es pronto para saberlo. Poco a poco.

—Oye, esta noche vendrá Marco a cenar a casa. Solo estaremos los tres. Al final he vuelto con Rubén. Me ha prometido que no volverá a meterse en líos y que buscará un trabajo decente. ¡Vente! ¡Ven a cenar! No acepto un no. Creo que te vendrá bien desconectar un poco. Ahora ya no tienes la excusa de estudiar. —Hizo un mohín gracioso al que Elena solo pudo responder con una sonrisa.

—Ahora salgo hacia el hospital a ver a mi madre. Además estoy hasta arriba de trabajo y mañana debo madrugar.

Al final la había convencido. La hermana pequeña de Marco, la había convencido para cenar en su casa. Estarían los cuatro: Rubén y Maite, Marco y ella. Elena pensó que le vendría bien un momento distendido. Se pasaría solo un rato y disfrutaría de los platos de Maite, a todas luces una gran cocinera.

De camino al Hospital Comarcal de Cruces paró a comprar un buen vino albariño de la zona. Un vino que acostumbraba a disfrutar en la soledad de su casa tras largas jornadas de trabajo y que estaba convencida de que haría las delicias de la anfitriona de esa noche.

Mientras esperaba el ascensor para subir a ver a su madre, una voz grave se coló en su oreja con cálidas brisas que le erizaron la piel.

—Buena elección.

Elena respiró la fragancia a sándalo, se giró y lo miró a los ojos.

—Buen albariño. Un vino de *terroir* de innegable excelencia.

—Sabes mucho de vinos —apreció ella.

—Lo suficiente para asegurarte que aunque has hecho una buena elección, no es la mejor de la zona. ¿Has probado el Quiroga Embaixador?

Elena negó.

—Es un vino elegante, de notas frescas en el paladar y profundo aroma a la tierra y al granito en que se guarda durante años.

—Me queda claro que sabes mucho más de vinos que yo.

—Podría decirse que es mi pasión.

—Interesante, un farmacéutico con alma de sumiller.

—No soy farmacéutico, soy abogado y represento legalmente los intereses de Pharma Neuve.

Las puertas del ascensor se abrieron. Con una decena de personas en su interior se cerró sin dar tiempo a Elena a decidir si entrar o no.

—Creo que iré por las escaleras.

—Disfruta del vino.

—No es para mí. Estoy invitada a una cena de parejas y no considero de buen gusto aparecer con las manos vacías.

«"De parejas"..., ¿por qué había dicho eso?», se preguntó, aunque en el fondo sabía de sobra el motivo. Esperaba una reacción. Su reacción. Y la encontró al ver su poderosa mirada afilada como un halcón.

—En ese caso, disfrutadlo.

Se sentó junto a su madre, la miró y vio a una joven que con cariño regalaba un diario a su hermana pequeña. Nada sabía Elena de esos años y ahora descubría que no solo diez años separaban a las dos hermanas, sino también una tragedia familiar con el nombre de Matías. Podría decirse que ambas habían crecido como hijas únicas, el mismo padre y la misma madre, pero con un trato muy diferente hacia cada una de ellas.

Siempre le había insistido con que debía estudiar. Le compraba libros y cuadernos, lápices y todo cuanto pudiese necesitar en la escuela. Ahora entendía; ella no había tenido esa oportunidad.

Indagó en sus ojos cerrados, en los secretos de sus labios sellados y se preguntó qué mal o enfermedad sin nombre provocaba tan inexplicable sueño. Le dio un beso en la frente y se fue. Bajó por las mismas escaleras por las que una hora antes había subido.

Pese a estar de espaldas a ella, reconoció el pelo y la camisa del abogado de Pharma Neuve.

Su voz ahora sonaba contundente como una roca. Frente a él, por el contrario, un médico con bata blanca hacía esfuerzos por explicarse.

—Si dice que la respuesta a la intoxicación fue rápida y que todo ha ido bien, ¿a qué se debe su mala evolución ahora?

—Tenga en cuenta que para un corazón como el suyo todo esto ha supuesto un duro embate. Entienda que, con la insuficiencia cardiaca que tiene, hacemos lo que podemos por estabilizarlo. Le hemos subido la dosis de digoxina e iremos valorando cómo proceder día a día.

—Desconocía que sufriera de insuficiencia cardiaca. ¿Desde cuándo está en tratamiento?

—Aquí le realizamos un baipás aortocoronario y desde entonces su cardiólogo es quien le pauta el tratamiento.

Durante un segundo en que el silencio hizo pensar al médico que la conversación llegaba a su fin, añadió:

—Es muy normal que los padres preserven cierta parcela de intimidad a ojos de los hijos, al menos en lo que a salud se refiere —dijo midiendo sus palabras.

—Quiero hablar con su cardiólogo —dio por respuesta, sin dejar de manifestar la desidia que le provocaba el acercamiento de su interlocutor.

—¿Hablar con él? —balbuceó el sanitario sorprendido.

—Dígame cómo se llama y yo mismo lo encontraré.

—Es el doctor..., no recuerdo el nombre. No es un médico de esta casa. Es del Centro Médico Social. Aunque según figura en su historia clínica se le atendió aquí de urgencia cuando sufrió el infarto —subrayó—, con buen pronóstico tras la intervención, desde que abrió el Centro Médico Social sigue el tratamiento con ellos.

—Entiendo que la insuficiencia es consecuencia de ese infarto —quiso cerciorarse mostrando indiferencia por todo aquello que consideraba accesorio en la conversación.

El médico asintió.

—Y ¿cuándo sufrió un infarto? —pareció incriminar.

La sorpresa inundó la bata blanca de quien debía contestar y dudaba de la intención de quien hacía la pregunta.

—Hace treinta años, en 1989.

13

Frente a la ventana del pequeño salón de su casa, cansada, aunque sin arrepentirse por la hora de sueño que le faltaba, Elena dio un largo trago al café y se quedó mirando la lenta precisión con que la niebla desdibujaba la mañana.

Se dejó caer en un sillón. Posó la taza sobre una mesa acristalada de centro y reparó en su bolso abierto. Había llegado tarde, de ahí el aspecto desmañado de la correa rozando la alfombra. Reconoció el lomo floreado del diario. Se impidió mirar el reloj y permitió que la sedujese la idea de continuar leyendo.

Cruces, 2 de octubre de 1983

Otra vez la misma discusión en la cena. Mamá dice que, si no me lo como todo, la Santa Compaña vendrá a buscarme para llevarme con ella. Me lo ha dicho tantas veces que ya no me lo creo. Son cuentos con los que todos los padres de la isla asustan a los niños. O eso creía yo, hasta hoy. Tan pronto mi madre mencionó a la Compaña (que de santa no tiene nada) se fue la luz. En ese preciso momento, ni antes ni después. La verdad es que la luz de casa y la del par de farolas en el camino que conecta con el centro del pueblo se va siempre al acabar el día, justo cuando se la necesita, cuando llegan las nieblas y la noche lo oculta todo. Hoy he mirado por la ventana y la he visto. Todavía siento cómo el corazón me va a mil por hora. He visto la procesión de las ánimas con sus luces de inframundo flotando desde la playa. Me quedé paralizada viendo cómo después se adentraban en el bosque. Mañana se lo contaré a Jackie. Sé que parece una locura, pero no solo las he visto yo, también el curandero. Mi madre le tiene mucha fe a ese hombre. Todo cuanto dice Amaro lo da por bueno, sin rechistar. También a todos sus remedios. Ella dice que es mucho mejor que ningún médico. Yo no sé si será mejor porque nunca he ido a ninguno. Están en el continente y mi padre no coge el barco para andar de paseo, como dice él, solo para trabajar. Imagino que un médico será algo así como un curandero de ciudad. Yo solo sé que cuando me caí y desgracié la rodilla derecha, Amaro le dijo a mi madre que cogiese hojas de árnica, le quitase los hilos y me la envolviese durante varios días. Y no sé si fue el árnica, pero me curó del todo la herida. Después me frotó aceite de camelia y ni siquiera me ha quedado una cicatriz que merezca ser llamada con ese nombre.

Además, tanto a mamá como a las otras mujeres que van con ella a rezar al *cruceiro* de angelitos escondido en el bosque, a todas, una vez al año, les da infusión de hierba de San Juan y les levanta la paletilla o, lo que es lo mismo, les equilibra los hombros después de estirarles los brazos y levantarlas por los codos para que les cruja el espinazo. Marian no cree en nada de eso, y aun así, desde hace cinco años, el día que cumplió quince, cuando le dijeron con tono de sentencia que debía sumarse a los rezos por Matías y los demás angelitos, lo hace. Sin protestar.

Después viene y se sienta a mi lado para decirme que esas mujeres de rostros marchitos lo que necesitan levantar es el ánimo, porque cada invierno que pasa envejecen tres y, alguna, hasta diez años juntos. Me lo dice sin que nuestros padres la oigan, como tantas cosas, porque ella no quiere enfadarlos.

Yo respondo e insisto en lo que veo con mis propios ojos, porque soy quien acompaña más veces a mamá cuando va con Amaro. Y puedo asegurar que he visto como esas mujeres que murmuran oraciones arrodilladas en la iglesia parecen sanar de verdad con el curandero. Me pregunto si será porque al decirlas tan deprisa no están seguras de lo que piden ni tampoco de lo que reciben. ¿Será que los ensalmos de Amaro, por ser también desconocidos, resultan milagrosos? ¿Será que la fe se transforma como el mismo universo? La verdad no lo sé. Como no sé la respuesta a tantas cosas. Por eso le pregunté a mi madre. Como cuando le pregunté por qué siempre se santigua y da un beso al pan antes de tirarlo al cubo de la lavadura para los cerdos. Recuerdo que me sorprendió su respuesta al decir que aquel mendrugo era el cuerpo de Cristo. Ella lo notó y me cogió de la mano para llevarme a la huerta, desde donde se ve bien el hórreo de los vecinos. Allí me señaló la cruz cristiana a un lado de su pequeño tejado, mientras que en el otro extremo indicó un pináculo que, según dijo, era pagano y, sin embargo, allí estaban los dos símbolos juntos. Papá apareció por detrás para decir que él cuando juega a las cartas, si puede, apuesta a dos números, a cuatro o incluso a seis, y, si pudiera, apostaría a todos los que existen para ganar. Supongo que al cien por cien nadie está seguro de nada. No lo sé..., pero con esos ensalmos que terminan igual: «Con la gracia de Dios y de la Virgen María, un padrenuestro y un avemaría», las reacciones no son iguales. Porque Amaro decía curar ánimos vagabundos, vahídos y demás turbaciones del espíritu. Todos ellos males inexplicables, por lo que difícilmente explicable podía ser su tratamiento y su curación. Y puedo asegurar que todas esas mujeres —también hombres, que alguno hay—, al cruzar la puerta, parecen ver de pronto un pedazo de ese cielo que les falta a los techos negros de sus cocinas. Marian dice que es cierto que respiran una paz extraña en la mirada a la que ella llama resignación renovada.

Ya en la ducha, dejando que el agua terminara de despertarla, Elena juzgó que la conversación, el vino y las risas habían sido beneficiosos para ella. Eso dijo con una sonrisa, convencida de que cada uno tenía su propio método para sanar y coger fuerzas. Pese a eso, una vez con el albornoz anudado a la cintura y el cabello goteando a dos dedos bajo los hombros, se sentó en una silla con la espalda muy recta apoyada en la pared y subió ambos brazos hasta juntar sus palmas. «Paletilla en su sitio», asintió al comprobar la simetría en las manos, que una no sobrepasaba a la otra.

La cena de la noche anterior había estado realmente bien, no podía negarlo. Maite los había deleitado con su ya legendaria receta de almejas a la marinera —herencia de su abuela—, gambas y navajas a la plancha, ensalada templada con rulo de cabra y nueces —la favorita de Marco— y, teniendo en cuenta que ya era otoño, unas deliciosas setas al ajillo que la pareja de anfitriones había recolectado en la isla. Fundamentalmente se trataba de níscalos y chantarelas, pero Rubén bromeó con la posibilidad de haber incluido alguna «matamoscas», una seta alucinógena con la que aseguraba que más de una Alicia se había quedado atrapada en su especial país de las maravillas.

Marco se rio con la ocurrencia de su cuñado. Elena dibujó una sonrisa más contenida y, «por si las moscas», se aseguró de no tener cerca una de esas *Amanitas muscarias*, fácilmente reconocibles por sus gorros escarlata con motas blancas, al más puro estilo *David el Gnomo*. Nunca había consumido más droga que el café y no tenía intención de empezar aquella noche. Pero si a alguien no le hizo gracia el comentario fue a Maite. Ella se limitó a mirarlo con un gesto severo que parecía decir «no quiero más problemas, ¿entendido?». Y pareció que él había entendido.

Tenían una norma no escrita cuando se juntaban para cenar los cuatro: podían hablar de todo, Elena no era la jueza, Marco no era comisario de policía, Rubén no había estado un año en la cárcel por haber aceptado un paquete en el camión de mejillones que debía conducir a Francia, y Maite, sencillamente, seguía siendo Maite; la que sacaba los temas más comprometedores y la impulsora de esa norma de obligado cumplimiento en todas sus cenas. Así fue como le preguntó a Elena por la mano de Paulina, si era verdad que la habían pegado y por qué motivo. Sonrisas ambiguas, bromas y regates sin respuestas claras desviaron la atención de la anfitriona hacia Marco. A él le preguntó por dos amigos de la escuela perseguidos por la Unidad de Droga y Crimen Organizado (UDYCO) de los que se decía que uno se había ocultado en Panamá y al otro lo habían «ocultado» bajo los pilares de la AP-9. Poco sabía él y menos contó en la mesa, aunque añadió anécdotas curiosas que igualmente habían hecho muy amena la velada.

De hecho, la cena culminó a carcajadas recordando las aventuras y desventuras de la alcaldesa. Porque Sonia Seijo no solo le había hecho imposible la vida a Elena en la etapa estudiantil, sino que siempre estaba envuelta en problemas con la policía local. Tantos que estuvo a punto de tener un escarceo amoroso con un agente y que, por ser ella menor, le costó el puesto al uniformado.

—Será que el roce hace el cariño —había dicho en tono jocoso Marco, lo que provocó más risotadas de los presentes.

—Quién lo iba a decir —añadió Elena—, y ahora es la alcaldesa de Cruces.

—Pero le siguen gustando los maduritos —continuó Maite sin dejar de reír—. Eso sí, los de altos vuelos —puntualizó para acrecentar el interés de los oyentes—. Una amiga la ha visto en actitud más que cariñosa en el yate de un Bergara.

—¿De un Bergara? ¿De quién?

—Ah, ah —reprobó con un dedo Maite—. Recuerda que aquí solo eres Elena.

El timbre del teléfono la sacó del cuarto de baño en albornoz.

—¡Marco! —exclamó con más entusiasmo del que pretendía, consecuencia de la carrera para alcanzar el aparato—. Justo estaba pensando en ti ahora.

—Vaya, eso no me lo esperaba —bromeó.

—Estaba recordando lo bien que lo pasamos ayer en casa de Maite —explicó, y esbozó una sonrisa por su comentario.

—Borraré el nombre de mi hermana de la conversación y guardaré solo tu «entusiasta» recibimiento al coger el teléfono —dijo con un punto cómico.

—¿Para qué me llamabas?

—¿Recuerdas las manchas blanquecinas que el doctor Araújo había encontrado en la piel y las uñas de Paulina? —empezó devolviendo la profesionalidad a su voz.

—Sí, lo recuerdo.

—Tenemos el resultado del hisopo. Se trata de salmuera.

—¿Salmuera?

—Sí. Podría pertenecer a una fábrica de salazón. En Cruces hay tres fábricas de salazón. De ellas, en funcionamiento, dos. Ambas en el continente. Pero yo no creo que llevaran a Paulina allí. Creo que los jabalíes encontraron la mano en la isla y la movieron hasta el lugar en el que la encontró el viejo curandero.

Elena escuchaba con atención, intuyendo adónde conducirían las deducciones de Marco.

—Y solo hay una fábrica de salazón en la isla —continuó él—. Debemos ir a echar un vistazo.

—¿Me estás pidiendo una autorización judicial para entrar en la fábrica Quiroga? —preguntó—. Sabes que necesito algo más. Necesito más pruebas.

No había resultado nada fácil encontrar una plaza de aparcamiento libre en el hospital aquella mañana. Para colmo, una furgoneta de la televisión comarcal casi la atropella en un paso de peatones, quizá propiciando abrir las noticias del mediodía con un suceso.

Pronto entendió Elena que esa no era la noticia que buscaban. El conductor se disculpó, pero la reportera echó a correr micrófono en mano hacia la puerta del hospital. ¿Acaso había ocurrido algo que a ella se le escapaba?

En el interior del edificio central el revuelo era más que evidente. Murmullos de pasillo, bisbiseos al oído entre enfermeras y enfermeros, entre ancianos que asentían y jóvenes que cuchicheaban a enfermos.

Caminó hacia los ascensores con la esperanza de encontrarse a su compañero de cafés, pero no lo vio. En su lugar, con un vaso de plástico en la mano, estaba el administrador de Lorenzo Quiroga con su pelo engominado y su oronda barriga tensando camisa y ojales, al punto de que parecía que el alfiler de la corbata podía saltar en cualquier momento.

Hablaba por el móvil haciendo movimientos tan rápidos con el vaso de café que Elena concluyó que estaría ya vacío.

—Le digo que no ha firmado los papeles, señor.

—...

—¿Cómo que no importa? ¿Qué quiere decir?

Las puertas del ascensor se abrieron y Elena subió a la cuarta planta para ir a ver a su madre.

El revuelo en el pasillo de cardiología era mucho mayor que el que había abajo. Acompañantes y, en algunos casos, también enfermos con sus pijamas azules se asomaban desde las puertas de sus habitaciones con ojos curiosos, haciendo preguntas y devolviendo suposiciones.

Al pasar frente al control de enfermería, Felisa la saludó como cada día. Una sonrisa de carrillos colorados y la cabeza ligeramente inclinada mientras la miraba a los ojos. Parecía estar buscando siempre algo que Elena no decía mientras continuaba el largo pasillo hasta la habitación de Marian. Pero hoy Elena se detuvo y la enfermera abrió la sonrisa, solícita, enseñando los dientes.

—¿Tú sabes si ha pasado algo hoy? Parece que hay cierto movimiento en el hospital... —preguntó prudente a la par que cercana.

—¿No lo sabes?

Típica respuesta de quien probablemente acababa de recibir la misma respuesta que iba a dar. Un segundo de gloria que necesitaría regalarse y al que Elena contribuyó con una sonrisa ambigua con la que decía «por favor, ilumíname».

—Lorenzo Quiroga ha muerto.

A Elena la noticia la cogió desprevenida. El principal apellido de la isla, el que tenía más historia, el más poderoso... muerto.

—Y fíjate —continuó Felisa— que el señor Quiroga no parecía tan enfermo. Pero bueno, cuando llega la hora..., ya se sabe.

«¿Qué se sabe?». Elena la miró esperando que diese sentido a aquella última frase y, al ver que no llegaba, se dispuso a despedirse de ella alegando prisa. No fue necesario, el teléfono aulló dentro de su bolso y, solo con el hecho de coger la llamada y añadir un escueto «te dejo», Elena se alejó por el pasillo en busca de la intimidad que necesitaba para hablar.

—Usted dirá, inspector Ruiz.

—Señoría, tenemos novedades en el caso de Paulina Meis. He hecho averiguaciones y el pegamento industrial que se utilizó para cerrarle el puño a la chica es de una marca que ya no se vende. En la isla la usaba solo una empresa de mantenimientos: Mantenimientos Vilariño, S. L.

A Elena le extrañó escuchar ese apellido, pero no dijo nada. No todavía.

—La empresa quebró hace años. Justo después de que el viejo Vilariño se jubilara y la dejara en manos de un sobrino. Pero he conseguido hablar con Samuel Vilariño y me ha contado que ese pegamento lo usaban sobre todo en las reparaciones de máquinas de la industria conservera.

Elena permitió que siguiera hablando.

—En esta dirección me han dicho que su cliente, y el más importante en el sector, era —un segundo que sonó a pausa teatral y concluyó con redoble de tambores— la fábrica Quiroga.

Con intención, Elena estiró el silencio sin reaccionar.

—Señoría, ¿me ha escuchado? Debemos entrar en la fábrica de conservas y salazón Quiroga.

—Y lo haremos, Ruiz, pierda cuidado, pero antes dígame una cosa: ¿habló usted con Samuel Vilariño mientras lo estaban velando o fue en su propio entierro?

14

Una confusión. Esa fue toda la explicación que proporcionó el inspector Ruiz sobre su error, restando importancia con una sonrisa plagada de dientes mientras agitaba una mano indolente en el aire. Al parecer, Mantenimientos Vilariño, S. L. era una empresa de dos hermanos, los hermanos Vilariño, y Ricardo Ruiz había hablado con Tomás Vilariño, no con el recientemente finado Samuel.

Arreglado. Al menos en parte, porque para Elena no era suficiente. Como mínimo aquello demostraba algo de lo que estaba absolutamente convencida: Ruiz era un mediocre, no merecía estar a cargo de nada, mucho menos de una investigación criminal. El interrogante que sobrevolaba su cabeza preguntaba suspicaz acerca de las intenciones de aquel policía, ¿era simple torpeza profesional? La jueza frunció el ceño convencida de haberlo visto en el hospital el día del ingreso de su madre y todavía no contaba con una explicación.

Elena exigió que le proporcionase un listado con los empleados contratados por Mantenimientos Vilariño, S. L. desde el día de su creación hasta el último minuto en que la empresa estuvo en funcionamiento. La jueza iba un paso más allá. Quería saber quién había tenido a su alcance ese pegamento.

—Hoy mismo tendrá ese listado, señoría —dijo Ruiz mordiendo las palabras.

Ella asintió y se sentó en el sillón reservado a acompañantes que estaba al lado de su madre con el diario de Melisa ya en la mano. Y leyó. Y no dejó de leer...

Cruces, 20 de noviembre de 1983

Mamá ha ido otra vez a pedir trabajo a la fábrica Quiroga. Alguien le ha hablado de una vacante. La pobre Luisa Quintana se cortó tres dedos con la «tijera». Así le llaman a la cizalla de troquelar los cuerpos de las latas de conservas para las sardinas. Lo sé porque hicimos una excursión con la escuela y la señorita nos enseñó esa máquina, la más antigua de España... o del mundo, no estoy segura. Lo que sí recuerdo bien es la forma en que el encargado de la fábrica se acercó a nosotros y nos echó como si fuéramos perros sarnosos. Jackie casi se muere de la vergüenza... pobre... porque el encargado es su padre, aunque también es el borracho del pueblo, no a tiempo completo, claro. No es un buen hombre. Hay más borrachos en la isla y tienen su gracia, algunos cantan la Rianxeira, otros se convierten en cómicos y deben ser chistosos, aunque yo no entienda la risa, pero el señor Julián se pone bravo como un jabalí con el lomo cubierto de espinas y la emprende a golpes con quien encuentra al llegar a casa; muchas veces doña Jacinta y, más de las que puede resistir su cuerpo menudo, Jackie.

Pilucha me ha contado que su madre trabaja enlatando las sardinas y dice que ese hombre las obliga a cantar para que trabajen más rápido. Pero no solo para eso, también para que tengan la boca ocupada. Hay mucha hambre en la isla. Mucha hambre. Y siempre estará muy mal repartida.

Yo no quiero que mamá trabaje en ese lugar. Pero como la mayoría de las mujeres aquí compaginan el trabajo de la fábrica con mariscar, les va mejor que a nosotros. Mamá hace lo que puede, cose redes, marisquea y se encarga de la casa. Es imposible hacer más, eso creo yo, pero ella insiste en que no es suficiente. Me dice que no piense mal de los Quiroga, que ellos hacen muchas cosas buenas por la gente del pueblo, aunque no sepan quiénes somos ni qué necesitamos realmente, pienso yo. Dice que el colegio se lo debemos a ellos y cuando lo ha dicho he querido salir corriendo para gritarles a la cara, a su gran casa de magnolios y árboles inmensos traídos del Amazonas, del Japón o quizá del mismísimo infierno, me da igual, que solo necesitamos que nos dejen en paz.

Me he relajado un poco al saber que la señora Lola Fondevila, la matriarca de la casa Quiroga, fue quien puso interés en que los hijos de las trabajadoras de la fábrica pudieran estudiar algo, sin necesidad de pasar todo el día solos en casa, encerrados en una huerta o metidos en una cesta de esparto como aquella en que murió mi hermano Matías. Debía ser buena esa señora…

Cuando relata los méritos de esta gente, mi padre siempre termina diciéndole a mi madre que «nadie hace tanto bien a cambio de nada, Manuela». No sé muy bien a qué se referirá, pero sé que lo dice apretando la mirada y torciendo los labios.

En cualquier caso, reconozco que, si por algo les estoy agradecida a los Quiroga, es porque de su mano llegó a la isla don Miguel, el maestro.

El inspector Ruiz no tardó más que una hora escasa en entregarle el listado que le había pedido. En ella figuraban únicamente dos nombres: Samuel y Tomás Vilariño. Dos viudos que en el último tramo de su vida se habían comprometido a cuidar el uno del otro, como cuando eran niños. Ahora Samuel ya estaba enterrado y Tomás, con casi ochenta años, apenas tenía fuerzas para nada más que llorar la pérdida de su hermano.

Pese a haber despertado soleada, la mañana se fue oscureciendo con cientos de nubes negras que se agolpaban unas con otras, dejando una luz lánguida y confusa en el aire.

En previsión de lluvia, Elena cogió el paraguas al bajar del coche para entrar en los juzgados. No le sorprendió encontrarse allí a Marco. Habían quedado para que ella le firmase la autorización judicial para registrar la vieja fábrica de conservas y salazón Quiroga. El hallazgo de la salmuera en la piel de la mano de la chica y el uso del pegamento industrial en la maquinaria de esa fábrica arrojaban algo de luz al caso. La policía debería entrar allí a fin de encontrar más pistas, quién sabe si incluso pruebas concluyentes del asesinato de Paulina Meis.

Encendió el ordenador y desplegó la bandeja de entrada de su correo. Se acercó en exceso al monitor con los ojos abiertos. Hizo un gesto discreto de celebración con un brazo y sonrió. Al fin había recibido el mensaje del exempleado del banco que había prometido, primero al juez Fernández Lama y después a ella, facilitarle la relación de nombres y apellidos de quienes llevaban a cabo ingresos periódicos inferiores a los tres mil euros en una cuenta en Suiza.

En el cuerpo del correo, su fuente anónima en el caso explicaba que a las doce del mediodía se acercaría al juzgado. Elena miró la hora, eran más de las once. Cualquier otro plan podría esperar, necesitaba esa lista. Decidió no salir del despacho y ocupar los minutos que faltaban leyendo un poco más del diario de Melisa.

Cruces, 11 de diciembre de 1983

Esta mañana, justo después de que papá saliera al amanecer a echar las nasas al mar para atrapar pulpos, Marian ha salido de casa sigilosa y yo la he seguido. Sé que no está bien seguir a alguien a escondidas. Bueno, no estaría bien, salvo que la persona seguida esconda algo. Y mi hermana escondía algo.

Antes de seguir te pondré en antecedentes. Mi hermana estudió en la escuela de doña Lola, solo que antes era más pequeña y solo había una maestra: la señorita Elvira. Ella le dio clase a Marian desde los seis años hasta los catorce. Justo al año siguiente llegó a la escuela don Miguel. Don Miguel debía tener como mucho veintidós años.

Lo que viene a continuación es algo que me ha contado mi hermana en secreto, y deberá seguir siéndolo por mucho tiempo, porque sé que mi padre se pondría fatal con ella.

Ya he dicho las ganas que tenía Marian de estudiar, de lo mucho que le gusta la escuela y que, si hubiera sido por ella, seguiría entre libros toda su vida. Y esto es algo que yo ni comparto ni tampoco entiendo. El caso es que ella quería estudiar y don Miguel era demasiado ingenuo o joven, o quizá la ingenua soy yo, no sé. Mi hermana se coló en su clase el primer día y pese a ser bastante más alta que las otras niñas, le aseguró tener trece años para así continuar en la escuela un año más. Cierto que ella, en el tiempo que había estado escolarizada, no había podido ir a clase cada día, porque en casa había mucho trabajo y toda ayuda era poca, pero aun así, me sorprendió saber de su valor para luchar por lo que quería.

No tardó en darse de bruces con la realidad y ver que solo de vez en cuando podía acercarse a la escuela, básicamente los días de mucha lluvia en que no podía salir a mariscar ni tampoco a ayudar en las cosechas de los vecinos con tierras, solo en esos días se escabullía para escuchar la lección de don Miguel.

Al cumplir los quince años, ya no podía continuar fingiendo que tenía trece, así que don Miguel le dijo que siempre que ella quisiera seguiría dejándole libros y explicándole todo lo que no entendiera. Han pasado cinco años y Marian sigue viéndose con el maestro de la escuela. Hoy me lo ha contado todo. Al hablar de él, al decir su nombre, parecía que lo dibujaba... Sus ojos brillaban, sonreía como si fuera una niña y no una mujer de veinte y en su voz se colaba un aire que entraba y salía...; creo que hasta suspiraba. Mientras hablaba yo la miraba sin entender nada de lo que decía. Nada, salvo una cosa: si se enteraban nuestros padres de sus encuentros, iba a tener problemas. Y muchos. Sobre todo con papá. Pero a ella no parece importarle lo más mínimo. Dice que se ha enamorado. Y que está deseando que yo lo conozca, porque fue idea de él que me regalase este diario en el que ahora escribo. Él sabe que a ella le gusta leer y escribir. Lo sabe, y no solo no le disgusta, sino que es algo con lo que disfrutan juntos. Increíble, lo sé. Supongo que debería alegrarme por Marian, ha encontrado a alguien con quien compartir esa afición suya por los libros y las letras. Se la ve feliz. Dice que su Miguel es generoso, guapo, bueno..., y lo dice con la misma cara que tienen los angelitos del retablo de la ermita de los Milagros. Yo no supe si echarme a reír o aprovechar ese momento de éxtasis de Marian para pedirle algo, no sé, cualquier cosa que me apetezca. Creo que, si el amor te vuelve tan idiota, no merece la pena. Por eso he decidido que yo nunca tendré novio. De mayor viviré con Jackie. Viviremos las dos solas en un piso moderno, de esos que hay en edificios altos, en una gran ciudad.

Elena levantó la vista hacia el reloj digital de su ordenador. 12.09 a. m. El anónimo exbanquero había escrito en su correo que le entregaría el sobre con la lista a las doce en punto del mediodía. Algo no iba bien.

Se puso de pie y caminó hasta la ventana de su despacho. La fachada acristalada daba a una avenida con una fila de coches aparcados en diagonal y dos carriles. Más allá, una amplia acera y una zona ajardinada salpicada de palmeras.

La luz pesarosa de aquel día nublado no invitaba a nadie a pasear. Nadie en aquel lado de la ciudad a aquella hora, nadie..., salvo un hombre que caminaba con chaqueta negra acolchada, probablemente impermeable, y un pantalón de traje gris. Llevaba las solapas levantadas terciando las orejas y unas gafas de sol difícilmente explicables aquel día. No tardó en llamar la atención de Elena. A la altura de una farola, el hombre levantó la mirada hacia donde estaba ella, como si pudiera verla. Después volvió la vista a su espalda, nervioso. Un giro de cintura rápido en el que no pudo controlar que la esquina color cámel de un sobre de grandes dimensiones se escurriera bajo su chaqueta.

«¿Será él?», se preguntó aguzando la mirada. Entonces él concentró su vista de nuevo en la ventana.

«Tiene que ser él». En un impulso, Elena salió corriendo de su despacho.

No se detuvo a hablar con nadie. Enfiló el pasillo sin mirar a los lados. Ni siquiera dijo nada al ver que Mari Mar, para variar, no estaba en su mesa. Trotó escaleras abajo, deslizando una mano por la baranda de acero, hasta alcanzar el recibidor.

No saludó al guarda de seguridad, tampoco a la joven del registro que sellaba papeles tras su pared de cristal. Salió lo más rápido que pudo a la calle, con la respiración agitada y las mejillas coloradas. Miró a un lado y al otro... nada. Giró una vez a la derecha, otra más a la izquierda... Nadie.

«Sé que era él. Estaba aquí, lo he visto».

Tan solo concedió un segundo para que el azar decidiese por ella. Un desfile de coches de alta gama pasó ante ella. Maserati, Porsche y un deslumbrante Bentley negro. Caminó dos calles en dirección al centro de Cruces hasta que una nube de paso, en cuestión de minutos, descargó con fuerza sobre ella y la obligó a volver antes de haber alcanzado a ese hombre.

Apuró la vuelta con dos manos como palio sobre la cabeza. Dudó si se habría confundido, si tal vez había perdido el tiempo y ese hombre la esperaba ahora en su despacho.

Apremiada por esa idea entró en el juzgado, pasó el arco de seguridad y se dispuso a subir las escaleras, incapaz de esperar un segundo más del necesario para comprobar si estaba equivocada.

Ensimismada en sus pensamientos, entre derrotas y dudas, no oyó la voz que la llamaba a su espalda hasta que un grito la despertó.

—¡Señoría!

Con ojos entornados de extrañeza, Elena se dio la vuelta despacio y vio frente a ella al guarda de seguridad del juzgado.

—¿Sí? —dudó ella.

—Han dejado algo para usted.

Elena desconfió de que alguien hubiese dejado nada para ella, pero no dijo nada.

—Ahí tiene.

Le entregó un sobre color cámel. Elena lo miró un segundo por encima y extendió la mano. No tardó en asentir a modo de agradecimiento y despedida para dirigirse con el paso más sereno hacia las escaleras.

Se dio la vuelta una vez más para dirigirse al uniformado:

—Por cierto, ¿sabe de dónde han salido esos coches que acaban de pasar?

—¿Los cochazos? —dijo con los ojos de un niño entusiasmado.

Elena asintió.

—Sí, claro. Imagino que tendrán que ver con la muerte de don Lorenzo Quiroga. A saber, amigos, parientes, enemigos... —añadió, y rompió a reír.

—Lorenzo Quiroga, pues claro. —Cabeceó ella al recordar que hacía unas horas de su muerte.

No podía esperar a abrir el sobre que le había entregado el guarda de seguridad. Una vez en su despacho, desprovista de la chaqueta mojada y de los zapatos, alcanzó la mesa y se sentó en su silla. Rasgó la pestaña de papel y dejó caer el contenido sobre la superficie pulida de la madera. Ahí estaba, frente a ella, un fichero con unas cincuenta hojas grapadas. Pero no solo eso, también una pequeña hoja de papel escrita a mano y que parecía improvisada.

> Lo siento, no puedo ir, señoría. He visto a alguien. Es peligroso...
>
> Debo tomar precauciones. Es absolutamente necesario ser prudente en todo esto. Me juego mucho, ¿sabe?

Aquel hombre estaba realmente asustado. ¿A quién había visto?

Elena cogió el fichero en las manos. Leyó los primeros nombres con sus apellidos. Ninguno le decía nada. Nada, todavía.

¿Qué escondía la isla? ¿Qué ocultaban sus paisanos?

Quizá, en verdad, la Santa Compaña vagase errática entre laureles y carballos. Quizá encontrase allí almas sobre las que cargar cruces en vida. Quizá.

En la ventana una nube gris cubría los juzgados de Cruces.

El timbre del teléfono la devolvió a la realidad. Miró la pantalla y un nombre parpadeó deprisa.

—Dígame, Ruiz —saludó nada más descolgar.

—La hemos encontrado, señoría.

Fue todo cuanto dijo en una primera frase y Elena ahogó sus latidos en la boca del estómago.

—Tiene que venir para el levantamiento del cadáver.

—¿Dónde está?

—En la vieja fábrica de los Quiroga.

Una vez en O Souto Vello, se acercó cuanto pudo con el coche y vio que no había nadie frente al espigón. Nadie que protestase hoy contra el uso privativo que un inversor desconocido quería hacer en aquel lugar de la isla. Nadie que se aventurase a mariscar con la marea alta. Nadie, salvo una sombra menuda entre árboles inmensos. Arrimado a un tronco, boina negra y un cayado, el viejo Amaro observaba en silencio. Nada más que silencio. Silencio y esa quietud tensa de la electricidad que se suspende en el aire anticipando tormenta. Las aguas del mar reflejaban cielos grises con nubes revueltas. No había pájaros, tampoco ardillas, ninguna vida en el bosque, en la orilla ni en el agua. La vieja fábrica permanecía erguida, con tejado a dos aguas y altas ventanas espigadas. Paredes blancas, desconchadas, que recibían golpes de luz azul que giraba y giraba. Dos coches de la Policía Nacional cortaban el paso a varios metros de la entrada.

Como un látigo, un relámpago iluminó el cielo de Cruces. Elena se detuvo. Dos segundos más y la furia de Poseidón resonó con estrépito sobre el mar y la tierra.

Elena avanzó con pasos seguros, intentaba convencerse de que no temía lo que allí pudiese encontrar.

A escasos metros de la entrada de la fábrica, el comisario Carballo hablaba con el forense mientras este tomaba notas en una pequeña libreta que, al verla llegar, se apresuró a guardar en el bolsillo interno de su chaqueta.

Con gesto de gravedad, Marco salió a su encuentro.

—Pronto empezarán a llegar curiosos, medios de comunicación, familia... —dijo el comisario—. Debemos avanzar con prudencia en todo esto. Elena..., hay algo que necesito contarte antes de...

—Señoría, venga por aquí —interrumpió el inspector Ruiz con prisas.

Elena iba a seguirlo a través de la sala de máquinas. Entonces reparó en una de ellas. Herrumbrosa y con el deterioro propio del tiempo y la falta de uso, la máquina de troquelado del metal, aquella que contaba con una cizalla de gran tamaño, llamó su atención e hizo que se detuviese.

—¿Le gusta la tijera, señoría? —dijo Ruiz cargado de ironía.

—Doctor Araújo —llamó ella ignorando por completo al inspector.

El forense se acercó al tiempo que enfundaba las manos en un par de guantes de látex.

—Usted dirá —se presentó ante ella.

—Respecto al arma utilizada para la amputación de la mano de Paulina Meis, dijo que debía tratarse de un arma pesada de filo cortante con cola de entrada y de salida, como por ejemplo un hacha.

—Así es. Eso dije, sí.

—¿Podría haber sido una cizalla como esta? —Señaló a la máquina.

Él analizó el aparato unos segundos y asintió despacio.

—Podría ser. —Hizo una pequeña pausa—. Entre otras muchas posibles, claro.

—¡Elena! —exclamó Marco, que apareció por detrás—. Necesito hablar contigo.

—Un segundo, Marco —ordenó ella—. Esta máquina está cubierta en buena parte de su superficie por una gruesa capa de polvo. En buena parte, salvo en la empuñadura de la palanca que la acciona para ejecutar los cortes —apuntó.

Marco comenzó a inspeccionar de forma instintiva la máquina. No tardó demasiado en levantar una mano y pedir a un especialista de la científica que se acercase.

—Traiga el luminol —le pidió.

—Pronto sabremos si estás en lo cierto —dijo el comisario.

Elena recordaba haber leído en el diario de Melisa acerca de la ferocidad de esa máquina llamada «la tijera». Habían sido muchos los desventurados que se habían cortado algún dedo al usarla.

—Acompáñeme ahora por aquí, señoría —dijo Ruiz con cara de pocos amigos.

Ella dio un paso, pero Marco la detuvo.

—Tranquilo, Marco —acertó a decir ella—. Me he preparado a conciencia para este tipo de situaciones. Estoy lista para lo que sea.

—No lo entiendes, Elena...

—Lo entiendo perfectamente. Así que, si me disculpas, soy la jueza y debo cumplir con mis funciones.

Elena avanzó en dirección a la sala anexa, donde antiguamente se llevaba a cabo la salazón de las sardinas. En el suelo, como tumbas abiertas, una decena de lagares de piedra. De todos, solo uno con una cinta policial para impedir el paso. En los bordes, con grandes cámaras fotográficas, dos buzos blancos de la policía científica inspeccionaban cada milímetro y tomaban medidas entre flashes.

—¡Espera! —gritó Marco.

Pero Elena no se dio la vuelta. Avanzó un poco más y se asomó a aquel precipicio de piedra y restos de salmuera.

Parpadeó. «No...». Tragó saliva. «No...». La luz de un relámpago cruzó el cielo para romperlo como un cristal. Elena retrocedió un paso conteniendo el aliento y el vómito en la garganta. Mantuvo la entereza y permaneció erguida sin decir nada.

A Ricardo Ruiz se le escapó una risa floja.

—El primer muerto, ¿eh, señoría? —la desafió el inspector.

Elena ni se molestó en mirarlo.

Escuchó decir algo al doctor Araújo relacionado con el estado cromático-enfisematoso del cadáver, la acumulación de gases, la actividad bacteriana... Ella no veía lo mismo. Veía una niña muerta, hinchada, deforme, con el rostro corrompido por la muerte, sin una mano y con el brazo levantado, quizá quejándose, como si quisiera mostrar el daño que había sufrido, que alguien le había provocado. Recordó la fotografía de Paco Meis: la sonrisa de Paulina, la rebeldía en su gesto, pero en su mirada… nada más que una niña asustada.

Elena no tardó en recobrar la fuerza para mirar de nuevo al lagar. Paulina no estaba sola. Allí abajo había alguien más. La jueza cogió aliento y contuvo la rabia para dirigirse a Ruiz.

—¿Qué es esto? —inquirió mientras señalaba.

El policía la miró con cara de pocos amigos e indiferencia.

—Ruiz, contésteme, ¿qué hay ahí abajo? —ordenó, y su voz se acopló a un trueno.

15

La lluvia golpeaba con fuerza en todas las direcciones posibles. El cielo crepitaba, las nubes se retorcían y el universo entero parecía liberar atronadores bramidos.

—Ya ve, señoría —contestó el inspector levantando las cejas al tiempo que mostraba obviedad con la palma de una mano.

Elena miró a Ruiz con dureza y después bajó la vista al fondo del lagar que alguien había utilizado como vertedero humano. Alguien que despreciaba la vida ajena casi tanto como a la muerte.

—¿Hay dos cuerpos? —recriminó la jueza—. Porque cuando me llamó no dijo nada de que fueran dos cuerpos.

—Puede que no tuviese la certeza en ese momento, señoría —contestó, y sonó a mentira.

Elena sentía que la cabeza y el estómago iban a explotarle. No sabía cuál lo haría primero, pero estaba convencida de que sería pronto si continuaba hablando con ese policía. Le sostuvo la mirada unos segundos, en ella parecía repasar mentalmente el momento en que días atrás había entrado en el despacho de Ruiz para hablarle de la desaparición de Paulina Meis. Recordaba perfectamente que el motivo por el que aceptaron la investigación era que existía cierta relación con otra desaparición ocurrida hacía treinta años. ¿Se refería a Melisa? ¿Aquel cuerpo podía ser su tía Melisa?

—De todos modos —quiso zanjar el inspector—, lo importante es que quien haya tirado aquí el cuerpo de Paulina no era la primera vez que hacía algo así. Está claro que ya lo había hecho antes.

Ella devolvió un gesto de desconfianza.

—¡Elena! —la llamó Marco.

Los dos se apartaron a una esquina cubierta de telarañas para hablar con un poco de intimidad.

—Traté de decírtelo —dijo él.

—¿De quién se trata? —preguntó ella — ¿Es...? ¿Crees que podría ser...?

—Es pronto para asegurarlo —quiso calmarla—. El equipo forense deberá ser minucioso para proporcionar la edad de la otra víctima, su identidad...

Pero la jueza solo escuchaba el pesaroso sentir de un violín y notas de profunda conmiseración flotando en la atmósfera. Se colocó en cuclillas y observó aquel cuerpo que yacía junto al de Paulina Meis. La piel, corificada y retraída, asemejaba la de una momia conservada en sal. Con la boca entreabierta congelaba su último aliento. Quizá un aliento cansado, un grito desesperado o un simple adiós. Elena sintió la extraña paz de un acorde de arpa al mirarlo. Al mirarla. Al encontrarla para despedirla. Un silencio que expandía su pecho para sobrecogerlo de nuevo, como en un adagio lento. Música que sonaba, que palpitaba y susurraba, que hablaba y decía que era ella. La niña del diario, la que sufría en la escuela y quería vivir con su amiga, con su Jackie. De pronto una percusión rompió el embrujo, el vuelo furioso de un halcón: quién, cómo y por qué. Costase lo que costase, habría justicia para ellas, dos niñas: Paulina y Melisa.

El doctor Araújo, ataviado con guantes de látex, manipulaba su cuerpo deshidratado con cuidado profesional, prestando atención a cada detalle.

—Posible fractura craneoencefálica —dijo el forense.

Los indicios de criminalidad estaban claros para él.

—Será necesario judicializar las dos muertes, señoría.

Con un gesto, el médico pidió al comisario, al inspector y a la jueza que se acercaran.

—¿Veis el hundimiento que se acaballa en el cráneo?

Marco Carballo fue el único que asintió con gesto de saber a qué se refería exactamente el forense.

—Todavía es pronto para afirmar nada, pero diría que la segunda joven recibió un golpe con un arma contundente desde atrás.

—¿La segunda joven? —preguntó Elena.

—Sí, los restos del segundo cadáver pertenecen a una mujer joven. Podemos saberlo por la morfología del cráneo y de la pelvis.

—¿Cuánto tiempo cree que lleva aquí? —preguntó la jueza mientras una voz afligida susurraba en su cabeza el nombre de Melisa.

—Es difícil saberlo. A simple vista, por el estado momificado en que se encuentra, mínimo llevará muerta un año, pero podrían ser quince o treinta. La autopsia arrojará más información.

«Treinta años...». Para Elena eso era hoy, sería ahora, porque era ahora cuando conocía a su tía Melisa. Una sombra oscurecía la mirada con fama de implacable de la jueza. Marco sabía que debía hacer algo. Levantó la mano y pidió al forense que no se explayase en más explicaciones. «¿Paternalista?», diría ella. Quizá. Pero seguía siendo su amigo.

—Ve a casa, Elena. Ya has hecho cuanto debías hacer. Ahora solo resta que se lleven los cuerpos para analizarlos. Tan pronto como sepa algo al respecto te llamaré. Ten la seguridad de que serás la primera.

—No. No iré a casa —dijo convencida.

Y efectivamente Elena no fue a casa, volvió al juzgado. Saludó a Mari Mar con desgana y cerró la puerta de su despacho, indicativo de que no quería que nadie la molestara. Se arrellanó en la silla de cuero negro, puso música y cerró los ojos.

Sentía cómo el cerebro hervía en su cabeza mientras inmensas gotas de lluvia golpeaban el cristal de su ventana. El pasado y el presente se daban la mano. Treinta años las separaban, pero un lagar de salmuera las unía. Paulina y Melisa. ¿Estaba muerta? Tenía la íntima convicción de que así era. Por tanto, la hipótesis de una adolescente más que abandonaba la isla y un futuro incierto para perseguir oportunidades y sueños como tantas otras en los últimos años se desvanecía, también la idea de que se hubiese fugado de casa. Porque algo le decía que era Melisa quien compartía lagar y suerte con Paulina Meis. ¿Qué les había pasado?

Se incorporó en la silla con los ojos abiertos, como si acabase de despertar. Acercó el bolso arrastrándolo hacia ella. Metió la mano, rebuscó y pensó que nadie mejor que la propia Melisa para contar su historia.

Cruces, 1 de marzo de 1984

Creo que las ánimas le han cargado la cruz al curandero. Hoy he visto a la procesión detenida frente a su puerta. Pobre hombre, pobre Amaro.

Esta noche las ánimas se pararon en su puerta y juraría haberlas visto entrar. No sé bien qué habrá pasado después, pero, al amanecer, con los primeros rayos de luz, me he acercado con Jackie para ver si Amaro estaba bien. Lo hemos hecho sigilosas. Yo iba delante. A Jackie con los nervios a veces le da la risa, algo que no le ha venido nada bien con los padres que le han tocado. Yo le dije que se agarrara a mi chaqueta y que pusiera los labios como un pez, bien cerraditos. La verdad es que estaba muy graciosa y me costó no romper a reír a mí también. Caminamos agachadas, un paso y luego otro, como uno de esos animales de los documentales, despacio y con mucho cuidado. Jackie rozó mi espalda con las manos heladas y di un respingo que me dejó la piel de gallina. Cogí aliento y seguí con la aventura hasta alcanzar el alféizar de la ventana de Amaro. Nos agarramos a ella con las manos y no asomamos más que la nariz para poder espiar.

Miré a un lado, a la cocina, hacia el baño; y después, al pasillo y al dormitorio, pero nada. Ningún movimiento, nada que pudiera hacer pensar que el curandero estuviera en problemas o incluso poseído, porque sencillamente no estaba en su casa.

Tanto Jackie como yo esperamos que no le haya pasado nada. Él no hace mal a nadie. De hecho, diría que hace un bien grande a todo el pueblo. Porque él ve a las personas sin necesidad de saber nada de ellas, las escucha cuando necesitan hablar y luego les dice algo que suena a acertijo de la vida para que sepan cómo curar sus males. Él, con sus manos de labriego y su cayado de peregrino, parece saber todo del mundo sin más palabras que las que ha aprendido en el campo y el mar, sin libros ni escuela. A Jackie y a mí siempre nos está dando consejos: que si mucho ánimo, que si las piedras de caer solo caen para abajo aunque después decoren el camino, que si cogeos la mano fuerte, pero siempre con cuidado... La verdad es que no entiendo gran cosa de lo que dice. Me mira como acostumbra a hacer él, como si supiera lo que hay en mi cabeza, todo lo que pienso, y yo... yo no sé qué pensar.

Sin duda el viejo Amaro, como todos los curanderos, era un enigma. Un hombre de extraordinaria intuición que adivinaba lo que médicos, psicólogos o científicos alcanzaban a saber con deducción, errores y más pruebas. Elena pensó si sería mejor ir a hablar con él sobre Melisa o probar suerte en otra dirección.

La que apuntaba a Jackie. Porque ¿quién era Jackie para Melisa? Una buena amiga, más bien una gran amiga. ¿Y cómo había acabado ingresada en el Centro Médico Social?

No tardó ni dos minutos en ponerse de pie y coger su abrigo del perchero. Después hizo una parada junto a la mesa de Mari Mar y comprobó que, para variar, no estaba. Frunció el ceño asqueada. Se acercó al escritorio en el que otra administrativa parecía haber tenido algún tipo de percance con la fotocopiadora, pero, como era habitual, nadie sabía dónde se metía su secretaria. Elena se dio por vencida. Antes de llegar a la puerta de salida del juzgado retrocedió sobre sus pasos.

—Perdona, ¿tienes idea de dónde está el Centro Médico Social? —Interceptó a la misma mujer cuando iba de vuelta a la fotocopiadora.

Elena había decidido que era el momento de conocer a Jackie.

El cielo padecía la terrible resaca de la tormenta de aquel día. Dejó el coche aparcado en el puerto para continuar el trayecto a pie. El Centro Médico Social se encontraba en medio de un pinar cercano al faro, en el punto más al sur de la isla de Cruces. Era una zona inhóspita, poco transitada incluso por los vecinos de la zona.

Apenas veinte minutos caminando por el sendero entablado de la costa, en dirección al faro, y se desviaría hacia el interior, entre zarzas, tojos y helechos que en determinado tramo llegaron a sobrepasarla en altura. Un paseo en un día gris que no hacía otra cosa que potenciar la belleza más salvaje y cotidiana de la isla. Tres niños demoraban la vuelta a casa de la escuela para jugar, reír y saltar convertidos en pequeños piratas entre rocas. Se acodó en la baranda de madera para disfrutar de la escena. Las olas alcanzaban las piedras más cercanas y rompían con diminutas gotas que salpicaban los pantalones de los intrépidos aventureros. Un soplo fresco con aroma a eucalipto la cogió desprevenida y se adentró por el cuello de su abrigo dando lugar a un escalofrío y al vaporoso vaivén de un recuerdo. Un recuerdo de verano, de sol, de playa y juego, que cayó pesado en una sonrisa de alas rotas. Miró a un lado y vio piedras pulidas por las que nunca pudo saltar, árboles con ramas tentadoras por las que nunca pudo trepar y laderas por las que nunca se pudo deslizar. Casi como un reflejo, el reclamo de un ave resonó cercano con un grito rasgado. Era la gaviota reidora. La misma ave, el mismo áspero gemido en la garganta y, sin embargo, en aquella tierra, lejos de escuchar su risa, los isleños interpretaban que era un llanto, el llanto de la *gaivota chorona*. Elena cerró los ojos un segundo, orientó la cara a su vuelo y sintió su pena. También ella la escuchaba llorar.

Un muro de piedra de escasa altura rodeaba la construcción con un edificio principal y otro anexo. Entre ellos, un jardín exuberante y de espléndido diseño ocupaba un patio interior.

La mujer de recepción tenía un gesto amable y hasta amigable. Tanto que Elena dudó de que se encontrara en una institución psiquiátrica.

Porque el Centro Médico Social se veía pulcro, tranquilo, luminoso, con pacientes que sonreían y personal que parecía darles razones para sonreír.

Había plantas y flores, rosas, moradas, anaranjadas, en macetas y en altos jarrones de cristal que contribuían a ese clima de recuperación que los internos necesitaban. Mobiliario blanco y lámparas de acero inoxidable con formas imposibles y elevados presupuestos.

Sobre el mostrador de recepción, más parecido a un hotel que a una clínica, un expositor de metacrilato con una amplia batería de folletos sobre el Centro Médico Social. Cogió uno en el que un hombre y una mujer de mediana edad y pelo cano sonreían con dientes blancos y caras redondas sobre una frase a modo de reclamo publicitario que rezaba: SÉ FELIZ HASTA EL ÚLTIMO DÍA. Debajo, en letra más pequeña, anunciaba médicos especialistas, terapeutas de todo tipo, al lado de clases de baile, meditación y hasta yoga. ¿Qué lugar era aquel? ¿De verdad se trataba de un manicomio?

—¿Puedo ayudarla en algo? —dijo con una sonrisa la mujer al otro lado del mostrador.

—Me gustaría hacer una visita a Jacinta Noboa.

Después de unos segundos tecleando el nombre en el ordenador, la amable recepcionista de aquel extraño lugar levantó la mirada para contestar.

—Permítame su documento de identidad.

Elena lo sacó de la cartera y lo dejó encima del mostrador. La mujer lo inspeccionó en un segundo.

—¿Es usted familiar, señora Casáis? —preguntó.

—No.

—Solo puedo dejar pasar a los familiares de los internos.

—Entiendo… —rumió un instante—, imagino que entonces no recibirá muchas visitas.

La mujer bajó la vista a la pantalla del ordenador. Elena pudo ver cómo se difuminaba su sonrisa.

—No puedo hablar de eso con usted. Lo siento.

—Verá —comenzó a explicar condescendiente—, soy la jueza de instrucción de Cruces. Jacinta Noboa está relacionada con un caso de asesinato que estoy instruyendo. Solo me gustaría hablar con ella de forma extraoficial unos minutos y no tengo problema en que esté acompañada por un médico, de ser necesario. Ruego que lo considere, porque la otra vía que me veré obligada a tomar será la de una autorización judicial y no la mostraré yo, vendrá acompañada de un par de agentes de la Policía Nacional. No creo que eso sea agradable para los demás internos ni mucho menos…

aconsejable para el negocio —dijo con un fondo de ironía levantando ligeramente las cejas.

La recepcionista estiró la espalda, bajó los hombros y tensó la comisura de los labios como un autómata.

—Aquí tiene un pase para el torno. Primera planta habitación 15E. —Extendió la mano—. Confío en que entienda el lugar en el que está y que su visita sea breve. —Estiró otra vez los labios.

Elena prefirió peregrinar por pasillos y salas con tal de no tener que volver a hablar con aquel robot de la entrada.

Mientras buscaba la habitación se preguntaba qué lugar era aquel realmente. ¿Una residencia de lujo? Entonces ¿qué hacía Jackie ahí? ¿Recibía ella esas clases de pintura, de jardinería, de taichí? ¿Quién costeaba todo aquello?

Al fondo del pasillo, en el recodo que daba acceso a la salida de emergencia, había alguien. Elena advirtió una silueta encorvada que realizaba extraños movimientos.

Continuó caminando para acercarse.

Al llegar a su altura, el hombre la miró nervioso, con sus ojos saltones. Tenía la boca llena de comida y las comisuras con restos de chocolate y bizcocho. Masticaba con fruición y en un rápido movimiento escondió a su espalda el envoltorio de la magdalena que delataba su más que previsible falta en el centro.

El hombre no parecía peligroso y tampoco era asunto suyo lo que estuviera haciendo, así que Elena mantuvo la vista al frente sin detenerse hasta que al fin encontró la puerta de la habitación 15E.

Una vez frente a ella, inspiró profundamente y exhaló todo el aire de sus pulmones. Desconocía y temía la reacción de Jackie. A fin de cuentas, si llevaba allí encerrada casi toda su vida, sería por algo.

Sintió la manilla fría y su mano húmeda. Estaba más nerviosa de lo que creía. Empujó la puerta.

Junto a una ventana donde el paisaje estaba encuadrado por aluminio blanco, en una silla de madera y amplios reposabrazos, el cuerpo exhausto de una mujer con la vista en el lugar que la cordura quiere creer lejano. Vestía camisón, bata cedida o quizá donada, con tres, si no cuatro, dobleces en ambas mangas y en un tejido propio de invierno; en aquel largo invierno sin esperanza de mirlos en ramas ni arroyos con cantos de agua. Su triste estampa se mimetizaba con ese cielo encapotado de sombras que se deslizaban lentamente en el cuadro de su ventana.

Pero había algo que llamaba poderosamente la atención de aquel lienzo inmutable como su mirada, lánguida y perdida, y eran unas zapatillas. Zapatillas en blanco hospitalario, el blanco de una vida por escribir, sin tintero ni pluma, con un pequeño tacón y dos vistosos pompones en rosa chillón, que parecían tiritar como suaves alas de tiernas aves acurrucadas.

Arrastró otra silla igual de solitaria que aguardaba en un rincón y se colocó frente a ella, exactamente a su altura. Cruzó las piernas, levantó la vista y se encontró dos ojos verdes que la observaban con lentitud y torpeza, como si no supieran lo que ven o lo que buscan, con la cabeza ladeada y la boca entreabierta, con certeza seca a causa de la medicación.

—Hola, Jacinta.

La mujer, con el cabello largo y oscuro entreverado de canas, asintió con la cabeza muy despacio al tiempo que revolvía la lengua en busca de humedad y palabras. Elena se giró hacia una mesita donde había un vaso de plástico y le acercó un poco de agua, primero a la mano y después a los labios, tras observar que no tenía fuerza suficiente para hacerlo sola.

Jackie la miraba. Parpadeaba despacio y volvía a mirarla.

—Melisa —murmuró sin vocalizar, con voz de ultratumba.

—Soy Elena, Elena Casáis.

No le sorprendió que la llamase como a su tía. El parecido era evidente.

Decepcionada, la interna volvió los ojos a la ventana. Su mirada parecía vibrar en el reflejo del cristal pero no dijo nada más. Silencio.

Elena creyó que lo mejor sería plantearle algunas preguntas sencillas antes de hacerlo directamente por Melisa y por lo que le pudiera haber ocurrido en 1989.

—¿Te apellidas Noboa, Jacinta?

La mujer asintió sin ganas.

—Pero no soy Jacinta. Soy Jackie.

—¿Cuál es tu fecha de nacimiento, Jackie?

—Sé que en cinco días cumpliré años.

—¿Sabes cuántos?

—Qué importa... —musitó—. Los años aquí dentro solo restan.

Contestó mientras liberaba el aire de sus pulmones despacio, quizá asumiendo cuanta verdad cargaba su respuesta.

—Corrígeme si me equivoco, pero creo que cumplirás cuarenta y seis. Los mismos años que tendría Melisa, ¿no es cierto?

Fue solo escuchar el nombre de Melisa y, como picadura de un áspid en el alma, su mirada se refugió en la ventana.

—Sé que erais muy amigas. Sé que para Melisa eras muy importante.

El rostro de la mujer se congeló en algún limbo lejano donde un día hubo flores que hoy no crecen sin sol, luna ni estrellas, donde solo hay terribles gritos que enmarañadas entrañas quieren olvidar.

—¿Te apetece hablar de ella?

Un silencio denso inundó la habitación y Jackie semejaba un ahogado, con labios sellados y la mirada perdida en un horizonte de nubes negras, en busca de un claro, una bandera blanca que no juzgase al superviviente de un naufragio.

Elena percibió el dolor de aquella mujer y recapacitó un segundo con la vista sobre su regazo. Se llevó una mano a la frente; tal vez no hubiera sido una buena idea ir a hablar con ella. Un gesto preocupado que había durado no más de dos parpadeos. Tan pronto levantó la vista, se encontró los ojos abiertos y enrojecidos de Jackie a un palmo escaso de su cara. El miedo se anudó en su garganta y un escalofrío le recorrió la espalda como un látigo. De pie frente a ella, Jackie la miraba fijamente. La escrutaba.

—Por favor, toma asiento —le pidió Elena.

—¿Quién eres? ¿Por qué quieres hablar de Melisa? —preguntó con ojos inquietos y la mente acalorada.

—Soy Elena Casáis, la sobrina de Melisa.

—¿Su sobrina?

—Sí, soy hija de Marian.

Jackie retrocedió un paso, con mirada ambigua que pronto se convirtió en fantasía, en ilusión. Sonrió y abrió los brazos entusiasmada:

—¡Martina!

16

El mar rugía y se rompía blanco contra rocas que aguardaban estoicas bajo el paseo entablado de la costa. Enfurecido, el viento soplaba en todas las direcciones posibles, levantando su flequillo, abriendo su abrigo y arrancando un brillo húmedo a sus ojos entrecerrados. Elena subió las solapas de lana del tres cuartos y apuró el paso.

«Otra vez ese nombre. Otra vez. Martina. ¿Por qué? ¿Quién era?». Tenía que hablar con su padre. Quién sino él para decirle por qué su madre guardaba baberos y dibujos con ese nombre en la casa que habían compartido durante años.

Sacó el teléfono y marcó su número.

—¿Elena? —dijo él.

—¿Po-… -emos ve-… -nos? Necesito hablar contigo.

—¿Elena?

El viento arrastraba las palabras dejando poco más que confusión entre ellos.

—Pa-… -á, nec-… -ito que ha-… emos.

—¿Elena? No te oigo.

—¿Quién es Martina?

El intento de conversación no prosperó. Elena miró la pantalla del teléfono y comprobó que, tal y como era de esperar, su padre había colgado.

Concluyó que lo llamaría de nuevo más tarde. Sin duda tenían un asunto pendiente del que debían hablar. Pero ahora mismo no era el más urgente. Porque ahora necesitaba saber qué le había pasado a Paulina Meis, averiguar quién era el criminal responsable de un asesinato tan cruel. No era la primera vez que hacía algo así según las palabras de Ruiz, porque había otro cuerpo. ¿En verdad era ella? ¿Era Melisa?

La pregunta no tardaría en encontrar respuesta. Y con ella cambiaría todo para Elena. Porque solo en el supuesto de que no fuera su tía podría continuar trabajando en la instrucción del caso. Solo así podría asegurar que se hiciera justicia. En caso contrario debería abstenerse de oficio. Eso era lo que dictaba la ley, era lo correcto. Y así lo haría antes de ser recusada, cosa que muy probablemente sucedería tarde o temprano.

Al entrar en la comisaría sintió que decenas de ojos curiosos y uniformados la seguían. Avanzó sin mirar a los lados, directa al despacho del comisario Carballo.

—¡Elena! —exclamó él al verla—. ¿Qué haces aquí?

—No podía esperar a que me llamaras para saber si había alguna novedad con el otro cuerpo encontrado. —Hizo una pausa—. ¿La hay? ¿Hay alguna novedad?

Marco cerró la puerta y le pidió que tomara asiento.

Se sentó frente a él como lo haría frente al caprichoso arbitrio de la muerte, con la cara alta y el pulso acelerado.

—Hemos cotejado la ficha dental de Melisa. Se corresponde con ella, Elena. —La miró a los ojos—. Lo siento.

Marco esperaba su reacción con gesto grave. Ella apartó la vista un segundo.

—¿Cuándo tendremos los resultados definitivos de la autopsia? —preguntó con el aire diligente y tranquilo de quien busca la respuesta a un acertijo.

—El doctor Araújo está volcado y dedicado solo a este caso. Imagino que pronto nos dirá si confirma su teoría de un golpe desde atrás en la cabeza como causa de la muerte. Han pasado muchos años y no sé si nos podrá proporcionar información cien por cien concluyente.

—¿Y respecto a Paulina? ¿Alguna novedad? —siguió preguntando expeditiva.

—Por ahora nada más.

—¿Habéis comunicado ya a los padres la aparición del cuerpo?

—Sí. Ha ido Ruiz con la psicóloga. Imagino que ya se habrían hecho a la idea de que estaba muerta…, aun así…

Elena escuchaba con el gesto tenso. En el fondo de su pecho compartía esa sensación.

—Habrá sido un golpe duro —prosiguió él—. No imagino nada peor que enterrar a un hijo.

—Hay algo peor —dijo y recordó la mariposita de aceite en la que su abuela y su madre rezaban—, y es enterrarlo y desenterrarlo cada día. Esa angustia. No se puede enterrar a un vivo, de la misma forma que no se puede abrazar a un muerto.

Elena se levantó.

—¿Te encuentras bien? —se preocupó él.

—Sí, estoy bien —dijo, y al fin pareció que relajaba el rostro—. Ahora tengo que ir a ver a mi madre y decírselo. Después de tantos años, las dos merecen descansar.

Marco se acercó a ella, quería abrazarla, pero se contuvo.

—¿Y qué harás con la instrucción? —preguntó—. ¿Vas a abstenerte por ser un familiar?

—Es lo correcto —dijo, y abrió la puerta del despacho para salir.

Desde la entrada de la comisaría, el inspector Ruiz caminaba hacia ella con andar desgarbado y mirada de hiena.

Elena permaneció inmóvil. Observando.

Tras el policía, un hombre con la cabeza baja y las mejillas encendidas.

Marco se asomó para entender qué justificaba el hieratismo de la jueza.

—¿Sabes algo de esto? —quiso saber ella.

—Todavía no.

El comisario Carballo adoptó la pose de su cargo e hizo un gesto flexionando dos dedos para llamar a Ruiz.

Sometido de mala gana a la jerarquía, el inspector se acercó tras dar indicación a un agente más joven para que condujese al hombre a una pequeña sala.

—¿Por qué lo has traído aquí? —preguntó el comisario.

—Yo no lo he traído, señor. Ha venido él.

Marco y Elena dibujaron un interrogante en la cara.

—Paco Meis ha venido por voluntad propia a contarnos algo que considera relevante para el caso. Y, por lo que me ha adelantado, creo que ambos deberían también escucharlo.

Desde la sala anexa, tras un cristal que mal disimulaba un espejo —como no podía ser de otra forma—, Marco, Elena y el joven agente esperaban a que el padre de Paulina hablara.

—El pasado miércoles día 9, en torno a las cuatro de la tarde, venía yo de faenar en el mar. Ese día las aguas andaban picadas y tuve que abrirme mucho para llegar a tierra —dijo moviendo una mano en el aire—. No sé si me entienden —trató de cerciorarse ante el gesto ambiguo de Ruiz—. El asunto es que pasé con la dorna muy cerca del espigón y desde allí pude ver que había alguien delante de la vieja fábrica Quiroga.

—¿Alguien? —animó el inspector para que continuase—. ¿Quién?

—Enzo Quiroga.

El inspector Ruiz se giró y miró hacia el espejo. Tras él, Marco y Elena también cruzaron una mirada.

—¿Está usted seguro? —preguntó Ruiz.

—No me cabe duda de que estaba allí el hijo de Lorenzo Quiroga. Ninguna duda.

—¿Por qué está tan seguro?

—Porque justo ese día, a apenas doscientos metros de la vieja fábrica donde lo vi, apareció la mano de mi Paulina. ¿Qué estaba haciendo ahí? —Se alteró y levantó la voz—. Estoy convencido de que no ha sido casual —dijo apretando un puño, el de la mano izquierda, sin mutilar y con los cinco dedos, sobre la mesa.

—Bueno, bueno. Tranquilízate, Paco —dio por toda asistencia Ruiz—. Lo has hecho muy bien. Ahora nos toca a nosotros trabajar.

El hombre empequeñeció, con las manos de nuevo bajo el tablero para asentir con torpeza.

—¿Tú qué opinas? —preguntó Elena al comisario.

—Es verdad que acaba de recibir la fatídica noticia de su hija. No lo está pasando bien y es entendible que necesite encontrar cuanto antes a un responsable, a alguien que pague por la muerte de Paulina. Aun con eso, no tiene razones para mentir.

—Estoy de acuerdo, pero no queremos a un culpable, Marco, queremos «al» culpable. Hay que ser muy certeros con esto.

—Iremos a hacerle unas preguntas. El señor Quiroga tuvo que ver algo —dijo Marco con convicción.

—¿Qué piensas? —preguntó ella buscando profundizar en su mirada.

—Hacía justo treinta años que Enzo Quiroga no se dejaba ver por Cruces. Treinta años, Elena. Y justo aparece ahora, con la muerte de Paulina —arguyó.

A través del cristal, Elena se fijó en Paco Meis cuando pasaba por delante de ellos. Lo hacía con el aturdimiento nervioso de quien no sabe qué hacer o adónde ir y solo quiere enterrarse a cien metros bajo tierra.

Llevaba los hombros caídos y una mano crispada protegiendo la tullida. Ruiz lo acompañó a la puerta para despedirlo con dos toques secos en la espalda.

—Id a hablar con él, con Enzo Quiroga —pidió con aplomo Elena—. Tendrá que dar algunas explicaciones, eso está claro. Pero debemos ser muy cautos. Recuerda que Lorenzo Quiroga acaba de morir. Su único hijo será su heredero y también su sucesor. No nos conviene tener problemas con esta gente.

—Créeme, no quiero acabar dirigiendo el tráfico en Cambados. De hecho, nos acercaremos ahora a hacerle un par de preguntas. Algo cordial.

—Yo iré al juzgado —dijo Elena con un eco resignado—. Debo preparar los papeles para abstenerme del caso, ¿recuerdas?

—Espera solo un par de días. Para entonces ya habrá resultados oficiales de la autopsia. Además, de haber problemas hoy con el hijo de Quiroga, retomaríamos pasado mañana, ya que mañana es el entierro. Y, como te imaginarás, será el evento del año en Cruces. Vendrán políticos, marqueses y medios de comunicación. Será un despliegue con toda la pompa y el boato de un personaje como Lorenzo Quiroga.

Cerca del hospital había un banco enclavado entre sauces llorones que miraban al mar. Elena se dejó llevar por el impulso de sentarse en él unos minutos. ¿Qué podía haber más importante que ver los últimos rayos dorados de un día eminentemente gris? El sol descendía con brillo lejano en el horizonte, incapaz de alcanzar esas ramas que colgaban exhaustas en los árboles. El viento suspiró meciendo hojas ambarinas que parecían susurrar los nombres de dos niñas. Treinta años separaban sus vidas. Melisa y Paulina. «¿Estaban relacionadas sus muertes?». Cabeceó y devolvió la mirada a la última línea brillante sobre el agua. «Sí, lo estaban. Tenían que estarlo». Entonces recordó a Jackie y su forma de mirarla, el dolor contenido en su garganta al mencionar a Melisa, la sorpresa en sus ojos y la certeza en su voz al llamarla Martina. «¿Por qué Martina?». Buscó el teléfono para ver si su padre le había devuelto la llamada o enviado un mensaje. Pero no encontró el teléfono. Con las prisas se lo habría dejado en la comisaría. Tenía tantas preguntas arremolinándose en su cabeza... necesitaba arrojar luz sobre alguna de ellas.

Abrió el bolso, sacó el diario. Y avanzó en su camino para encontrar respuestas.

Cruces, 4 de octubre de 1984

Ha sido todo muy extraño. Papá estaba fuera, en la huerta, sentado frente al gallinero, sin moverse, sin hablar siquiera. Sentí un escalofrío al mirarlo a los ojos. En sus manos, descansando sobre el regazo, un reguero de sangre y unas tijeras.

«¿Qué ha pasado?», quise preguntar, pero no me salió ni una palabra.

Una gallina aleteaba furiosa tras la alambrada del corral. Para ser un ave pequeña, me miraba con ojos de toro bravo. Incapaz como era de elevarse un palmo del suelo, batía sus plumas, desesperada. Me quedé mirándola un rato. Un rato largo en el que creo haber estado paralizada... hasta que vi algo raro en ella. Vi que en un ala tenía sangre. Estaba herida. La gallina sangraba y miraba a mi padre con ojos de halcón.

«¿Qué ha pasado, papá?», pregunté esta vez en voz alta.

«Le he cortado las alas». Eso dijo, y yo no añadí nada más.

«Debí hacerlo hace mucho tiempo. Lo he hecho hoy y temo que haya sido demasiado tarde». Continuó explicándose, como si no fuera suficiente con una frase, tal y como se hace cuando uno no está seguro de lo correcto de sus actos.

Yo sentí miedo. Por primera vez en mi vida sentí miedo al verle, al escucharle hablar.

«Mi pequeña Melisa…», me dijo, y algo se estremeció dentro de mi pecho. «¿Acaso no sabes que a las gallinas hay que cortarles las alas para que no puedan escaparse del corral?».

Tardé en contestar, pero al final le dije: «Papá, ¿no crees que ahora es cuando tiene motivos para querer escapar?».

Se levantó furioso, tanto que me asusté de verdad. Él se marchó sin mirarme. Yo abrí la puerta del gallinero y me senté con la gallina. La cogí en las manos, vi cómo la herida se abría hasta el hueso del ala y la abracé. «Pobrecita», pensé. Pero pobre también mi padre… que por temer a una gallina clueca ahora tendrá a un mal gallo de pelea.

Comenzó a llover, tal y como ocurre siempre que la tierra necesita lavar un pecado. O al menos eso decía mi abuela. Entré en casa y subí a la planta alta en busca de mi hermana. Nunca paso del umbral de la puerta del dormitorio de mis padres, porque dicen que es el lugar más especial de la casa. Allí murieron mis abuelos, primero uno y poco después el otro, acostados en esa cama de pino con su triste mal augurio. Pero no es solo donde muere la familia, es especial porque en ella también llegó al mundo mi madre, mi hermana Marian y yo misma. Mamá está convencida de que en ese colchón de lana un día morirá. Cuando lo dice yo evito preguntar nada más, no vaya a ser que me niegue el placer de las sorpresas a mi edad.

En cambio, la pobre Marian se queda mirando la cama e imagina sobre ella a un recién nacido que llora con fuerza mientras a su lado, al mismo tiempo, un anciano despide el mundo en su último aliento. Supongo que por eso no es de extrañar que se meta en su habitación para sacar de un cajón un cuadernito rayado en el que escribe y llora a partes iguales.

Fue así como esta tarde encontré a Marian en su habitación. Lloraba ante su cuadernito, pero no escribía. Marian se agarraba un brazo con mucho dolor. Hecha un ovillo en el suelo, me miró con la cara anegada de lágrimas y me alarmé. Incapaz de tocar su brazo, a duras penas conseguí con mi tamaño que se pusiera en pie. Un lado de la cara brillaba hinchado y más enrojecido que el otro. Estaba despeinada y despedía el calor de un cuerpo atropellado y vuelto a atropellar al menos un par de veces más.

«¿Qué ha pasado?», pregunté. Y ella quiso rodearme con el brazo que no le dolía para descargar tantas lágrimas que solo pude esperar a que parara.

«Primero tengo que contarte algo», me dijo. Y con cara de recibir un gran secreto, asentí. «¿Recuerdas a don Miguel, el maestro?», asentí de nuevo, con la lección de sus amores aprendida de memoria. «¿Él te ha hecho esto?», pregunté asustada y también convencida de no querer saber nada de hombres ni de amores. «No, claro que no, Melisa. Él me quiere tanto como yo a él». Ahí deduje que debía de ser mucho, aunque ella no me lo aclaró. «Estamos esperando un bebé. Estoy embarazada de cinco meses».

Yo solo tengo trece años, pero a esas alturas ya estaba claro que alguien no se había alegrado de la feliz noticia.

«Papá me ha golpeado. Creo que me ha sacado el brazo del sitio. Quiere matar a Miguel. De hecho, es muy posible que también quiera matarme a mí». Dijo con un eco resignado que provenía de un lugar lejano, mucho más atrás que cinco meses o que un par de años. Fue cuanto me dijo y no hizo falta que dijera más, porque lo hizo con esa sombra en la cara de quien preferiría estar muda para no hablar. Pienso que quizá fuera el bebé que crecía en su vientre quien necesitaba contarlo y no tanto ella.

Eché a correr escaleras abajo. Cuando quiero puedo ser muy rápida. Busqué a mi padre por todas partes. No lo encontré en la casa, en la huerta ni en la puerta de la calle.

Seguí corriendo hacia la pensión de Siña Lola donde el maestro tenía su habitación pagada a cargo de la familia Quiroga. Ni Lola ni su hija Lolita, nadie en la pequeña recepción. Subí las escaleras de dos en dos hasta llegar a aquella habitación en la que probablemente mi hermana llevaba tiempo recibiendo lecciones que ahora mi padre estaba dispuesto a pagar. No había gritos. La puerta estaba ligeramente entornada, aunque no cerrada. La empujé con la mano sin pensar en lo que pudiera encontrarme. Y encontré a mi padre. Supongo que tenía lógica porque era a quien buscaba realmente. Hasta que se dio la vuelta. Porque cuando se dio la vuelta, me costó reconocer sus ojos, su gesto, su cara. Me costó ver en sus puños las manos que me pellizcan los mofletes hasta arrancarme una sonrisa los domingos. Mi padre, con envergadura de toro, bufaba con un mar espumado en la boca. Frente a él, enganchado por la pechera, el maestro trataba de hacer pie en el suelo con el cuerpo pegado a una pared descascarillada y plagada de manchas de humedad.

Tenía la nariz como un pimiento morrón y un reguero de sangre caía en goterones desde un mentón con varios pelillos que yo no llamaría barba. Parecía tan asustado…

Le dije a papá que por favor lo soltara. Él juró que lo mataría si no se casaba con Marian. ¿Y qué iba a hacer él? Pues decir que sí, que por supuesto, que estaba muy enamorado. Ahora nunca sabremos si era verdad.

Él caminaba despacio, sin perder un ápice de esa seguridad con la que arrostra el mundo un líder solitario. Entornaba los ojos y miraba el ocaso, el refulgir de un día gris que lentamente moría en un horizonte plácido.

Llegó al lugar señalado y esperó en la puerta.

Elena cerró el diario con un punto de brusquedad y se llevó una mano a la boca. Abstraída, lejana, a medio camino entre una certeza y varias posibilidades, su cabeza daba vueltas, confundida. Su madre estaba embarazada en 1984…

En 1984. Eso eran varios años antes de haber nacido ella. ¿Tenía un hermano? ¿Una hermana? ¿Lo tuvo?

Necesitada de una pausa, Elena levantó la vista e inhaló los últimos vapores de aquel día sobre el agua. Fue entonces cuando lo vio. Y al verlo, sin saber cómo o por qué, sonrió con brillo en los ojos y una extraña vibración en el pecho.

Desde donde estaba no podía distinguir esa mirada azul profunda con la que él, en el silencio más absoluto, parecía hablar con un café en la mano, pero lo reconocía, era él. Puede que fuese la intensidad de los latidos o aquella algarabía en su ánimo lo que la empujó a acercarse para hablarle. Anduvo varios pasos sin apartar la vista de él, confiando quizá en que pudiera verla. De pronto se detuvo con los pies juntos ante un enorme charco. Vio cómo de un sedán negro bajó un hombre con terno oscuro y opulentas formas. Un saludo, los dos hombres se estrecharon la mano y poco después se fundieron en un abrazo que congeló el ánimo de Elena. «No es posible, se conocen».

17

Dos inmensos magnolios custodiaban la entrada de la gran casa de los Quiroga. El comisario Carballo y el inspector Ruiz llamaron al timbre. Una voz disciplinada de mujer de mediana edad les pidió que mostraran a una cámara sus credenciales.

Avanzaron con el coche dejando a ambos lados un jardín que aun llamado francés encontraba inspiración en los primigenios descritos bajo ese nombre, y que no eran otros que los italianos Médici. Había azaleas y rododendros, fuentes y esculturas. Todo con la magnificencia de la belleza renacentista.

Aparcaron con mínima consideración poco más arriba de una capilla que lucía con media fachada cubierta de hiedra. Caminaron por una alfombra de hojas acastañadas que con sutileza y delirio se desprendían de robles de años.

Alcanzaron la escalera de piedra, sublime sobre la hierba recién cortada, que los envolvía con una fragancia, por natural, inmaculada. Subieron peldaño a peldaño admirando sin querer la buganvilla fucsia que embellecía un lateral de la puerta principal.

Con traje de falda y chaqueta oscura, el ama de llaves los esperaba. Alfombra persa en tonos claros, exquisitos candelabros, artesonado de madera noble, retratos familiares desde el siglo XVII y un busto de Quintiliano.

En perfecto silencio fueron conducidos por la mujer a una sala que, aunque no pareciese posible en un principio, consiguió intimidarlos mucho más.

Declinaron sentarse y solo Ruiz aceptó tomar café. Al frente, una chimenea con piedras de jade incrustadas exhibía sobre su repisa un trofeo de tiro al pichón custodiado por ángeles dorados. Marco observó todo con una curiosidad distante que activaba sus recelos e incluso rozaba el desdén.

—¿En qué puedo ayudarlos? —preguntó con voz regia desde la puerta Enzo Quiroga.

—Buenas tardes —saludó el comisario Carballo.

—Casi noches, diría —interrumpió Quiroga altivo.

Marco lo miró a los ojos un segundo.

—No le robaremos mucho tiempo, señor —acertó a decir.

Las pisadas de los zapatos italianos de Enzo Quiroga resonaron con firmeza hasta alcanzar un sillón. Se sentó, cruzó las piernas y extendió el brazo para indicar a los policías que hicieran lo mismo.

—Usted dirá —pidió dirigiéndose a Marco Carballo.

—Soy el comisario Carballo y este es el inspector Ruiz.

Enzo Quiroga asintió a modo de saludo mientras miraba de soslayo al de menor rango de los dos.

—Necesitamos hacerle unas preguntas en el marco de la investigación de la muerte de una joven del pueblo: Paulina Meis.

La expresión de Quiroga mostraba sutil indiferencia. Marco lo ignoró y decidió continuar.

—Adelante —dijo ofreciendo la palma de una mano.

—¿Estaba usted hace dos días, el pasado día 9, en la vieja fábrica de su familia?

Guardó silencio un segundo antes de contestar con una mirada de hielo.

—Es posible. Teniendo en cuenta que se trata de una fábrica de mi propiedad, estaría en mi legítimo derecho de pasear por ella a voluntad, ¿me equivoco?

Marco asintió, y dibujó una sonrisa prudente.

—Por supuesto —respondió el comisario—. Pero ¿podría hacer memoria y confirmar si estaba allí o no?

—Sí, estaba allí.

Ruiz tomaba nota de todo. El movimiento del bolígrafo sobre el papel atrajo la mirada de Enzo Quiroga hacia él.

—¿Podría decirnos si vio algo raro?

—Defina «raro», comisario. Vi a un viejo curandero quemando laurel. Vi que hacía aspavientos hacia el bosque y después hacia el mar. Y hasta puede que haya visto cuervos volando en círculos. Pero ¿raro? No estoy muy seguro de que eso sea raro aquí.

—Disculpe, señor Quiroga —dijo con tono adusto Marco al tiempo que cerraba su cuaderno de notas—, usted es natural de aquí, ¿verdad? Vamos, que es de Cruces, así que imagino que sabrá perfectamente a qué me refiero cuando pregunto por algo raro en el marco de una investigación por asesinato —aclaró, y remarcó la última palabra.

Enzo Quiroga dibujó una sonrisa de poderoso halcón y se dispuso a contestar.

—¿Acaso por estar en la misma habitación, usted y yo, estamos en el mismo lugar?

Marco lo miró con fijeza.

—Llevo treinta años lejos de Cruces. Tal vez hayan cambiado muchas cosas desde entonces por aquí —añadió queriendo sonar más colaborativo.

—Cambiaron muchas cosas en ese tiempo, sí. Y justo ahora, curiosamente, han vuelto a cambiar para mal.

Los dos hombres cruzaron miradas de desafío.

—Contésteme por favor a una última pregunta, señor Quiroga: ¿qué estaba haciendo el miércoles 9 de octubre en la vieja fábrica?

Enzo Quiroga alargó el silencio y miró a ambos policías.

—Considero que no es asunto suyo. Ya le he dicho que no vi nada que me parezca de interés en su investigación.

Sonó el timbre. Desde la ventana se veía un Maserati gris oscuro del que descendió un hombre de algo más de cincuenta años para ofrecer su brazo a una anciana enlutada.

—Si me disculpan, debo recibir a la familia Bergara. Como imagino que sabrán, mi padre ha muerto.

Elena tuvo que volver a la comisaría. Estaba agotada, pero antes de ir a dormir con su madre al hospital debía recuperar su teléfono móvil.

En su cabeza una voz le preguntaba por aquel encuentro que le había hecho sonreír en un día de tormenta: «¿Cómo es posible esa reacción ante alguien de quien no sabes ni el nombre?».

«Yo no soy así —se contestó agarrando el volante de su coche—. Me niego a aceptar que yo pueda ser así. Pero... ese hombre tiene algo... que hace que se esfume el peso que me ancla a la tierra. Algo que me dice que todo tiene explicación, que no piense nada raro por haberlo visto con Raúl Raposo. —Elena compuso un gesto de preocupación—. O tal vez me esté aferrando a un recurso de mi mente para no pensar en los últimos acontecimientos con mi madre en coma y mi tía Melisa muerta».

Al llegar encontró a Marco con cara de pocos amigos sentado a su mesa con la mirada entornada.

—¿Qué tal ha ido? —preguntó ella—. A juzgar por la expresión de tu cara diría que no muy bien, ¿no?

Él la miró y meneó la cabeza.

—Un completo imbécil. El tal Enzo Quiroga es un estirado con complejo de dios o héroe griego. Creo que hasta es peor que su padre —resopló—. ¡Cómo me cabrean los tipos así!

—Tranquilo. Podrás con él. Si alguien tiene la mano izquierda necesaria para tratar con esta gente, eres tú —dijo al tiempo que colocaba las manos sobre sus hombros para amagar con un masaje que le devolviera la calma.

Marco relajó el rostro un par de segundos antes de retomar la conversación.

—Y ¿qué vas a hacer? —preguntó—. ¿Te abstendrás en la instrucción del caso?

—No tengo opción. O lo hago yo, o acabarán recusándome.

—En ese caso tendrás que devolver la llave que apareció en la mano de Paulina Meis.

Elena compuso un gesto de inquietud.

—Y también el diario —musitó ella con la mirada embargada por un pensamiento.

—Forma parte de la investigación —dijo él con cierto pesar—. Por cierto, ¿has encontrado algo de interés en ese diario?

—Se trata del diario de Melisa.

—¿Cómo? —dijo alterado.

—Perdona, tenía que habértelo dicho antes.

—Ese hecho relaciona directamente a las dos niñas desde antes de que encontrásemos los cadáveres —recriminó—. Lo sabías y no me lo dijiste.

—Te recuerdo que tengo la llave desde ayer. Empecé a leerlo y no encontré en él nada relevante para el caso.

—¿Nada relevante? Elena, eres la jueza, no policía. Te diré por qué es relevante: el autor de la muerte de esas niñas, desde el momento en que colocó la llave en el puño de Paulina, quiso que relacionásemos su muerte con la desaparición de Melisa. La pregunta es ¿por qué? ¿Quién tiene tanto empeño en que relacionemos las dos muertes?

Elena se quedó en silencio, pensativa, con el gesto apesadumbrado de quien descubre su propio error.

—Tendrás que entregarme el diario —sentenció él.

—Todavía no he tenido tiempo de leerlo entero.

—Pues deberás acelerar tu lectura. Tan pronto dejes el caso, tendrás que entregarlo. Sabes que el juez que se haga cargo de la instrucción lo reclamará. Y, si no lo hace él, lo haré yo.

—Lo sé —contestó con aplomo y guardó silencio un segundo—. A todo esto, yo venía a recoger mi teléfono móvil. Debí dejarlo antes por aquí. ¿Lo has visto?

—Ah, sí. Te lo he guardado —dijo al tiempo que abría un cajón metálico bajo el tablero de su mesa.

Elena lo cogió en la mano y, entonces, vio la nota con la matrícula por la que ella, días atrás, le había preguntado.

—¿Has podido averiguar algo de esto? —preguntó la jueza señalando el papel con una mano.

—Cierto, con todo el follón de las últimas horas, no te dije nada. El coche pertenece a un *bateeiro* de Cruces. Sin antecedentes. Absolutamente nada a tener en cuenta. ¿Por qué querías que indagara sobre esa matrícula?

—Me pareció reconocer al conductor. Y juraría que él también me reconoció a mí. Un joven de mala catadura y pasado pandillero en la isla. Integrante de los Alacranes, ya sabes, una verdadera plaga. ¿Será robado?

—Ninguna denuncia de robo de ese coche. Tal vez te hayas confundido —dijo Marco, y se arrepintió de inmediato, pues Elena frunció el ceño—. Puede que ese chico no sea más que el chófer. Que esté trabajando para alguien. No me dirá, señoría, que no cree en la reinserción —bromeó y al fin sonrió ante ella.

Elena compuso un gesto de desconfianza.

—¿Conoces a muchos *bateeiros* con chófer, Marco? —retó ella.

—Bueno, antiguo *bateeiro*. Recientemente ha vendido su batea. Reconozco que he indagado un poco y he podido comprobar que era su único sustento y, teniendo en cuenta que el hombre no llega a sesenta años y tiene buena salud, es difícil comprender que pensase en retirarse. Según he visto, al negocio le costó despegar, pero ahora le iba muy bien. Surtía con exclusividad la nueva conservera de los Quiroga en Cruces desde que esta comenzó a funcionar en 1990. Año en el que pudo comprar la batea gracias a una importante suma de dinero que su padre, sacristán en la isla, le donó poco antes de morir.

—¿Podrías decirme el nombre de ese *bateeiro*?

Marco abrió un correo en el ordenador y leyó:

—Xacobe Verdeguel Munín.

—Xacobe Verdeguel. Xacobe Verde-guel —susurró Elena.

—¿Qué pasa? ¿Lo conoces?

—Creo que ha tratado de contactar conmigo —musitó pensativa y a su cabeza acudió el asunto de un correo electrónico en su bandeja de entrada.

«Xacobe Verde — Ayuda Bateas».

—Pero ¿y qué era lo que quería de ti?

—Ayuda.

18

El trayecto en coche hasta el hospital discurrió con una pregunta en su cabeza: ¿por qué el asunto de los correos de Xacobe Verdeguel rezaba «Ayuda Bateas» si ese hombre ya no era un *bateeiro*?

Todavía no lo sabía, pero lo averiguaría. Ahora tenía un nombre, un apellido y la posibilidad de contactar con él para que le explicase el contenido de esos correos imposibles de recuperar. Y había algo más. Elena mascullaba y meditaba: «Xacobe Verdeguel. Verdeguel». Un apellido poco común y, sin embargo, le sonaba demasiado.

Un lujoso coche en color gris mate la adelantó con un volantazo en el aparcamiento del hospital y la obligó a frenar en seco. No tuvo tiempo de quejarse y explicar que ella había visto antes la plaza de estacionamiento y que pensaba ocuparla, que para eso había indicado con el intermitente que iba a hacerlo. Salió del coche, y todavía con la puerta abierta, vio a un hombre de gran altura y brazos hercúleos que, con dos fogonazos, activó el cierre a distancia de su Maserati para caminar con la cabeza erguida, sin intención de mirar atrás.

Volvió a meterse dentro del coche extrañada por haber visto en aquel lugar a Diego Bergara. La familia Bergara, al igual que la familia Quiroga, no prodigaba apariciones públicas en Cruces. Su mundo era otro. No se mezclaban con el pueblo, no paseaban por sus calles o playas ni compraban en su mercado. Si se ponían enfermos, la atención médica era domiciliaria y, tal y como le habían dicho en la farmacia del hospital, determinados tratamientos preparados allí también se los dispensaban en casa. Todo facilidades, salvo que el estado del paciente revistiese gravedad. En ese caso no tendrían más opción que acudir al hospital.

Elena no tardó en encontrar una plaza en la que aparcar. Lo hizo, con la insospechada suerte del karma de su lado, casi en frente de la puerta de urgencias.

Al bajar del coche, vio cómo de una ambulancia del Centro Médico Social bajaba una camilla. Se acercó prudente a la par que curiosa a fin de descubrir de quién se trataba.

No fue necesario ver la cara del enfermo para averiguarlo. Tensa y arrogante, la mirada fría de Diego Bergara sobre las cabezas de los técnicos que empujaban la camilla de su padre.

Elena se mantuvo a una distancia prudente y esperó a que las puertas automáticas de urgencias se cerraran tras él para pasar en dirección a la puerta principal, la de las visitas.

Cuando llegó a la habitación de su madre, le sorprendió encontrarlo sentado a su lado, pero allí estaba. Más delgado, más gris y mucho más envejecido de lo que lo recordaba: su padre. Con bigote y gafas, seguía teniendo aire de maestro de posguerra, de superviviente y, al mismo tiempo, de hombre que sufre un terrible castigo.

Los vio a los dos. Juntos. Como cuadro de naturaleza muerta de un genio llamado Van Gogh. El rostro de su madre asemejaba un cirio tras el paso de una larga Semana Santa a la que su padre velaba desde un quicio, desde el que se derramaba su alegría de vivir.

—Papá —saludó sorprendida.

—Hola, Elena —dijo al tiempo que se abrazaban.

—Me alegro de que hayas venido —le susurró ella al oído.

Él cerró los ojos y la estrechó con más fuerza.

—¿Estás bien? —preguntó Elena separándose para mirarlo a la cara.

—He venido para hablarte de Martina, Elena. —Hizo una pausa dando tiempo a que el gesto demudado de Elena se relajase—. Ya es hora de que te hable de ella.

—Pensé que no habías escuchado nada de lo que te dije por teléfono. El viento soplaba fuerte cerca del faro.

—¿Cerca del faro? —Se extrañó—. ¿Y qué hacías por ahí arriba?

—Es largo de contar. Digamos que estaba haciendo algunas averiguaciones en el marco de un caso en el que estoy trabajando. Pero ahora, por favor, siéntate y háblame de Martina. ¿Quién es?

Miguel respiró desplegando levemente las aletas de la nariz. Parecía deshacer un nudo que llevaba mucho tiempo cerrado en su garganta.

—Martina es tu hermana.

El asombro y la extrañeza alteraron el semblante de Elena.

—¿Mi hermana?

Miguel Casáis asintió quedo.

—Explícate, papá, por favor.

—8 de mayo de 1985. Ese fue el día en que nació Martina.

El feliz recuerdo se reflejó en una sonrisa espontánea.

—Entonces... ¿tuvisteis una hija antes de que yo naciera?

Elena pensó en las últimas páginas leídas del diario de Melisa; en ellas decía que Marian estaba embarazada, que su abuelo Moncho había obligado al responsable a casarse...

—¿Y dónde está? ¿Qué ha sido de ella?

—No es tan fácil, Elena. Si tu madre y yo nunca te la mencionamos, fue por una buena razón. —Su gesto volvía a marchitarse—. Hemos sido cuidadosos durante todos estos años para no hablar de ella. —Guardó silencio un segundo para escudriñar sus ojos—. ¿Quién te ha hablado de Martina?

—Encontré unas cajas en el fayado con baberos bordados con ese nombre. También dibujos infantiles...

Su padre bajó la guardia.

—Bueno —continuó ella—, además, me ha llamado con ese nombre Jackie, Jacinta Noboa.

Miguel se levantó de forma abrupta.

—¿Es eso lo que has ido a hacer cerca del faro?

—No te entiendo..., ¿qué importancia tiene que haya ido a hablar con esa mujer?

—Deberías alejarte de ella. Hazme caso —dijo al tiempo que se ponía la chaqueta.

—Espera un momento —dijo ella tocándole un brazo—. ¿Ya está? Que me aleje de ella... ¿sin más?

—Ves cómo ha acabado tu madre... —la señaló—, cómo hemos acabado los dos... Ella no siguió mi consejo: aléjate de esa mujer o acabarás igual.

Su padre la dejó en la habitación con un aire denso, enrarecido, en el que la impotencia y el desasosiego orbitaban alrededor de Elena. Quiso levantarse y salir tras él, preguntarle cuál era esa buena razón que justificaba un silencio de tantos años. Martina era su hermana. ¡Tenía derecho a saber de ella!

Miró a su madre, escudriñó su rostro en busca de respuestas. Encontró más silencio, necesidad de calma y decidió salir a por algo caliente a la máquina expendedora. Pensó que el paseo por el pasillo le sentaría bien. Quizá también, en el fondo, en un rincón secreto de su pecho cuya existencia nunca reconocería, esperaba encontrar a alguien con quien hablar, y deseaba que fuera él. Pero la pequeña sala estaba vacía. Nada extraño teniendo en cuenta que pronto sería medianoche. La de un día que había sido muy largo para ella.

Se sentó con un vaso humeante frente a la ventana. Admiró la noche límpida que había dejado la tormenta. Divisó la isla de Cruces bajo aquella bóveda de negrura lustrosa con diamantes de gala y pensó si había acertado al no decirle a su padre que había aparecido el cuerpo de Melisa. Él tenía derecho a saberlo. También su madre. Y ella quería decírselo a ambos, pero y después qué. Qué más podía decirles. Nada más. Porque no sabía quién la había matado, por qué lo había hecho o cuándo. Esperaría un par de días. Entonces ya tendría el resultado oficial de la autopsia y, con un poco de suerte, dispondría de más respuestas.

De pronto, como un guiño a la oscuridad de la noche, en O Souto Vello se apagó una farola —de la media docena que había—. Se apagó unos segundos, parpadeó y enseguida se volvió a encender.

Elena lanzó el vaso a la basura y regresó a la habitación, junto a su madre. Colocó su mano sobre la de ella para que pudiera sentir que esa noche no estaría sola. Después sacó el diario de Melisa y, con gesto de pesar, leyó.

Cruces, 12 de noviembre de 1984

Hoy ha ocurrido algo. No sabría decir si he sentido miedo o pena. Puede que un poco de ambos.

Nunca he dicho cómo es mi casa. Eso es porque no tengo mucho que contar. Es pequeña, aunque con dos alturas por las que la arena de la playa ha aprendido a campar a sus anchas, sobre todo en los rincones de cada peldaño de la escalera y junto a las patas de los muebles. Mamá se afana en pasar el escobón de *xestas* para dejar limpia la entrada, como dice ella: «al menos lo que más se ve», aunque lo que más veo yo está dentro de casa y no en la entrada. En cualquier caso no hay manera, es una arena tan fina que el viento vuela con ella y la deja dentro y fuera de casa.

En la parte de atrás tenemos una huerta diminuta, que compensamos con un pedazo de tierra en la entrada, justo entre la cancela y un rectángulo de cemento en el que está la puerta principal. Allí crece una hierba menuda pegada a un limonero que mamá corta en pequeños manojos para los animales. Tenemos un cerdo. Bueno, no siempre, pasamos años con la pocilga vacía. A un lado de ella está el corral con las gallinas y al otro, los conejos. Me encantan los conejos. Me gustan tanto que me niego a comerlos. El día que en casa se cocina uno, a mí me castigan con una sopa de ajo, porque saben que la odio, pero más me odiaría a mí misma de comerme el conejo. Mamá me mira retadora y me pregunta si me gusta y yo le devuelvo la mirada y le pregunto si no tiene conciencia. Últimamente acabamos siempre igual: ella me contesta que por supuesto que tiene conciencia, por eso ayer le dio hierba al conejo, para hoy poder ponerlo en el plato. Yo le digo que con la sopa tengo más que suficiente. Y finalmente me manda a mi cuarto con la cara caliente, el estómago frío, acusada de entrar en algo llamado adolescencia que, por cómo lo dice, debe de estar a medio camino entre la enfermedad y un pecado de esos de misa diaria.

No tenemos dinero para poner un cierre en condiciones a la casa. Así que papá colocó en su día una alambrada herrumbrosa que le dio nuestro vecino el sacristán, Saturnino, quizá por ser un siervo de Dios, o puede que agradecido por no pagar las redes que con tan buen ojo mamá se ofreció a coserle cuando vio movimiento de obras en su casa. A mí no me gusta mucho ese hombre. Siempre que me ve me pellizca un moflete o me da un cachete en el culo diciendo lo alta que estoy ya. He aprendido a dar un salto cuando lo veo llegar con la mano suelta. A él no le hace mucha gracia el invento, y digo yo que menos gracia me hacen a mí sus intentos. Así se lo dije a mi madre. Ni caso me hizo.

El caso es que ella se contentó con ver desplegar la vieja alambrada del sacristán entre cuatro estacas. Con eso y con la promesa de mi padre de que sería algo provisional. Así me lo contó ella con el gesto enmarañado tal cual las redes y los escapularios de Saturnino, porque yo ni siquiera había nacido cuando papá colocó ese cierre temporal. Aunque lo cierto es que no impide que quien quiera entrar lo haga, al menos marca el límite del terreno que pertenece a mis padres y eso es mucho más importante que ninguna otra cosa para ellos y, sobre todo, de cara a defenderlo frente a los vecinos.

En un lateral de la casa, pegadito a ella, tenemos un pequeño pilón de piedra en el que mi madre lava la ropa a mano. Ella insiste en que es un lujo, y, si lo dice, debe de serlo, porque le evita cargar la ropa hasta el lavadero del pueblo.

Y fue ahí, justo ahí en el lavadero, donde el miedo y la pena se dieron la mano esta mañana. Escuché a la madre de Pilucha reprendiendo a alguien. Lo hacía con ese tono que se usa con los niños para corregirlos tras alguna fechoría, pero su voz sonaba demasiado afectada. Pilucha tiene mi edad y muy mala baba, así que reconozco que lo primero que pensé fue que debía haber hecho algo muy gordo para que su madre estuviera tan disgustada, y yo quería saber qué era. Sí, me pudo la curiosidad. Lo reconozco. Pero no estaba Pilucha. Miré desde la ventana del dormitorio hacia el camino —o más bien hacia nuestra desastrada alambrada— y solo vi a la pobre señora Pilar caminando tan rápido con su cojera que parecía que la cadera se le iba a salir del sitio. No es una mujer mayor, y quizá por eso no use bastón, porque los bastones son para aliviar el peso de los viejos, de todo lo que han ido cargando en años, lo aprendido y desaprendido que imagino debe de ser mucho más difícil de hacer y cargar. Supongo que por falta de años, la señora no lleva ni una vara para apoyarse, aunque claramente la necesita. Mamá dice que se quedó mal de una pierna después de una aparatosa caída que tuvo en Santo Tomé por defender la playa. Según parece, la señora Pilar, junto a otras mariscadoras de Cambados, trató de esconderse de la Guardia Civil en medio de unas rocas, con tan mala suerte que se resbaló y partió una pierna. Pero no solo eso, lo peor fue que estaba embarazada y dio a luz en la cárcel. De eso ya hace mucho tiempo, una década entera, y la señora cuenta que fue una bendición del cielo todo lo que le pasó, que gracias a eso, Pilucha salió adelante, aun con el poco peso con que llegó al mundo, porque en la cárcel la criatura se libró de la tosferina que un año antes le había matado a otro hijo. Hay mucha humedad en la isla, mi madre lo dice al entrar cada invierno mientras me tapa con todo lo que encuentra, al punto de que en una ocasión, una de esas en las que no había leña ni un triste carozo que echar al fuego, pidió a mi padre que metiera en casa la vela del barco para cubrirme con ella.

Volviendo a lo que sucedió esta mañana, el caso es que la señora Pilar empezó a gritar más fuerte y yo bajé deprisa las escaleras. Entonces vi a tres chicos en el pilón. Tenían la cara rara, como si nunca hubiesen visto un pilón o como si celebrasen ver el primero en mucho tiempo. Se movían despacio, con los hombros caídos y los brazos largos, como ánimas perdidas en el camino a San Andrés de Teixido. Ni siquiera parecían personas, quizá cuerpos moribundos con almas del más allá. Con la misma mirada extraviada que mi muñeca de trapo. «¡Manuela!», llamó de pronto la señora a mi madre, quien, sin yo haberla visto antes, salía en ese momento a la puerta con su escoba de *xestas* en la mano, dispuesta a seguir luchando contra la arena.

Algo dentro del pecho me dijo que era una mala idea tratar de hablar con esos chicos. Se acercó a ella el más joven, el que tenía todavía algo de carne y color en las mejillas, creo que quería tranquilizar a mi madre, pero con la lengua pastosa que tenía no se le entendía gran cosa. Mostró las manos, quizá para decir que sus intenciones no eran malas, y fue entonces cuando vi que llevaba una aguja, bueno, una jeringuilla como la que usa el practicante para poner inyecciones en las nalgas. Mamá voceó que se fueran de su casa y con energía fue secundada por la señora Pilar, quien, a su vez, decía cosas como «Ay, qué desgracia, Manoliño, si lo ve tu madre, cae redonda», «Vas a matar de un disgusto a tu padre, Javieriño», «Qué desgracia, Virgen Santa, qué nos han traído que os va a matar a todos».

El tal Manoliño y también Javieriño salieron con un poco de agua en una pequeña botella de plástico atropellándose entre ellos, como si no supieran dónde empezaba y acababa su cuerpo. En cambio, el que parecía sumar más años, y muchos más disgustos a sus padres, tantos que ni la señora Pilar llegó a mencionárselos, se acercó a mi madre con un punto de maldad en dos ojos muertos y la empujó haciéndola caer contra el limonero.

La señora Pilar se echó las manos a la cabeza recitando la jaculatoria reservada a sustos y a desgracias de viejas, y yo reaccioné abrazando a mi madre. Creo que temblaba y él vio cómo me corrían lágrimas por la cara, y quizá por eso, o porque de pronto olvidó qué estaba haciendo o por qué estaba allí, se fue detrás de los otros dos tropezando con las puntas de sus zapatos.

Elena levantó la vista, miró el reloj, vio que ya pasaba de la una de la madrugada y que por suerte para ella la almohada seguía sin seducirla. Debía avanzar en la lectura del diario antes de entregarlo como parte de la investigación de las muertes de Melisa y de Paulina Meis.

Cruces, 22 de junio de 1985

Han sido unos meses con mucho ajetreo para todos. Antes de nada contaré las novedades que ha habido por aquí para poder entender el porqué de mi tardanza en escribir. Marian y Miguel se casaron en marzo. Los dos parecían radiantes y muy felices. Marian no pudo tener la boda con la que empezó a soñar el primer día que estuvo con Miguel en su cuartito de la pensión de Siña Lola, imagino que leyendo poemas de Neruda y riendo como si la vergüenza no fuera necesaria en una mujer, aun así se la veía resplandeciente, como una gran tarta de merengue con enorme barriga, pero del brazo de su adorado maestro.

A ellos les habría gustado casarse antes, pero papá prefirió esperar y ver si todo seguía su curso, tal y como él decía, confiando en que el tiempo se congelase en un trimestre.

Después de la boda, Miguel se instaló a vivir en casa con nosotros. La feliz pareja estrenó un dormitorio nuevo, y aunque la cama tiene casi el mismo ancho que la habitación de Marian, ahí están los dos, bueno, realmente… ya los tres. Porque el pasado 8 de mayo mi hermana se puso de parto y dio a luz a una niña. La pequeña ha ido mejorando con el pasar de los días, porque al principio estaba tan colorada y con la cabeza tan apepinada que yo no sabía bien si celebrar el momento o guardar silencio. Ahora puedo decir ya que es un bebé precioso. Se llama Martina y es como un angelito de un retablo barroco. Salvo cuando llora. Porque cuando llora lo hace con una potencia que a mí me dan ganas de salir de casa y dormir con los conejos. En cambio mis padres están encantados con ella, y por mucho que grite la criatura ellos la miran como si dirigiese una orquesta de música celestial. Se lo he contado a Jackie y dice que sus abuelos con los años también perdieron el oído.

Lo cierto es que Martina, cuando no llora o duerme, hace las delicias de todos en casa. Mamá está pendiente de cada ruidito o movimiento en el canastillo. Y eso es algo que Marian agradece, porque desde que nació la niña no duerme pensando en el momento en que tendrá que dejarla en casa para salir a mariscar, y saber que mi madre estará tan pendiente de ella la relaja un poco. Marian se ha hecho mayor de repente. Ahora solo piensa en el futuro de la niña, ya no en el suyo. Habla de que tendrá que trabajar y ganar dinero para que ella pueda estudiar en Pontevedra o incluso en Santiago. Como si no hubiera más opciones que estudiar para poder vivir bien. Yo, en cambio, sé que hay gente que no da palo al agua en Cruces y cada vez tiene más dinero. Prometo descubrir su secreto.

Actualmente soy yo la que está yendo al alba, antes de la escuela, a ayudar a mi madre con el marisqueo. Mis padres no han encontrado otra forma para que podamos salir adelante. Mamá ya no puede ir sola. No después de que el pasado invierno nos diera un susto de muerte. Fue una mañana en que las nieblas la desorientaron en el agua durante la subida de la mar. Suerte que la vio Amaro —todavía no me explico cómo—, o puede que la escuchara, y avisó al viejo Saturnino para que se acercara con su dorna a socorrerla. Mi padre quedó tan agradecido que le entregó el equivalente a la captura de tres días. Lo recuerdo bien. Tres días tomando sopa de ajo.

Ahora sé bien a qué se refería mi madre cuando relataba este mal trago en la niebla. Dijo que la envolvieron capas y capas de gasas blancas, una sobre otra, como tupido velo de novia para sumergirla en un mar de algodón que la fue cercando sin darse cuenta mientras la mar subía, sigilosa como una pantera.

Mamá me dice que no me meta demasiado los días de tanta niebla, pero sé que, si no lo hago yo, acabará haciéndolo ella, así que tiro para delante, siempre en línea recta y en seco. Si el agua me pasa de los tobillos, salgo ligera como alma que lleva el diablo sin mirar a un lado.

Entiendo bien que Marian no quiera esta vida para su hija. Supongo que yo también estaré madurando algo. Hasta mis padres están madurando. Me resulta curioso ver que ahora, cuando mi hermana dice que quiere que la niña estudie, ellos ya no tuercen el gesto, como si desde su sillón de abuelos no tuvieran que aguar las aspiraciones de Marian, porque ya no se trata de Marian, sino de su nieta.

Martina tiene los ojos claros. Mi hermana cree que le cambiarán de color, porque ella y Miguel los tienen oscuros. Pero por ahora los tiene azules como la playa de Cruces en una tarde de verano. Puedo asegurar que cuando me mira con ellos muy abiertos es como si se sorprendiese de verme. Son ojos de exploradora, de quien no quiere perder detalle de un mundo al que parece preguntar: «¿quién está ahí?». Por eso me gusta tanto cogerla en brazos. Marian dice que Martina y yo nos miramos la una a la otra con el mismo gesto a medio camino entre la curiosidad y la sospecha, y también que a mí se me cae la baba con ella. Se equivoca, a quien se le cae es a su hija. Pero yo no puedo negar que disfrute con la niña, que esté deseando que diga sus primeras palabras para contarle mil cosas, que me muero por verla caminar como esas muñecas andadoras que nunca tuve, y hasta me haría ilusión darle la mano para que no se caiga. Imagino que ese será el motivo por el que Marian me ha pedido que sea su madrina. Yo. Que sea yo su madrina. Reconozco que me emocioné un poco y prometí que tan pronto pueda le voy a comprar unos bonitos pendientes para que recuerde la alegría de ese día y la de su madrina. Aunque acabo de cumplir catorce años, puedo ser madrina, porque ya tengo hecha la confirmación católica. Es lo bueno de que el cura de la parroquia sea más práctico que practicante, y cuando hace dos cursos vino el obispo a confirmar al grupo de los mayores, nos confirmaron a todos los que teníamos hecha la primera comunión. Imposible decir nada. Ni sí ni no. Sin tiempo para pensar no fuera a ser que pensásemos algo en contra. Igualito que el día de mi bautismo. Sigo sin ver en qué se diferenció aquel día de este en que me confirmaron.

Bueno, ahora te contaré lo que me ha pasado hoy, porque ha sido tan grave que no me deja dormir. Es la causa de que esté a las dos de la madrugada, casi a oscuras en mi habitación, escribiendo hoja a hoja para desahogarme.

Elena levantó la vista del diario con gesto de tristeza. Martina. Tenía una hermana. ¿Dónde estaba? ¿Qué había sido de ella? Más preguntas. Se puso de pie y se dirigió a la ventana. El viento soplaba fuerte provocando un quejido que se colaba entre los cristales.

Con la luz justa para poder leer en la habitación, Elena advirtió bajo la puerta una claridad blanca proveniente del pasillo a la que siguieron los pasos acelerados de unos zuecos, con toda probabilidad de la enfermera de guardia.

No le prestó mayor atención, inmersa como estaba en sus propios pensamientos. Agarró la mano, de su madre sin dejar de mirarla. Sus ojos seguían cerrados, su mano, caliente y su boca, sellada. Se preguntaba por qué nunca le habían hablado de su hermana, porque no lo entendía, y justo cuando una ventana sucumbía a la fuerza del viento para golpear con violencia la pared, verbalizó: «¿Qué ha sido de Martina, mamá?».

Elena se irguió como un resorte con intención de salir al pasillo para ayudar a la enfermera ante el previsible destrozo del cristal.

—Lo siento —murmuró Marian.

Paralizada, somnolienta, a medio camino entre el miedo y el asombro, Elena volvió al lado de su madre.

—¿Mamá? ¿Has dicho algo? ¿Por qué lo sientes? ¿Mamá?

De nuevo el silencio más absoluto en sus labios.

Elena corrió a buscar a la enfermera. Su madre había hablado, tal vez estuviera cerca de despertar.

El aire frío avanzaba por el pasillo con el lejano aullido de una sombra herida entre cristales. Al fondo, tratando de cerrar la ventana, Felisa hacía grandes esfuerzos desde su escasa estatura, dando pequeños saltos para controlar la situación.

Elena empujó ambas hojas y presionó para rotar la manivela con el fin de que encajasen dos varillas en el extremo superior e inferior del marco de la ventana. Lamentó comprobar que uno de los anclajes en la madera estuviera roto, y sugirió a la sofocada enfermera que trajese esparadrapo y papel de periódico para, al menos, cubrir el hueco que había dejado la ráfaga de viento en un cristal roto.

Mientras esperaba, el frío del temporal terminó de despejar a Elena. La niebla cubría O Souto Vello y el mar se impulsaba hacia las rocas en un intento por saltar al acecho o quizá por huir. Vio entonces pequeñas luces que brillaban y se estiraban entre brumas densas.

Felisa llegó con lo solicitado y entre ambas hicieron cuanto pudieron para sortear aquella desapacible noche. A la mañana siguiente la gerencia del hospital mandaría a alguien para dar una solución menos provisional. Aunque tal vez no mucho menos.

—Gracias —dijo Felisa con ojos cansados y aun así con ese brillo hasta los carrillos que hacía creer que era sincera.

Elena respondió con un toque en el hombro.

—Necesito que vengas a ver a mi madre —pidió sin escatimar seguridad y comadreo en el tono de voz.

—¿Le ha pasado algo? —pareció alarmarse la joven enfermera.

—Ha hablado. No han sido más que dos palabras en un murmullo, pero ha hablado.

Las dos mujeres entraron en la habitación, una detrás de otra. Felisa llevó a cabo la batería de pruebas enfocadas a advertir algún cambio en la evolución de su madre: le habló, le miró las pupilas con uno de esos lápices de luz, le dio suaves toques en las plantas de los pies y en las manos. Nada. Ninguna señal que hiciese pensar que estaba saliendo de ese extraño coma en el que se encontraba.

—Mañana pasará el doctor y le echará un vistazo. Le dejaré constancia en el informe de la noche de lo sucedido —acertó a decir la enfermera con ojos pesarosos y fingida voz de entereza al tiempo que se despedía de Elena colocando una mano sobre su brazo.

Volvió a sentarse en el sillón junto a su madre. ¿Qué más podía hacer? La noche avanzaba entre sobresaltos y ella debía terminar de leer el diario de su tía Melisa. Una vez presentada su abstención en el caso, el juez que entrase a sustituirla no tendría ni debería tener miramientos ni contemplaciones a la hora de pedirle que devolviese la llave y el diario de Melisa. Y antes de eso, Elena quería saber qué le había pasado a su tía. También a su hermana Martina. Necesitaba saberlo. Todos lo necesitaban.

Hoy ha sido el primer día de las vacaciones de verano. En mi caso, eso de «vacaciones» quiere decir que, aunque tenga que trabajar más que nunca, al menos perderé de vista el colegio y a esas niñas odiosas durante unos meses.

Esta mañana, tal y como llevo haciendo desde enero, cuando el incidente de mi madre en la niebla, salí en la bajamar a mariscar. Al no tener clases ni ninguna otra urgencia que atender, me quedé más tiempo, allí doblada con los pies a remojo, tantas horas dando al rastrillo y pegada al capacho que el sol empezó a calentarme la espalda y hasta gotas de sudor me resbalaban por la frente debajo de una visera con publicidad de la conservera Quiroga.

Cuando regresaba por el camino del muelle arrastrando el carro con los aperos de faenar por la arena —algo que para mí al menos es más duro que la propia faena—, pasó un coche muy elegante a mi lado, de esos que mi padre llama alemanes, y cuando lo dice suena a que esa gente sabe bien lo que hace. Reconozco que es un coche muy bonito, resultón, diría yo, y, como no podía ser de otra forma, pertenece a una de esas familias tan poderosas que hay en Cruces. En el coche iba una niña que, aunque no sé su nombre porque no estudia en mi escuela, supongo que porque mi escuela no es alemana y los profesores solo saben hablar castellano con acento de la ría, es la mejor amiga de quien se ha propuesto hacer difícil mi vida en clase: Úrsula Raposo. Su familia también va ganando poder en Cruces y en toda la comarca, porque, según dice mi padre, cada vez son más necesarios picapleitos como los Raposo.

Yo hasta hoy no sabía si niñas finas como Daniela Bergara, siempre en la parte de atrás de coches largos como los de los muertos, podían tener almas tan ruines para ser afines a Úrsula, pero hoy ya he salido de dudas.

Aunque el carrito donde llevo los aperos de mariscar es una ayuda para no tener que hacer más viajes de un lado a otro cargando cosas, lo cierto es que no es fácil remolcarlo por la arena y mucho menos todavía subirlo al camino. Hay un desnivel, un escalón que me llega a la rodilla. Y si además digo que la suerte (al menos en la faena) me había acompañado y llevaba el capacho hasta arriba del mejor género, se complicaba bastante la subida. Aunque, bueno, esa suerte que yo tuve no es difícil en estas aguas. Las más veteranas dicen que son las mejores de Cruces, de la ría o del mundo entero. No sé. Ellas sabrán. Yo no he salido de aquí nunca y aún esto no lo conozco bien. La verdad es que ni siquiera sé bien lo que tengo en el cajón de mi mesita de noche, como para saber lo que hay en el mar Muerto, en el Rojo o en el Negro. Yo creo que las aguas y las tierras han de ser como las personas, mejores y peores en algo, la clave saber en qué para evitar decepciones o disgustos que no conducen a nada.

El caso es que ya era casi mediodía, el sol me empezaba a picar rabioso en los hombros y admito que tenía la cabeza caliente como para pensar con claridad la mejor forma de subir el carro. Así que di un salto al camino, lo agarré con las dos manos flexionando las rodillas y de un impulso tiré de él bien fuerte hacia mí. Mi madre siempre dice que la suerte de los pobres dura poco y razón no le ha de faltar. El carro se volcó y las almejas, al igual que los berberechos, se mezclaron y desparramaron por la arena. Me sentí tan desgraciada que ganas me dieron de dar una patada al carro y terminar de arreglarlo, pero no lo hice. En lugar de eso, me senté, paralizada.

Frente al muelle hay un par de bares donde los hombres toman sus chiquitas una vez terminan la faena del día y esperan a que las mujeres rematen la suya y les hagan la cena. A cuatro pasos de ellos hay también una tienda diminuta que vende un poco de todo, incluso helados. El coche largo estaba parado en frente y junto a él, con blusas de colores y nido de abeja, Daniela y Úrsula. No una, el azar quiso que las dos vieran la suerte que me acompañaba aquella mañana como quien ve una película y la disfruta entre lametones con sabor a fresa o a vainilla.

Mi madre se me acercó con el rastrillo al hombro, taconeando con las botas de goma sobre los maderos del muelle. No recuerdo todo lo que me dijo, con la cara como la grana de tanto sol como hacía y los ojos con una rabia que parecía saltar para caérseme encima. Últimamente la lengua se le dispara conmigo tan rápido como antes debía de pasarle con Marian. Creo que no le gusta que me haga mayor. Que si no valgo para nada, que si todo lo hago de mala gana, menuda inútil que estoy hecha... No dije nada. Me acuclillé en silencio y comencé a meter una a una las almejas de vuelta al capacho. Después hice lo mismo con el resto de bivalvos sin dejar de mirar de reojo a las tres niñas y a sus helados, deseando que mi madre se cansara de gritar y me dejara resolver mi error tranquila. Como no llevo reloj, no sé el tiempo que pasó, pero al final, después de darme un sopapo a traición por no contestar nada, mi madre se volvió en dirección a la lonja, agitando la cabeza de un lado a otro, dejando claro el disgusto que le provoca tenerme como hija.

No fue hasta la tarde cuando el numerito en el muelle tuvo consecuencias para mí.

Me acerqué al puesto de pescado que está en la otra punta del puerto, cerca de la lonja, en el que la madre de Jackie ha decidido meterla para que aprenda un oficio, aunque no le paguen nada. Dice que es mejor eso que estar ociosa. Aunque lo que ella quería realmente era meterla a trabajar en la fábrica, pero le dijeron que era pronto para tenerla allí. He ido para ver cómo le iba y he sentido una rabia al ver cómo la trataba la pescadera... Ya entiendo por qué todos la llaman «la Faraona», y es que algo tendrá que ver su gesto almidonado y la forma que tiene de dirigirse a los demás, sobre todo si son empleados. Imagino que ella habrá crecido siendo jefa siempre o, peor todavía, puede que nunca pudiese mandar en nada y tuvo un golpe de suerte para desquitarse a gusto.

Jackie llevaba un delantal de plástico blanco y zuecos de madera. Estaba sentada en una banqueta muy baja y limpiaba pescado con unas tijeras. Todas las tripas caían a un barreño que, a medida que el calor se concentraba en la calle, atraía a las moscas y revolvía los estómagos más delicados.

Al terminar la primera jornada, la Faraona le explicó que al marcharse debía llevar el barreño para volcarlo en el mar. Aunque la cara de Jackie fue de sorpresa y asco, siendo como es de natural buena niña, asintió, cogió el barreño con dificultad y en tres o cuatro golpes lo fue subiendo hasta encajarlo en la cadera. Pero como no podía dar ni dos pasos seguidos, le dije que mejor la ayudaba.

Al llegar al muelle, nos dimos la vuelta y allí estaban las dos: Daniela y Úrsula. Al principio me puse en alerta. Luego me pareció intuir una mirada de pena en una de ellas que no supe interpretar.

«Cuánto tenéis que trabajar...», dijo no sé cuál de ellas, preferí no preguntar.

«Hemos visto esta mañana lo que te pasó y queremos ayudaros», continuó hablando, mirándome a mí.

«¿Y cómo queréis ayudarnos si se puede saber?», pregunté yo sin acabar de confiar.

«Imagino que os gustaría tener dinero, ¿no?».

«Claro —pensé yo—, ¿y a quién no?».

«Se me ha ocurrido que yo puedo daros algo del mío, porque estoy un poco aburrida y no lo necesito». Y al decirlo abrió la mano y enseñó dos relucientes monedas de quinientas pesetas. Me impresionó verlas. Me impresionó mucho y ellas lo notaron porque se sonrieron la una a la otra.

El mar a nuestros pies removía algas putrefactas, cuyo olor se mezclaba en el aire con el de las cocinas de los bares cercanos.

«Si las quieres, son tuyas», dijo la niña suspendiendo el brazo a la altura del agua. Jackie me tiró de la chaqueta para que nos fuéramos. Y yo iba a hacerlo, de verdad que sí. Era mi primera opción, la que me pedía el cuerpo, pero de pronto recordé a Martina, pensé en su bautizo y en que yo sería su madrina. También en lo bonita que estaría con unos pendientes ese día, en la cara de felicidad de Marian e incluso en mi madre, quizá así perdonaría mis fallos. En el fondo no sé muy bien qué fue lo que pensé, porque me lancé a preguntar qué debía hacer para conseguir ese dinero. La niña sonrió con el brillo de un diablo en los ojos, abrió la mano y muy despacio la volteó, sin dejar de mirarme. Las dos monedas tan doradas y relucientes cayeron al agua.

«Uy —dijo ella y juro que quise empujarla al fondo del mar—. Si las encuentras, son tuyas».

Me ardían las mejillas, la cabeza me iba a explotar, quizá de algún modo me explotó, debió de ser eso, no hice caso a Jackie y salté al agua. Encontrar la primera moneda fue fácil y rápido. Me sentí victoriosa. Pero entonces Úrsula dio una patada al balde. Las tripas de pescado cayeron sobre mi cabeza de golpe. Me hundí bajo el agua queriendo matar a esa bruja y enterrarme en lo más profundo de la tierra, todo a la vez. Se rieron, se divirtieron y al final se marcharon, probablemente tan aburridas como habían llegado. Renuncié a buscar la segunda moneda, también a comprar los pendientes para Martina, y ahora no puedo dormir. Me pregunto si esas niñas pueden, y me da rabia reconocer que seguro que sí, claro que pueden, porque pueden con todo.

Pero eso no es lo peor, porque ahora siento que ellas tienen razón, quizá la hayan tenido siempre, hoy no lo sé, no puedo pensar más, tampoco dormir con ese olor que me revuelve las entrañas. Ese olor que me recuerda que es cierto: huelo a tripas de pescado.

19

El grito provenía del pasillo. Elena levantó la cara con urgencia, tratando de abrir los ojos. Se había quedado dormida encima del diario de Melisa, con una mejilla pegada a sus hojas ribeteadas con motivos florales.

No sabía qué hora era, pero intuía por la negrura del cielo que todavía era noche cerrada.

Otro grito rasgó de nuevo el silencio de la planta del hospital. Elena abrió la puerta. Asomó la cabeza y comprobó que los pasillos continuaban a oscuras. La única luz encendida era la del control de enfermería, aunque allí no había nadie. Tal vez la enfermera de guardia estuviera atendiendo la urgencia en la habitación de la que provenían esos alaridos desesperados.

Pensó en meterse de nuevo en la habitación para tratar de dormir un poco más, incluso llegó a apoyar las manos en los reposabrazos del sillón de acompañante para tumbarse, pero, antes de sentarse, un «¡No!» alto y claro resonó en el corredor. Imposible acomodarse, imposible hacer oídos sordos, ya se había desvelado.

Recorrió el pasillo, rebasó un control de enfermería desierto y escuchó otro grito más fuerte acompañado de un golpe seco. Quizá algo que se hubiera precipitado desde una mesita, o incluso puede que lanzado con ímpetu contra una pared. Elena no estaba segura y continuó caminando para averiguar de qué se trataba. Se dirigió al lugar del que provenía todo, una de las habitaciones junto a la escalera de emergencia.

Escuchó un susurro, palabras de calma en una voz mansa. Miró a un lado y a otro del pasillo; en él no vio más que una puerta que se cerraba de la mano de una mujer con la cabeza vendada y en pijama de hospital. Se detuvo frente a la habitación dudando si ofrecer ayuda o limitarse a escuchar. Con la puerta entornada acercó un ojo a la rendija y vio a un hombre de unos setenta, quizá ochenta años, en una cama, con una máscara de oxígeno en funcionamiento, aunque colgada de un portagoteros, y el pecho completamente descubierto. Piel cetrina y mejillas hundidas, el hombre respiraba con dificultad. Tenía ojos desquiciados, presa quizá de una visión terrible o de alguna inquietud que le resultaba imposible afrontar.

El bisbiseo y la cadencia de las palabras parecían querer dar calma a ese cuerpo agitado mientras una mano femenina friccionaba su pecho trazando círculos armoniosos. «Chisss —decía—. Así está bien. Chisss».

El enfermo trató de balbucear algo ininteligible con los ojos desorbitados y, de pronto, la luz de la habitación se apagó.

Sentada de nuevo junto a su madre, Elena buscó indicios de la alborada de un nuevo día en la ventana. En el horizonte, la noche se aclaraba dibujando el perfil de la isla de Cruces. Sobre el mar y en las altas copas de árboles frondosos la niebla devolvía una imagen fantasmal, de misteriosa locura o insondable irrealidad.

¿Qué tenía aquella isla? ¿Qué final habrían encontrado Melisa y Paulina Meis en ella?

Debía avanzar en la lectura del diario. El tiempo se acababa. Por la mañana debería entregárselo a Marco como parte de la investigación del caso. Suspicaz y pensativa, con los ojos en aquella niebla que arrullaba el final de la noche para que el sol no despertara, Elena cogió el diario de la mesita metálica junto a la cama y se adentró de nuevo en la lectura de cuantos secretos Melisa todavía no había contado.

Cruces, 23 de junio de 1986

Esta es la noche de San Juan. En Cruces es una celebración muy especial. Los vecinos nos juntamos en la playa para prender fuego a una hoguera con todo lo que encontramos: carozos, *toxos,* palos menudos y abundante laurel seco. Es muy importante preparar una buena *cacharela* para después saltarla tres veces tal y como dice la tradición, cantando ensalmos sin parar para después gritar «meigas fóra» al terminar el tercer salto, no antes, que «a ver si por espantar a las brujas, acabamos como ellas en la Inquisición», como dice mi padre. Y aun así puede haber sustos. Y grandes. Porque son como las meigas y haberlos haylos, y siempre han de aparecer cuando mejor lo estás pasando. Pero eso lo contaré después.

Antes de los saltos se comieron kilos y kilos de sardinas frescas que trajeron los hombres de la mar, entre ellos mi padre. Después se encargó de vigilarlas en las brasas Saturnino, que tiene más de sacristán de la parroquia que de pescador y supongo que por eso es el único al que respetan los vecinos cuando empieza a oler a sardinas recién hechas. Es curioso que este hombre tenga tan poca maña con las redes (viendo cómo se las entrega a mi madre para coser, que parece solo acierte con piedras) y en cambio no le falte sardina para mojar pan en la fiesta. Aunque, claro, tampoco le falta vino que le alegre los domingos. Una vez escuché a Amaro decir que «hay que saber dónde poner los pies que con ellos va la boca». Será eso.

Cada año diría que se asan más sardinas que el anterior, y juraría que, aun así, siempre hay manos que con hambre o sin ella se queman la punta de los dedos antes de dejar que el pescado toque el plato de un vecino. Pero las sardinas no son las únicas protagonistas en San Juan, porque «hay que ayudarlas a bajar con algo», así dice el padre de Pilucha con cada taza de vino que se sirve y desborda, ignorando a doña Jacinta, la madre de la Jackie, quien hoy le afeó el gesto cortando una rebanada de pan de maíz mientras contestaba con cara de pocos amigos que «la miga se presta menos al baile de las sardinas en el buche». Algunos de los vecinos rieron el comentario, uno incluso le acercó el porrón de agua al hombre para alargar la broma. Jackie no se rio. Yo tampoco.

A mí me hace gracia ver cómo los mayores bailan haciendo una rueda frente al fuego. Todos con los ojos brillando como estrellas centinelas, con las mejillas y la punta de la nariz tan coloradas que al *aturuxar* parece que despegan.

Siempre hay quien aprovecha estas llamas milagrosas para pedir protección o incluso curación de algunos males. Eso hizo esta noche la señora Pilar. Cogió al hijo de una pariente, no sé si prima o qué, que no tendría más de dos años y lo pasó por encima del fuego con la ayuda de sus padrinos para alejar de él un mal que le impedía comer desde hacía días. Rubén es un niño gracioso, y yo también espero que se cure pronto.

¡Cómo disfruto con el momento de quemar todo eso que uno quiere dejar atrás! Las mujeres, entre ellas mi madre, queman ramilletes secos con las hierbas de San Juan del año anterior. Porque esas hierbas ya cumplieron su misión, protegieron casas, cuadras de animales, hasta lindes de tierras, y cuanto mal atraparon con sus propiedades mágicas debe echarse a la hoguera.

Los chicos mayores de la aldea, los que vienen de Santiago y de Pontevedra al acabar el curso escolar, queman apuntes, libros, hojas con todo lo aprendido, digo yo que a buen recaudo en sus cabezas, porque traen la misma prisa por verlos arder que por coger el tren de vuelta a sus estudios.

El caso es que hoy, antes de la puesta de sol, fui con mi madre a recoger las hierbas para preparar *o cacho,* que en nuestro caso no es más que un cacharro chato de metal en el que colocamos hierbas mágicas y medicinales en agua y las dejamos al rocío de la noche de San Juan. Al día siguiente, por la mañana temprano, nos lavamos con ella la cara.

La tradición dice que como mínimo han de ser siete hierbas, y cuando conseguimos ese número mi madre quería volver para casa. Pero yo insistí en que, sin hipérico, que es la hierba de San Juan por excelencia, y sin rosas silvestres, no me iría. Porque por encima de la tradición sé que esas hierbas y flores son buenas para la piel, y no estarían de más, teniendo en cuenta algunos granitos que empiezan a poblar mi cara que parezco un castro celta. Mi madre torció el gesto, tal y como suele hacer antes de soltarme una bofetada por no dejarme guiar por ella, o lo que es lo mismo, porque le dio la gana y tenía la mano suelta, pero al final aceptó seguir caminando un poco más por el *souto* hasta llegar a la casa de Amaro. Y fue junto a ella que al fin las encontramos. Al ver que no había movimiento ni fuera ni dentro de la casa, le pregunté a mi madre por el curandero. Ella me contestó con un movimiento rápido de dos dedos sobre los labios y el mensaje en los ojos de «ten sentido». Así que eso hice, cerré la boca no fuera a calentarme la otra mejilla. Evité contarle que una noche había visto cómo entraban en su casa y se lo llevaban, porque estoy convencida de que fue cosa de la Santa Compaña con la que mi madre me amenaza desde niña.

Ya en casa vertimos agua de la fuente en la palangana y añadimos una a una las hierbas mientras repetíamos su nombre en voz alta para que yo no las olvide nunca: *fiuncho,* laurel, *xesta,* romero, fento macho, malvarrosa, ruda, hierba de San Juan y pétalos de rosas silvestres. Cómo olía todo... Imagino cómo ha de oler mañana cuando las recojamos de la puerta al levantarnos, después de que el rocío de la noche y los primeros rayos de San Juan bendigan la flor del agua para que nos lavemos con ella. Porque ya se sabe, contra meigas y meigallos, hogueras y fuego, pero también la flor del agua, que es buena para sanar mil males que no siempre tienen nombre y, si lo tienen, a mí nadie me ha dicho cuál es.

Todas las mujeres preparan el agua de San Juan con las hierbas que consideran necesarias, aunque no siempre son las mismas. Algún día yo lo haré con mis hijas o con mi sobrina Martina. La ilusión que le ha hecho a mi madre, ya en calidad de abuela, preparar un pequeño ramito de San Juan para la niña, aunque no se entere de nada. Es increíble cómo una personita que lleva tan poco tiempo en casa nos tiene a todos tan entregados. Sobre todo a mis padres. Por primera vez en mucho tiempo los he visto decir «no» sin venas hinchadas en la frente, sin dar voces ni levantar la mano, y lo hacen con el acento aniñado de dos flautas para no asustar a Martina, como si no molestase la porcelana que sus primeros pasos se hubieran llevado por delante, como si ese instante en que aprende a caminar fuese lo único que tener en cuenta. Me pregunto si los niños tienen poder para hacer que solo importe lo importante; que no haya más tiempos que uno, sin pasados ni futuros, sin subjuntivos ni dobleces, sin condicionales. Solo presente. Por eso mis padres sonríen como niños al tiempo que lo hace Martina, porque lo hace con tanta gracia y tan pocos dientes que solo pueden reír hasta que lloran.

Qué bonita y qué grande era la hoguera que preparó Saturnino. Demasiado. Sí, demasiado. Eso dijo mi madre cuando llegó el accidente y los nervios buscaron víctimas y encontraron causas y causantes en los que descargar la impotencia del momento. Porque si las llamas habían crecido más de la cuenta, la codicia del sacristán no se había quedado atrás. Y así, mientras yo lloraba al sentir el calor del infierno en el brazo, el mismo diablo colaba una mano entre mis muslos. Mi madre pegó un grito escandalizada, como los que me da a mí para que me cuadre ante ella como un soldado. Pero el grito no era para mí. Era para el sacristán. Él reaccionó restando importancia. Eso, al principio. No tardó en alterarse al ver la cara de los vecinos. Decía sentirse ofendido. ¿Él? Me pregunté yo tirada en el suelo colocando la falda como Dios manda, no fuesen a cambiar las tornas.

Todos los ojos estaban puestos en él. Ese día tuve suerte. Las más viejas cabeceaban diciendo «no, no, no, así no, eh». Saturnino buscó defensa en lo honorable de su cargo en la iglesia, como si un dios y no un vecino más lo hubiese elegido para sacar polvo al misal. «Qué me voy a fiar yo de usted, si hasta los santos son hombres», le dijo mi madre.

Pero antes de todo eso, lo pienso y todavía no sé bien qué me pasó para caerme. Sé que me reía con Jackie, las dos emocionadas deseando que llegara el momento de ver bailar el sol de San Juan sobre la ría. Porque justo en la mañana del 24 Jackie cumplirá quince años. Y por esa razón, con ánimo festivo, se acercó a nosotras su padre. Balbuceó algo que ninguna de las dos entendimos, cogió nuestros vasos mediados de Mirinda y los vació a los pies del fuego. Dijo que con la edad que teníamos ya éramos mayorcitas para beber un poco de vino y nos sirvió una taza a cada una. Nosotras nos miramos, Jackie con indecisión, a mí en cambio no me tembló el pulso y me lo bebí de un trago, más rápido que si fuera la Mirinda, porque de esa nunca sobra en estas fiestas, de hecho, no sobra en ninguna por grande que sea el festín. Será que el vino se compra a granel y sale más barato que el sulfato. Fue divertido. Al principio. Luego me sentí mareada. Creí morir con el estómago golpeando en la boca y la boca envenenada. Me arrepentí de haber sido tan lanzada, y al mismo tiempo de haber obedecido. Pero se supone que son los mayores quienes saben lo que es bueno para nosotros, por eso no discutimos lo que nos dicen ni tampoco lo que nos hacen.

Y en esas me encontraba yo al momento de saltar el fuego. Perdí el equilibrio, debió de ser eso. Y tuve suerte, fue un brazo, podía haber sido la cara o el cuerpo entero. Caí de lado, con mi falda favorita, de esas con mucho vuelo, del revés, viendo saltar diminutas chispas anaranjadas sobre mi piel. Jackie me miraba con ojos de angustia tras el brazo que su padre le había colocado delante no fuese a tener la idea de acercarse a mí y molestar al sacristán. Sí, definitivamente, la hoguera era muy grande y la mano del sacristán demasiado larga. No creo que mi madre pueda perdonarlo, y eso que es mejor cristiana que madre. De lo que sí estoy convencida es de que Saturnino Verdeguel no la perdonará nunca a ella. Tampoco a mí.

«¿Verdeguel?», musitó Elena para sí misma. Retrocedió sobre las últimas palabras y confirmó que Melisa había escrito exactamente el nombre de Saturnino junto a ese apellido: Verdeguel. El mismo apellido de quien le había enviado correos pidiendo ayuda: Xacobe Verdeguel, propietario del coche que conducía un expandillero. Imposible que en un lugar tan pequeño como Cruces no estuvieran relacionados.

Superado el pánico inicial, mi padre me llevó en brazos a casa, donde Marian y Miguel insistieron en que fuéramos al médico. Así dieron pie a una discusión que terminó con el cabreo monumental de mis padres. Reconozco que por un segundo me entusiasmé con la idea, supongo que por novedosa. En casa nadie ha ido al médico. Al curandero, a la *compoñedora* y al cura. Por norma general en ese orden. Pero al médico nunca. Los médicos viven en la ciudad, y el que hay en Cruces, en la orilla del continente, dice mi madre que cobra a la razón de un buey y siete ferrados de tierra. Exactamente no sé cuánto será eso, pero sé bien que no tenemos buey ni tampoco tierra.

Claramente la idea de ir al médico tuvo que ser de Miguel. Igual que la idea de no bautizar a Martina. Si no lo había contado antes, es porque sigo enfadada. Me habría hecho tanta ilusión ser la madrina de mi sobrina. No entendí la explicación que dio Miguel para no bautizarla, creo que Marian tampoco la entendió, pero aun así le dio la razón a su marido, convirtiéndose así en la más «moderna» de Cruces. Los vecinos de O Souto Vello todavía hoy la tienen de comidilla. Por eso Marian ha evitado este año ir a misa los domingos o bajar a saltar la hoguera.

Miguel se alegra de que ella no participe de esas costumbres que considera arcaicas y tribales. Ni idea de lo que quiere decir. Solo sé que no le gustan los curas ni los curanderos. Se pone digno y dice que hay que tener las ideas más claras con unos y otros. Mi padre no le habla desde el día en que tuvo que devolver los puros por quedarse sin bautizo. Ese día, con los calores de un ponche, le contestó: «Algo más claras he de tener las ideas, no ves que le pongo una vela a Dios y otra al diablo». «Debería leer un libro de vez en cuando», le espetó Miguel y se arrepintió en el acto. Por suerte para él mi padre se echó a reír. «Ni en un mundo de libros se puede entender el mundo, Miguel. El dios y el diablo de los que hablo no están en los libros». Y esas fueron las últimas palabras que mi padre le dijo a su yerno.

Casi puedo decir que entiendo a Miguel cuando habla de médicos, e incluso cuando dice que Martina debe elegir su propia religión cuando sea mayor y cosas de ese tipo, porque él no es de aquí, pero mi hermana... se ha esforzado tanto en renegar de las costumbres de Cruces que a veces debe creer que es de un lugar muy muy lejano.

Al fin Marian dejó de discutir con mi madre cuando se decidió a coger parte de la hierba de San Juan que habíamos recolectado en la mañana y se puso a preparar una infusión. No para mí, para mi madre, que se ve que entre el susto y tanto litigar con la hija, a la pobre se le habían quedado los nervios desaliñados y andaba por casa sin saber qué buscar para ponerme en el brazo. Me lavó la quemadura con agua de manzanilla tibia y después me dio carrasquilla, «el antibiótico de los pobres», así lo llamó ella. Pero yo me seguía lamentando por tanto dolor como sentía. Así que, en ausencia de Amaro y por indicación de Marian, Miguel me subió a su seiscientos para acercarme a la farmacia del pueblo, la que está en el centro de la isla. Mi padre no quiso saber nada, me dio un beso en la frente y se volvió a la fiesta con los vecinos. Entretanto, mi madre se quejaba con poco ánimo, murmurando algo sobre el último aliento del viejo farmacéutico cuando le pedía a la hija que heredó el negocio: «De la huerta lo que quieras, pero pastillas de esas ni la primera». No sé qué habrá de verdad en la historia, salvo que el hombre está enterrado.

A mí, nada más verme el brazo, la boticaria me dio una pomada que prometía aliviar el dolor y evitar una infección. Pero antes de que nos atendieran a nosotros en la farmacia, había un hombre alto y muy delgado ante el mostrador comprando unos cigarrillos antiasmáticos. Pidió dos cajas de una vez y pagó con un billete de diez mil pesetas. Me quedé un rato mirando cómo la farmacéutica le devolvía el cambio en más billetes y monedas. Por un segundo me olvidé del brazo y pensé en todo lo que podría comprar únicamente con una parte de ese dinero. Creo que el hombre se dio cuenta, porque me miró de reojo sin intención de guardar con mayor rapidez su cambio. Me llamó la atención que llevase un traje oscuro, sin ser don Agripino, el enterrador, igual que me sorprendió el brillo de sus zapatos. No parecía que aquel hombre estuviese celebrando la noche de San Juan.

Miguel bajó la cabeza al verlo, como si le tuviera miedo. «¿Por qué?», le pregunté cuando estábamos ya de vuelta en el coche. «Era Dante Bergara», me dijo. «¿Y qué?», le contesté con la cabeza tan alta que parecía a punto de cornear recordando esa tarde en el muelle que me llevó a estar cubierta de tripas de pescado. Miguel, entretanto, continuaba extendiéndome la pomada por el brazo con sus dedos finos de maestro, con cuidado y en el más riguroso silencio. A veces me parece increíble que alguien que se dedica a enseñar no sepa dar mejores explicaciones.

Elena se quedó pensando en Miguel, en su padre, en cómo lo reconocía en el diario de Melisa, pero también en cómo había cambiado. Las respuestas que acostumbraba a dar eran ambiguas, poco precisas, y quizá por eso más prudentes. Pero había algo en cuanto había leído que no encajaba, algo que no entendía. ¿Cómo era posible que su padre presentase tan rotundas argumentaciones para no querer bautizar a su primogénita cuando se había encargado personalmente de llevarla a ella, cada fin de semana, a la catequesis, primero para hacer la primera comunión y después la confirmación? ¿Qué había cambiado entre una y otra hija? Tal vez los años hubiesen transformado sus convicciones, sin más. Elena imaginó lo que pensaría ese abuelo al que no conoció y que, sin embargo, gracias al diario de Melisa, empezaba a entender: «Sabe más el diablo por viejo que por ser diablo». Porque su abuelo materno, Moncho, había fallecido meses antes de nacer ella. Una muerte repentina, «el disgusto», decía su abuela Manuela. No había soportado la desaparición de su hija menor y no sabía si Dios o el diablo, quién de los dos se apiadó de él, y una noche en su cama de pino su corazón se detuvo.

Elena negó con la cabeza. Su padre no se plegaría tan fácilmente a la voluntad de los años. De hecho, con ella había mostrado especial interés en que cumpliese no solo con cada sacramento, sino también con cuantas tradiciones eran propias del espíritu del pueblo. Recordó con meridiana pulcritud la apocalíptica tarde previa a su primera comunión. Un temporal de tormentas había obligado a cerrar la escuela de Cruces por inundación, pese a estar a las puertas del Corpus Christi. El agua caía con tal fuerza que no tardó en encontrar el modo de filtrarse también en el desván de su casa, deslizándose justo sobre el viejo armario de castaño que custodiaba el vestido blanco con el que recibiría la primera comunión. Elena recordaba la insistencia de su padre, hasta el punto de que la obligó a seguir adelante con la celebración, pese a no tener vestido y ser la única niña en llevar rebeca canela sobre un vestido floral. Para él era importante. También para su madre. Con total nitidez en la memoria, Elena evocó la imagen dentro de la pequeña ermita de Nuestra Señora de los Milagros en la que se encontraban las tres Marías; vecinas que, por tener ese nombre, eran las encargadas de quitar el mal del aire. Ese mal inexplicable que afectaba al cuerpo, al ánimo y a la suerte de una persona, y que, ellas, con ensalmos, laurel y un tamiz prometían solucionar. El gesto de las tres mujeres era sobrio, con manos arrugadas sobre el regazo y las rodillas juntas. Pero había algo en la forma en que miraban a sus padres, discretamente sentados en el último banco, como si no tuvieran derecho a estar allí o como si hubiesen sido perdonados para poder hacerlo. ¿Qué sucedió en la vida de su padre para que renunciara a sus convicciones?

Cruces, 11 de octubre de 1986

Estoy emocionada. He cobrado mi primer sueldo. Trabajé mucho para ganármelo y, aunque no me quejo, creía que merecería más la pena. Jackie y yo estuvimos en la vendimia. Fueron tres semanas en las que no paramos ni un minuto para sacar algo de dinero antes de empezar el instituto. Sí. Marian ha conseguido convencer a mis padres para que vaya al instituto. No es que a mí me haga mucha gracia, pero no encontré ninguna alternativa que proponer. Mi hermana lo sabía, así que no dudó en proponérselo a ellos y después a mí, exactamente en ese orden, cuando le salió trabajo como conserje del instituto de Cruces, el mismo en el que Miguel lleva un año dando clases como profesor de Lengua y Literatura.

Y como siempre hay un «pero» o una «pena» en todo cuanto pienso hacer, así empezó el día de hoy, cumpleaños de mi madre, en el que por primera vez en mi vida me vi con dinero y una posibilidad real para sorprenderla. Antes de eso hice una parada en la joyería Couso y compré unos pequeños pendientes de oro para Martina. No importa que no sea su madrina, sigo siendo su tía. Después, feliz imaginando a la niña con los pendientes y la sorpresa que le daría también a Marian, me fui directa a la mercería que hace poco abrió doña Pilar, la madre de Pilucha, muy cerca del ayuntamiento. Es un local grande, con muebles de madera lustrosa, tiradores dorados y que además, según se cuenta en el pueblo, tiene de todo. Lo cierto es que no es lo único que se cuenta en el pueblo acerca de doña Pilar y de la mercería. Se dicen más cosas. Ninguna buena. No tengo muy claro si hay algo de verdad en cuanto se murmura por la isla, si está bien o está mal, pero sé que últimamente a Pilucha no le falta de nada, tiene de todo. Incluso ha llegado a contarle a Jackie que su padre va a comprar un coche nuevo tan grande como el de los Quiroga. Será que va bien el negocio de la mercería. Muy bien. Tal vez debería pensar en trabajar para doña Pilar y tener algún día mi propio negocio en Cruces...

El caso es que hoy pensé en comprarle a mi madre uno de esos pañuelos de tela que se venden doblados en cajitas con el grosor de un dedo, con intención de pedirle a doña Pilar que me la envolviese para regalo y le pusiese un lazo azul, su color favorito. ¡Qué bien sabe vender esta mujer! Vio los billetes que llevaba en el sobre y no sé qué me dijo ni en qué momento, pero al poco me encontré pagando un abrigo de paño negro con botones dorados y un aire muy elegante. Se quedó exactamente con cada céntimo que yo había ganado. Me dijo que tenía suerte, que me hacía un descuento para que lo pudiese pagar. No sé si tengo suerte, de lo que estoy segura es de que no tengo una peseta. Al menos haría feliz a mi madre. La felicité nada más entrar por la puerta, ella me dio un fuerte abrazo y no tardó ni dos minutos en preguntarme si ya me habían pagado por la vendimia los Quiroga. Asentí y me dijo que guardara cada real, que seguro los iba a necesitar. Y es que a veces mi madre habla de medidas y monedas que yo no he visto en mi vida y que, a juzgar por cómo lo dice, ella tampoco debió de conocer muchas.

Algo leyó en mi cara que su gesto se contrajo y dio un paso atrás con los brazos en jarras. «He querido hacerte un regalo con mi primer sueldo», dije y las palabras me arañaron la garganta. El principio del fin. Podía haber sido un buen recuerdo. Al menos así lo había imaginado yo en mi cabeza. Se enfadó mucho, muchísimo, y me dijo de todo. Nada bueno. Por qué será que se le calienta tanto la boca conmigo, es como si no le gustara nada de lo que hago. Le dije cuanto me había dicho doña Pilar para vendérmelo a mí, pero nada funcionó con ella: ni decirle que era un abrigo muy bueno, que podría ponérselo para andar por la isla, tanto para ir a misa como al mercado o incluso al instituto a hablar con mis profesores. El abrigo acabó en el suelo y yo, acusada de no ser juiciosa, de manirrota y, todavía no sé cómo, también de mala hija, de avergonzarme de ella. «¿Qué tiene mi ropa, Melisa? ¿Qué pasa? ¿Acaso no te gusta que no sea tan fina como la de las niñas del instituto?». Y yo juro que no pensé en eso. Creo que no. Aunque reconozco que no me hace especial ilusión verla siempre con botas de agua, el capacho y la bata de trabajo. Al menos podría habérsela quitado para acompañarme el primer día de clase. Ese día, la madre de Pilucha ni cojeaba. Yo, en cambio, me arrastraba de la cabeza a los pies.

Cruces, 2 de abril de 1987

Si la escuela fue una pesadilla, el instituto ha resultado ser el mismo infierno. Yo no puedo comprar ropa, sigo heredando los zapatos de Marian y hasta los libros que me consigue Miguel llegan a mis manos después de haber pasado por las de cuatro o cinco personas antes. Y, como no podía ser de otra forma, todo eso es munición de guerra con la que Úrsula Raposo me ataca cada día. Cuando llego a casa, siempre enfadada, mi madre me dice que vaya a trabajar con ella. «Si quieres tener dinero para tus cosas, vente mañana a las seis de la mañana a mariscar. Verás que así no piensas en tonterías ni gastas el dinero con tanta alegría». Todavía no me ha perdonado por el abrigo que ella misma le tuvo que devolver a la señora Pilar. Algo que no fue muy fácil, porque acabaron a gritos. Mi madre le dijo: «No hay derecho a que robes a una niña. ¿Dónde están tus escrúpulos? ¿También en esto los has perdido?». Roja de rabia, tras el mostrador de la mercería, doña Pilar contestó: «Yo al menos velo por mi hija y estoy bien orgullosa de ver que no le falta de nada». Tiré de mi madre, temiendo que llegaran a las manos. Ella me empujó para atrás. «Cuidadiño con a quién sirves, Pilar, que quiere tanto el diablo a los hijos que les quita los ojos. Guarda para misas que te han de hacer buena falta».

Salí de la tienda caminando al lado de mi madre, tratando de seguirle el paso. Ella seguía murmurando, con una especie de tic nervioso en la boca. Creo que sus nervios van a peor. Por suerte, Amaro ha vuelto a O Souto Vello y la está ayudando mucho. No tengo ni idea de en dónde ha estado metido el curandero durante todo este tiempo. Creo que mi madre sí lo sabe, porque va a verlo con las primeras nieblas de la mañana y no deja que Marian ni yo la acompañemos. Lo importante es que cuando vuelve a casa está más tranquila. Tal vez Jackie y yo deberíamos ir a verlo y que nos aconseje. No queremos volver al instituto. Jackie ni siquiera quiere volver a su casa. La semana pasada tuve que calmarla, no hacía más que llorar. La abracé, le dije que todo nos iría bien muy pronto, que nos marcharemos de la isla y empezaremos una nueva vida juntas. Vimos en una revista que hay quien se gana la vida luciendo ropa desfilando por una pasarela. Las dos tenemos la altura suficiente, yo soy un poco más alta, pero Jackie es la más guapa de las dos. Así la veo yo, aunque Marian siempre me rebate diciendo que tengo una belleza poco convencional en la isla: pómulos altos, labios carnosos, ojos negros y larguísimas pestañas. Está convencida de mi atractivo y de que el tiempo le dará la razón. Poco me importaban esas cosas antes. Antes. Porque creo que la belleza de los pobres dura tan poco como su suerte. Así que, si queremos aprovechar nuestra oportunidad, tendrá que ser ahora. Probaremos suerte mientras podamos. Seremos modelos y ganaremos dinero para poder envejecer juntas y tranquilas lejos de Cruces. Se lo dije a Jackie mientras le acariciaba la cara llena de lágrimas. Reconozco que me costó mantener la calma, estaba tan furiosa con Úrsula y con las otras..., pero también con su padre. Ese desgraciado es el responsable de todo. La historia fue así: el hombre llegó a casa y se encontró a Jackie con el pelo rubio (sí, vale, no fue una buena idea. Compró un tinte en el supermercado y se lo tiñó ella misma en el cuarto de baño de su casa), él entró en un estado de cólera profunda y le rapó la cabeza como a un militar. Y ¿qué hacía doña Jacinta? Echarle más leña al fuego llamándola buscona, fresca y no sé qué más. Y tal y como era de esperar, al día siguiente, en cuanto Úrsula la vio en clase y advirtió el estropicio y la humillación, decidió aportar su granito de arena al martirio de Jackie. Yo salí en su defensa, claro, y dijo que ahora parecemos una pareja de novios. «Qué bonito que defiendas a tu novio o tu novia..., ¿qué sois?».

Desde ese día se ríen de nosotras por los pasillos, cuchichean y se burlan. No sé cuánto más voy a aguantar antes de explotar.

Cruces, 4 de abril de 1987

Exploté.

Ahora sí he metido la pata hasta el fondo. Me enfrenté a esa presumida con lengua de víbora. La esperé en la puerta del instituto y le dije que ya estaba bien, que nos dejara tranquilas tanto a Jackie como a mí. Al momento se formó un corrillo morboso de valientes y cobardes. Todos juntos.

Sin levantar demasiado la voz, tal y como hacen las serpientes, me respondió: «Deberías ser tú quien llevara la cabeza rapada, ya veo quién es el chico en vuestra patética pareja». Después se echó a reír. Quise darle un puñetazo, justo en medio de su «patética» cara, pero de pronto alguien, un valiente o un cobarde de los allí reunidos a contemplar —poco importa ya—, me tiró de la capucha hacia atrás al tiempo que otro espectador me hacía la zancadilla. Sonoras risotadas por todas partes. Jackie a mi lado, dándome la mano, diciéndome que lo dejara estar, que mejor marcharnos. «Dejaremos el instituto ya. Nos fugaremos y viviremos nuestra vida. Pero déjalo ya. Te harán más daño. Nos lo harán a las dos».

Demasiado tarde. La cabeza se me incendió. Cogí lo primero que encontré en el suelo que, por suerte o por desgracia, fue una buena piedra. La lancé con rabia y esperé a ver cómo la derribaba. Disfruté secretamente viendo la forma brusca en que caía al suelo mientras su pelo amarillo se cubría de sangre.

Demasiada sangre. Fue ahí cuando me asusté. El corazón quería escapárseme del pecho. Me acerqué corriendo convencida de que la había matado.

Entonces ella se levantó y se llevó una mano a la cabeza. Casi pude ver el reflejo de la sangre en sus ojos e imaginé lo que pasaría. Me quedé allí clavada, esperando a que hablara. Dio un paso hacia mí con sus ojos de reptil y sonrió.

«Tú sola te has condenado, Melisa».

20

El 12 de octubre de 2019 el día amaneció nublado. Un lienzo blanco y silencioso que se dejaba alcanzar por densas nieblas en el horizonte. Nieblas que desdibujaban y engullían a un pueblo que mirase adonde mirase se sentía ciego.

El reloj confirmaba el bullicio proveniente del pasillo; eran las ocho en punto de la mañana, la hora en que los médicos comenzaban su ronda de visitas a los pacientes ingresados en planta.

Pese a haber dormido dos horas escasas, la llegada de la mañana le obligaba a activarse, pero también a hacer una pausa en la lectura del diario. Estaba convencida de que en las últimas páginas encontraría la clave para saber qué le había pasado a Melisa. Y no solo a ella, también a Martina, a Jackie y, por supuesto, a Paulina Meis. Hasta ahora el diario le había proporcionado dos interesantes premisas que no podía pasar por alto: Melisa y Jackie querían fugarse para ser modelos. ¿Lo intentaron y algo salió mal? Y, por otro lado, Úrsula Raposo le dijo que se había condenado. ¿A qué se refería?

Sin respuestas todavía, pero con la lucidez necesaria para entender que no podía entregar el diario a nadie hasta terminar su lectura, lo guardó en su bolso y salió de la habitación para interceptar al médico de su madre.

Vagabundeó a izquierda y derecha, con pasos cortos y brazos cruzados, esquivando carros con bandejas de desayuno que recorrían el pasillo inundándolo con olor a café e, inexplicablemente, también a concentrado de caldo. Enfermeras y auxiliares iban de un lado para otro con carpetas y tensiómetros; el personal de limpieza se desplegaba en ambos extremos de la planta, entrando y saliendo de las habitaciones después de ayudar al aseo de los más dependientes, pero del médico de su madre ni rastro, todavía. Qué mal aceptaba la espera. Lo sabía. Lo reconocía. Y si no, ya estaba Marco para recordárselo cuando la veía tamborileando con dedos ágiles sobre cualquier superficie y sin dejar de mirar el reloj.

Pasó junto a la puerta que rezaba ENFERMERÍA y, al reconocer la voz de Felisa, se paró justo enfrente, a la espera de que saliera para poder preguntarle por el médico. Elena no quería escuchar, pero con la puerta abierta resultaba imposible no hacerlo. Según pudo deducir, Felisa hablaba con la enfermera que entraba para el turno de la mañana.

—¿Qué tal fue la noche? —preguntó enérgica la recién llegada.

—Entre la tormenta y el señor Bergara, mentiría si te dijera que la noche fue tranquila. Ya habrás visto la ventana rota del pasillo sur.

—Me he cruzado con los de mantenimiento. Aunque, sinceramente, tampoco hacía falta mucho viento para abrir esa ventana —dijo haciendo un mohín.

La otra asintió.

—Y, no sé si influiría la tormenta o no, pero el señor Bergara estuvo gritando. Creo que tenía alucinaciones —añadió bajando un poco la voz.

—¿Dante Bergara? Quién lo ha visto y quién lo ve.

—La verdad es que impresionaba verlo, con los ojos desquiciados, como si se abriera ante él la mismísima boca del infierno. No veas lo que costó convencerlo para que volviese a la cama cuando trató de salir de la habitación.

—Me contó Isabel que a ella le tocó una guardia de noche durante el ingreso de Lorenzo Quiroga, y ya podía aparecer el sursuncorda que era imposible decirle haz esto o aquello. Se ve que cuando has vivido siendo amo y señor no es fácil decir «amén».

Intuyendo el final de la conversación, Elena se alejó un poco y se situó frente al control de enfermería. Recordó los gritos de la noche, la voz que bisbiseaba y la mano que friccionaba el pecho descubierto de un enfermo. Y no de cualquier enfermo, de Dante Bergara.

Al ver que las enfermeras continuaban dentro de su sala, miró el reloj al tiempo que expulsaba el aire por la nariz con fuerza. Pensó en marcharse, pero debía ser paciente, debía esperar para hablar con el médico y contarle lo ocurrido durante la noche. Su madre había articulado dos palabras: «Lo siento». Sí, eso había dicho: «Lo siento». ¿Qué sentía? No era de interés para el médico conocer exactamente las palabras que había murmurado Marian, él solo necesitaba saber que había hablado y así llevar a cabo algunas pruebas. Tal vez estuviese más cerca de despertar, consideró Elena. Por eso era importante hablar con el médico y, si era necesario esperar, esperaría, aunque sintiera que era una inmensa pérdida de tiempo con tantas cosas como tenía pendientes acumulándose en el juzgado, en su casa y en su cabeza... Debía ir al despacho y preparar su abstención en el caso de Paulina Meis por estar relacionado con su tía Melisa. Después se centraría en el caso de blanqueo. Tenía pendiente ver la lista de nombres que le había proporcionado el exempleado del banco. Por otro lado, no podía olvidarse de contactar con Xacobe Verdeguel, el *bateeiro*, propietario del coche que conducía un alacrán; ¿por qué le había enviado correos solicitando ayuda? Empezaría por ahí. Sacó el teléfono del bolsillo y escribió a Mari Mar para pedir que le cerrase una cita en la agenda con ese hombre, con el fin de que le explicase el contenido de esos mensajes.

—¡Elena! —saludó Felisa mientras se colocaba tras el mostrador.

—Buenos días —contestó sobresaltada bajando el móvil.

—Ya me marchaba, termina ahora mi turno, pero ¿te puedo ayudar en algo?

—¿Sabes a qué hora pasará el médico por la habitación de mi madre? —preguntó Elena.

—Déjame que mire... —Orientó la cara hacia el teclado y pulsó varias letras antes de percutir con la tecla *enter*.

Felisa repitió la acción y contrajo el gesto.

—Este ordenador funciona cuando quiere —se quejó—. No sé qué le pasa. —Levantó la vista y miró a Elena con cara de pedir ayuda.

—No tengo mucha idea de ordenadores —se disculpó Elena con la vista en el monitor—. Prueba a reiniciar.

—A ver si ahora tenemos más suerte —dijo la enfermera con una sonrisa.

En la pantalla de inicio apareció la imagen de Felisa con una pareja mayor delante del *cruceiro de meniños* que se escondía en el interior de O Souto Vello.

—Conozco ese lugar —señaló Elena en el monitor—. No crecí lejos de ahí.

—Un bosque precioso. En realidad, todo O Souto Vello lo es. Aunque con las nieblas y la humedad en invierno asusta un poco —confesó en tono confidencial y con una pizca de gracia la enfermera—. A mis padres, cuando estaban juntos, les gustaba recorrerlo en largos paseos de domingo.

Elena no pasó por alto el tono afectado de Felisa al decir que sus padres estaban separados.

—Aunque estén separados, los veo más que antes —esbozó una sonrisa alejando toda sombra de duda—. Todos los días. En el caso de mi padre, si no voy yo a verlo un día, al siguiente se presenta aquí para verme.

La jueza dibujó otra sonrisa amable.

—Este día en concreto estábamos de celebración —dijo la enfermera mirando la fotografía.

—Pero ¿ella es tu madre? —señaló en la imagen Elena.

—Sí —sonrió orgullosa.

—Parece muy joven.

—Pues créeme que no es tan joven como parece. Ella dice que son las cremas y los jabones naturales que prepara una amiga mía. Bueno, la conoces: Emma Fonseca, la que lleva la farmacia del hospital.

Elena hizo gesto de saber quién era.

—Quiero pensar que es genético —rio Felisa con los carrillos encendidos—, quizá también pienses que soy más joven de lo que realmente soy. Aunque mi madre está convencida de que son los productos artesanos que prepara Emma con hierbas de aquí, de Cruces. Imagina si estará contenta que se los ha regalado a todas sus amigas e, incluso, a sus jefes. Y por lo que me cuenta, la gente repite. Yo, por si la genética me falla, ya me he hecho con unas cremitas y unos aceites —apuntó con gracejo a modo de secreto inconfesable.

De pronto, la enfermera levantó la vista y alzó una mano para saludar a otra joven de bata blanca que pasaba por detrás de donde estaba Elena.

—¡Te debo una! —exclamó.

Elena mantuvo el gesto sobrio de fingida paciencia mientras continuaba esperando.

—Mira por dónde, hablando del rey de Roma… —dijo Felisa.

La jueza giró la cabeza y reconoció el perfil de Emma cerca de los ascensores.

—Por fin este ordenador funciona —exclamó la enfermera—. El médico hoy pasará más tarde. Lo siento. Parece que ha tenido una urgencia y está en quirófano.

El rostro de Elena auguraba decepción.

—Descuida —dijo con tono amable Felisa—, yo dejaré nota al médico de las novedades de tu madre para que solicite las pruebas que estime oportunas.

Agradecida con esa enfermera siempre solícita y risueña, Elena entendió que poco más podía hacer allí, y salió del hospital con intención de ir directamente al juzgado.

Una motocicleta pasó a su lado soltando un humo denso que infectaba la pureza del aire. La mañana estaba fría y el rocío se adivinaba sobre el coche de la misma forma que el cristal del parabrisas no tardaría en cubrirse de vaho tan pronto ella estuviera dentro y con la puerta cerrada. Se frotó las manos mientras esperaba a que el radiador del coche alcanzase la temperatura idónea para colocarlas encima. Al mismo tiempo, vio cómo poco a poco ganaba visibilidad con el parabrisas despejado.

Se disponía a arrancar el coche cuando el teléfono sonó.

—Buenos días, señoría —comenzó saludando Mari Mar.

—Buenos días. Dime.

—He hablado con el señor Verdeguel para cerrar la cita que me ha pedido.

—Sí, ¿y?

—Le dije que quería verlo en relación con los correos que él le había hecho llegar, pero sin hablarle del contenido, puesto que usted no me lo ha comentado —deslizó dejando caer la queja.

—¿Cuándo es la cita?

—No hay cita. No sabe de qué le habla.

21

El velo del rocío blanqueaba prados a ambos lados de la carretera. El aura de una niebla reticente al olvido fantaseaba sobre vides desnudas, preparadas para la poda del otoño. En unas, hojas amarillas, en otras, muñones que se retorcían en parras. La imagen de Paulina Meis apareció invocada en la cabeza de Elena como un fantasma arrastrándose desde una tumba en la memoria. Pensó en la locura de quien había acabado con ella, en el mal que acechaba a la isla, el mismo que le había cortado una mano para encerrar en ella la llave del diario de Melisa. Alguien que conocía el pueblo. Alguien que respiraba y se movía en aquella niebla.

Niebla. Blanca, perturbadora, rayana en el delirio de quien, a tientas, debía seguir avanzando.

Con la tensión en ambos brazos agarrando el volante, el coche a diez kilómetros por hora, Elena fue abriéndose paso en el espeso manto de aquella mañana hasta intuir la señal de desvío hacia el puente que conectaba con la isla. Continuó de frente, en dirección al juzgado. Los bancos de niebla se sucedían en aquel tramo del camino y sintió como si estuviera atravesando nubes. Inesperadamente el coche se detuvo dejándola ciega, expuesta y vulnerable en medio de la carretera. Giró la llave varias veces desesperada ante la agónica afonía del motor. Dudó si intentarlo una vez más o salir del vehículo por miedo a ser embestida. La niebla se arrastraba frente a ella. Imposible ver o que la vieran. Sin embargo allí fuera había luces. Luces que parecían lejanas en aquel aire de algodón. Las miró un segundo, quizá dos. Apareció un coche en la otra dirección y la advirtió del peligro con un largo bocinazo. Sintió miedo, giró de nuevo la llave, rogó en lo más profundo de su alma que arrancara. La niebla pasó siguiendo su curso, atraída por las aguas de la ría, las de las profundidades del Atlántico. Con el sol abriéndose paso entre nubes para brillar sobre el asfalto, el motor al fin rugió. Elena pisó el acelerador un poco más y continuó por la carretera de los viñedos. Le gustaba y apreciaba aquella parte de Cruces entregada al cuidado de vides en parras, seña de identidad de la uva albariña. Ahora, sin niebla ni sobresaltos, sin extrañas luces, podría disfrutar de lo que restaba del trayecto hasta los juzgados de Cruces. «Luces», pensó. Recordó las que había visto en O Souto Vello justo el día en que encontraron la mano de Paulina Meis. «¿Qué podían ser?». Ese día tal vez fuesen alacranes, jóvenes pandilleros, pero ¿y ahora? ¿Qué explicación encontraba ahora?

No fue consciente de la velocidad a la que iba hasta que las ruedas de atrás patinaron sobre el asfalto. El coche resbaló y comenzó a girar haciendo trompos en la carretera. Con el corazón desbocado, trató sin éxito de agarrar el volante sobre la calzada antes de aceptar que había perdido el control. El primer golpe contra el quitamiedos activó el instinto de supervivencia y le hizo tirar del freno de mano. El coche derrapó sobre la fría grava cuando, sin dejar de mirar la carretera, fue consciente de cuánta fatalidad podía guardar un solo instante.

El airbag saltó justo a tiempo, antes de que se golpeara la cabeza en la primera y última vuelta de campana.

Dos hombres corrieron hacia donde el coche exponía sus entresijos, con las ruedas girando en el aire como si no entendieran lo que pasaba.

La suerte estuvo del lado de los valientes que, pese al olor a gasolina, se acercaron y, sin más herramientas que sus manos, consiguieron abrir la puerta del coche y sacar a Elena.

Tenía los ojos cerrados, pero respiraba. La colocaron sobre el arcén y volvieron a por su bolso.

No hizo falta reanimarla, uno de los hombres comprobó el pulso en su pecho y en su cuello, ella respiró la verde humedad del entorno con notas de sal que se mezclaron con el aroma amaderado del sándalo. Sintió algo en el pecho y abrió los ojos muy despacio, como si fuera la primera vez que lo hacía, como si una alborada nueva derramase luz y brillo sobre el mundo. Así lo miró Elena.

—Tú... —susurró.

—No hables —pidió él.

Ella parpadeó. Al menos esa fue su sensación, pues existe un limbo en que el tiempo se resiste a razonar. Quizá fueran unos minutos, quizá una hora o hasta dos. Al volver en sí no estaba sola, pero ya no estaba él. Junto a ella un hombre de campo, José Luis, con camisa de cuadros, visera con publicidad de un refresco que ya nadie recordaba y unas tijeras de podar sobresaliendo de un bolsillo trasero.

—¿Y el otro hombre? —preguntó al tiempo que se incorporaba.

—No se levante todavía. Será mejor llamar a una ambulancia.

—Estoy bien —dijo y se puso de pie para sorpresa del hombre—. Pero antes había aquí otro hombre...

—No sé a quién se refiere. Yo estaba podando las vides cuando vi al coche panza arriba. Ha tenido usted mucha suerte.

Elena echó un vistazo al coche y, por el estado en que había quedado, fue consciente de que efectivamente había tenido mucha suerte.

—Debo dar parte al seguro y avisar a la grúa —dijo ella al tiempo que se alejaba en dirección al coche con el teléfono en la mano.

El hombre asintió. Sacó las tijeras del bolsillo y continuó podando las vides con la misma precisión que Miguel Ángel pintaba la Capilla Sixtina.

Justo al colgar, a Elena le entró otra llamada. Era Marco.

—¡Elena! ¿Estás bien? —preguntó él alterado.

—Sí, todo bien. El coche hecho un destrozo, pero yo bien. Pero... ¿Cómo sabes...?

—El conductor de un vehículo avisó de que un coche había tenido un accidente y, en lugar de parar para prestar ayuda, consideró más importante apuntar la matrícula —dijo irónico y cabreado.

—Tranquilo, estoy bien, de verdad. Esperaré a que llegue la grúa. Después el seguro me enviará un coche con conductor y le pediré que me deje en el juzgado.

—Igualmente deberías ir al hospital a que te echen un vistazo.

—Descuida —zanjó—. A todo esto —dijo cambiando de tema—, ¿dónde estás que escucho... campanas?

—Estoy en el cementerio. He venido al entierro de Lorenzo Quiroga. No me fío de su hijo.

—¿Habéis avanzado algo en la investigación?

—Elena, ¿no te ibas a abstener en el caso?

—Sí, pero todavía no lo he hecho —se defendió—. ¿Tenéis algo nuevo o no?

—Lo cierto es que Ruiz ha descubierto que Paulina el día que desapareció había estado en la sesión de tarde de la discoteca Freedom.

—¿Crees que lo sabían los padres?

—Igual se lo imaginaban, pero en la denuncia de desaparición declararon no saber adónde había salido esa tarde Paulina ni tampoco si estaba acompañada. A nosotros nos hizo sospechar la ropa que llevaba cuando encontramos el cuerpo: pantalones ajustados, un top muy corto y tacones de más de diez centímetros.

—Si fue a la discoteca, no fue sola.

—Ruiz ha dado con una amiga: Aida Doval. Eran inseparables. Todavía se niega a reconocer que estuvo allí con ella. Supongo que por no tener problemas con sus padres. Al ser menor no podemos presionarla, pero estoy convencido de que va a hablar muy pronto.

—No quiero deciros cómo trabajar, pero si necesitáis una autorización para visionar las cámaras de seguridad de la discoteca, pedídmelo antes de que traspase la instrucción del caso.

—Ya lo hemos intentado, pero las cámaras no funcionaban. Sé lo que estás pensando, pero créeme que esa no ha sido la única ni la peor de las irregularidades de seguridad que nos hemos encontrado en la Freedom. —Hizo una pausa—. Por cierto, ni te imaginas la cantidad de flores que han enviado a Lorenzo Quiroga. Instituciones, partidos políticos, la Asociación de Micólogos de O Souto Vello de la que, por cierto, era presidente, y hasta..., no te lo vas a creer, hasta el compañero de habitación que tuvo en el hospital de Cruces.

—¿En serio?

—Hay una corona de flores que reza lo siguiente: «Tu compañero de la habitación 422». Ni nombre ni apellido. La poca gracia que le tuvo que hacer compartir habitación a un hombre tan poderoso como él —dijo cargado de socarronería el comisario—. Está claro que el gerente del hospital comarcal los tiene bien puestos —rio.

—¿Habitación 422?

La imagen de una puerta se proyectó en la mente de Elena. Sobre ella un número: 422. Recordaba haber visto entrar en ella con un ramo de flores a Emma Fonseca. Torció el gesto al pensar que la amabilidad se debía al hecho de no tratarse de un enfermo cualquiera y sintió un punto de decepción.

—¿Crees que tantas flores responden a admiración o a miedo? —preguntó Marco.

—Tal vez sea simple protocolo en la mayoría de los casos. Era un hombre muy poderoso.

—Poder que heredará su hijo —dijo asqueado.

—¿De verdad te despierta tanta animadversión? —preguntó con aire de divertida incredulidad.

—Tendrías que verlo... Tan arrogante... Estoy convencido de que oculta algo.

—Marco, llega la grúa, debo coger mis cosas del coche antes de que se lo lleven.

Elena colgó el teléfono y esperó a que se acercara el técnico con su mono azul para pedirle que le ayudara a abrir la puerta trasera. Tenía su bolso, pero le faltaba algo. Tal vez en el accidente hubiese saltado a la parte de atrás del coche, consideró.

Buscaron y rebuscaron, debajo y entre los asientos, delante y también detrás. Ni rastro.

Elena se negaba a darse por vencida, necesitaba encontrarlo.

—Ya aparecerá en el taller, señora —dijo el hombre.

Se acercó a ofrecer ayuda José Luis, con las tijeras de podar de vuelta en el bolsillo del pantalón.

—Pero ¿se puede saber qué estamos buscando que es tan importante? —dijo el técnico.

—La pieza clave en una investigación por asesinato: un diario.

22

—Está claro que alguien ha entrado en mi coche aprovechando que estaba aturdida por el accidente y me lo ha robado —explicó Elena muy alterada, impidiendo a José Luis retomar la poda de las vides—. Dígame quién estaba aquí con usted. Al abrir los ojos vi a un hombre, ¿quién era?

Sin más palabras que un gesto vago de no entender, José Luis se rascó la cabeza por encima de la visera.

—De verdad va a meterse en problemas por no reconocer que había alguien más con usted. ¿Qué tiene que ocultar? No es consciente de la gravedad del asunto, ¿verdad? Si no me dice quién estaba aquí hace más o menos una hora, me veré obligada a pensar que usted me robó ese diario.

La mirada severa de la jueza no admitía más titubeos. José Luis lo notó y decidió ser prudente.

—Un hombre interesado en la uva albariña. Alguien que está pensando en meterse en el negocio del vino, interesado en ver mi viñedo. Nada más.

El coche que le envió el seguro la dejó frente al juzgado de Cruces, tal como ella había pedido.

Al entrar en su despacho sorprendió a Mari Mar husmeando en sus cosas.

—¿Buscas algo? —preguntó Elena sin miramientos.

La administrativa la miró con la misma estupefacción en los ojos de quien ve a un fantasma.

—Señoría..., yo... no esperaba... No sabía a qué hora vendría por aquí y pensé en ir adelantando trabajo.

Si había algo que incomodase a Elena más que el hecho de obligarle a perder el tiempo era que tratasen de engañarla.

—Será mejor que regreses a tu mesa, no quiero volver a verte dentro de mi despacho.

Mari Mar sacudió la cabeza para lanzar de un golpe su fosca melena, izando la más elemental bandera de la hostilidad al pasar a su lado.

—Recuerde que hoy está de guardia, señoría.

Elena no contestó. Se limitó a cerrar la puerta tras ella. Cómo le gustaba a esa mujer quedar con la última palabra.

Sacó de su cartera una pequeña llave y abrió el cajón metálico en el que guardaba los documentos más valiosos y susceptibles de constituir una irreparable pérdida en caso de extraviarse. Entre ellos se encontraba el sobre con el listado que le había hecho llegar el exempleado del banco, justo antes de salir corriendo asustado diciendo haber visto a alguien.

Se sentó en su silla y extrajo la totalidad de las hojas, sujetas por un clip. Comenzó a leer los nombres y apellidos de quienes ordenaban transferencias por importes inferiores a los tres mil euros. A su lado, en otra columna, los números de la cuenta receptora y su titular. Siempre el mismo: Horizon, S. L.

«Horizon, S. L.», pensó. Ese era el nombre de la empresa que estaba detrás de la compra de bateas en Cruces. El «misterioso *bateeiro*» del que hablaba la gente del pueblo.

Según parecía, aquella trama de blanqueo contaba con unos tentáculos mucho más largos de lo que había imaginado en un primer momento.

Ordenaría la investigación de Horizon y averiguaría quién o quiénes se ocultaban tras ella.

Prestó atención a cada nombre, a cada apellido... Hasta que sonó el teléfono habilitado para la guardia.

—Señoría, ha habido un accidente con consecuencias fatales. Debe venir al levantamiento —dijo el médico forense.

—Doctor Araújo, ¿qué ha pasado?

—Se trata de un paciente del Centro Médico Social.

—De acuerdo, salgo para ahí.

Con sumo cuidado, Elena dobló el listado, lo metió en el sobre y decidió llevarlo con ella. No se fiaba de Mari Mar. En verdad, empezaba a dudar de quién podía o no fiarse.

Elena conducía hacia el Centro Médico Social temiendo que el cuerpo a levantar fuera el de Jackie. Jackie. Una joven con muchos problemas: en casa, en la escuela, a quien unía una gran amistad con Melisa. ¿Cuál habría sido la causa de su encierro en 1989? ¿Era posible que hubiese perdido el juicio al desaparecer quien era el pilar de su vida, de su mundo, de su seguridad?

Al llegar al Centro Médico Social la recibió un hombre con traje azul y corbata, que se presentó como director del centro.

El coche de la funeraria estaba preparado y el personal sanitario, con sus batas blancas y sus gestos sobrios, se esforzaba por controlar los ánimos de los residentes, manteniéndolos alejados del jardín interior, donde, entre crisantemos blancos, yacía el cuerpo todavía caliente.

—Se trata de un paciente —comenzó a decir el doctor Araújo—. Manuel Fernández: cuarenta y cinco años, soltero, natural de Noia e ingresado desde hacía poco más de seis meses por un trastorno de ansiedad con la comida.

El forense hizo una señal para que dos técnicos le ayudasen a dar la vuelta al cuerpo.

—Como bien se puede observar sufría obesidad. Debe pesar entre ciento treinta y ciento cuarenta kilos. Cuando le haga la autopsia, podré concretarlo.

—Por respeto a la familia del señor Fernández y a los intereses del centro, ruego discreción, Chema —intervino el director del Centro Médico Social.

El forense respondió a la petición con un leve gesto de asentimiento, lo que para Elena constató la cercanía o relación de familiaridad que existía entre ambos.

—Eso lo decidiré yo —censuró Elena.

Después se fijó en el rostro del muerto, maltratado y deformado por el impacto.

—A este hombre lo he visto antes —dijo convencida.

Los dos hombres la miraron esperando una explicación.

—Estuve aquí un día para visitar a una paciente de este centro. Asuntos personales —zanjó evitando proporcionar detalles, no fuese a derivar en un tema tangencial y continuó—: Fue entonces cuando lo vi medio escondido en un rincón comiendo algo… magdalenas, creo recordar.

—Encaja perfectamente en el comportamiento que tenía Manuel aquí —confirmó el director.

—¿Cuál ha sido la causa de la muerte? —preguntó la jueza.

—Se lanzó desde lo alto de la azotea —respondió el forense—. De ahí el estado del cuerpo.

—¿Se trata de un suicidio? —preguntó Elena.

—Eso parece —dijo el inspector Ruiz sumándose a la conversación.

—Buenos días, inspector —saludó el director.

—¿Qué hay, señoría? —se dirigió a ella el recién llegado—. Veo que le está cogiendo el punto a esto de ver muertos. —Sonrió con restos de saliva densa en las comisuras.

La jueza no contestó al amago de chascarrillo o simple provocación y preguntó:

—¿No debería estar buscando algún testigo, Ruiz?

—Ya lo he hecho, señoría. Llegué el primero —dijo mostrando otra vez los dientes.

—¿Y bien? —apremió ella.

—Tengo una testigo que afirma haberle visto antes de saltar. El hombre decía que veía luces. Parecía que hablase con un ángel. Aunque viendo lo que hizo igual era el diablo —añadió con otro intento de chiste a la altura de su ingenio.

Nadie respondió.

—Según la testigo —continuó el policía—, el hombre estaba convencido de que podía volar.

—Podría haber sufrido un episodio de alucinaciones —añadió el doctor Araújo. Será necesario tener en cuenta la medicación que tomaba, la dieta.

—¿Dieta? —insistió en desacreditar al muerto Ruiz—. No parece que siguiera una dieta. Más bien parece que se comía todo lo que encontraba.

—Aquí todos los residentes siguen una dieta saludable —trató de defenderse el director.

—En ese caso —dijo el forense—, aconsejo revisar su habitación. Estoy casi seguro de que este hombre comía a escondidas. No me sorprendería que encontrasen un pequeño alijo entre sus cosas.

—Hable con su testigo —sugirió Elena al policía.

—Eso haré —dijo sacando un pequeño bloc de notas con el nombre de la interna—. ¿Sabe dónde puedo encontrar a Rosa Urdaci ahora? ¿A qué hora suelen comer los residentes? —preguntó al director del centro.

De regreso al coche, Elena daba vueltas en la cabeza a un apellido: Urdaci. Juraría haberlo leído esa misma mañana en el listado del banco.

Desplegó las hojas, comenzó a pasar una, otra y otra más. Se había equivocado. Había una Rosa con apellido Urdáiz. Nada que ver.

«Un momento —se dijo incrédula, alterada—. ¿Qué hace él envuelto en una trama de blanqueo?». Aquello podía cambiarlo todo. Volvió a leer el nombre. Despacio. Junto a él, el detalle de ingresos periódicos, mes a mes, a la misma cuenta bancaria. Pero había una excepción: julio de ese mismo año. Tuvo una corazonada y llamó por teléfono a Marco.

—Averigua cuándo perdió los dedos Paco Meis.

23

Igual que el frío aliento del otoño provocaba quejumbrosos rumores entre pinos y laureles, la falta de horas de sueño sumada al accidente de coche la estremecía y destemplaba bajo el tibio sol de la tarde.

Elena se adentró en las profundidades del bosque en dirección a la casa de Pilucha y Paco Meis. La sombra de una nube cayó oscura sobre la tierra y cuanto horizonte podía alcanzar a ver. La brisa sopló cercana a sus oídos, los pájaros piaron agitando alas a un tiempo mientras un escalofrío recorrió su cuerpo al sentir que había alguien cerca. «Quizá entre los matorrales», pensó, o en la espesura de aquella maleza que, por ignorada, resultaba insondable. Se detuvo y observó todo a su alrededor. Telas de araña como guipures con gotas de agua caían pesadas sobre zarzas y retamas. Otra suave brisa y el movimiento de una rama la puso en alerta. No había nadie. Nadie más cerca de ella. Aquel bosque hablaba sin voces ni palabras, en una suerte de suspiros y silencios que solo acertaba a comprender el alma.

Un rayo de luz se abrió paso en la blanca densidad de la nube y el sol apareció de nuevo.

Cuánta belleza escondía O Souto Vello tras las sombras, en aquellos momentos de oscuridad, pensó. Como por arte de magia percibió un gran cambio a su alrededor. Las hojas verdes refulgían vivas y espléndidas, los arácnidos telares, antes tenebrosos y fantasmales, brillaban engalanados con destellos de mil diamantes. Incluso una fuente cercana, ahora limpia y cristalina, parecía cantar bajo el chorro de aquella luz regalada.

Vio a lo lejos una silueta que parecía observarla. Trató de descifrar aquel cuerpo encorvado, menudo, arrimado a una vara de castaño y con la boina de fieltro descansando en la montura de las gafas.

Saludó y el viejo Amaro respondió con un movimiento de cabeza antes de retomar su paseo o, quizá, lúcido vagabundeo entre árboles y demás verdes formas de aquel bosque misterioso.

Al llegar a la casa de Pilucha y Paco Meis, Elena llamó enérgica a la puerta al no prosperar el aviso del timbre. Insistió y se acercó a la ventana de la cocina. Echó un vistazo al interior en busca de una señal que la animase a continuar percutiendo con los nudillos sobre la puerta. Ningún movimiento. No parecía que hubiese nadie en casa.

Se colocó de nuevo en el camino antes de decidir si debía esperar el regreso de los Meis de sus respectivas faenas, o bien si sería menor pérdida de tiempo para ella llamar por teléfono y pasar a verlos en otro momento.

El destino decidió por ella. Más concretamente, el viejo curandero, quien apareció a un lado del camino, sentado en una piedra que cumplía con creces la función de banco para él. Hizo una señal para que se acercara adonde él estaba. Elena lo hizo.

—Siéntate, hija —indicó ladeando la cabeza con las dos manos apoyadas en su vara.

—Discúlpeme, pero es que tengo mucha prisa.

—Siéntate —repitió condescendiente—. Que no hay camino ni decisión que no necesite de banco para ser andado.

Elena se sentó a su lado.

—¿Sabe si los Meis tardarán mucho en volver a casa?

—Aún no sé si tardaré mucho en volver yo a la mía... —contestó él con sus pequeños ojos hundidos buscando la lejanía del mar entre los árboles.

—¿Por qué me ha llamado para que me siente? Pensé que querría decirme algo.

—Yo, sin embargo, solo pensé que necesitabas sentarte. ¿Te encuentras mejor del golpe?

Elena se sorprendió y abrió de par en par los ojos.

—¿Por qué piensa que me he dado un golpe?

—Por la contusión de la frente —dijo sin mirarla.

Se llevó la mano a la cabeza y compuso un gesto de dolor que parecía irradiarse por toda su cabeza.

—Esta mañana tuve un pequeño accidente con el coche.

Lentamente, Amaro metió la mano en el bolsillo interior de su chaqueta a fin de extraer un pequeño recipiente de plástico con tapa circular, desprovisto de etiquetas, y que parecía reutilizado tras el uso para el que había sido concebido en un primer momento.

—Ponte un poco en la frente. En el punto en el que más te duele.

Elena desenroscó la tapa y acercó el bálsamo que contenía a la nariz.

—Huele a hierbas. ¿Árnica? ¿Romero?

—Extiéndelo, te aliviará.

Escéptica, ungió la yema del dedo corazón y friccionó levemente la zona del golpe.

—¿Podría hablarme de Jackie y de Melisa?

—Podría.

El silencio se extendió un par de largos segundos.

—Pero no me va a decir nada, ¿no es cierto?

—Poco se puede decir de quien poco se puede hacer, ¿no crees?

Con el gesto ligeramente contrariado, Elena insistió.

—Entiendo que Melisa está muerta, pero no así Jackie —rebatió ella.

—Tienes razón. Las almas de los muertos son libres.

Elena pensó que hablar con aquel hombre era como descifrar una tumba egipcia.

—Dígame algo, ¿por qué ingresó en el Centro Médico Social?

—Yo no ingresé, a mí me ingresaron.

—¿Quiénes?

—Distintos intereses. Ninguno afín a mi suerte.

La jueza arqueó una ceja.

—De todos modos, el empeño por encerrarme a mí nunca fue tan elevado como con Jackie —añadió el curandero.

Elena se despidió agradecida por el ungüento, ya que no podía negar que había aliviado el malestar que sentía en la cabeza. Su aroma a hierbas y a flores incluso la hacía sentir más despierta.

Entendía que difícilmente podría conseguir más información del curandero, pero una cosa tenía clara: debía averiguar quién estaba detrás del ingreso de Jackie, quién pagaba las facturas de su estancia, por qué. Y para eso debía volver al Centro Médico Social y hablar con ella. Mejor todavía: hablar con su psiquiatra.

Continuó sendero abajo en dirección al espigón mientras el sol descendía lentamente en el horizonte. De niña le gustaba lanzar pequeñas piedras y retarse a sí misma con nuevos intentos que las impulsase cada vez más lejos. No sería hoy el día de retomar ese entretenimiento infantil, pero alargar unos minutos el paseo hasta el coche no supondría un gran despropósito en su agenda.

El ladrido de un perro rompió el silencio de los árboles en la cadencia de las tranquilas olas de la ría. Escuchó un silbido cerca y el animal salió corriendo en esa dirección, muy cerca de donde se encontraba ella.

Se trataba de Rubén, novio de Maite y cuñado de Marco. Paseaba al *golden retriever* de la pareja. Aunque no era eso lo único que hacía. En una mano llevaba una pequeña bolsa de plástico blanca, mientras que en la otra empuñaba una navaja de pequeñas dimensiones.

Sin llamar su atención, Elena observó sus movimientos entre las ramas cubiertas de bayas de unos ruscos. Él se agachaba, seccionaba pequeños tallos con el filo de su navaja y se apuraba a introducir la especie en la bolsa que colgaba de su otra muñeca. Rubén estaba recogiendo setas. Pero no cualquier seta, solo aquellas que lucían sombrero escarlata: *amanitas muscaria*. Conocidas por sus efectos alucinógenos especialmente entre los jóvenes con ganas de experimentar.

Pensó que no era asunto suyo. Pensó en continuar su camino. Pero ignoró su propio razonamiento.

—Menuda coincidencia —saludó Elena.

Apurado y con un punto de torpeza en las manos, Rubén escondió a su espalda la bolsa con restos de tierra.

—¿Tú por aquí? —acertó a decir él.

—Déjalo, Rubén. Te he visto.

—No sé a qué te refieres —balbuceó.

—¿Sabe Maite que te dedicas a recoger *muscarias*?

—No le digas nada. —Se derrumbó—. Por favor. No son para mí. Son para un colega que quería probarlas. Está dejando la fariña y necesita darse un viaje.

—Entiendo —dijo con gesto severo—. Tira toda esa mierda, haz el favor.

Sin rechistar, él lo hizo.

—Está bien... Cómo te lo tomas —trató de bromear—. Se te pone esa cara tuya de jueza y no hay forma.

La mirada de Elena mantenía ese velo de autoridad que usaba cuando prefería no decir nada más.

—Y dime —continuó Rubén—, ¿qué te trae a estas horas por O Souto Vello?

—Me he acercado para hablar con Paco Meis, pero no había nadie en su casa —respondió.

—Habrá salido con el barco a faenar, ya sabes. Hay que aprovechar cuando la mar deja, que no es siempre —rio en busca de un acercamiento con ella para que olvidara el tema de las setas.

—Por cierto, Rubén, la madre de Pilucha era tu madrina, ¿no?

—Así es. Dices bien, era. Porque la señora Pilar murió hace un par de años.

—¿Tenías mucha relación con ella? —se interesó Elena.

—Los últimos años menos. Pero antes sí.

—¿Podrías decirme a qué se dedicaban los padres de Pilucha?

—Bueno..., ya sabes que trabajaban el mar y luego fueron los dueños de la mercería más grande de Cruces.

—Sí, lo sé. La que de un día para otro echó el cierre. Eso también lo sé.

—Ya..., fueron tiempos muy difíciles.

—Parece que no tanto para ellos —recriminó ella—. ¿Cómo pasaron de sobrevivir a duras penas con lo que sacaban del mar a tener una gran mercería en el centro del pueblo?

—Supongo que les surgió una oportunidad y la agarraron.

—¿Tal y como te pasó a ti cuando decidiste meter ese alijo en el camión hacia Francia? ¿Pura oportunidad? —añadió levantando una ceja.

—El padre de Pilucha se encargaba de la vigilancia en la playa. Hacía parpadear las farolas para que los chicos entendieran que había que hacer la descarga. Después dejaba sin luz a toda la isla hasta que acababan de descargar los fardos. Ya sabes..., ojos que no ven...

—Déjate de tonterías conmigo. Ayudaron a envenenar a una generación entera.

Rubén bajó la mirada y dio una patada a una piedra.

El perro salió corriendo en dirección a la vieja fábrica en busca de la pequeña piedra que había salido volando.

—Que Dios los tenga en su gloria —murmuró.

Los ladridos del *golden* resonaban con los ecos lejanos de las cuatro paredes vacías y destartaladas de los Quiroga.

—Parece que tu perro te llama —dijo Elena.

—Igual ha encontrado algo.

—Espero por tu bien que no sean más *muscarias.*

Los dos jóvenes trotaron sendero abajo. Alcanzaron la parte trasera de la fábrica y la rodearon en busca del perro.

Más ladridos. El hocico del animal apuntaba a la tierra.

—Joder, ¿qué es esto? —exclamó Rubén en cuclillas al lado del *golden.*

Tiró del extremo de lo que a primera vista parecía una tela y que pronto se descubrió ante ellos como una alfombra de grandes dimensiones.

La desplegaron. El perro ladró enfurecido y nervioso dando vueltas sobre la alfombra.

—¿Crees que es...? —preguntó él.

—Sí. Es sangre.

24

Pese a las dudas generadas por el parentesco y la más que probable abstención que debería presentar al caso, Elena decidió ir a escuchar el resultado de las autopsias de los cuerpos de Paulina y Melisa.

Repasó mentalmente cuanto le había dicho Marco la noche anterior tras acudir con la policía científica al lugar en el que habían encontrado la alfombra con sangre. Él se mostraba especialmente inquieto, nervioso, tenía un buen pálpito con aquella prueba. Había estado pendiente en todo momento de que se llevase a cabo un concienzudo y escrupuloso análisis del escenario. Pidió grandes focos, insistió en realizar cuantas fotografías fueran necesarias y revisó personalmente la distancia respecto al lagar en el que encontraron los cuerpos de las niñas. Reiteraba una y otra vez que no podía ser casualidad que una alfombra como aquella apareciese semienterrada a escasos metros de donde aparecieron ellas. Y lo cierto era que, a tenor de las circunstancias, los indicios resultaban razonables.

Marco demostraba estar realmente implicado en el caso. El hecho de que la muerte de su tía Melisa estuviera relacionada había regenerado su ánimo para descubrir quién estaba detrás de todo. De esa forma, esa noche esperó hasta que Ruiz y la científica abandonaron el escenario con la prometedora prueba enrollada y cargada a hombros de un par de técnicos con buzos blancos. Imagen que avivó en Elena el recuerdo de la noche en que vio luces y extraños movimientos cerca del *cruceiro*.

Absorta en sus cavilaciones, Marco se acercó a ella, propiciando que Rubén se esfumase como alma que lleva el diablo a fin de evitar explicaciones de ningún tipo.

—No entiendo mucho de alfombras, pero estoy seguro de que pocas personas de Cruces pueden permitirse tener una así en sus casas... —rumió Marco mientras se frotaba con una mano la barbilla.

—Mejor no nos precipitemos y esperemos a ver qué dice el informe del laboratorio.

—Por cierto, Elena, tengo dos novedades. De un lado, ya he averiguado cuándo perdió los dedos Paco Meis: fue el 5 de julio de este año. Parece que un accidente con el motor fueraborda de un barco. ¿Por qué querías saberlo?

—Está implicado en la trama de blanqueo que instruyo.

—¿Desde cuándo lo sabes? Eso lo cambia todo —dijo con aire de recriminación.

—No hace mucho. Quería estar segura antes de decírtelo —esquivó—. Pero ahora veo que el caso se está complicando. Paco Meis llevaba años ingresando puntualmente una cantidad de dinero inferior a tres mil euros cada primero de mes. Todos los meses salvo julio de este año.

—¿Crees que podría tratarse de un ajuste?

—No importa lo que yo crea. Deberás encargarte de averiguarlo y conseguir pruebas. —Hizo una pausa y continuó—: ¿Cuál es la otra novedad que tienes para mí? Dijiste que eran dos. ¿La segunda?

—Me ha llamado el doctor Araújo, ya tiene el informe de la autopsia de las niñas.

—No creo que deba ir. Aunque todavía no haya presentado mi abstención, a la espera de ese informe, de confirmarse la identidad del segundo cuerpo como Melisa... No sería ético.

—Aun así, su caso habría prescrito, ¿no? —añadió con un punto de indignación hacia el sistema—. Entonces no deberías estar al margen —consideró—. Al menos hasta donde yo sé, sigues siendo la jueza de instrucción en el caso de la muerte de Paulina Meis. Por ahora no hay más certezas que esa.

Esta vez el olor a formol, a desinfectantes y a muerte no provocó en ella el mismo grado de indisposición. Probablemente era lo único en lo que podría dar la razón a Ruiz: era cuestión de acostumbrarse. Por eso quizá entre la jerga de algunos forenses llamasen «podridos» a los cuerpos que aparecían en un estado de avanzada descomposición. No había un intento de deshonra hacia el muerto, hacia quien había vivido entre errores y aciertos. Solo la gráfica descripción de la materia, de su corrupción en el tiempo, sin identidad, sin nombre. Sin acritud.

El doctor Araújo la saludó con un fuerte apretón de manos. Junto a él, la esperaban el comisario Carballo y el inspector Ruiz.

—Bien —comenzó el forense—. Ahora que ya estamos todos, explicaré de modo sucinto los principales hallazgos en los dos cuerpos encontrados en uno de los lagares habilitados para la salazón de la sardina de la vieja fábrica Quiroga situada en la isla de Cruces.

Elena asintió evidenciando su interés por conocer las conclusiones del estudio.

—Por el estado cromático-enfisematoso en que se ha encontrado el cuerpo de Paulina Meis, debía llevar unos tres días muerta. La falta de evidencias acerca de la causa de la muerte me llevó a analizar la bilis. En ella se detecta la presencia de tóxicos, un cóctel de alcaloides.

—¿Era drogadicta? —preguntó Marco.

—El examen de la bilis solo permite confirmar la presencia de tóxicos. No nos proporciona información cuantitativa, por lo que no podemos decir cuánto tiempo llevaba consumiendo o si fue una única dosis letal antes de morir.

—Dice que llevaba muerta tres días —continuó Marco—, eso sitúa el deceso en el día 8. Desapareció el 5 por la tarde.

—Se observa señal de ligaduras en la muñeca, detectadas también en la mano amputada. Amputación que según el estudio microscópico de barrido hace suponer que fue *post mortem.* —Hizo una breve pausa—. En mi opinión, la tuvieron maniatada hasta que decidieron matarla.

—¿La agredieron sexualmente? —preguntó el comisario.

—No —contestó rotundo el forense.

—Entonces ¿la causa de la muerte fueron los tóxicos?

—Sí. He pedido un análisis de tóxicos en el pelo para averiguar si era consumidora habitual y desde cuándo. He hecho lo mismo con un mechón de pelo viable que he encontrado en el otro cuerpo, identificado como Melisa Freire.

Elena cogió aire y se limitó a disimular con todos los sentidos centrados en lo que iba a escuchar.

—En su cuerpo se aprecia fractura craneal en la región témporo-occipital izquierda —continuó el doctor Araújo—. Hemos analizado macroscópicamente si había o no signos de vitalidad en la lesión y hemos apreciado un acabalgamiento por la acción de un arma lesiva penetrante.

—¿Eso quiere decir que la mataron de un golpe en la cabeza? —preguntó Elena.

—Pese a que existe un periodo de incertidumbre *perimortem,* la gravedad de la lesión hace pensar que fue la causa de la muerte. Poco más puedo decir, dado el estado de avanzada descomposición del cuerpo. Está prácticamente esqueletizado con restos de adipocira en el abdomen, lo cual descarta que estuviera en un lagar con restos de salmuera durante los treinta años que se estima lleva muerta. En este punto cabe destacar el hallazgo de esporas pertenecientes a hongos en el cabello de la joven.

—¿Esporas de hongos? —Se sorprendió Elena.

—Exacto. Lo cual, sumado al estado del cuerpo, sugiere que el cadáver hasta hace muy poco se encontraba en un terreno con cierto grado de humedad. En mi opinión, el cuerpo fue desenterrado de una zona húmeda, propiciando con ello la transferencia pasiva de esporas al cabello. Después, con toda probabilidad, el cadáver fue trasladado al lagar de salazón de la fábrica en el que se encontró.

—¿Cuánto tiempo cree que pasó desde que la desenterraron hasta que se halló el cuerpo en ese lagar? —preguntó el comisario.

—Estimo que entre veinticuatro y cuarenta y ocho horas, no más.

—Entonces la desenterraron para que la encontrásemos —conjeturó Marco.

—Lo que está claro es que se trata del mismo asesino —intervino Ruiz.

—Es pronto para hacer hipótesis de ese calibre —dijo el comisario pensativo—. Hay algo que no acaba de cuadrarme.

—Señor, no me negará que es el mismo tipo —levantó ligeramente la voz el inspector, haciendo un gesto de incredulidad con las manos—. Solo el que asesinó y enterró a la primera chica sabía dónde tenía que desenterrarla.

—Y, si le salió bien la primera vez, ¿por qué hacerlo tan mal la segunda? ¿Acaso lo que quería era confesar un crimen de hace treinta años? —profundizó Marco entre indagaciones.

El comisario Carballo y el inspector Ruiz avanzaban en dirección a la puerta de salida. Varios pasos más atrás, Elena y el doctor Araújo caminaban con el paso más tranquilo y entre comentarios más serenos.

—Lamento el fatal desenlace de Melisa —dijo él conmovido en un momento dado.

Ella asintió, en parte sorprendida.

—¿Usted sabía que era mi tía?

—La desaparición de Melisa fue muy sonada en 1989. Todo Cruces, Cambados y Vilagarcía se movilizaron para encontrarla, pero fue imposible. Parecía que se la hubiese tragado la tierra.

—El informe concluía que todo apuntaba a una fuga voluntaria —comentó ella confundida.

—En aquel entonces la situación en la zona no era buena. Fueron muchos los jóvenes que se marcharon en busca de oportunidades laborales. No todos las encontraron. Algunos volvieron al cabo de un tiempo, pero todos daban señales de vida tarde o temprano. A medida que pasaban los años, sin respuestas, la gente decía que la joven Melisa estaría tirada en cualquier esquina o en el fondo del mar. Ni me imagino lo que habrá sufrido su madre o la tuya. —Bajó la mirada—. Con todo lo que pasó después Marian.

Elena se detuvo en medio del pasillo.

—Doctor Araújo, ¿qué sabe usted de lo que le pasó después a mi madre? Porque tengo la sensación de que sabe más de lo que me ha contado —inquirió con sutileza.

El forense la miró con absoluta franqueza. En ese momento ella se fijó en el brillo de su pelo plateado, su barba salpicada de canas y una piel cuidada con esmero. También en su mirada, en el reflejo de esa cruda realidad que debía analizar cada día entre muertos.

—En aquellos años yo era muy amigo de uno de los médicos residentes que atendieron de urgencia a tu madre. Hoy ese médico está en el Centro Médico Social y mi relación es muy distinta. Pero, en aquel entonces, él me contó el extraño caso de una mujer que un día se levantó incapaz de ver, de oír y de hablar. Fue como si se quedase encerrada dentro de su propia cabeza. Todo lo que había vivido en un breve periodo de tiempo pudo ser la causa de esa extraña y cruel forma de protección de su mente. Eso debió de ser poco antes de nacer tú, entiendo. Por suerte, al cabo de unos días recuperó todos los sentidos. Aunque, la verdad, desconozco en qué grado o en qué medida pudo haberle afectado ese episodio.

Elena sintió un aguijón en la garganta, el aviso de que la emoción le dificultaría hablar. Recordaba los largos silencios en los que su madre caía cuando ella era una niña. Silencios que no entendía y que ahora, poco a poco, empezaba a descifrar.

—Disculpe —dijo y a continuación carraspeó para aclararse la voz—, entonces ¿el médico del que me habla está en el Centro Médico Social?

—Sí, aunque no ejerce como tal, ahora es el director del centro —dijo con acento de melancólico orgullo.

—Lo conocí ayer, en el levantamiento de un hombre que se había lanzado desde la azotea. Bueno, usted estaba allí.

Un apretón de manos, una mirada y la forma en que le había llamado por el nombre de pila: «Chema». Elena evocó el momento en que los dos hombres habían coincidido el día anterior. Entonces ya había tenido la sensación de que no solo se conocían, sino que habían sido algo más que amigos, algo que quizá de forma abrupta o dolorosa para alguna parte había acabado.

—¿Sería posible que a través de ese viejo amigo pudiese hablar con el psiquiatra de una paciente en el Centro Médico Social? —se atrevió a pedir.

Él abrió ligeramente los ojos, dominando la sorpresa.

—No sería nada oficial ni respecto a ningún caso —se apresuró a explicar—. Si así lo fuera, mediaría una orden judicial. Es algo más... privado, personal. Al menos por ahora.

—Se lo comentaré al director del centro. No creo que ponga ningún tipo de impedimento, teniendo en cuenta la preocupación reputacional que recae sobre el Centro Médico Social con el suicidio de ese interno. Para él la reputación siempre fue... muy importante —concluyó con acidez en las palabras.

—Lo agradezco. En otro orden de cosas, ¿para cuándo estará la autopsia de ese hombre?

—Ayer estuve trabajando hasta tarde, no podía dormir ni me apetecía volver a casa —dijo él y Elena creyó escuchar el eco del fantasma de una relación terminada asfixiando la soledad del forense—, así que, aunque falta redactar el informe, me encuentro en condiciones de afirmar que se intoxicó. Había restos de *muscaria* en su estómago y también hiosciamina. He pedido más análisis para averiguar de dónde procede. A este respecto necesitaría un análisis exhaustivo de la habitación y las pertenencias del muerto en busca de ese previsible alijo de comida que tendrá escondido en alguna parte.

—Se lo diré al comisario para que envíe a alguien. Y dígale al director del centro que podemos ser más o menos discretos.

El mensaje de Elena estaba claro, ahora solo podía esperar que surtiera efecto para así hacer las preguntas que necesitaba al psiquiatra de Jackie. En cualquier caso, el forense prometió llamarla pronto.

A la salida del Imelga, la jueza comprobó que Marco y Ruiz continuaban debatiendo sobre los posibles nexos que relacionaban el asesinato de Paulina y el de Melisa.

Nada más verla, el comisario se despidió del inspector y se metió en el coche con ella.

—Cómo me cabrea la falta de rigor de Ruiz —masculló él al tiempo que introducía la llave en el contacto—. Si no fuera por lo bien que conoce el pueblo y los entresijos de la forma de ser de aquí, te juro que hace tiempo que ya lo habría mandado bien lejos.

—Nada que añadir —contestó ella—. Sabes que no acabo de fiarme de él.

—Bueno, ya. —Marco iba a decir algo, pero pareció pensárselo mejor.

—¿Qué ha sido eso? —preguntó Elena con un picor en la voz.

—¿Qué? —Trató de hacerse el despistado—. A ver, tampoco es una novedad que no te fías de alguien.

—¿Qué quieres decir con eso?

—En fin, Elena, que yo te conozco. ¿Por qué no has presentado todavía la abstención al caso? No me malinterpretes, estoy encantado de que sigas en él, pero cómo es posible que alguien tan escrupuloso como tú con la aplicación de la ley no se haya abstenido en el momento de conocer la identidad del segundo cuerpo. Sabes tan bien como yo el porqué. Porque no te fías de nadie. Crees que nadie mejor que tú para dar justicia a Melisa y a Paulina. Temes que sus casos acaben archivados en algún rincón por la desidia de otro juez que llegue a Cruces deseando marcharse.

Elena guardaba silencio.

—Dime, ¿me equivoco? —preguntó él.

—Lo cierto es que no —contestó sin pizca de recelo.

—Sabes que con independencia de que te abstengas o no, tendrás que entregarme la llave que apareció en la mano de Paulina. Agradecería que también el diario.

—Te va a sorprender y quizá te parezca de lo más inoportuno lo que te voy a decir —dijo ella sin atisbo de afectación. Marco apartó un segundo la mirada de la carretera y la miró—: Me falta el diario desde ayer, desde el accidente.

—¿Cómo que te falta? —preguntó comprensivo.

—Creo que alguien, aprovechando la confusión del momento, lo cogió de mi coche.

—¿Alguien? ¿Recuerdas haber visto a alguien cerca?

Elena desvió la mirada hacia la ventana.

—No, no había nadie —mintió.

—Entonces es posible que el diario saliese despedido del coche al volcar. Mandaré a alguien para rastrear el punto kilométrico en el que se produjo el siniestro. Lo pienso y todavía me parece increíble que salieses ilesa de un accidente tan aparatoso —dijo con el reflejo del miedo asomado a sus ojos.

Algo que no pasó desapercibido para Elena, quien quiso alejar aquella visión abismal colocando una mano sobre su brazo, pero sin decir nada. Porque nada podía decir en aquel momento en que un pensamiento la contrariaba: ¿por qué le había mentido a su mejor amigo? ¿Por qué dijo que no había visto a nadie? ¿Por qué? «Porque quieres protegerlo a él», susurró una voz en su cabeza.

Una llamada de urgencia entró en la radio del coche policial. Algo sobre una reyerta que había derivado en pelea y apuñalamiento entre pandilleros.

—Alacranes —bufó Marco—. Estoy de esta lacra hasta los cojones. De estas pandillas nunca sale nada bueno.

—No seré yo quien los defienda, ni mucho menos —murmuró Elena hacia la solapa de su abrigo—, pero reconozcamos que poco o nada tienen que hacer. Pocas opciones. Las tasas de abandono escolar son elevadísimas y aquí nadie hace nada. Vemos cómo la brecha se amplía, cómo se abre una inmensa zanja en la que los chavales de los estratos sociales menos favorecidos van cayendo, uno tras otro. Y como en otras capas de la sociedad, hay de todo, perfiles y potenciales de todo tipo. ¿La diferencia? En una pandilla se premia al más duro. Y muchas veces, demasiadas, es un criminal.

Marco llegó al desvío del puente que conducía a la isla de Cruces y dudó.

—¿Te importa que te deje cerca del juzgado?

—Bajaré aquí mismo y llamaré a un taxi. Quería acercarme a la isla —dijo ella.

—Perfecto. Si vas a O Souto Vello y te cruzas con Paco Meis o Pilucha, ¿te importaría decirles que ya pueden programar el entierro de su hija? Iba a ir yo, pero si te coincide verlos…, mejor. Hoy tengo un día movidito.

—Descuida, yo me encargo. De todos modos tenía pensado ir a verlos.

—Ah, ¿sí? ¿Para qué?

—Para saber qué tal estaban, si necesitaban algo —mintió. Otra vez.

—Recuerda que hasta que te abstengas eres la jueza. Nosotros, los policías.

—Por favor, Marco, me ofendes —fingió.

—Te dejo. Debo ir a comisaría —dijo él con un leve resoplido cabeceando y queriendo decir «eres incorregible».

Justo en el momento en que parecía que Elena iba a cerrar la puerta del coche, bajó la cabeza a la altura de Marco para añadir algo más.

—Por cierto, he hablado con el doctor Araújo acerca de la muerte de un residente del Centro Médico Social. Parece que se intoxicó con setas alucinógenas. Lo que resulta difícil de entender es de dónde pudo haberlas sacado con el estricto régimen de salidas y las nulas visitas que tenía ese interno. Creo que alguien debería pasarse por allí para echar un vistazo.

—Creí que había sido un desafortunado accidente, sin más.

—Es posible que así haya sido. Pero con todo lo que está pasando últimamente en esta isla no obviaría ninguna posibilidad. Ninguna.

25

Medio devorada por ansiosas hiedras que trepaban en uno de sus laterales, la casa de los Meis desafiaba con estrechez y dos plantas un tiempo de lluvia, viento y tempestades.

Era primera hora de la tarde y el sol brillaba en un cielo con nubes dispersas que invitaba al placer de un paseo otoñal. Elena abrió el abrigo a la altura del cuello y dispuso los nudillos de una mano para llamar a la puerta.

Un par de golpes y el movimiento en el cerrojo la alejó del umbral, a la espera.

La puerta se abrió y una mujer envejecida por el dolor que guardaba su universo, en ojos, espalda y hasta sueños, apareció ante ella. Era Pilucha.

La jueza evitó usar una fórmula de cortesía, también el pesar aséptico o la dulzura neutra a tres palmos de altura, pues no harían más que acrecentar la soledad del suplicio que se escondía en aquella casa.

—¿Puedo pasar? Será solo un momento —se presentó.

La mujer no se molestó en contestar. No con palabras, al menos. Se hizo a un lado y franqueó la entrada.

Dos niños pequeños de apenas un año de diferencia entre ellos jugaban en las escaleras que llevaban al piso superior.

La principal estancia de la casa, la cocina, olía a caldo de grelos con unto y lacón. El vaho cubría la única ventana de la habitación en la que Paco Meis apuraba un café de pota recién hecho con el ánimo quebrado, enfundado en un estrecho jersey de punto azul.

—Usted dirá, señoría, ¿qué la trae por aquí? —dijo él con la voz abatida.

—No quiero importunar. Quizá sea mejor que me pase en otro momento.

—Para nada —contestó Pilucha con energía mientras troceaba un pollo que acababa de desplumar—. En esta casa no volverá a haber mejores momentos, así que diga lo que tenga que decir.

—La autopsia de Paulina ha concluido. Ya pueden comenzar los preparativos para enterrarla.

Como si de pronto su mano perdiera resistencia, Paco Meis dejó caer la taza hasta apoyarla sobre la mesa.

—¿Saben ya quién lo hizo? —preguntó Pilucha propinando un golpe seco con un machete que seccionó los cuartos traseros al ave.

—No me corresponde a mí hablar de eso. Pero la policía está trabajando muy duro en el caso y pronto darán con quién lo hizo.

«¿Por qué dijo eso?», se preguntó más tarde. Tal vez no fuera así y estuviera dando a aquellos padres falsas esperanzas. Esperanzas sin base. Las mismas que habían acabado con su abuela y quizá también con su madre.

—Gracias por venir hasta aquí para decírnoslo —dijo Paco.

—Lo cierto es que venía para hacerle a usted una pregunta, a título informal.

—¿A mí?

—Sí. No tardaré demasiado.

Elena extrajo del bolso una carpeta que contenía un solo archivo: el listado de nombres y apellidos de quienes ingresaban de forma periódica menos de tres mil euros en una cuenta suiza perteneciente a una sociedad llamada Horizon, S. L.

Lo abrió por una página donde un nombre resaltaba en amarillo fluorescente y lo dejó sobre la mesa, delante de su taza de café y a la altura de sus ojos.

Paco Meis, con la mano floja y los dedos rozando todavía el pocillo, posaba los ojos en el papel sin mucho interés.

—Por favor, ¿podría explicarme por qué figura su nombre en esta lista?

Inmóvil, el hombre no dijo nada.

—Paco. —Se acercó con el tono amigable de quien necesita una respuesta y quiere ayudar—. ¿Ha estado usted haciendo ingresos mensuales desde hace más de tres años a este número de cuenta?

Derrotado, con la mirada en otra vida, en otra posibilidad del universo, Paco Meis seguía sin contestar.

Con las manos ya en el fregadero, entre cacharros tratados cada segundo que pasaba con mayor violencia, Pilucha frotaba, enjabonaba y enjuagaba con el nervio crispado de una avispa a finales del verano.

—Dígame algo, Paco, o no podré ayudarle. ¿A quién le ha estado ingresando dinero? Dos mil ochocientos, dos mil novecientos sesenta, dos mil seiscientos euros... Ese dinero no era suyo. ¿De dónde salía? ¿Quién se lo proporcionaba? —insistía Elena.

Paco Meis alejó la taza, se levantó, la miró con los ojos como brasas, contenido como un volcán, y guardó silencio.

—¿Qué pasa, ni siquiera la muerte de su hija merece desvelar ese secreto? —lo provocó.

Pilucha alzó una mano y agarró con fuerza un cuchillo con los ojos fuera de sí. Elena sintió miedo. La mujer gritó y clavó el filo de acero en medio de la tabla de madera que todavía tenía restos de sangre y plumas.

—¡Ya está bien de tantas preguntas! ¿Lo está acusando de algo?

El hombre se acercó a la puerta y, antes de abrirla, alcanzó con una mano la boina de fieltro para después colocarla sobre su cabeza. Elena miró aquella mano, a la que le faltaban dos dedos.

—¿Cómo los perdió? —forzó Elena.

Él no la miró y salió dando un portazo envuelto en el mismo silencio que lo había mantenido alerta mientras la jueza hablaba.

—¿Qué está pasando, Pilucha? Me pedisteis ayuda —concedió un segundo para que la mujer diese muestras de defenderse y continuó—, pero así no podré ayudaros. ¿Qué me ocultáis?

—Será mejor que te vayas —desafió la mujer frente a la silueta de un cuchillo clavado como la mismísima espada Excálibur.

—El día que la esperé en el puerto, en el que vinimos las dos caminando hasta aquí, ese día me dijo que sería mejor hablar sin que estuviera delante Paco. ¿Por qué?

La mujer se movía con el ánimo exaltado de un lado a otro de la cocina.

—Si mirases por lo que tienes en tu casa y dejaras de buscar la paja en el ojo de los demás... —murmuró Pilucha en una suerte de trance nervioso.

Elena no se dejó intimidar.

—¿Por qué era mejor hablar de Paulina sin que estuviera su padre delante? —insistió con la convicción de que la mujer se quebraría.

—¡Porque él se siente culpable! —gritó liberando un demonio que llevaba tiempo encerrado—. Tremendamente culpable por lo que pasó el día que la niña desapareció.

La jueza sintió que estaba cerca de averiguar algo que lo cambiaría todo en el marco de la investigación.

—Fue por el tatuaje —confesó Pilucha al borde de las lágrimas.

—¿El tatuaje? —preguntó con genuina sorpresa.

—Descubrió que se había hecho ese maldito tatuaje y...

Unos segundos de silencio acrecentaron en Elena la necesidad de conocer la respuesta.

—¿Y qué? —apremió.

—Le pegó una bofetada. Hizo que ella saliera corriendo y llorando lejos de casa. La bofetada por la que nunca volverá —dijo antes de derrumbarse entre lágrimas que caían sobre la tabla de madera donde su crisis nerviosa había tenido un principio y un final.

La jueza se acercó a ella. Los niños hacía tiempo que jugaban en el piso de arriba, por suerte, ajenos a cuanto allí sucedía, golpeando con una pelota el suelo entablillado de maderas y rendijas mínimas por las que, aun sin querer, podían ver y oír.

—No es verdad —la consoló Elena—. Una bofetada no fue lo que acabó con la vida de Paulina. No fue lo que hizo que un depravado se la llevara para acabar con ella y también con vosotros. Fue un asesino, quizá un psicópata, alguien cruel que más pronto que tarde lo iba a hacer. Vosotros sois los padres, no policías, jueces ni tampoco dioses, solo quienes la queríais, por encima de todo y a cualquier precio. Y seguiréis queriéndola siempre.

Pilucha se deshizo. Sus piernas temblaron y los brazos buscaron la fuente de aquellas palabras en las que hallaba consuelo.

Elena no lloró. No dejó que ninguna emoción la invadiera en aquel momento. Solo pensaba en la necesidad de dar justicia a Paulina Meis. Respiró el verde olor de carballos y castaños, la tierra húmeda y el aliento melancólico de las nubes en aquel paisaje. A lo lejos, en un horizonte de agua, vio a Paco Meis subido a su dorna alejándose de la orilla. Pensó en los silencios de aquel hombre, en cuanto le había contado Pilucha y en los secretos que guardaba aquella isla diminuta. «¿Una bofetada por un tatuaje?», se preguntó. Paulina llevaba piercings, se pintaba los ojos de negro y enseñaba el ombligo. ¿Acaso era tan grave un pequeño tatuaje en la cara interna de la muñeca?

No tenía sentido. Había algo más, estaba convencida. Debía llamar a Marco y contárselo. Tenía que decírselo a Ruiz para que averiguase algo más sobre ese tatuaje. Él era el inspector en el caso.

Finalmente sacó el teléfono y marcó un número.

—Doctor Araújo, ¿le pillo en buen momento?

—Sí, claro —contestó mientras disimulaba encontrarse con comida en la boca.

Elena escuchó con claridad el sonido metálico de los cubiertos sobre un plato.

—Tal vez no sea el mejor momento —dijo ella—. Llamaré mañana.

—Descuide, señoría. Estaba comiendo solo con la radio encendida —se sinceró.

—Me gustaría saber qué llevaba tatuado Paulina en la muñeca de la mano amputada. ¿Tiene alguna idea?

—Sí, claro. Hace dos días que se lo dije al comisario Carballo y al inspector Ruiz.

Elena enmudeció. El secretismo no le extrañaba viniendo de Ruiz, pero ¿de Marco?

—Un trabajo engorroso por lo sucio del corte —continuó el forense—. Como si, al menos en parte, la amputación fuese el medio y no el fin que alcanzar. Como si únicamente buscaran volverlo irreconocible.

—¿Recuerda qué se había tatuado?

—Por supuesto, imposible olvidarlo con el tiempo invertido en reconstruirlo: Paulina Meis llevaba tatuado un alacrán.

26

Las nieblas descendieron con húmedo aliento hasta alcanzar el corazón de O Souto Vello. Cual vapor de agua, la frescura del aire envolvía árboles y arbustos, tierra y briznas de diminutas hierbas circundantes al camino. Aura de misterio, irrealidad y fantasmas, muy cerca se alzaba el *cruceiro de meniños*. Medio escondida, la santa cruz de piedra semejaba alucinación o extraña visión en el gris de las tinieblas. Bajo el cielo y sobre la tierra, engullendo al otoño y al verde, las brumas se movían entre inmensos laureles que, inmunes al tiempo, permanecían erguidos con su natural fragancia y el aplomo de reyes.

Elena avanzó por el sendero, dando pasos sobre alfombras de hojas que generosos carballos y cerquiños doraban para entregar al viento. Esos árboles cubiertos de musgo, de verdes hiedras, setas y hongos, integrados e irremediablemente unidos a la vasta espesura del bosque, cruzaban sus troncos y entrelazaban sus ramas, en una extraña fraternidad que por momentos crujía y todo el tiempo parecía observarla.

Acostumbrada a la insólita belleza y la magia de aquel lugar, Elena se dejó arrastrar por la niebla en dirección al *cruceiro*. Lo hacía paso a paso, casi a tientas, viendo cómo sus manos se movían entre vaporosas pinceladas blancas. Un ronquido o gruñido con rabia animal rompió el silencio. Su corazón latió con fuerza. El ruido provenía del lugar en que estaba el *cruceiro*. Escuchó pezuñas embarradas y agitadas patas levantando hojas a gran velocidad. Dio dos pasos a la izquierda a fin de dejar libre el camino. Un golpe seco contra el suelo hizo que el jabalí pasara corriendo a su lado. Con ojos ciegos en aquella niebla, Elena buscó a quien había espantado al animal. Volvió al sendero y vio junto a la cruz de piedra una vara en alto, quizá un bastón, agarrado con fuerza por una mano huesuda y añosa. La intuición de Elena le susurró de quién se trataba y dos pasos más al frente le confirmaron que era Amaro defendiendo de alimañas el *cruceiro de meniños*.

A los pies de la cruz, junto a su base, media docena de bellotas y restos de setas descansaban sobre tierra húmeda, oscura y removida.

—No se puede culpar al animal por buscarse la vida —explicó el viejo curandero.

—Gracias —dijo Elena en alusión al hecho de haber espantado al jabalí.

El hombre la miró por encima de las gafas con gesto condescendiente antes de contestar.

—Alguien ha de velar a aquellos que bajo estas piedras no puedan descansar.

Esta vez fue Elena quien lo miró a los ojos en un silencio cargado de intención.

—Un tío mío murió de niño y sé que está enterrado bajo este *cruceiro* —esclareció ella.

Amaro se giró despacio para acomodar el paso al movimiento del cayado.

—No es el único —murmuró el anciano.

La jueza se sorprendió con la respuesta y fue tras él.

—¿Quiere decir que hay más niños enterrados aquí?

—Quiero decir que las desgracias viven juntas y juntas se encuentran bajo tierra —aseveró el curandero.

Elena frunció el ceño y, lejos de entender las palabras del curandero, aprovechó la coyuntura en aquel lugar y preguntó:

—El otro día, desde el camino que lleva a su casa y a la vieja fábrica Quiroga, me pareció ver unas luces en este lugar. Algo extraño…

El anciano la miró con acento resignado y continuó caminando.

—Todo es extraño cuando baja la niebla. Pensamos en lo que vemos, pero, si no lo vemos con claridad, entonces… ¿qué debemos pensar? —expresó con aire de dialéctica y ninguna pretensión—. Habrá quien se ayude de la imaginación, quien recuerde las historias del pueblo y quien, por cautela, cierre los ojos y haga camino en suelos más secos.

—¿Y qué piensa usted?

—Lo que yo piense poco te puede ayudar.

—Permítame que sea yo quien determine eso.

—Defender mis ideas enemistándome con mis otras ideas. Así es el pensar de quien nada sabe y aun de viejo quiere aprender.

Elena guardó silencio unos segundos en los que sintió más respeto y admiración hacia el curandero.

—Antes mencionó que había quien recordaba las historias del pueblo para dar significado a cuanto se puede ver en la niebla. ¿A qué historias se refería?

—Como te dije, bajo este *cruceiro* son muchas las *almiñas* inocentes. Niños y niñas que, como tu tío Matías, sin posibles para ser enterrados en otro lugar, eran traídos aquí por sus familias al caer la noche. Fueran cuatro, seis o una docena, vestían luto y se guiaban con velas o la luz de un candil. Quien los viera a lo lejos no distinguía más que una procesión de sombras en la niebla. ¿Qué otra cosa creerían ver?

La jueza compuso gesto de sorpresa contenida.

—¿Acaso no cree en la Santa Compaña?

—La Compaña de santa no tiene nada, Elena. Son las almas de los muertos que buscan el más allá, el *Alén*. Y al igual que los vivos, las hay buenas y peores. También hay quienes tienen miedo del infierno al que han sido condenadas y vagan por los caminos haciendo más mal que bien.

—Entonces ¿debo creer que he visto una procesión de muertos?

—No debes creer nada. Debes pensar lo que has visto. —El anciano hizo una pausa y la miró con ojos diminutos—. No temas a los muertos, Elena. Teme a los vivos. Son ellos los que no respetan esta cruz.

Elena no estaba segura de haber entendido el consejo del viejo Amaro. Lo miraba y sentía que el hombre habitaba en una especie de limbo existencial del que brotaban sus palabras, sus lecciones, sus acertijos, tantas veces galimatías.

—Usted sabe lo que sucede en esta isla, ¿no es cierto? —preguntó en un acceso de atrevimiento.

El anciano ladeó la cabeza para poner oídos a la pregunta y después se encogió de hombros con la vista en el suelo.

—Sucederán muchas cosas. Poco sé yo de eso, más bien nada, como de todo lo hablado hasta ahora.

Con la verde espesura de O Souto Vello rasgando retazos de niebla tras ella, Elena caminaba por el margen de la carretera hacia el centro de la isla de Cruces. Exactamente en dirección al cementerio. No solo los padres de Paulina tenían un entierro pendiente, también ella. Con su madre en aquel extraño coma, ingresada en el hospital y, sin más familia a quien llamar, debía ser ella la que se encargara del descanso de Melisa. Hablaría con el cura de San Julián, la parroquia del centro de la isla, no con el de O Souto Vello. Prefería algo pequeño, reservado a la familia o, en este caso, a la falta de ella.

Miró al frente y sintió que el paisaje se aclaraba con la luz de la tarde. Sin nieblas ni más compañía que el rumor de un mar en calma, advirtió el rugido de un motor de gran cilindrada sobre el asfalto. Manteniendo toda la distancia que era posible de la línea blanca que delimitaba el arcén, aminoró el paso con los sentidos alerta. Rápido, como un torrente o una riada, los neumáticos de aquel coche aullaban calzada abajo sobre un pavimento plagado de grandes charcos. Al verlo de frente, con su frontal de fiera luminosa, Elena perdió el equilibrio que la amparaba de caer al mar y se ancló con las dos manos al quitamiedos, librándose así de un mal mayor, ya que solo acabó sentada sobre el metal con el abrigo cubierto de salpicaduras de barro. Elena maldijo al coche y a su conductor, a quien pudo reconocer en esa ráfaga amenazadora en la que por un instante se había convertido su mirada. Era Diego Bergara. La superioridad de la que hacía exhibición en el asfalto, su indiferencia hacia ella y hacia todo la enfurecía. Aunque no se trataba solo de él, porque él no iba solo. Había una mujer; ventanilla bajada, pelo rubio al viento… «¡Intolerable!», gritó una voz en su cabeza. De ella menos que de nadie se debería consentir ese comportamiento, era la alcaldesa.

Rompiendo el trance de aquel furibundo desencuentro con la realidad, la llamada de Marco entró en su móvil.

—Tengo novedades sobre la alfombra que apareció junto a la vieja fábrica —dijo el comisario victorioso y enérgico.

—¿Y bien? —preguntó Elena mientras con un pañuelo de papel intentaba retirar parte del cieno de su abrigo.

—Se trata de una alfombra persa de seda. En el reverso, muy deteriorada por el paso del tiempo pero todavía reconocible, contaba con la etiqueta de procedencia. Tejida en Irán, fue importada y vendida hace treinta años por una pequeña tienda especializada de Vigo. Por desgracia cerró hace doce años. Aun así tuve un golpe de suerte y pude contactar con la dueña para enseñarle una fotografía de la alfombra. La mujer llevaba un registro a mano de los pedidos más exclusivos y, al ver la imagen, no dudó en colaborar y buscar en sus hojas a quién se la había comprado. Como te adelanté, no es una alfombra que cualquiera en esta isla pueda tener en su casa.

—¿A quién pertenecía? —se impacientó Elena.

—A don Lorenzo Quiroga —dijo, y guardó unos segundos de dramatismo en los que Elena, sorprendida con la respuesta, dejó de limpiar su abrigo.

—La dueña de esa tienda recuerda perfectamente la conversación con la esposa de Quiroga, porque, como dijo ella: «Si vendiese alfombras de cinco millones de pesetas cada día, no habría tenido que cerrar mi tienda hace doce años». La señora de Quiroga, Lola Fondevila, buscaba algo muy concreto. Era una apasionada de las alfombras persas y de la calidad, pero necesitaba una con un punto jovial, porque era para decorar la sala de juegos de su hijo.

—Enzo Quiroga —musitó la jueza.

—Él y esa alfombra han aparecido en esta isla casi a la vez después de treinta años. ¿Tú crees en las casualidades? Porque yo no.

—¿Qué ha dicho el doctor Araújo del examen de la alfombra? ¿Ha encontrado algo?

—Ha encontrado restos de sangre seca. Mañana me dirá más.

—¿Qué piensas hacer ahora?

—Interrogaré a Enzo Quiroga. Esta vez en comisaría. No dejaré que se esfume de Cruces como hace treinta años.

Elena sabía que treinta años atrás Enzo Quiroga era solo un menor. Tendría catorce o quince años en el momento de la desaparición y muerte de Melisa. «Melisa». Restauró la imagen de su pequeño altar en casa y a continuación recordó sus huesos en el fondo de un lagar. ¿Podían estar los

Quiroga detrás de su mala fortuna? Las pruebas de las que disponían en ese momento no eran suficientemente sólidas. Resultaba demasiado arriesgado precipitarse y apuntar nada menos que al heredero de la gran casa Quiroga, pero estaba claro que algo ocultaba.

27

En la entrada de la comisaría un hombre con gorro de lana y manos nudosas se cubría un ojo con un pañuelo blanco. Sostenía con dos dedos un teléfono móvil y lo dejaba a medio camino entre la oreja y la boca, dejando bien clara la desconfianza y falta de entendimiento que le suscitaba el aparato. Hablaba a voz en grito, por la dificultad de oír, pero también por la de hacerse entender al otro lado del auricular.

—Que te digo que no. No y no. Que no lo voy a dejar pasar, *meu fillo*. Esa batea es mi vida. ¿Entiendes? Mi *vidiña* entera y la de mi padre están ahí.

Elena pasó a su lado, fingiendo indiferencia por aquella conversación. El hombre la miró con dos pequeños ojos vidriosos y suspicaces en una cara castigada de trabajos.

—A mí esa gente no me va a asustar —dijo en un intento de susurro mientras se alejaba.

La jueza avanzó por el pasillo directa al despacho del comisario Carballo.

Un joven agente uniformado con cara y actitud de cadete se levantó de su mesa como un resorte al verla pasar.

—No puede estar aquí.

Elena lo miró con cara de suficiencia.

—Eres nuevo aquí, ¿verdad? —preguntó.

—Sí, señora —contestó orgulloso—. ¿Puedo ayudarla en algo?

—Soy Elena Casáis, jueza de instrucción de Cruces.

El chico palideció y tragó saliva.

—Perdone, señoría. Como le decía soy nuevo en esta comisaría —se disculpó.

—Vengo para hablar con el comisario Carballo. ¿Está en su despacho?

—No, señora. Perdón, señoría. —Se atoró y un rubor rojizo cubrió sus mejillas—. El comisario y el inspector Ruiz se encuentran en la sala de interrogatorios con un sospechoso.

—Entiendo que no supondrá un inconveniente que lo espere en su despacho.

—Por supuesto que no, señoría. Pasaré una nota al comisario para informarle de que está usted aquí.

La jueza asintió con un leve movimiento de cabeza y pasó al despacho de Marco Carballo. Una vez dentro, sin necesidad de cerrar la puerta, escribió un par de correos en los que solicitaba una relación de los cambios de propiedad producidos respecto a las bateas de Cruces en los últimos cinco años.

En la sala de interrogatorios Enzo Quiroga ocupaba una incómoda silla de metal frente a una mesa blanca. Apoyado en el respaldo, con las piernas cruzadas y de lado, desafiaba con mirada altiva y gesto sereno. Pese al lugar, su porte rezumaba la misma elegancia que en el inmenso salón de su casa.

El comisario permanecía de pie apoyado sobre un hombro en la pared. Vestía camisa blanca con puños doblados y funda sobaquera con la empuñadura de su arma reglamentaria bien visible.

Sentado frente al sospechoso, el inspector Ruiz preguntaba y percutía con mirada de buitre leonado bajo un pelo acicalado con esmero y dos cejas pobladas.

—Lo preguntaré una vez más: ¿reconoce esta alfombra? —dijo al tiempo que mostraba una fotografía.

El interrogado la miró sin mucho interés y luego contestó.

—No.

—Estuvo en su casa hace treinta años.

—Por aquel entonces yo tenía quince años. Y no sé si se habrá percatado, pero la casa de mis padres cuenta con muchas alfombras.

—Esta alfombra estaba en su... ¿Cómo llamarlo...? ¿Su sala de juegos? ¿De ocio, tal vez?

—Es posible. No lo recuerdo.

—No lo recuerda o no lo quiere recordar —se alteró Ruiz—. ¿Por qué prescindieron de una alfombra tan cara?

—Tal vez mi madre se deshiciese de ella en alguna de sus redecoraciones. Lo desconozco.

—¿Tal vez por las manchas de sangre seca que tiene? —insistió el inspector, y colocó otra fotografía de la alfombra frente a Enzo Quiroga.

Él la miró un segundo e hizo un gesto de desagrado casi imperceptible, salvo para el comisario Carballo.

—¿Por qué le enviaron a estudiar a Suiza sus padres, señor Quiroga? —preguntó de pronto Marco provocando una reacción más prudente en la expresión de Enzo Quiroga.

—Soy un hombre afortunado, comisario. Mis padres quisieron brindarme la mejor formación posible a su alcance —expresó con una sonrisa contenida cargada de soberbia.

Marco avanzó hacia la mesa y apoyó sus hercúleos brazos sobre ella.

—He visto la reserva de plaza del instituto en el que estudiaba en 1989 en Cruces. Tiene fecha de mayo. ¿Qué cambió en junio para que sus padres pagasen una nada desdeñable suma de dinero a un internado suizo para conseguir su admisión fuera de plazo? —inquirió con una mirada afilada el comisario.

Enzo Quiroga sostuvo la mirada y apretó las mandíbulas antes de contestar.

—Por aquel entonces yo no era más que un adolescente y, por tanto, menor de edad, supongo que mi padre cambió de idea. Desconozco los pormenores. Aun así es una pregunta que también guarda interés para mí. Una lástima que mis padres estén muertos y no puedan contestarla —añadió sin afectación.

—¿Conocía a Melisa Freire? —preguntó el comisario sin dar tregua al interrogado.

—No mucho. Era una joven de la isla. De la edad de mi hermana Lidia. Un par de años mayor que yo.

—Usted se marchó de la isla el 1 de julio de 1989. Justo una semana antes, en la noche de San Juan, desapareció Melisa.

—No entiendo adónde quiere ir a parar, comisario.

—¿Qué hacía usted esa noche, la noche del 23 de junio de 1989?

—Hace treinta años de eso. ¿Qué espera que recuerde?

—¿Y qué hacía el 9 de octubre en la vieja fábrica de O Souto Vello? —preguntó en cascada el comisario sin dar tregua al sospechoso.

—Esa fábrica es de mi familia. De hecho, tras la muerte de mi padre, soy el heredero. ¿Por qué tendría que dar explicaciones por estar allí?

Con ojos entornados y el gesto de medio lado, Marco no se daba por vencido y continuó:

—Usted aterrizó en Santiago de Compostela el viernes 4 de octubre. La tarde del sábado 5 una joven de nombre

Paulina Meis desapareció de la isla. —Hizo una pequeña pausa cargada de intención—. Curioso, ¿no es cierto? Se va a Suiza después de la desaparición de Melisa Freire y regresa al cabo de treinta años justo cuando desaparece Paulina Meis.

—He renunciado a abogado para defenderme en este interrogatorio porque no tengo nada que esconder.

—Si no me equivoco —se resarció—, usted es abogado. Así que entiendo que sabe bien lo que debe o no responder.

Enzo Quiroga irguió la cabeza y colocó las puntas de los dedos formando un triángulo frente a sus labios.

—Veo que ha hecho sus deberes, comisario.

—¿Qué hacía en la fábrica pocas horas antes de que apareciera la mano de Paulina Meis en un radio de no más de doscientos metros?

—El administrador de mi padre me hizo llegar una propuesta de compra para la vieja fábrica junto al espigón y, sencillamente, calibraba mis opciones.

—¿Va a venderla? —interrumpió curioso el inspector Ruiz.

—No creo que le incumban mis negocios, agente. —Lo rebajó a propósito.

—Soy inspector de policía. —Se encendió Ruiz como una cerilla.

Enzo Quiroga hizo un gesto dando a entender que le daba exactamente igual su cargo.

—¿Estaba solo mientras «calibraba sus opciones»? —insistió el comisario.

—Sí —comenzó a decir, y al ver el aire confiado en el semblante de su interlocutor continuó—: y no. Físicamente sí, pero estaba en una videollamada de negocios. Puede comprobarlo si quiere.

—Descuide, lo haré.

El interrogado contestó con un ademán que decía: «sin problema».

—Y ahora, si no hay más preguntas, creo que ya no tengo más respuestas que ofrecer. Mi buena colaboración en su caso, a todas luces, es incuestionable.

Marco le clavó una mirada con el rostro sombrío.

—Puede irse, señor Quiroga. Hemos acabado. —Hizo una breve pausa—: Por ahora.

La sala de interrogatorios se encontraba a tres puertas del despacho del comisario Carballo. Con el móvil en la mano, Elena continuaba revisando correos y adelantando trabajo.

Levantó la vista y lo vio. Caminaba con seguridad, sin mirar a los lados y con un halo de poder y misterio que no la dejaba indiferente. Era él. El hombre con quien había compartido cuanta intimidad y sinceridad puede aflorar en frías noches de hospital, por quien sentía una atracción casi magnética y a quien deseaba volver a ver. Y ahora estaba delante de ella. «¿Qué hacía allí?».

El comisario Carballo entró en el despacho y dio un portazo tras él antes de verla.

—¿Estás bien? —preguntó ella sorprendida al verlo tan alterado.

—No, no estoy bien. Me joden los tipos así. ¡Míralo! —Señaló tras el cristal—. Ese cabrón engreído ha salido indemne del interrogatorio. Estoy convencido de que juega con nosotros.

Elena miraba a través del cristal de la puerta sin dar crédito, sin querer creer. «No puede ser —se dijo—. No puede ser», repitió y salió en su busca.

Marco la vio abandonar el despacho y, pese a no descifrar el extraño trance en que se encontraba, no dijo nada y se limitó a esperarla.

Elena avanzó deprisa por el pasillo hasta salir de la comisaría. Miró a un lado y al otro, a izquierda y derecha sobre la acera custodiada por una joven con uniforme.

Reconoció su silueta frente al único Bentley aparcado en aquella calle. Probablemente en el municipio entero.

Se acercó corriendo. Él intuyó su presencia y se dio la vuelta antes de abrir la puerta del coche. En la camisa, bordadas en azul, dos letras lo identificaban: E. Q. Las mismas dos letras que había visto en un pañuelo tras su tropiezo en el hospital. Ese primer encuentro en el que ella había derramado café sobre su ropa. E. Q., podía recordarlo y ahora lo entendía: Enzo Quiroga.

Elena lo miró a los ojos sintiendo en el pecho cada latido. Sin duda el magnetismo de aquel hombre suponía para ella todo un desafío. Aun así se impuso la cordura, un pensamiento que le ordenaba poner el foco de atención sobre un hecho falto de explicación.

—Te llevaste mi diario —reprochó a medio camino entre la incredulidad y la decepción—. ¿Por qué?

—Eso no es exacto —corrigió él sin perder un ápice de arrogancia—. No eres quien lo ha escrito.

—¿Lo has leído? —preguntó con mayor grado de irritación en la voz.

—No ha sido necesario. Sé lo que contienen sus páginas.

Elena lo miró con ojos suspicaces.

—¿Qué quieres decir con eso?

—Te lo explicaré cenando —dijo él con seguridad.

—¿Cenando? —repitió sin dar crédito—. No necesito cenar contigo, sino que me expliques el motivo por el que te llevaste el diario de mi tía Melisa.

Él guardó silencio alternando miradas que subían a sus ojos para luego descender hasta su boca.

—Soy la jueza de instrucción del caso —dijo con tono firme centrando la atención de Enzo Quiroga en sus palabras—. Al menos por ahora —pareció murmurar para sí misma—. Aunque imagino que eso ya lo sabías —deslizó, y por la expresión de sus ojos entendió que no se equivocaba.

—No debes abstenerte del caso, Elena —pidió él y sonó sincero.

—Como comprenderás, no voy a hablar de eso contigo. Hoy cenaré en el hospital.

Elena había subido a la acera para avistar desde allí su coche cuando de pronto se dio la vuelta.

—Y devuélveme el diario o daré parte del hurto.

Él escondió el reflejo de una sonrisa y contestó.

—¿Por qué no lo has hecho ya?

El entierro de Melisa tendría lugar a las seis de la tarde del día siguiente. El de Paulina sería a mediodía. Elena anotó mentalmente los horarios de ambos sepelios a los que no podía faltar.

Llevó la bandeja con su cena desde el autoservicio de la cafetería del hospital hasta su mesa. Al alcanzarla reparó en que se había dejado el café en la barra.

—Deje, yo se lo llevo en un momento —dijo risueño un solícito camarero.

Elena respondió con una sonrisa de agradecimiento y se sentó. Empezó a comer sin dejar de pensar en ellas, ni tampoco en él. Melisa, Paulina y Enzo Quiroga. Él no podía estar implicado en lo que le hubiese ocurrido a Melisa, pensó. «No era más que un crío...». Aunque, por otra parte, parecía estar muy seguro de cuál era el contenido del diario. La conocía. Conocía a Melisa. La pregunta era: ¿de qué? Pertenecían a mundos muy distintos. Su hermana era una de las jóvenes que se burlaban de ella, que hacían su vida un poco más difícil. Pero ¿y él? En cuanto llevaba leído del diario no lo mencionaba ni una sola vez. Debía llegar hasta la última página, debía recuperarlo, obligar a Enzo Quiroga a que se lo devolviera y obtener las respuestas que necesitaba para saber qué le había ocurrido a Melisa.

La clave tenía que estar en el diario. ¿Por qué si no guardarían la llave en la mano muerta de Paulina? Una mano que había sido cerrada, pegada a conciencia con pegamento industrial y amputada a la altura de la muñeca, justo sobre un tatuaje reciente: el de un alacrán. Por tanto, Paulina era integrante de la pantilla de los Alacranes.

Elena se llevó un bocado a la boca con la mirada atribulada. «Qué decepción», pensó.

—Por favor, señor, le ruego que apague el cigarrillo. Aquí está prohibido fumar —dijo una voz temblorosa rompiendo el silencio vacío de la cafetería del hospital.

La jueza se giró y descubrió que, a dos mesas de distancia, la petición salía de boca del menudo y barbilampiño camarero que tan amablemente la atendiera minutos antes. En su mano, la bandeja con el café que ella había pedido. Con palabras cautas y mirando de reojo al encargado del establecimiento tras la barra, el joven se dirigía a un hombre de gran envergadura e incisiva mirada, sentado en el fondo del local.

Sin apartar sus ojos de halcón del muchacho, el cliente se llevó el cigarro a la boca y aspiró con parsimoniosa desidia el humo.

—Por favor, estamos en un hospital —insistió con voz tibia el camarero.

—Tráeme un whisky, chaval, y sal de mi vista —dio por respuesta el hombre enseñando los dientes de medio lado.

—Aquí no vendemos alcohol, señor.

Con aire de desprecio, el hombre se irguió, cogió el cigarro entre índice y pulgar, dio una calada y echó el humo en la cara asustada del joven. Acto seguido arrojó un billete de desproporcionado importe sobre la bandeja y dejó caer la colilla encendida en el café. El chisss al apagarse y sumergirse propició que alargase unos segundos esa mirada que no necesitaba mostrarse desafiante para hacer temblar al camarero.

Sin que resultara demasiado evidente, Elena había seguido cada minuto del desencuentro que parecía concluir con la jactanciosa salida del cliente hacia la puerta. En su trayecto, indiferente y frío como el hielo, el hombre pasó a su lado sin mirarla. No obstante, ella supo al fin de quién se trataba: Diego Bergara.

Envuelto en la vil grandeza de su inescrutable atmósfera, Diego Bergara alcanzó el umbral de la puerta que separaba la cafetería del vestíbulo del hospital. Momento en que una joven de bata blanca entró con paso firme y lo obligó a cederle el paso. Él apretó las mandíbulas, preso de una impotencia desconocida que refulgía en su mirada.

—Perdona —dijo ella en un volumen perfectamente audible en aquella estancia casi vacía—. Tienes la bragueta bajada.

Diego Bergara la miró con fiereza sin inmutarse.

Elena se sorprendió al descubrir que la protagonista de aquella rocambolesca escena era Emma Fonseca.

La farmacéutica del hospital sonrió marcando el hoyuelo de su mejilla.

—O puede que me haya equivocado —añadió despreocupada con el mismo gesto liberador y sosegado que tuvo tras haber golpeado la máquina de café para que devolviera una moneda. Y se la devolvió.

Elena ajustaba la tapa de plástico a un café que finalmente fue para llevar cuando la puerta del ascensor se abrió. Miró la pequeña pantalla que dibujaba un «cuatro» luminoso para cerciorarse de que era la planta en la que debía salir. Frente a ella, grandes ventanales mostraban lienzos en movimiento de tinieblas y sombras. Sintió como si el aliento de la oscuridad atravesara una de ellas y avanzó un par de metros hasta un cruce de pasillos. A aquellas horas el silencio y la quietud reinaban, a excepción de algunas toses aisladas y un par de luces rojas que parpadeaban sobre puertas cerradas llamando a enfermería. La habitación de su madre se encontraba a la derecha y Elena se dispuso a girar. Escuchó de pronto el golpe de una puerta contra una pared. En un gesto inconsciente apretó el asa del bolso que llevaba en la mano y se giró para ver de dónde procedía el ruido. Otra vez silencio. Estiró el cuello hacia las primeras puertas del pasillo a su izquierda. Nada más que silencio. Desistió, convencida de la necesidad de descanso. «Tal vez debería tomar los remedios naturales que me dio Emma Fonseca —pensó—, me vendría bien dormir». De repente, sin saber de dónde salía, frente a ella aparecieron dos ojos desquiciados en el rostro descompuesto de un anciano.

—¡Vienen a por mí! —gritó preso de una visión terrible que le obligó a salir corriendo por el pasillo.

—¡Señor Bergara, vuelva aquí! —lo llamó Felisa al tiempo que abandonaba su puesto en el control de enfermería.

—¡Vienen a por mí! ¡Vienen a por mí!

—Por favor, necesito ayuda en el pasillo norte de la cuarta —pidió acalorada la enfermera a través de un interfono.

Dante Bergara continuaba su huida por salas y corredores con los ojos arrasados por aquella inquietud que lo devoraba.

—¡Vienen a por mí! ¡Han vuelto!

Dos celadores lo interceptaron, bloquearon sus brazos y le obligaron a detenerse en el acto.

—Tranquilo, señor Bergara —se acercó Felisa en tono conciliador—. Nadie viene a por usted.

—Sí vienen. ¡Claro que vienen!

—¿Quién, señor?

El hombre zafó un brazo, agarró de un hombro a la joven y, con ojos desorbitados, susurró:

—Ellasss.

Desde una esquina Elena había permanecido expectante en el transcurso de aquel incidente.

Felisa la vio y se acercó con una sonrisa ambigua entre la cordialidad de un saludo y el mal trago de lo que acababa de pasar.

—Veo que Dante Bergara continúa sufriendo alucinaciones —dijo Elena.

—Lo cierto es que está empeorando. Los médicos no son nada optimistas —afirmó con un gesto en el que traslucía lo inevitable de su evolución—. Cambiando de tema —recuperó fuerza en la voz—, acompáñame al control.

Elena la siguió.

—¿Ha ocurrido algo? —Se preocupó.

—No, tranquila. Tu madre sigue igual.

La enfermera presionó una tecla del ordenador y en el fondo de pantalla apareció la imagen del *cruceiro de meniños* de O Souto Vello donde ella sonreía con sus padres.

Presionó dos teclas más y se abrió un documento con la hoja de seguimiento de María de los Ángeles Freire, su madre.

—Hoy ha pasado el médico y ha hecho esta anotación junto a la necesidad de hablar con la familia de la paciente —explicó la enfermera y giró ligeramente el monitor para que Elena pudiera leer.

«Posible recaída del shock postraumático de 1989».

28

Elena entró en O Souto Vello con el sonido del eco de la campana llamando a misa de difuntos. Junto a la ermita de Nuestra Señora de los Milagros, los vecinos se acercaban en parejas o más solitarios con la cadencia armoniosa de un riachuelo que pasa y el aire terrenal de quien entiende la vida como prestada.

Viudas enlutadas se saludaban con el cabeceo cómplice del «no somos nada» y el comentario exánime de «qué tragedia tan grande».

Un grupo de adolescentes, con los carrillos en flor y lustrosas cabelleras, se abrazaba y lloraba con la incomprensión dolorosa de la vida y sus misterios. De entre ellas llamó la atención de Elena una joven con el ánimo contrariado de hoja tierna en frío invierno. Ella no gritaba ni plañía, contemplaba el féretro de su amiga con ojos lejanos en un pasado reciente. Su nombre: Aida Doval, aquella que gozaba del título de mejor amiga, de amiga inseparable de Paulina y quien la había acompañado en cada paso hasta el último día de su vida.

Un perro ladraba desde la alambrada de una casa de piedra al tiempo que los congregados se arremolinaban a las puertas de la iglesia para escuchar las exequias fúnebres.

Pañuelos en mano, lágrimas y cabezas bajas, la familia ocupaba los primeros bancos de la desgracia.

Los tañidos incesantes de la campana anunciando la salida del féretro callaron al animal y lo obligaron a retroceder. Los murmullos de los presentes pedían paso para romper el tapón humano formado en la única salida del pequeño templo de Nuestra Señora de los Milagros. Con respeto, los allí reunidos abrieron un pasillo por el que, a hombros de su padre, su padrino y dos amigos del pueblo, los restos de Paulina Meis abrían un silencio que lo inundaba todo. Tras ella, el sacerdote caminaba al frente de la comitiva para guiarla al cementerio.

La subieron a lo alto de un nicho que parecía tan pequeño que la que fuera mejor amiga parecía no poder respirar.

Un grito, murmuraciones y dos señoras abanico en mano se ofrecieron a dar aire a la joven.

Elena y Marco se acercaron. El desvanecimiento por suerte para la chica no había durado demasiado y tan pronto se puso en pie se alejó del lugar de ganchete de su madre.

—Esta chica esconde algo —dijo Ruiz.

Jueza y comisario lo miraron.

—Es Aida Doval, la amiga que estaba con Paulina en la discoteca Freedom el día de la desaparición.

—¿Has podido confirmarlo ya? —preguntó Marco.

—Después de lo que ha sucedido hoy está a punto de confirmarlo ella.

La gente comenzó a dispersarse. Un grupo de mariscadoras cerraba filas en torno a Pilucha mientras dos operarios añadían cemento y ladrillos al recuerdo de su hija.

Momento en que el afligido padre se acercó a dar las gracias al comisario por estar allí.

Un vecino con el andar circunspecto de la edad y el pesar de tantos entierros palmeó el hombro de Paco Meis sin intención de interrumpir el intercambio de formalismos con el policía y la jueza.

Elena reconoció en aquel gesto a Tomás Vilariño, quien no hacía mucho había enterrado en aquel mismo lugar a su hermano Samuel.

—Gracias por venir, Tomás. —Le estrechó la mano Paco Meis.

—Es lo mínimo, hombre —contestó Vilariño—. También Pilucha vino al de mi hermano, ¡con todo lo que habéis pasado! —Hizo gesto de desmesurado sufrimiento.

Elena entabló una breve conversación con Tomás antes de que él continuara su camino. Le preguntó cómo se encontraba tras la pérdida de su hermano y el hombre se abrió a contestar con expresión sincera y frases cortas.

—Bueno, al menos murió bien, con todo pagado. Y eso para mí es una tranquilidad —asintió con melancolía y la cabeza hundida entre los hombros.

Ella guardó silencio con una mirada cercana. El anciano compuso gesto de revelación, de quien cae en la cuenta de algo y cambió de tema tan pronto encontró oportunidad.

—Por cierto, aunque ya le dije al inspector que la empresa que tenía con Samuel se encargó del mantenimiento de la fábrica Quiroga hasta que cerró en 1990, y aunque éramos solo dos empleados, en aquel tiempo tuvimos también un aprendiz.

Elena recordaba perfectamente de qué le hablaba. El pegamento industrial con el que habían cerrado el puño de Paulina Meis había salido de Mantenimientos Vilariño, S. L. Nada más descubrirlo, le había solicitado a Ruiz que le pasase una relación de empleados. Relación muy breve en la que solo figuraban dos nombres: Samuel y Tomás Vilariño.

—Cuando hablé con usted no me acordaba del nombre del chico, por eso llamé al inspector al día siguiente. Espero que no fuera tarde y haber sido de ayuda —dijo el anciano haciendo un movimiento modesto con la cabeza entre los hombros.

—Por supuesto, no se preocupe —dijo Elena lanzando una fugaz mirada a Marco—, esa información llega justo a tiempo. ¿Podría refrescarme el nombre de ese aprendiz?

—Sí, claro. Ahora ya no se me olvida más. Parece mentira que no lo recordara a la primera con el trabajo que nos dio, que, en lugar de descargarnos, no daba más que problemas.

Elena esperaba paciente a que el anciano le diese el nombre, un nombre que cambiaría todo, cuando de pronto sonó su teléfono.

—Señoría, ¿todavía quiere hablar con el psiquiatra de Jacinta Noboa? —comenzó preguntando el doctor Araújo.

—Deme un segundo, por favor —le dijo Elena a Tomás Vilariño con una mano tapando el micrófono del aparato para después tomar la distancia de dos pasos.

—Así es —contestó rotunda al forense.

—Si va ahora mismo al Centro Médico Social, la recibirá.

La jueza colgó el teléfono y se incorporó de nuevo al corrillo de la conversación.

—Tienen que perdonar —continuaba hablando el anciano Vilariño— que con la edad va uno de rama en rama y acaba saltando al suelo con las manos vacías. El aprendiz era Verdeguel.

El comisario Carballo entornó ligeramente los ojos.

—Debo ir ya con mi mujer —se despidió Paco Meis con manos nerviosas—. Muchas gracias a todos por venir. Dejo que sigan hablando. Gracias, Tomás —dijo estrechándole la mano.

Aquella reacción no pasó desapercibida para Marco.

—Sí, así es: Verdeguel. Nunca supe el nombre porque le llamábamos por el apellido. Un chico difícil. Lo cogimos en la empresa para hacerle un favor al padre. Quería que aprendiera un oficio de provecho, porque andaba en malos pasos —dijo en tono más confidencial.

Elena escuchaba con el gesto más paciente que era capaz de dibujar, no obstante, tan pronto el anciano hizo una pausa, aprovechó la ocasión para despedirse.

—Gracias por toda la información, señor Vilariño —dijo sin dar pie a que continuase explayándose. Ahora debo irme.

Marco la alcanzó cuando ella estaba a la altura del coche.

—¿Y esas prisas? —preguntó él.

—Me ha surgido algo urgente.

—¿La llamada de Araújo tenía que ver con el interno que se arrojó desde la azotea?

Elena lo miró con suspicacia queriendo preguntar «¿cómo sabes con quién hablaba?».

—Esta mañana envié a un agente a inspeccionar la habitación de Manuel Fernández, el fallecido—explicó—. Si, como dijo el forense, se lanzó al vacío fruto de una alucinación por envenenamiento, el veneno tuvo que encontrarlo en el Centro Médico Social.

—Lo cierto es que sí que voy al Centro Médico Social —dijo ella—, pero no tiene relación con ese caso. Voy a hablar con el psiquiatra de Jackie.

El comisario la reprobó con la mirada.

—No me mires así.

—Recuerda que sigues siendo la jueza de instrucción al frente de la investigación del asesinato de tu tía.

—Sabes tan bien como yo que ese crimen ha prescrito.

—Eso es lo que más me preocupa, Elena. Existe una relación entre las dos muertes. Caminas sobre un filo peligroso.

—Luego te cuento. Ahora debo irme —dijo mientras se subía al coche que le había facilitado la aseguradora.

Marco se apoyó en la puerta abierta un segundo.

—Recuerda que a las seis es el entierro de Melisa —añadió el comisario.

Ella lo miró con más molestia que agradecimiento.

—No lo olvidaría nunca.

29

En dirección al Centro Médico Social por el camino del faro, el viento soplaba arrastrando notas verdes a los árboles y crestas blancas que se rizaban sobre el agua.

Elena escuchó las voces acaloradas de una discusión. Se detuvo unos segundos apoyada en la baranda de madera del sendero para buscar con la mirada a los protagonistas de la disputa. A lo lejos, media docena de bateas se suspendían dispersas en el mar. Más próximo a la orilla, un barco *bateeiro* de unos veinte metros de eslora regresaba a tierra para el amarre. Se fijó en la cubierta: a la altura de la grúa, un marinero con chubasquero amarillo y gorro de lana alzaba la voz contra alguien que Elena no alcanzaba a ver. A medida que se acercaba y viraba lentamente a estribor el buque, pudo reconocer al portador de los gritos. Lo había visto antes, en la puerta de la comisaría de Cruces. También en aquel momento mostraba turbación en una conversación por teléfono mientras cubría un ojo morado con un pañuelo. En aquella circunstancia había dicho algo acerca de no querer vender su batea. El barco continuó su viraje permitiendo que Elena viera la figura de un hombre que estaba de espaldas. No tenía pinta de marinero, vestía abrigo color cámel, pantalón de pinzas y juraría que lustrosos zapatos y no botas de goma.

Decidió retomar el camino hacia el Centro Médico Social y evitar ser vista por aquellos hombres que parecían estar lejos de un acuerdo.

Cogió el desvío a través de la arboleda y sacó el teléfono móvil del bolso para echar un vistazo a su cuenta de correo electrónico con la temprana esperanza de haber recibido la relación de cambios de titularidad de bateas en Cruces, pero todavía nada.

Ya era la hora de comer y quizá por eso tras el mostrador de recepción o información del Centro Médico Social —donde solo figuraba la palabra BIENVENIDOS— no había nadie. Elena casi se alegró en un reflejo de sarcasmo de que la mujer robot que la había atendido días atrás hubiese hecho una pausa para comer o descansar.

De algún rincón de aquel diáfano recibidor salió un hombre delgado y ojeroso con bata blanca. Se acercó a ella timorato e hizo la pregunta que esperaba.

—¿Elena Casáis? ¿Es usted la jueza Elena Casáis?

—Y usted es el doctor… —dijo al tiempo que tendía una mano para presentarse.

—Doctor García —completó la frase y le estrechó la mano—. No tengo demasiado tiempo. He pensado en aprovechar la hora de la comida para no despertar recelos innecesarios en la dirección del centro.

—Entiendo.

—Sígame, hablaremos en mi consulta.

Elena caminaba detrás de él por un largo pasillo con un lateral cubierto de ventanas a modo de galería blanca con vistas a un jardín interior que guardaba distintas especies de plantas. El silencio del corredor, el de cada una de las estancias que iban dejando atrás y el que presentía hacia delante se rompía y parecía retumbar por las pisadas enérgicas de los tacones de Elena. En aquel momento todos los internos y residentes estaban en el comedor que se situaba en la planta alta del edificio, en línea más con un prestigioso hotel que con una institución psiquiátrica, lo que le daba aspecto de decorado de película.

—Por aquí —indicó el psiquiatra abriendo una puerta.

Se disponía a cruzar el umbral para entrar a una sala con más puertas, cada una rotulada con el nombre de un médico o un especialista en alguna de las áreas en las que el centro se jactaba de estar especializado, cuando una voz monótona y la sonrisa impostada bajo unas cejas arqueadas sin expresión la detuvieron.

—Jueza Casáis —llamó su atención la recepcionista mientras caminaba a su encuentro con la espalda muy recta—. ¿A qué debemos el honor?

No estaba sola. A su lado, un agente de paisano portaba un maletín para la toma de muestras utilizado por la policía científica.

—Leticia —intervino el doctor García sin dar tiempo a que Elena contestara—, tengo una reunión de carácter privado con la señora Casáis.

La mujer contestó con una sonrisa fría en sus labios pintados de rosa pastel.

—Por supuesto —añadió la recepcionista—. ¿Podría hablar un segundo con usted, doctor?

Ni la sonrisa ni el carmín consiguieron endulzar aquella petición en la que se vislumbraba una reprimenda o llamada de atención.

Elena aprovechó el momento para hablar con aquel agente de la científica.

—Entiendo que ha venido para inspeccionar los enseres de Manuel Fernández, el hombre que se arrojó hace dos días desde la azotea de este edificio.

—Así es, señoría. Ya tengo lo que buscábamos.

—¿Qué ha encontrado?

—El señor Fernández tenía comida dentro de su armario, en el interior de una bolsa isotérmica que escondía en una caja de zapatos. Todo en mal estado. Eran más bien restos de comida que probablemente recogía de las mesas, incluso de la basura.

—El doctor Araújo tenía razón, escondía comida —afirmó Elena pensativa—. Imagino que, si todo está en mal estado, no habrá encontrado nada para analizar en busca de venenos o psicotrópicos.

—He encontrado unas magdalenas envueltas en plástico que, a primera vista, juraría que llevan setas.

—¿Magdalenas con setas? —preguntó sorprendida—. ¿En eso consiste el menú de un lugar como este?

Una risa desganada cogió desprevenida a Elena. Leticia se incorporó a la conversación con el rostro erguido de una lanza en desafío.

—Nuestro menú lo elabora un prestigioso catering que cuenta con el asesoramiento de chefs de renombre. Si así lo desea, la invito a pasarse un día, señoría. Debo suponer que la comida a disposición de los funcionarios públicos sea... ¿mejorable?

—Dejemos las suposiciones y centrémonos en los hechos —comenzó Elena con gesto serio—: ¿De dónde pudo sacar magdalenas con setas el señor Fernández si no forman parte del menú de este centro?

La mujer frunció los labios levemente antes de contestar con una sonrisa blanca.

—Solo tenía que preguntarlo, señoría. En el Centro Médico Social alquilamos una sala en el comedor de la azotea para celebrar comidas y eventos de distinta índole.

—¿Recuerda la última vez que el catering introdujo comida para un evento al margen de las actividades propias del Centro Médico Social? —preguntó ejecutiva Elena.

—Deme un segundo para que lo mire —pidió la mujer con pocas ganas y los hombros en alto.

La jueza asintió mientras la empleada extraía de un bolsillo de su ceñida americana en color verde musgo un teléfono móvil de última generación.

—Aquí está. El último evento para el cual se alquiló una sala arriba fue para la celebración de la reunión anual de la Asociación de Micólogos de Cruces, el día 3 de octubre.

—¿Micólogos? —preguntó el policía de la científica.

Elena lo miró y luego se giró para despedir a la recepcionista sin mayor explicación.

—No entiendo cómo el señor Fernández podría haber conseguido comida de esa celebración. Tenemos protocolos, vigilancia...

—Muchas gracias por su colaboración —dijo Elena zanjando la conversación con ella—. Ruego le diga al doctor Araújo que necesitamos el resultado de la comida a la mayor brevedad posible —se dirigió al agente.

El policía asintió y la empleada de la recepción se ofreció a conducirlo hasta la puerta. Antes de hacerlo no pudo evitar ensanchar las aletas de la nariz y mirarla por el rabillo del ojo.

Elena dibujó una sonrisa disfrutando de que aquella mujer mostrase al fin su condición humana. Se la veía realmente preocupada.

La consulta del doctor García era más bien pequeña, pero con un amplio ventanal por el que la luz de aquel día gris y fúnebre entraba a intervalos fugaces. El médico accionó el interruptor de los cuatro halógenos incrustados en el techo de la habitación y la invitó a tomar asiento.

—Bien —dijo él para iniciar la conversación—, y ahora, dígame, ¿qué desea saber de la señora Noboa?

—Para empezar me gustaría saber qué propició su internamiento aquí, su diagnóstico y, si es posible, su estado actual y perspectivas de mejora.

—En cuanto a la primera cuestión lamento decepcionarla —respondió el médico con ambos brazos apoyados sobre la mesa—, me temo que únicamente dispongo de un dato que resume la causa de su internamiento hace treinta años. La paciente tuvo un brote psicótico y más tarde, contestando ya a la segunda cuestión, se le diagnosticó manía persecutoria. De todos modos, aunque yo no tenga aquí los datos de su historia clínica, le diré que cualquier detalle preceptivo que necesite se encuentra a buen recaudo en los archivos centrales, en el sótano de este edificio. En este sentido, también le digo que debemos ser muy cuidadosos con ellos amén de la protección de datos personales, así como del secreto médico-paciente. Por tanto, según qué datos, entenderá que no pueda facilitárselos —dijo alzando las cejas como si pidiera perdón por lo que acababa de decir.

—Por supuesto —contestó ella—, soy muy consciente.

—En ese caso —continuó al tiempo que introducía una llave en la cerradura de un cajón de su escritorio, que no tardó en abrir y del que extrajo un bastidor con carpetas perfectamente clasificadas—, le mostraré la historia clínica en la que he estado trabajando desde que es mi paciente. Y ya le advierto que no es mucho tiempo.

El doctor García colocó la carpeta sobre la mesa. Elena pudo leer el código alfanumérico con el que la habían etiquetado: NOBOA15E. «Apellido y habitación», se dijo. Después se fijó en varias carpetas apiladas en un extremo del escritorio: DÍAZ34, OCHOA21, DIÉGUEZ27...

—¿Por qué la habitación de Jackie tiene una codificación distinta al resto? —preguntó Elena señalando la etiqueta—. ¿A qué se debe esta «E»?

—Ya... —musitó el psiquiatra—. Es la «E» de «internos especiales».

—¿Especiales?

—Sí. Se trata de pacientes que llevan ingresados mucho tiempo y son heredados del manicomio que ocupaba hace años la parte más antigua de este edificio.

Elena se apoyó en el respaldo de la silla dando por válida la respuesta.

—En cuanto al estado actual de Jacinta —se dispuso a explicar el médico, con la vista en el interior de aquel archivo clasificado—, se encuentra bajo tratamiento prolongado de haloperidol y ansiolíticos a causa de la manía persecutoria y de los distintos brotes psicóticos que ha tenido durante su estancia aquí. La perspectiva a futuro es incierta. Existen nuevas terapias, medicamentos de última generación con respuestas más rápidas y menos contraindicaciones, pero nada previsto para ella en el corto plazo. Parece que continuará internada mucho tiempo.

—Sin necesidad de entrar en más detalles de tipo médico —quiso abreviar—, ¿podría decirme quién costea y seguirá costeando la estancia de Jacinta Noboa en un lugar como este? Imagino que un ingreso tan largo como el de ella no puede estar al alcance de muchos bolsillos.

—Esa información es de tipo administrativo y no figura en los documentos a mi alcance. Lo siento.

—¿Qué día ingresó y quién firmó los papeles del ingreso?

—Será mejor que bajemos al archivo central, en el sótano del edificio. Aunque hace más de veintisiete años que trabajo aquí, la historia clínica de pacientes «especiales» como Jackie nunca ha llegado a mis manos. El psiquiatra que ocupaba antes mi cargo se marchó de forma abrupta, de un día para otro, según me contaron, y la dirección del centro nunca me facilitó las historias que él gestionaba. Imagino que, tal y como me dijeron, esas historias no eran indispensables para llevar a buen puerto el relevo de los casos.

Elena lo escuchó y se preguntó si realmente era tan ingenuo.

—De acuerdo, doctor, pues, si le parece, le sigo a ese archivo —dijo poniéndose en pie.

El confuso galimatías de pasillos de las plantas bajo tierra del Centro Médico Social recordaba más al viejo manicomio que un día había sido que al moderno edificio que lucía en la actualidad.

Elena caminaba al lado del psiquiatra intuyendo por sus movimientos de cabeza y sus constantes parpadeos que se había desorientado.

—No sé si le comenté que en el tiempo que llevo trabajando aquí nunca he bajado al archivo central —se excusó, y Elena lo miró con gesto de decir «sí, ya me lo había dicho: dos veces»—. Tal vez al cambiar de escaleras entre una planta y otra... o puede que girase a la derecha cuando debía haberlo hecho a la izquierda... —murmuró confundido.

Se encontraban en un laberinto mal iluminado y lleno de puertas, la mayoría sin identificación, placa o inscripción, y todas cerradas.

—Doctor García, creo que lo mejor en estos casos es preguntar —sugirió Elena.

En ese momento, dos siluetas de blanco se acercaban caminando hacia donde ellos estaban. Una enfermera joven, con el brillo en los ojos de quien ve color en el invierno y, a su lado, un celador rubicundo y orondo, con la mirada opaca de quien ha visto muchas cosas y no quiere contar ninguna.

—Muy buenas —saludó el médico—, ¿podrían indicarme cómo encontrar el archivo central?

—Pues no estoy muy segura —respondió la enfermera, que con una mirada lanzó la pregunta a su compañero—. Lo cierto es que soy nueva aquí —se excusó con una sonrisa.

El interrogante se suspendió en el aire y se hizo un incómodo silencio.

—De acuerdo. Gracias, igualmente —se despidió el psiquiatra mirando de reojo al hombre.

Justo al dar el primer paso que anticipaba otro en aquel largo pasillo, una voz ronca e indecisa habló a su espalda:

—¿Eres...? ¿E-e-eres tú la hija del maestro y de Ma-Ma-a-rian Freire? —preguntó el celador tratando de dominar su tartamudez.

Elena se dio la vuelta, sorprendida.

—Sí, soy yo. ¿Los conoce?

La jueza creyó ver algo, una pizca de familiaridad, quizá alguna anécdota compartida o un recuerdo, en aquel hombre que asentía mirándola a los ojos.

—¿De qué los conoce? —preguntó ella y añadió con prudencia—: Si no es indiscreción, claro.

—Lle-lle-vo mucho tie-empo trabajando aquí.

Elena creyó ver en aquella respuesta un capítulo en la vida de sus padres que desconocía por completo.

—La-lamenté mucho lo que le-les sucedió...

Ella tragó saliva, apretó ligeramente los labios y asintió.

—E-eespero que su madre esté mejor.

La joven enfermera demudó el gesto, con una mirada de pésame hacia Elena.

—Mándele re-recuerdos de mi parte.

—Y usted es... —contestó ella invitando al hombre a presentarse.

—Manuel —añadió el celador sin tartamudear.

—Encantada, Manuel —dijo ella sin entender exactamente a qué se refería aquel hombre. Estaba claro que tenía que ver con su madre, quizá también con el fantasma de Melisa, quizá con ¿Martina?—. Le daré recuerdos a mi madre.

—A su madre, no. A su padre.

Aquellas palabras confundieron a Elena y el celador lo notó.

—No creo que ella se acuerde de mí —explicó él.

Ella asintió despacio mientras digería aquel bocado de historia familiar que desconocía y apuntó mentalmente la urgencia de hablar con su padre de una vez por todas.

Se disponía a avanzar por el pasillo cuando la voz del hombre llamó su atención de nuevo.

—Ba-ajando estas escaaaleras —señaló— y luego avanzando por un pasillo como este, to-odo recto hasta alcanzar el archivo central.

Elena respondió con un movimiento de cabeza hacia Manuel y la joven enfermera que continuaba con el gesto apocado de quien intuye dolor y desgracia en ojos ajenos.

Las indicaciones habían sido claras, de hecho, en un principio el doctor García y ella creyeron que sería fácil, que no tendría pérdida posible y pronto darían con el archivo. Pero ambos se equivocaron.

Caminaban por un pasillo estrecho, con techos bajos y cables sueltos de los que pendían bombillas desnudas. La luz que proyectaban se derramaba amarilla e insuficiente por las paredes. Parecía no tener más pretensión que guiar los pasos de quien conocía bien aquel lugar. A nadie más. «Quizá porque nadie más debería estar aquí», pensó Elena. El médico avanzaba delante. Ella detrás. Levantó la vista y se fijó en la gruesa capa de polvo que coronaba uno de los focos que iluminaban el alma húmeda de aquella caverna. El médico, desprovisto de abrigo y con su bata blanca, guardó las manos en los bolsillos mientras caminaba encogido de hombros. Elena se fijó en cómo el moho dibujaba puntos que se agrandaban informes, componiendo extrañas figuras de rostros desfigurados. «¡Qué lugar tan horrible!», se dijo en el acceso abrupto de un pensamiento. Había herrumbre en las tuberías que discurrían por el techo. Gotas de una lluvia de óxido dejaban caminos en las paredes que un día quizá fueron blancas. Dio un paso tras otro, con el gesto contraído por el olor a almacén, a abandono, a olvido.

—No creo que estemos lejos —afirmó optimista el psiquiatra.

Sin una pizca de confianza en el guía de aquella travesía, Elena sacó el móvil con la desagradable intención de llamar a la recepción del Centro Médico Social para que enviasen a alguien que los sacara de allí. Miró la pantalla y lamentó la falta de señal y cobertura. Lanzó la vista hacia delante. Se detuvo y echó también la vista atrás: el mismo insólito desierto de puertas blancas, luces amarillas y sombras en las paredes.

—¿Está usted seguro, doctor?

La luz que colgaba justo por donde pasaban en aquel momento comenzó a parpadear. Un guiño, dos avisos rápidos y se apagó.

—Tal vez deberíamos subir de nuevo… —dudó el médico claramente incómodo en aquel lugar.

Elena frunció el ceño y avanzó con seguridad hasta situarse bajo la siguiente bombilla de aquel largo pasillo.

—Ahí, al fondo. —Señaló ella con un brazo extendido—. En esa puerta puede leerse ARCHIVO. Vamos.

Una vez dejó entrar al doctor García, Elena cruzó el umbral de la puerta y la cerró. Una cadenita colgaba de la única lámpara del techo. La luz escasa, la habitación diminuta y el olor a cerrado y a humedad no invitaban a tomárselo con calma.

—¿Tiene idea de dónde puede estar ese archivo? —preguntó ella.

El médico echó un vistazo a las estanterías metálicas que crecían por las paredes y desde el suelo hasta el techo.

—Está clasificado por fecha —contestó él—, así que entiendo que… por allí —afirmó al tiempo que se aproximaba a la estantería etiquetada con el código 1989/06.

—Junio de 1989 —dijo Elena.

—Las historias están ordenadas cronológicamente y Jacinta Noboa ingresó después de San Juan. Lo sé porque es la fecha que ella repite en cada sesión que tenemos.

«San Juan de 1989 —se dijo Elena—, el día que desapareció Melisa».

—¡Aquí está! —exclamó él eufórico.

Elena se acercó, miró por encima de su hombro y él abrió la carpeta con el nombre de Jacinta Noboa.

—¿Qué? —palideció el médico.

—¿Qué significa esto? —dijo ella con el gesto congelado.

—El fichero está vacío. Alguien se ha llevado la historia de la paciente.

30

Elena se propuso averiguar quién pagaba la estancia de Jackie en el Centro Médico Social. ¿Quién la había internado? Era menor en aquel momento, así que su madre habría tenido que firmar su ingreso forzoso, concluyó Elena. Estaba segura de que esa mujer no financiaba la estancia de su hija en aquel lujoso centro, pero con toda probabilidad sabría quién pagaba las facturas. ¿Accedería a decírselo quien renegaba incluso de ser su madre? Elena cabeceó con los ojos entornados en medio de sus cavilaciones. No, doña Jacinta no se lo pondría nada fácil.

La jueza vislumbró una posibilidad al calor de sus deducciones. «Quizá la persona que está poniendo tantos recursos económicos en tenerla en este lugar haya tenido alguna implicación en lo que le sucedió a Jackie en el San Juan de 1989... Jackie», se dijo. La única que podría dar una respuesta de lo sucedido el 24 de junio de 1989 era ella.

—Doctor García, necesito hablar con Jackie.

—No puedo... —balbuceó—. La dirección del centro es muy clara con eso: únicamente a los familiares les está permitido quedarse a solas con ella.

—No estará sola. Usted se quedará con nosotras.

Giraron a la izquierda, no una vez, sino dos, confiando en no hacerlo una tercera para que aquella suerte de ratonera cuadriculada, cruzada por tuberías y cables con aspecto de experimento fracasado, no los condujera al mismo pasillo.

Entretanto, el psiquiatra constreñía sus reticencias bajo las gafas, en estricto silencio.

Alcanzaron las escaleras y, con paso ligero y a la par, subieron a la planta baja. Nada más poner un pie sobre el último peldaño, el teléfono de Elena comenzó a vibrar con la entrada de mensajes e infructuosas llamadas de aquel lapso de tiempo en el que había estado sin cobertura. Sacó el aparato del bolso para valorar fugazmente la existencia de algo urgente.

Llamó su atención un mensaje de voz del taller mecánico en el que reparaban su coche. Accionó la reproducción y se llevó el teléfono a la oreja.

«Señora Casáis, soy Pepe, del taller A Norteña, aquí en Pontevedra. Oiga, el coche es siniestro total. No hay nada que hacer. Partió el chasis al chocar con el quitamiedos. ¡Aún no sé cómo salió entera! —exclamó sin dar crédito—. Bueno, el caso es que —carraspeó y después adoptó un tono de severidad— yo llamaba para decirle algo más grave, señora: su coche fue manipulado. Alguien le cortó los frenos y colocó un pequeño artefacto casero para reventar una rueda de atrás. De esa forma y sin líquido de frenos, el desastre estaba servido. Suerte que no iba a más velocidad. Le voy a dar un consejo —dijo bajando la voz—, mire… —Hizo una pausa—. Mejor llámeme cuando oiga este mensaje».

—Deme un segundo, doctor, necesito hacer una llamada —le pidió, y se puso a un par de metros de distancia.

Elena marcó el número del taller y esperó a que alguien descolgara.

—Buenas, soy Elena Casáis, he recibido su mensaje acerca del estado de mi coche, un Golf rojo.

—Señora Casáis, sí, claro, la he llamado yo. Soy Pepe.

—¿Está seguro de que alguien manipuló mi coche? Entenderá que son acusaciones muy graves y que no se pueden pasar por alto. Tienen consecuencias —dijo ella con tono grave.

—Por supuesto, señora, sé muy bien lo que he visto y lo que he dicho. Por eso prefería hablarlo con usted y no limitarme a un mensaje.

—Usted dirá —pidió Elena sin mucha confianza.

—No es la primera vez que veo algo así —continuó el mecánico— y creo que es mi deber decírselo, prevenirla.

—¿Prevenirme?

—Sí, señora, prevenirla. Porque de ese accidente no se abrió investigación, pese a que dimos parte y hasta yo mismo hablé con un subinspector de la policía, al menos en aquel entonces lo era. Quizá ahora haya ascendido o esté vendiendo naranjas en la China, no lo sé.

—¿Qué fue lo que pasó en ese otro accidente?

—En junio de 1992 un Alfa Romeo 156 se estrelló en el puente de la ría de Arousa que conduce a la isla de Cruces. Fue un siniestro total, pero del que hubo que lamentar la pérdida de vidas humanas, ¿sabe? Viajaba un matrimonio con su hija pequeña. Solo se salvó la niña. Ellos murieron en el acto. Una desgracia —dijo con el tono afectado y después chascó la lengua.

—¿Qué tiene que ver eso conmigo o con mi coche? —se impacientó la jueza.

—Cuando me llegó aquí el coche vi que lo habían manipulado: al igual que el suyo, tenía una rueda reventada con restos de un artefacto de fabricación casera y los frenos cortados.

Se hizo un silencio en el que Elena trataba de digerir lo que acababa de escuchar.

—¿Está usted seguro de lo que está diciendo?

—Tengo sesenta años, señora, y más de cuarenta trabajando en este taller, no estoy senil —se indignó el hombre—.

De hecho, hasta recuerdo que el hombre era un reputado médico de ese centro tan pijo que hay en la isla de Cruces.

—¿Un médico, dice?

—Sí, bueno, un comecocos de esos... un psiquiatra —exclamó satisfecho por haber encontrado la palabra que buscaba.

Esa información cogió a Elena desprevenida. ¿Qué estaba pasando? El doctor García ejercía de psiquiatra del Centro Médico Social desde hacía veintisiete años: «Veintisiete años, desde 1992». ¿Qué le había ocurrido a su predecesor? ¿Había muerto en un accidente? Elena respiró un segundo y de pronto un último interrogante dio el golpe de gracia a su creciente preocupación: ¿Qué tenía que ver ella con todo eso? Porque ahora estaba claro que alguien había querido acabar con su vida.

Se despidió del mecánico y rápidamente escribió un mensaje a Marco contándole lo que acababa de descubrir. No esperó respuesta y guardó el teléfono. Se giró hacia el doctor García, quien esperaba con las manos a la espalda y la mirada distraída en las hojas verdes de un ficus.

—Doctor, le voy a dar un buen motivo para saltarse las directrices del Centro Médico Social y dejar que le acompañe a ver a Jackie —comenzó arguyendo—. En la historia de Jackie hay algo turbio —aseveró antes de enlistar sus razones—. Lleva treinta años encerrada por una paranoia persecutoria sin haber supuesto un riesgo para otras personas ni tampoco para sí misma. Ambos sabemos que su familia, de quien no recibe siquiera visitas, no podría ni estaría dispuesta a pagar la estancia en un centro de lujo como este. ¿Quién se ha esforzado tanto para que Jackie lleve encerrada treinta años?

El médico contrajo el rostro, pensativo y a la vez preocupado.

—Estoy segura de que usted no querrá verse salpicado ni perjudicado por algo que, tarde o temprano, acabará saliendo a la luz aquí —aconsejó vehemente.

—¿Perjudicado yo? —balbuceó nervioso friccionando con dos dedos sus labios.

—¿Qué le ocurrió a su predecesor, al psiquiatra que tuvo Jackie en el Centro Médico Social? —inquirió Elena.

—No lo sé..., hace ya veintisiete años que se marchó. A mí solo me dijeron que había dejado el trabajo y abandonado Cruces.

—¿Y si le dijera que ese psiquiatra fue asesinado?

Con el gesto sombrío y la espalda encorvada, el médico accedió a la petición de Elena. Ambos subieron a la primera planta, habitación 15E, con intención de hablar con Jackie.

El doctor García giró la manilla metálica propiciando la retracción del pestillo y la apertura de la puerta. Lo hizo despacio, con el tino necesario para no incomodar a la paciente.

—Es importante no alterar a Jacinta —explicó en un susurro prudente el médico.

Elena asintió y avanzó tras él al interior de la habitación.

La apariencia de Jackie había cambiado. Esta vez su cabello lucía peinado, recogido en un prendedor plateado a la altura de la nuca. Vestía una elegante bata en color gris perla y ribeteada de encaje, aunque en los pies calzaba las mismas zapatillas con pequeño tacón y dos vistosos pompones rosas, guarecidos bajo la silla.

No se molestó en volver la cabeza para ver quién entraba. Sus ojos seguían en la ventana, entre nubes que avanzaban lentas y rayos de sol que nunca llegaban.

—Hola, Jacinta, ¿cómo está hoy? —preguntó el psiquiatra.

Silencio.

—Hoy he venido acompañado, Jacinta. ¿Quiere que le diga de quién se trata?

La mujer giró la cabeza lentamente con las manos posadas sobre el regazo.

Elena la miró a los ojos y apreció una casi imperceptible reacción en ella. Tenue suspiro, quizá emoción.

—¿Me recuerda? —preguntó la jueza.

El leve temblor de su mentón delató el vidrioso velo que cubría los ojos de la paciente.

—¿La recuerda, Jacinta? —insistió el médico.

—Yo no soy Jacinta.

Elena y el doctor García intercambiaron una mirada de sorpresa.

—Soy Jackie —afirmó rotunda con el cuello muy recto—. Jacinta era mi madre. Yo no soy como mi madre.

—Por supuesto, Jackie —dijo el médico descargando la tensión de un segundo antes.

La mirada de Jackie se centró en Elena. Se puso de pie sin romper el contacto con sus ojos y avanzó hacia ella.

Elena no se movió del sitio esperando que la alcanzara.

—Eres tú... —musitó Jackie y dibujó una sonrisa tierna.

Muy despacio levantó una mano a la altura de su cara y la acarició de la misma forma que se roza una ilusión con esperanza.

Psiquiatra y jueza permanecieron hieráticos sin apartar la vista de Jackie en todo momento.

—Eres tú, mi dulce Melisa. Te he echado tanto de menos... Sabía que volverías a buscarme, que harías justicia —susurró la interna con semblante obnubilado al tiempo que rozaba, con dudas en la yema de los dedos, la piel del rostro de Elena.

Porque para Jackie ella no era más que una dulce aparición. Disponía las manos con el miedo propio de quien teme romper el objeto de su devoción. A Elena le llamó la atención la suavidad de las manos de Jackie y el aroma fresco a romero que desprendían.

—Será mejor que se siente, Jackie —pidió el psiquiatra—. Nos gustaría hablar un momento con usted.

La mujer sonrió con la vista en el limbo, retrocedió un paso, luego otro, despacio, hasta volver a la silla junto a la ventana.

—Estamos aquí para hablar de lo que ocurrió la noche de San Juan de 1989. ¿Recuerdas algo de lo que sucedió?

Un silencio denso inundó la habitación. Una sombra se apoderó del rostro de Jackie y buscó lenitivo en el frondoso verde del horizonte.

—1989... —repitió despacio, casi inaudible, Jackie.

Su voz enmudeció, con ojos entrecerrados que se escondían en la esquina de la ventana.

—Creo que no está lista para hablar —susurró el médico con una mano delante de la boca—. Mezcla realidad con delirios.

Como si el tiempo se hubiera congelado, como si la vida y la locura bailasen de la mano al otro lado del cristal, con risa y llanto, de puntillas y a saltos, Jackie contemplaba el mundo con la mirada encallada en un único momento de su vida, quizá esperpento del que había sido víctima, quizá testigo o ambas suertes a la vez.

—Jackie —comenzó Elena—, me gustaría que hoy me hablases de cómo era tu vida fuera de aquí, antes de ingresar. ¿Cómo era tu vida en O Souto Vello? ¿Eras feliz?

—Felicidad... —murmuró ella con el eco lejano de un sediento caminante que sueña con el agua en el desierto.

—Soñabas con ser modelo, ¿no es cierto? —preguntó la jueza utilizando lo que sabía de ella a través del diario de Melisa.

Jackie sonrió con los ojos en una estrella fugaz.

—Éramos tan jóvenes... —Parecía recordar bajando la vista al suelo para después negar con la cabeza—. ¿Cómo sabes tú eso? —preguntó a la defensiva poniéndose en pie de nuevo—. ¿Quién eres? —La miró asustada como si acabara de despertar de un sueño.

—Soy Elena, la sobrina de Melisa —explicó—. Lo sé porque he leído su diario.

Jackie se desinfló una vez más, menguada y encogida en su silla.

—Entonces ya conoces su secreto —susurró a la vez que con una mano nerviosa se pellizcaba los labios mientras clavaba los ojos en los de la jueza—. Quizá también el mío —añadió con el gesto descompuesto y congelado.

Elena sintió un escalofrío que le recorrió la espalda y aun así consiguió disimular.

—Jackie, ¿recuerdas qué sucedió el día que ingresaste aquí?

Despacio, asintió con el sabor amargo de aquel día que quería olvidar.

—Es el mal… —murmuró con la vista en un rincón en el que parecían arder las llamas del mismo infierno.

—Jackie, hábleme de Melisa —intervino el doctor García temiendo un bloqueo de la paciente.

La mujer miró de nuevo a Elena con los ojos muy abiertos y dibujó una gran sonrisa.

—Oh, Melisa, mi querida Melisa —pronunció con auténtica adoración—. ¡Cuánto me alegro de que hayas venido! De cuantas visitas recibo últimamente la tuya es la mejor.

Aquella conversación no prosperaba. Elena sentía que volvía a encontrarse en la casilla de salida. Se acaloró y pasó una mano por la frente. Un gesto preocupado que había durado no más de dos parpadeos. Después levantó la vista y se encontró los ojos trastornados de Jackie. Sintió miedo, un nudo en la garganta.

—Siéntese, Jackie. Por favor —pidió el psiquiatra.

Pero la paciente actuó haciendo caso omiso, quizá incluso sin escuchar nada de lo que sucedía a su alrededor.

—Cuánto sentí no poder ayudarte esa noche… —Jackie dejó caer la mano para acariciar el pelo de Elena.

Seguía de pie frente a ella mientras esta se esforzaba por mantener la calma.

—¿La has perdonado ya? —preguntó la interna acercando su rostro al de la jueza.

Elena pudo sentir la humedad de su aliento.

—¿Si ha perdonado a quién? —terció el doctor García.

En su mente Elena recordó la última entrada en el diario de Melisa. En ella relataba el incidente con otra joven: Úrsula Raposo. «¿Se referirá a ella? ¿O será Daniela Bergara?».

—¿Has perdonado ya a tu madre? —concretó la interna con el semblante turbado y las cejas apenadas.

Extrañado, el médico frunció el ceño y miró a Elena. Ella permanecía en silencio, con la espalda pegada al respaldo de la silla y Jackie a medio palmo de su cara.

—La culpa no fue de ella —susurró la interna al tiempo que movía despacio la cabeza con la mirada en aquella extraña visión que se apoderaba de su cabeza—. Fue él.

31

Elena entró en el cementerio cuando faltaba poco menos de un cuarto de hora para que el entierro de Melisa diera comienzo.

La tarde caía fúnebre en el reflejo dorado de hojas exhaustas. Un brillo anaranjado se derramaba sobre cruces y ángeles de piedra, dibujando caminos angostos entre sepulturas donde los pasos de los vivos no eran más que nubes de polvo sobre arena blanca.

La pequeña capilla en la que el párroco de San Julián, en el centro de la isla, oficiaría las exequias, estaba cerrada. En la puerta aguardaba Marco y junto a él su hermana Maite y Rubén.

Cabizbajo y solitario, el padre de Elena daba pequeños paseos con las manos a la espalda.

Intercambió una mirada con él para expresarle su agradecimiento por estar allí. Sabía que no le resultaba nada fácil enfrentar ese tipo de situaciones.

Al verla, Marco avanzó unos pasos con intención de interceptarla. Elena se detuvo y esperó a que él se acercara para escuchar las novedades que, a juzgar por su expresión, necesitaba contarle.

—¿Cómo te encuentras? —le preguntó con la mirada sincera de quien estaría dispuesto a escuchar la respuesta.

Elena compuso un gesto ambiguo.

—¿Estás segura de que el accidente fue provocado? —inquirió con auténtica preocupación.

—Eso me ha dicho el mecánico. Deberías hablar con él.

—Ya lo estoy investigando —afirmó—. Tal vez sea el momento de abstenerse, Elena. Deberías tomarte unas vacaciones —sugirió.

—¿Vacaciones? —contestó ella con sutil desconcierto en la voz—. Ya hablaremos de eso en otro momento —zanjó—. Sé que tienes novedades, así que ponme al tanto antes de que llegue el cura.

El comisario claudicó con una sonrisa secreta en la que escondía la satisfacción de verla y escucharla con la misma fuerza de siempre.

—Esta mañana, en el entierro de Paulina, Tomás Vilariño nos dio el nombre del joven que había trabajado en su empresa de mantenimiento —comenzó diciendo Marco.

—Sí, recuerdo que estábamos hablando con él —dijo mientras rememoraba la secuencia—, luego a mí me llamó el doctor Araújo y... sí, nos habló de un aprendiz que habían tenido a finales de los ochenta, principios de los noventa. Un tal...

—Verdeguel.

El semblante de Elena aunaba curiosidad y alerta.

—Me llamó la atención la reacción de cierto pánico o nerviosismo que tuvo Paco Meis al escuchar ese apellido. Con una mano parecía frotar la cicatriz rosada de sus dedos amputados, así que cuando volví a la comisaría —continuó él— introduje «Verdeguel» en la base de datos de la Policía Nacional. Te sorprenderá lo que me he encontrado. Aparecieron tres entradas de tres hombres de una misma familia. De ellos, el único que puede haber sido aprendiz con los Vilariño es Xacobe Verdeguel.

—Xacobe Verdeguel —musitó ella—. Quien me mandaba correos pidiendo ayuda para algo relacionado con las bateas y que, curiosamente, días más tarde lo negó todo.

—Xacobe Verdeguel fue uno de los promotores en la creación de la Plataforma Vecinal para Salvar el Espigón de O Souto Vello. Está fichado por un enfrentamiento con la policía en una manifestación para impedir el uso exclusivo del espigón por esa empresa suiza que ha comprado algunas bateas en la zona. Respecto a esto, es curioso que sea el principal opositor a esta empresa porque él le vendió su batea hace un par de meses.

—Debo hablar con ese hombre. Trató de ponerse en contacto conmigo para pedirme ayuda. Imagino que tiene información importante de lo que se está moviendo en Cruces. —Elena hizo una pausa pensativa—. ¿Qué le haría cambiar de opinión para rehusar un encuentro conmigo?

—Creo que ese hombre ahora mismo debe de tener un conflicto de intereses.

—¿Por qué lo dices?

—Recuerda que vendió su batea a Horizon, S. L., la misma empresa suiza que quiere el uso exclusivo del espigón.

Elena guardó silencio un segundo al pensar en aquella relación.

—Por otro lado —continuó Marco—, su hijo es Brais Verdeguel, un alacrán. Y no cualquier alacrán, uno peligroso.

—Paulina Meis llevaba tatuado un alacrán en la muñeca —dijo ella con la satisfacción de empezar a atar cabos.

—Estoy al corriente. Paulina acababa de entrar en la pandilla. Pero debes saber algo más: ese alacrán es el que te amenazó en el juzgado el año pasado. Imagino que no lo habrás olvidado.

—¡Cómo hacerlo! —exclamó Elena sintiendo entre las manos algo que llevaba tiempo escapándosele—. El pandillero que me amenazó con cortarme el cuello. Era un chico muy agresivo. Había sido ni más ni menos que su padre quien le había denunciado por violencia doméstica. Golpeaba a sus padres y a su hermana mayor. No me sorprendería que fuese él quien le cortó los dedos a Paco Meis. De ahí que los nervios del padre de Paulina al escuchar el apellido Verdeguel le llevaran a frotar las cicatrices en un gesto inconsciente de protección.

—Podría ser —valoró Marco—. Pero por encargo de quién.

Elena se abstrajo un momento con la cabeza ladeada y la mirada pensativa.

—Era él quien conducía el coche del que te pasé la matrícula para que lo investigases —dijo al fin.

—Coche que estaba a nombre de su padre, de Xacobe.

—Además... —añadió Elena antes de dudar un segundo para poder continuar—, ese día Brais Verdeguel no iba solo en el coche.

Marco aguzó su oído al ver que a ella no le resultaba fácil hablar.

—Iba con Enzo Quiroga. Bueno, él viajaba en la parte de atrás del coche.

El humo en la mirada del comisario podía apreciarse desde buena distancia.

—No me falla la intuición con ese tío —afirmó con acento a sentencia—. Sé que tiene algo que ver en todo esto.

Marco hizo una pausa mirándola a los ojos con un punto que buscaba intimidad y evocaba protección.

—Deberías alejarte de él.

A Elena le sorprendió aquel consejo. Le sostuvo la mirada queriendo negar, pero no dijo nada.

—Volviendo a Brais Verdeguel —continuó el comisario—. Con su historial de violencia y menudeo de drogas, que su padre había trabajado para la empresa que se encargaba del mantenimiento de la fábrica Quiroga y, por tanto, con acceso al pegamento industrial que se usó para cerrar la mano de Paulina, diría que hay razones para investigarlo.

Empezaré por ir a hacerle unas preguntas para saber dónde estaba el día que desapareció la chica. Necesitaré también una orden para pincharle el teléfono.

—Cuenta con ello —resolvió la jueza.

—Hay algo más.

El sacerdote se acercaba con el andar solemne y parsimonioso propio del lugar y la circunstancia.

—Dime —dijo ella queriendo apresurar el ritmo de la conversación.

—Como te anticipaba, Xacobe y Brais no han sido los únicos Verdeguel que han aparecido en la base de datos.

En la expresión de Elena se avivó el interés.

—Saturnino Verdeguel. ¿Te suena?

—El sacristán —musitó ella.

—Exacto —celebró al tiempo que le sorprendía que Elena lo conociera—. Saturnino era el padre de Xacobe Verdeguel y, por tanto, abuelo de Brais.

—¿Y por qué motivo sale en el fichero de la Policía Nacional? —se interesó.

—Figura como testigo en la desaparición de Melisa.

Elena palideció.

—Quizá no sea buena idea hablar de esto ahora —dijo Marco con cierto apuro al ver cómo el sacerdote se disponía a abrir la puerta de la pequeña capilla del cementerio.

Las honras fúnebres dieron comienzo con palabras y gestos impregnados de la inmutable aflicción del párroco. Elena se dejaba conducir por quien guiaba el necesario ritual de despedida de su tía. Las paredes eran blancas y su frío tacto estremecía. Solo la mitad de los cuatro bancos estaban ocupados en aquel reducido espacio, con su techo abovedado y el penetrante olor del incienso y de las flores marchitas. A Melisa le habían robado la vida y también la muerte.

Un instante inespecífico de aquella aciaga despedida supuso uno de esos momentos que crean burbujas que se abren en el espacio y en el tiempo. Elena se dejó llevar lejos de los presentes y cerró los ojos. En aquella oscuridad, con el eco moribundo de las oraciones envolviendo el pequeño espacio alrededor de un ataúd de madera, encontró el rostro de Melisa. El único rostro que conocía, el de una niña vestida de primera comunión sosteniendo un rosario con las manos enguantadas. Sonreía recatada y tímida aun sin serlo, pues qué otra cualidad podría mostrar en la celebración sacramental. Se preguntó por qué sería esa la foto elegida por su abuela Manuela para recordarla siempre en el pequeño altar de su casa. Melisa desapareció cuando iba a cumplir dieciocho años, ¿por qué no recordarla con una imagen más actual, de adolescente? Entonces el pecho de Elena se contrajo y respiró despacio. Al fin entendía la dolorosa verdad que ocultaba esa foto: «Mi abuela nunca aceptó a la joven que crecía bajo un vestido de pureza inigualable. Incapaz de entender que tuviera sueños, ideas, intereses o voluntad propia, se había enfrentado a la adolescencia, al mismísimo paso del tiempo, con los recursos de quien lleva el ganado al monte. De ahí que prefiriese recordar a la niña que un día había sido, una niña de la que ya nunca se podría despedir». Tragó saliva y contuvo una lágrima que amenazaba impúdica con delatarla.

Maite cubrió la mano de Elena con la suya en un gesto cariñoso de apoyo.

Técnicos de la funeraria salieron delante con el féretro. El sacerdote avanzó detrás y el resto de los presentes lo siguieron.

La inclinación de los últimos rayos del día teñía de rojo un firmamento salpicado de nubes, que se revolvía antes de entregarse a las sombras de la noche.

No supo cuándo había aparecido ese hombre, pero fue en ese momento, con la vista al frente y el gesto sobrio de quien avanza entre sepulturas, cuando Elena advirtió su presencia caminando tras la sotana del cura.

—¿Sabes de quién se trata? —susurró hacia su amiga.

—Es el sacristán de esta parroquia —contestó con la misma discreción Maite.

Esa palabra, «sacristán», embarcó el pensamiento de Elena en el último hallazgo de Marco. Saturnino Verdeguel, quien había sido sacristán de la parroquia de los Milagros, la única en O Souto Vello, había sido testigo en la desaparición de Melisa. No pudo evitar el recuerdo de un episodio en la vida de Melisa en que una caída en la hoguera de San Juan había supuesto una oportunidad para que ese hombre se deleitase con el cuerpo de quien no era más que una niña.

Ese incidente abriría una importante brecha entre sus abuelos y el sacristán. Una distancia en la que nunca más cabría ayuda, colaboración o tan siquiera el saludo. ¿Habría visto quién se llevaba a Melisa la noche de San Juan de 1989? ¿El rencor de una reputación dañada sería más fuerte que el deber de ayudarla esa noche?

Cábalas y conjeturas aparte, el episodio de una caída, una falda y una mano deshonesta no era lo único que recordaba Elena. También el comentario de Marco sobre Xacobe Verdeguel en las pesquisas en torno a una matrícula. El comisario había descubierto que Xacobe había comprado la batea de la que era propietario gracias a una importante suma de dinero que su padre, el sacristán, le donó poco antes de morir.

Elena observaba minuciosa la ropa, el calzado, los gestos y cada detalle del sacristán que auxiliaba al párroco de San Julián. El salario de un sacristán no era precisamente elevado, pensó. Cierto que Saturnino también era pescador. Pero, a tenor de lo que escribía Melisa en su diario, era un pésimo trabajador del mar. «¿De dónde pudo salir el dinero que le donó a su hijo Xacobe?».

El solemne y riguroso sacristán acercó el acetre con agua bendita al sacerdote. Este lo recibió con una sutil inclinación de cabeza, cogió el hisopo de latón con una mano y roció el ataúd en el que descansaban los restos de Melisa.

El descenso a la tierra se hizo con una calma y un sosiego que los presentes entendieron preludio del descanso eterno. Todos los presentes salvo Elena. Ella sabía que Melisa no podía descansar. Todavía no. No hasta que encerrara a quien había acabado con ella.

Dos coronas de flores y el pequeño ramo de hierbas de San Juan que llevó su padre aderezaron el triste recuerdo de Melisa.

Finalizadas las exequias, uno a uno fueron abandonando la primera fila hasta dejar a Elena sola frente a la tumba.

Pasados unos minutos en los que hizo una promesa que en pocos días pagaría muy cara, irguió la cabeza y miró al frente. Allí, al fondo del cementerio, con impecable traje oscuro, él la miraba.

Decidida, la jueza caminó a su encuentro, aunque no tardó demasiado en ser interceptada por Marco.

—No vayas, Elena. Este tipo oculta algo. Es una provocación que Enzo Quiroga esté aquí. ¿No lo ves? Pero ¿se puede saber a qué ha venido?

—Eso es justo lo que voy a averiguar —afirmó ella con seguridad.

El flash de una cámara de fotos llamó la atención de ambos, que giraron la cabeza al unísono en la misma dirección.

—¿Qué es eso? —preguntó Elena.

—Puede que la prensa local.

—Lo dudo —dijo ella—. No he avisado a nadie. No quería que esto se convirtiera en un circo.

Otro flash desde las sombras.

—Pero... ¿quién está ahí? —murmuró Marco con la vista en los límites de un mausoleo antes de echar a correr en la dirección que trazaba aquella ráfaga de luz.

Entretanto, Elena reemprendió la marcha hasta alcanzar a Enzo Quiroga. Lo hizo con aplomo, con brío en los tacones y la fría aspereza de una cuenta pendiente en la mirada.

—¿Por qué te llevaste el diario de Melisa? —interpeló ella sin más saludo.

Él la escrutó con dos ojos azules entornados antes de contestar.

—Será mejor que me vaya —dijo con gesto sobrio colocándose unas gafas de sol que le daban un aire, si cabe, más interesante.

Enzo Quiroga se giró y pulsó el mando a distancia de un Bentley negro. Las luces parpadearon una vez dejando las puertas desbloqueadas.

Elena dio un paso al frente.

—Ese día —comenzó diciendo—, el día de mi accidente, ¿qué estabas haciendo en los viñedos, justo en ese punto de los viñedos? —inquirió al asalto.

—Negocios familiares.

—¿Más negocios? ¿De qué tipo, si puede saberse? —trató de profundizar.

—¿Me estás interrogando?

Ella no contestó.

—Al igual que la vieja fábrica, esos viñedos también son de la familia Quiroga —dijo sin interés en ofrecer más explicación.

—Vaya —expresó Elena con una pizca de sorna—, ¡qué casualidad!

Él la miró con frialdad.

—Y qué oportuno —remató ella.

—Si quieres decir algo más, te recomendaría que lo dijeras antes de que me suba al coche —aseveró al tiempo que abría la puerta del Bentley.

—¿No te parece oportuno que estuvieras justo en el lugar en que tuve un accidente que fue provocado? Teniendo en cuenta que te llevaste el diario… —sugirió sintiendo que se le calentaba la boca.

Enzo Quiroga se quitó las gafas en un movimiento rápido y la miró con gesto de desconcierto.

—¿Provocado?

A Elena esa pregunta le suavizó el gesto. También la voz.

—Alguien saboteó mi coche. Alguien quería que tuviera ese accidente y, probablemente, no deseaba que yo sobreviviese.

La mirada de Enzo parecía endurecerse en algún limbo en el que buscaba respuestas.

—¿Tienes idea de quién puede ser ese alguien? Porque a mí empieza a ocurrírseme un nombre —retomó su ironía la jueza.

—¿Eso crees? —preguntó con el rostro inescrutable.

—La primera vez que te vi estabas entrando en la parte trasera de un coche conducido por un alacrán, un pandillero que me amenazó de muerte en mi juzgado hace poco más de un año. Dime —ordenó—, ¿qué hacías con él?

Enzo Quiroga apretó las mandíbulas y negó despacio.

—Mañana a las cinco de la tarde en el espigón —dijo rotundo—. Tendrás el diario y te lo explicaré todo.

El comisario Carballo se acercó con cara de pocos amigos y la respiración todavía agitada por la carrera.

—Se me ha escapado —murmuró entre dientes hacia Elena.

Después Marco miró al propietario del Bentley negro.

—Déjeme adivinar, ¿también tiene algún negocio en este cementerio, señor Quiroga? —desafió Marco.

Enzo dibujó una sonrisa de medio lado.

—Imagino que la lucidez de su ingenio reportará muchos éxitos en la resolución de sus casos, comisario.

Marco expulsó aire por la nariz con el pecho todavía agitado.

—Debería mejorar su forma física. O volverán a escapársele.

Elena observó el duelo de miradas entre los dos hombres. El gesto impenetrable de Enzo frente a la férrea expresión de Marco.

Vio alejarse a su padre y salió tras él con el paso apurado, sin despedirse.

Justo al llegar a su altura advirtió la profunda tristeza en los ojos de su padre. Con todo lo que estaba pasando no se había parado a pensar en lo difícil que tenía que estar siendo todo aquello para él. ¿Qué fantasmas habitaban sus recuerdos? ¿Qué demonios carcomían sus días?

El teléfono chilló en su bolso como un animal prisionero sobresaltando a Elena y a Miguel. Sin tiempo para un saludo o el abrazo que se debían, ella levantó una mano pidiendo un minuto para contestar.

—Llamo del Hospital Comarcal de Cruces, ¿podría hablar con la hija de María de los Ángeles Freire?

Tragó saliva y sintió un nudo en el estómago.

—Sí, soy Elena Casáis, su hija. Dígame —afirmó con el ánimo de arrostrar lo que fuera necesario.

—El médico de su madre baraja una hipótesis diagnóstica y necesitaría hablar con la familia para valorar el tratamiento. ¿Podría venir al hospital para hablar con él ahora?

—De acuerdo.

Elena contestó con firmeza, además de con dos palabras y los cuatro dígitos de un año en la cabeza: «shock postraumático 1989».

Se giró hacia su padre con una mirada que anticipaba la dureza de una conversación pendiente.

32

Miguel y Elena, padre e hija, tenían que hablar.

Subieron juntos en el coche de sustitución que la aseguradora le había facilitado a Elena después del accidente y se dirigieron hacia el Hospital Comarcal de Cruces.

—¿Sufrió mamá un shock postraumático en 1989?

Nervioso, incómodo, el hombre sentía sudores fríos y se pasaba una mano por la frente.

—1989 —repitió con la voz afectada por mil recuerdos.

—Sé que es el año en el que desapareció Melisa, también la muerte del abuelo… Demasiado para cualquiera.

—Pasaron muchas cosas en 1989. Muchas —dijo para el cuello de su camisa.

—¿Y todas esas cosas la llevaron a ingresar en el Centro Médico Social?

Él bajó la cabeza.

—¿Y por qué la ingresaste ahí? —preguntó con un eco que traslucía cierta crítica.

—No lo entiendes, Elena, era todo muy complicado.

—Pues ayúdame a entenderlo —pidió al tiempo que giraba levemente la cabeza apartando la vista un segundo de la carretera.

Los sudores se acrecentaban, manaban de la raíz del pelo y de sus manos, y Miguel sentía que se deshacía como arcilla a la intemperie de un duro invierno.

—Tras la desaparición de Melisa y la muerte de tu abuelo Moncho, sufrimos otra pérdida irreparable.

Elena contuvo la respiración y aminoró la velocidad.

—Será mejor que pares el coche un segundo, Elena.

Miguel introdujo una mano temblorosa en el bolsillo interno de aquella chaqueta que solo usaba para los entierros.

Después de aparcar en el primer sitio que vio, Elena se volvió hacia su padre controlando todo atisbo de emoción, tal y como acostumbraba a hacer de niña cuando su madre se refugiaba en la cama y ella no sabía qué hacer.

Él le tendió una fotografía a color del tamaño de una mano. Elena la cogió con la punta de los dedos. La imagen estaba deteriorada. Toda la superficie se ondulaba con el vago recuerdo de un sinfín de lágrimas. Aun así, en ella se veía el rostro alegre de una niña. Sonreía mostrando cuentas de leche inmaculadas, una naricilla arrugada y dos coletitas rizadas.

—Es Martina —acertó a decir él con la voz rota.

En ese momento, Elena vio ante ella la triste estampa de un hombre derrotado por el peso de sus secretos. Bajó la mirada y dio la vuelta a la fotografía. Allí encontró una fecha: 8 de mayo de 1989.

—Su último cumpleaños —musitó su padre—. Yo ese día ignoraba lo felices que éramos.

Elena trató de digerir el golpe de aquella noticia con la vista en el dorso de la imagen de su hermana Martina, donde encontró los versos escritos por su madre. Trazos irregulares, nervios a flor de piel y lágrimas que caían letra a letra de su pluma.

Vuelve a mí, flor de mis pasos,
Vuelve y no eches a volar,
Que la luz está muy lejos,
Y te necesito más.
Más que a nada,
Más que a todo,
Absoluta soledad,
La que guiará mi sombra,
Tan pequeña, sin piedad.
Con todo mi amor, a mi ángel, Martina.

Imposible contenerla, la lágrima se deslizó por el rostro de Elena. Sin dar tiempo a que una segunda asomase traicionando su imagen de fortaleza, Elena detuvo su andadura atrapándola con las yemas de una mano.

—He visto antes este poema —acertó a decir—. Lo encontré en el baúl del fayado.

—Fueron muchos los que escribió tu madre al perder a Martina. Pero este lo entonaba casi como un ruego al universo —dijo Miguel con palabras que agonizaban antes de salir de su boca—. Fue muy duro para ella. Y para mí. —Tragó saliva para continuar—. Varios días después de enterrar a Martina, Marian se levantó de la cama con los sentidos bloqueados.

Elena compuso un gesto manifestando la necesidad de más explicación.

—Tenía los ojos abiertos, pero no podía ver nada —prosiguió él—. A lo largo del día se quedó completamente sorda y muda. Salimos corriendo hacia el hospital. Recuerdo que de pronto ella gritó que podía ver a Martina, también a Melisa y a un hermano que murió de niño, Matías se llamaba. La euforia duró unos segundos en los que afirmaba ver luces sobrevolando el coche, en medio de la niebla.

El corazón de Elena latía con fuerza mientras escuchaba a su padre.

—Antes de llegar al hospital —continuó él—, Marian cayó en un extraño limbo similar al que se encuentra ahora.

La noche estrellada desplegaba su encanto en la inmensidad del firmamento. Esmaltada, la carretera reflejaba el brillo de la luna llena hasta alcanzar el Hospital Comarcal de Cruces.

Miguel y Elena caminaron juntos hasta la puerta principal. Él, con el rostro abatido. Ella, con expresión de impenetrable fortaleza, donde, sin embargo, la necesidad de saber, de entender qué había pasado treinta años atrás, la arañaba por dentro como un animal herido. Era ahora cuando cobraban sentido los comentarios de algunos vecinos al hablar del sufrimiento de su familia sin entrar a explicar nada. Miradas huidizas, gestos condescendientes, labios sellados y movimiento de cabezas en continua negación. Su madre y su abuela vivían en un eterno velatorio sin dejar de recibir el cariño del pueblo, pero también su lástima. Cómo imaginar que el dolor podía ser más grande, que iba más allá de la desaparición de Melisa y de la muerte de Moncho. Cómo sospechar siquiera que tras las alusiones a las desgracias se encontraba también la muerte de una niña, de una nieta, de una hija; la de su hermana.

A un lado de la puerta principal del hospital, pañuelo en mano, una mujer de mediana edad sollozaba desconsolada en brazos de una joven enfermera.

Padre e hija, con la discreción que requería la manifestación del dolor en aquel lugar, avanzaron hacia la puerta automática al tiempo que se acercaban a esa mujer que lloraba.

—Tranquila, *miña nai,* él ya descansa —consoló la más joven.

Elena se detuvo un segundo, lo que obligó a que su padre se parara a su lado. Le pareció reconocer la voz de aquella joven que estaba de espaldas a ella.

La miró y, en un instante en que su perfil quedó expuesto, descubrió que se trataba de Felisa, la enfermera de la planta en la que estaba ingresada su madre.

Un segundo después interpretó el gesto en el semblante de su padre cuando se abrieron las puertas de la entrada y se encontraron de frente a Diego Bergara.

De soslayo, Elena lo siguió con la mirada.

Al verlo, afligida, la mujer salió a su encuentro con el rostro bañado en esa tristeza que no admite más consuelo que tiempo y lágrimas. Trató de abrazarlo, de acompañarlo en el duelo.

—Señor Diego, ¡cuánto siento lo de su padre! —dijo exhalando la pena tras dos puños y un pañuelo.

Felisa pasaba el brazo por los hombros de su madre, velando por ella en todo momento.

El todopoderoso huérfano colocó un cigarro entre los labios y, con raudo movimiento, hizo girar la piedra de su Zippo por la palma de una mano. Anaranjada y brillante, la llama danzó un segundo ante su rostro confiriéndole el endiablado aspecto de una sombra. Aspiró el humo con deseo animal y cerró la tapa del encendedor con decisión. Después la miró a los ojos. Ella pareció temblar, encogió los hombros y replegó las manos hasta convertirlas en ovillos que apretaba contra su pecho.

—Apártate de mi vista —susurró Bergara con desprecio.

Felisa atrajo a su madre hacia ella.

—Qué formas de hablar a quien solo quiere darle consuelo —recriminó la enfermera con repugnancia.

—El señor Diego lo está pasando mal, *miña filla* —defendió la madre zafándose del brazo protector de Felisa.

—Largaos de aquí las dos —ordenó dando pasos al frente—. ¡Fuera de mi vista! —bramó lanzando de un capirotazo con dos dedos la colilla, justo hacia donde ellas estaban.

Madre e hija se apartaron en direcciones opuestas, esquivando la quemadura. Antes de que la más joven mostrase su intención de no dejar pasar semejante acción de desprecio, Emma Fonseca apareció por detrás para agarrarla de un brazo. Lo hizo con gesto sereno y mirada fría, negando con la cabeza y dibujando una sutil sonrisa. Felisa la abrazó con fuerza, agradecida de que estuviera allí, junto a ellas.

—No merece la pena. —Abrió del todo su sonrisa la farmacéutica.

—Diego Bergara es un déspota y un malnacido —espetó furibunda la enfermera—. De tal palo, tal astilla.

—*Non digas eso, miña raíña*. Por Dios, Nuestro Señor. —Se persignó con más miedo que fe cristiana.

—Venga, *miña nai*, que lo sabe tan bien como yo. Dante Bergara era el diablo y su hijo todavía es peor. Suerte que murió senil, envuelto en mil alucinaciones que no lo dejaban descansar. A saber los fantasmas que lo estarán esperando del otro lado —afirmó mientras señalaba el suelo que pisaban.

Su madre la reprendió con una mirada al tiempo que guardaba el pañuelo en la manga de su chaqueta de lana.

—*Miña naiciña*, no pensará que San Pedro le va a abrir la puerta —arguyó la joven señalando esta vez a las estrellas del cielo.

—El señor Diego ahora es el señor de la casa Bergara y, por tanto, mi jefe. Así que le debo respeto. No se muerde la mano que te da de comer. Pero ¿qué es lo que te he enseñado? —Parpadeó la mujer molesta hacia su hija.

—Cada uno estará donde deba estar —zanjó Emma Fonseca—. Os he preparado unas bolsas con esas cremas que os gustan tanto a las dos. —Sonrió conciliadora.

—Si es que eres un ángel —respondió la mujer, y acarició su pelo con gesto maternal.

Caminando a su lado, cada uno sumido en sus propias tribulaciones, Elena podía ver la incomodidad que le producía a su padre recorrer los pasillos del hospital. Ese fue el motivo por el que no le pidió que entrase a ver a su madre, prefirió entrar sola, darle un beso en la frente y susurrarle al oído que Melisa ya descansaba junto al abuelo Moncho.

Sin embargo, una vez estuvieron frente a la consulta del médico, Miguel cogió aire y tomó la delantera para llamar a su puerta. No fue eso lo que más llamó la atención de Elena, sino la confianza con la que su padre saludó nada más cruzar el umbral de la puerta a un médico cercano a la jubilación, al que no había visto antes.

—¡Cuánto tiempo, Miguel! —Se levantó el hombre con gesto amable y barba blanca.

Miguel le tendió la mano, más tímido y prudente, moviendo la cabeza a tenor de las circunstancias del reencuentro.

—Disculpe —interrumpió Elena—, ¿y usted es?

—Imagino que eres Elena, la hija de Miguel y Marian.

Ella no contestó. Esperaba su respuesta.

—Soy el doctor Varela, jefe del Servicio de Psiquiatría en este hospital. Traté a tu madre hace ya muchos años.

—En 1989, imagino —concretó ella.

El médico miró a Miguel.

—Veo que estás al corriente —acuñó con cierta gravedad dirigiéndose a ella—. Marian, tu madre fue diagnosticada hace treinta años de trastorno de estrés postraumático. En aquel momento, tras la desaparición de su hermana Melisa, de su padre y de su hija Martina, su realidad comenzó a distorsionarse y le provocó una peligrosa disociación. La estuve tratando, parecía que avanzaba, que mejoraba, pero empezó a buscar culpables a sus desgracias, a decir que tenía pruebas, así que tuvimos que subir la medicación hasta que un día entró en un estado semicomatoso para el que no pude encontrar explicación médica. Por decirlo de una forma simple y llana. —Sonrió ufano—. De ahí su ingreso en el que hoy conocemos como Centro Médico Social. De hecho —se arrellanó en su silla dirigiéndose a Miguel—, creo que la venta y transformación del viejo psiquiátrico fue en esas fechas.

El padre de Elena asintió sin mucha convicción.

—¿Podría facilitarme una copia de la historia clínica de mi madre de esa época? —preguntó Elena ejecutiva.

—Sí, claro. —Se recompuso el hombre recobrando la rectitud de su espalda—. De hecho, aunque dudo que pueda tener ningún tipo de relevancia, puedo facilitarle también una copia de la historia redactada por el médico psiquiatra que la trató en el Centro Médico Social.

El doctor Varela abrió una cajonera metálica hasta que hizo tope y extrajo una carpeta de papel.

—Entonces cree que ahora le ha pasado lo mismo a mi madre. ¿Una recaída? —continuó indagando Elena.

—Eso parece. Por lo que he podido ver en estos días, ha estado sufriendo episodios en los que abría los ojos para decir el nombre de Martina, la hija que perdió.

Elena afirmó, recordando esos momentos.

—Además, en este segundo, llamémosle, «episodio de coma», según me explicaron los acompañantes que estaban con ella el día que ingresó, que se presentaron como amigos, acababa de recibir la noticia de esa niña que desapareció...

—Paulina Meis —acertó a decir la jueza.

—Sí, una chica de O Souto Vello —afirmó al tiempo que daba un golpe a las copias de la historia clínica de Marian recién salidas de la impresora—. Eso le haría revivir la desaparición de su hermana, la pérdida de su hija... Aquí tiene. —Entregó los papeles a Elena y ella los guardó—. Una situación que la habría llevado a recordar esa historia del diario.

El gesto de Elena se descompuso. Palideció.

—¿Diario?

El doctor Varela buscó la mirada de su padre, medio ausente y deseoso por salir de allí.

—Hace ya treinta años que su madre hablaba del diario de su hermana. Su mente diseñó una estrategia disociativa basada en la existencia de ese diario para no enfrentar la realidad. —Restó toda credibilidad—. Y la semana pasada, a su ingreso, escuché a sus acompañantes decir algo de un diario y até cabos.

—Amigos, en plural, pero ¿de qué amigos me habla?

33

Apagó la luz de la mesita de noche y se dio la vuelta en la cama. Elena cerró los ojos, con el sentir agradecido de sus pies, de sus piernas, de su alma. Pero no podía dormir. Recordaba la conversación con el médico y se preguntaba con quién estaba Pilucha el día que ingresó su madre. Le había mentido, sí, le había mentido… ¿Por qué le dijo que no sabía qué buscaba su madre en el fayado?

Horas después, tras una noche en vela, con la profundidad del sueño que encuentra a los insomnes al amanecer, la vibración del teléfono la sobresaltó.

Aturdida, cansada, con la niebla de la mañana en la ventana y la cabeza todavía sin respuestas, agarró el aparato y, con intención de encontrar al responsable de aquel timbre, deslizó las piernas fuera de la cama para sentarse.

Ante ella, un correo electrónico respondía a su petición de un documento en el que se recopilasen los cambios de titularidad de las bateas de Cruces en el último año y medio.

Ansiosa por leerlo, abrió el archivo adjunto, sus dedos tamborileaban nerviosos en el dorso del teléfono. «Descargando, descargando, abriendo. Al fin», suspiró.

Dos, tres, cuatro, seis. Demasiados movimientos en un breve periodo de tiempo. ¿Quién o quiénes estaban comprando bateas? Sus ojos se movían rápido de izquierda a derecha. Repasó ayudándose de un dedo sobre la pantalla del teléfono. «Aquí está, aquí otra vez y otra...». El mismo nombre detrás de todas las adquisiciones. Más bien, la misma sociedad: Horizon, S. L.

Con curiosidad creciente, Elena se colocó el pelo detrás de las orejas. Se centró ahora en buscar a los vendedores de las bateas. Entre ellos llamó poderosamente su atención uno de ellos: Xacobe Verdeguel. Desde el día anterior ese apellido resonaba con fuerza en su cabeza. Él había sido el primero en firmar la venta de su batea. Algo que no tendría mayor relevancia, de no ser por que el señor Verdeguel había levantado una plataforma vecinal contra los intereses de Horizon, S. L. en el espigón de O Souto Vello.

Se puso de pie. Casi como un tic que le ayudase a pensar, dio suaves toques al teléfono con una mano mientras deambulaba por su habitación. Los interrogantes se sucedían en su cabeza: ¿por qué ese hombre le había escrito pidiendo ayuda? ¿Qué tipo de ayuda necesitaba? ¿Quizá para impedir la concesión de uso exclusivo en el espigón natural de O Souto Vello? Pero, de ser eso, ¿por qué ya no la necesitaba? ¿Por qué negaba haber enviado esos correos?

Elena se detuvo frente a la ventana, había tomado una decisión. Apartó la cortina. Caliginosa y blanca, la luz tamizada caía con el filo de mil espadas apuntando a la isla de Cruces. Había llegado el momento de acercarse a hablar con ese hombre, con Xacobe Verdeguel.

Marcó el teléfono del juzgado y a continuación la extensión de la mesa de su secretaria.

—Buenos días, Mari Mar.

—¡Qué madrugadora, señoría! —lanzó a modo de dardo y saludo.

—Necesito que envíes a mi teléfono la dirección de Xacobe Verdeguel.

Mari Mar no dijo nada.

—¿Me has oído? —insistió la jueza.

—Sí, claro claro —dijo con la voz más atenuada—. ¿Se pasará esta tarde por el juzgado?

—¿Por qué lo preguntas? —esquivó.

—Ha llamado la madre de Paulina Meis. Quería hablar con usted.

—¿Ha dejado algún mensaje?

—No, ha preferido ignorar esa posibilidad —señaló con resquemor.

—Si vuelve a llamar, dile que esta tarde estaré en O Souto Vello. Si todo sale como preveo, hacia las seis o las siete podré acercarme a hablar con ella.

Silencio al otro lado del teléfono.

—Mari Mar, ¿sigues ahí?

—Así es, señoría —contestó con voz cantarina—. Lo he apuntado todo.

Xacobe Verdeguel vivía en el centro de la isla, en un edificio estrecho pegado a la vieja chimenea de una fábrica de conservas.

Como suele suceder en los pueblos pequeños y en aquellos que se sienten seguros, el portal estaba abierto. No había ascensor, por lo que debió subir por las escaleras hasta la última planta del edificio que, en este caso, no era más que la segunda. Llamó a la puerta decidida. Los segundos de espera se dilataron y dudó que pudiera haber alguien en casa. A fin de cuentas, eran las diez y media de la mañana de un martes. La mayoría del pueblo estaba trabajando en el mar, otros en fábricas, la lonja, las huertas, las bodegas. Pero el hombre al que Elena iba a ver ya no tenía trabajo que atender en el mar, de modo que se multiplicaban las posibilidades de encontrarlo en casa, o en la taberna.

Pulsó el timbre un par de veces más hasta desistir. Elena se dio la vuelta, agarró el pasamanos y pisó con fuerza el tablón de madera del primer escalón para bajar. Entonces escuchó el movimiento de unas llaves molestas en la cerradura. Giraron un par de veces hasta ser silenciadas por el chirriar de las bisagras.

Un hombre mal aseado con expresión de haber caído en un ortigal abrió la puerta.

Elena retrocedió el pie sobre el peldaño y se dirigió hacia él.

—¿Era usted quien llamaba?

—Sí. Soy Elena Casáis, jueza de instrucción en Cruces.

—Sé quién es —dijo asqueado al tiempo que flanqueaba el umbral accediendo de mala gana a que pasara a su casa.

Pese a tratarse de un pequeño apartamento con dos ventanas, desde ellas se veía el puerto y cuanta inmensidad escondía el mar en el horizonte.

En dos pasos, Elena ya había recorrido la mitad de la casa de aquel hombre.

—Puede sentarse ahí si quiere. —Señaló el hombre un sofá desplegado y convertido en cama, cubierto de mala gana por una colcha—. No esperaba visitas —justificó con una mano a la altura de la nuca, con el reflejo de un niño que aguarda la preceptiva colleja.

Ella lanzó un vistazo rápido.

—No le robaré mucho tiempo, señor Verdeguel. Prefiero quedarme de pie.

El hombre asintió.

—¿Quiere beber algo? —preguntó acercándose a una puerta corredera tras la cual se encontraba cuanta cocina había en la vivienda, aunque a él le sobrase la mitad.

—No es necesario, gracias —respondió ella impacientándose.

—Yo, si no le importa, me voy a poner un café que aún no he tenido tiempo de desayunar.

Xacobe puso dos dedos de agua hirviendo en una taza y le añadió una cucharada de café soluble.

—Suelo almorzar en el bar de abajo —justificó.

Por último, el hombre completó su desayuno con un buen chorro de aguardiente.

—Unas gotas para calentar la sangre —murmuró para sí mismo.

Al volver hacia el salón/recibidor/dormitorio —aproximadamente paso y medio—, Elena advirtió lo holgados que le quedaban los pantalones. La marca del viejo cinturón de piel que llevaba delataba la rápida pérdida de peso que debía haber sufrido en poco tiempo.

Se dobló por la cintura para dejar la taza sobre una mesa camilla. La camisa se abrió, evidenciando la ausencia de un botón. Él resopló.

—No llevo mucho separado —volvió a justificar sin mirarla a los ojos.

—Yo venía para preguntarle por los correos que me envió. En ellos me pedía ayuda. ¿Lo recuerda? Porque yo lo recuerdo perfectamente —dijo Elena limitando las posibilidades de escapatorias o subterfugios.

—Lo recuerdo, sí —afirmó tajante, y se llevó la taza a la boca.

—¿Tiene que ver con la batea? ¿La que le vendió a Horizon?

Xacobe dejó la taza vacía sobre la mesa y fue a buscar la botella de aguardiente.

—Veo que ha estado haciendo averiguaciones, señora jueza.

Elena no supo interpretar el tono ambiguo de aquellas palabras.

—¿Ha sufrido extorsión para venderla? —preguntó ella.

—Bueno, se dice que donde las dan las toman. Vientos habré sembrado para recoger tantas tempestades —dijo al tiempo que daba un buen lingotazo al aguardiente—. Pero no, extorsión ninguna.

—Señor Verdeguel, ¿está sufriendo amenazas por parte de alguien?

El hombre arrugó la frente y continuó mojando la lengua en su pócima de sedación.

—Después de la orden de alejamiento, ¿ha vuelto a tener problemas con su hijo Brais?

—Mi hijo Brais… —repitió sucumbiendo al efecto del aguardiente en la boca.

—¿Le obligó él a vender la batea?

—¡Y se ha jodido bien! Porque era lo único que podía heredar de mí. Que yo no tendré la suerte de mi padre. A él le cayó un dinero del cielo para que yo comprara esa batea. Mi hijo acabará comiéndose los mocos —espetó en un acceso de sinceridad que terminó con parte de su sanador brebaje en la camisa—. ¡Cagüen todo…, lo que me faltaba! —farfulló con lengua de plomo.

Xacobe se quitó la prenda con malos modos y menos aciertos.

—Disculpe —acertó a decir—. Será un minuto.

Tiró del cajón de una cómoda tumbando en el acto el marco de una pequeña fotografía y sacó un jersey de lana. Antes de ponérselo encima, sin ningún miramiento, se lo acercó a la nariz, compuso un gesto de tolerable desagrado y se giró hacia la ventana con un punto de decoro, a esas alturas innecesario.

Sin dar crédito a la escena, y aun así sin inmutarse, Elena se quedó mirando aquella espalda desnuda. Algo llamó su atención. «Quizá una mancha», pensó. Aguzó la vista y vio que justo a la altura de un omoplato llevaba un tatuaje. No cualquier tatuaje. Elena tragó saliva y abrió mucho los ojos. Xacobe Verdeguel había sido un alacrán.

Al darse la vuelta, el hombre supo descifrar la sorpresa en la cara de la jueza.

—De tal palo... —ratificó con un eco de arrepentimiento.

—Debo irme —dijo Elena con la certeza de haber conseguido la información que necesitaba.

Xacobe agarró la botella y, justo antes de servirse otra taza de orujo, reparó en la fotografía que se le había caído sobre la cómoda, al lado de un diminuto televisor.

La levantó con todo el cuidado que le permitieron sus manos y con toda la nostalgia que eran capaces de recordar sus ojos.

La curiosidad pudo a Elena cuando estaba a punto de abrir la puerta. Giró la cabeza y centró su mirada en la única fotografía que había en aquella casa con hechura de cajón para la ropa.

Ya había visto antes aquella imagen. Estaba segura. «Pero... un momento», se dijo, y miró a Xacobe, absorto en las beodas ilusiones de su cabeza dormida. Lo escrutó a conciencia. ¿Cómo no se había dado cuenta antes? Claramente ese hombre estaba muy desmejorado, había perdido peso, había caído en el sueño de los fantasmas, del rencor, de los lamentos, pero sin duda alguna era él.

—¡Qué bonita mi niña! —exclamó Xacobe.

Elena continuaba mirándolo desconcertada.

—No todo lo que he hecho en mi vida ha sido malo, señora —dijo orgulloso con la foto en la mano.

—¿Es su hija?

El hombre sonrió con el pecho henchido y los carrillos altos.

—Es enfermera en el Hospital Comarcal —subrayó.

—Su hija es Felisa —musitó Elena tratando de convencerse.

Verdeguel se giró hacia ella con la mirada constreñida.

—¿La conoce? —dijo protector y desconfiado.

—Mi madre está ingresada en la misma planta en la que trabaja su hija —explicó ella.

—Ah. Cierto —rumió y relajó el gesto Xacobe.

Elena descendió las escaleras mientras rebobinaba cuanta información había extraído de aquella visita. También ató algunos cabos que pronto cobrarían una mayor dimensión.

Ahora sabía que Xacobe había sido un alacrán, que era el padre de Felisa y exmarido del ama de llaves de los Bergara. Pero también sabía que su hijo Brais lo había extorsionado para que vendiera la batea a Horizon. Y a juzgar por la vida que llevaba el hombre, no parecía que hubiese sacado algún provecho de esa venta. Por tanto, ¿qué relación guardaba Brais Verdeguel con Horizon, S. L.? «Confío en que Marco consiga algo de sus registros telefónicos», pensó.

Elena sintió un hormigueo en el estómago. ¿De dónde procedía el dinero que Saturnino Verdeguel había donado a su hijo poco antes de morir?

Debía ir a la comisaría. Tenía que contarle a Marco lo que había averiguado de los Verdeguel: del padre, del hijo y del nieto.

Se detuvo en un semáforo a la espera de poder girar en dirección al centro de Cruces. El coche que circulaba en dirección contraria también se había parado para que los peatones cruzasen. Sin ningún motivo aparente, más que la trivial necesidad de entretenimiento en esos segundos, Elena se quedó mirando a las mujeres de ese coche. No tardó en reconocer al volante a la alcaldesa, mientras que le resultó imposible poner un nombre o una identidad a su acompañante. Una mujer en la cuarentena con ojos felinos y sobrecarga de maquillaje. Vio cómo las dos mujeres charlaban animadamente hasta que una de ellas señaló algo —o a alguien— con un dedo a través del cristal de su ventana. Las dos acercaron la cara en la dirección indicada y la alcaldesa le dio un toque en el brazo a su compañera para que esta reaccionase. La copiloto apuntó con el móvil y disparó varias fotografías.

La jueza aguzó la vista y buscó el objeto o la persona que merecía ser inmortalizado de forma tan brusca como repentina por aquellas mujeres.

El coche de atrás aporreó el claxon con fuerza y, a juzgar por lo que Elena vio a través del retrovisor, pudo deducir con bastante acierto que el conductor lo acompañó de sonoros improperios hacia ella.

El semáforo había cambiado a verde y el rostro del hombre de atrás a rojo. Elena arrancó el coche sin dejar de mirar hacia la acera contraria, hacia el lugar fotografiado por aquellas mujeres.

No creyó ver nada hasta que reconoció a dos hombres compadreando tras el cristal de una cafetería. Obligada a girar por aquel coche que la apremiaba entre pitidos y aspavientos de su conductor, Elena levantó una mano con gesto de dureza y giró despacio hasta encontrar un hueco donde aparcar. Ignoró la sonora despedida del otro vehículo y, con las manos todavía sobre el volante, se preguntó por qué llamaría la atención de la alcaldesa que el comisario Carballo tomase café con Rubén, el novio de su hermana.

Elena desconocía la respuesta a esa pregunta. En cualquier caso, decidió que no se lo diría a Marco, no todavía, creyendo que así lo protegía. Se equivocaba.

Entró en la comisaría. Tras ella el comisario Carballo con una gran sonrisa.

—¿A qué se debe tanta felicidad? —preguntó Elena sorprendida.

—He prometido que no contaré nada. —Hizo gesto de poner cremallera en boca—. Únicamente te adelantaré que Maite y Rubén darán una fiesta para los amigos más cercanos. Nos quieren decir algo a todos.

Desde hacía un par de años, Elena ya había escuchado eso varias veces, por lo que inmediatamente pensó que habría boda o bebé a la vista. Sonrió.

—Me lo acaba de decir Rubén —añadió Marco.

—Veo que a él también le cuesta guardar secretos.

Jueza y comisario avanzaban por el pasillo de la comisaría cuando vieron salir de la sala de interrogatorios a la joven Aida, a su madre y a Ruiz. Elena se fijó en la forma en que el inspector palmeaba el hombro de la chica.

La joven se agarraba del brazo de su madre, con la cabeza mirando al suelo.

A Ruiz se le veía satisfecho, relamido y repeinado. Hizo un gesto a Marco que indicaba la necesidad de hablar con él.

Despidió a madre e hija en la puerta de la comisaría y caminó victorioso hasta donde estaban ellos.

Entretanto, el comisario y la jueza se intercambiaron miradas de incredulidad. El semblante de él borró todo rastro de la jovial alegría que hasta hacía un minuto manifestaba, mientras que Elena acentuaba los interrogantes y el escepticismo generalizado que la invadía desde primera hora de la mañana.

—¿Y bien? —soltó Marco al inspector sin tiempo para que cerrara la puerta.

—La chica al fin ha hablado.

—¿Estaba ella con Paulina en la discoteca Freedom? —continuó preguntando.

—Sí. Y no solo eso. Porque nos lo ha contado TO-DO —acuñó con dientes de hiena.

—Explícamelo, puesto que no he sido informado de que esta chica venía a declarar nada.

—Fue todo muy precipitado, señor —justificó Ruiz.

—Quiero la transcripción completa y un informe en una hora.

—Y lo tendrá. No solo eso, sino que le entregaré al asesino de Paulina en bandeja de plata. —Sonrió fanfarrón al tiempo que enganchaba los pulgares en la cintura del pantalón.

El comisario se arrellanó en su sillón e hizo un ademán con el que le animaba a hablar de una vez.

—Al grano, Ruiz.

—Después de haber estado en la discoteca, las dos chicas salieron en dirección al paseo de la alameda para que les diera un poco el aire. Parece ser que Paulina se había pasado con las copas y no se encontraba bien —dijo con un tono más burlón que confidencial mientras hacía gesto de beber con una mano—. El caso es que cuando estaban sentadas en el bordillo de la acera, Paulina se levantó medio mareada en dirección a la carretera. Se detuvo un coche. Un cochazo. Le hemos mostrado algunas marcas y modelos y ha señalado que era un Bentley negro.

Apoyada junto a la ventana del despacho, Elena se movió haciendo que se agitasen los estores metálicos. «Bentley, un Bentley negro, ¿eso había dicho?».

—Ahora viene lo mejor, señor —continuó Ruiz—. Del coche se bajó Enzo Quiroga. Se ofreció a llevarlas a casa o al hospital. Ellas se negaron y él se marchó.

—¿Qué broma es esta, Ruiz? —inquirió con cara de pocos amigos y menos paciencia Marco—. Con eso no tenemos nada contra Quiroga.

—Deje que termine —sonrió el inspector.

El comisario se apoyó en el respaldo de la silla e hizo un movimiento con la mano para que continuase.

—Resulta que pasada una hora, quizá más, la chica no estaba muy fina y le costaba un poco dar detalles de tiempos y cosas así, se tuvo que marchar. Temía el castigo de sus padres y le pidió a Paulina que hiciese lo mismo. Ya le había dado una lección a su padre y era hora de volver a casa. Paulina dudaba, pero no se decidía. El tiempo pasaba… Así que Aida se levantó y cruzó la calle en dirección al puente de la isla. Miró a su espalda para ver a su amiga y, de pronto, vio el mismo coche parado al lado de Paulina. Esta vez con la puerta trasera abierta.

—No tiene mucho sentido. Si esa chica ya lo había visto, ¿por qué ser tan tonto como para volver a por una de ellas? —preguntó el comisario.

—Hay criminales listos y también tontos, señor.

—Como en todas partes —intervino Elena con la vista fija en Ruiz.

—Pero ¿no vio a nadie la segunda vez? —preguntó Marco.

—No, señor, aunque se entiende que estaba él en el coche, ¿quién si no? ¿Quién si no Enzo Quiroga? —acusó.

—Elena —dijo el comisario mirándola—, necesitamos una orden para registrar ese Bentley.

La jueza sintió que se le encogía el pecho.

Asintió.

34

Elena puso al corriente a Marco de sus averiguaciones respecto a Horizon, S. L. y a Xacobe Verdeguel, pero omitió decir adónde debía salir corriendo aquella tarde.

Aquella tarde de cielos despejados, de caminos alfombrados al albur de un viento con olor a castaña asada, voces calientes de vino con miel celebraban la cosecha en un tiempo dorado. Elena se dejó acompañar por la alegría de gaitas y panderetas en aquella fiesta del *magosto,* primero en sus oídos, después con el rítmico tarareo instalado en su cabeza.

La jueza se adentró en O Souto Vello con total sigilo, con secretismo e imprudencia. Aunque, a decir verdad, a esta última prefirió no cederle lugar alguno en sus pensamientos ni en sus temores, consciente del riesgo que entrañaba. Porque había quedado con el principal sospechoso del asesinato de Paulina Meis. El mismo hombre que se había llevado el diario de su tía Melisa. El hombre por el que sus latidos susurraban bajito algo que ella se negaba a escuchar, algo que brillaba en los ojos de un mar profundo y se oscurecía al caer sobre la tierra y despertar. Algo que, de existir, probablemente, estuviera condenado a fracasar.

Bajó del coche. El espigón lucía blanco, centelleante, con el fulgor de la luz de un sol que parecía enamorado. Aguas mansas, juventud de olas claras lamían una orilla cubierta de conchas, de variedades de almejas, berberechos de la ría y navajas. La vieja fábrica permanecía cerrada. La cinta policial se mecía con la brisa del mar. Un segundo, solo uno, la jueza cerró los ojos y recordó a su madre. Ella decía que aquel aire milagroso era el aliento de Dios para sanar el alma, una promesa de eternidad sobre una mejilla con lágrimas. La melena castaña de Elena ondeó como bandera al viento sin más creencias por un instante que aquella sensación, la emoción de una caricia revolviendo su pelo bajo el brillo cálido del sol.

Presa fácil. No tuvo tiempo para reaccionar. Crujido de ramas como alas de pequeños pájaros rompiendo bajo el cuero y las botas. Se acercaban. La asaltaron. Una bolsa de tela oscura cubría sus ojos, su cara, su cabeza. Ciega. Sin ver el sol. Sin ver nada. Elena quería moverse, pero alguien le agarraba las manos a la altura de las muñecas. Una cuerda, una correa, quizá una brida se ajustó en su piel hasta hacerla sangrar.

Gritó, quiso gritar más fuerte, nadie la oiría. Nadie acudiría a salvarla. No en aquel lugar, no ese día de fiesta.

—¿Qué queréis? —preguntó mientras los latidos dentro de su pecho la golpeaban con tal fuerza que empezaba a marearse.

Risas, juerga, sombras del averno, de las llamas, hijos de satanás. La sacudían, la empujaban; se la pasaban de uno a otro en el cruel juego del poder, el terror y la desventaja.

Elena respiraba agitada, luchando por mantenerse en pie, aunque ya completamente desorientada. Gritó.

—¡Basta!

Pero todavía no era suficiente. No habían terminado con ella. Solo acababan de empezar.

Pudo escuchar cómo uno, probablemente el cabecilla de aquella emboscada, daba órdenes al grupo. Oyó una voz iracunda, rasgada entre amenazas y colmillos. Y recordó aquel día en que un joven pandillero trató de intimidarla —y lo consiguió— diciéndole que le cortaría el cuello mientras dormía. Brais Verdeguel dirigía el aquelarre y cumpliría su amenaza. Hoy sí.

El tipo la empujó con fuerza contra el suelo. Elena hizo ademán de levantarse. Lo logró.

—¡Esto promete! —se carcajeó otra voz.

—Haced con ella lo que queráis —animó Brais al grupo.

—Eh, venga, tíos, que era solo para asustarla un poco —susurró la voz apocada de un tercero.

«Una voz, la voz de… no, no puede ser…», se dijo a solas en aquella oscuridad que la asfixiaba.

Las carcajadas rompían el aire a su alrededor. También su ánimo.

—Mariquita, ¿que no te lo había dicho o qué?, ¿eh? ¡Decídselo! —ordenó Verdeguel cual capitán de escuadrón de la muerte—. ¿No te has enterado? A esta hoy la fondeamos en la ría —dijo con acento de promesa, que arrancó vítores y risas despiadadas.

Elena empezó a pensar que los pandilleros iban en serio. Aun así se mantuvo en pie. Alguien le había tendido una trampa. ¿Había sido él? ¿Había sido Enzo Quiroga?

Ruedas de un coche de gran cilindrada derraparon sobre la tierra.

Elena respiraba a oscuras, tratando de liberar sus manos, pero no podía, imposible, tanteaba con pies aturdidos, desorientados. Ruido, movimiento de arena a su alrededor, avisos de unos a otros, carreras, ecos de vespinos que se alejaban. No sabía qué pasaba, giraba la cabeza, profunda negrura a un lado y a otro.

La jueza cerró los ojos, presa de un pánico nuevo. Uno silencioso. ¿Quién estaba ahí?

Unas manos agarraron las suyas. El filo de una navaja cortó la brida para liberarla. El calor de unos dedos en su cuello liberando su vista la estremeció. Luz del día. Aroma a sándalo.

Las piernas le flaquearon y se desplomó. Pero él la sujetaba. La sostenía, la miraba y, al final, se la llevó.

Abrió los ojos sin fe y despertó creyente. Sobre ella un techo artesonado de alguna madera que lucía lustroso nogal. Paredes de piedra y grandes ventanales por los que entraban haces de luz dorada. Se incorporó en una cama con dosel de caoba. Pudo ver un diván de corte clásico, chimenea y dos cuadros con sendos paisajes al óleo.

Elena se puso de pie sobre una mullida alfombra de seda, acorde con la abrumadora decoración de la estancia.

Abrió la puerta, recorrió un largo pasillo cubierto de tapices, con balaustrada torneada y pesadas cortinas a ambos lados de las ventanas.

Descendió a la planta baja. Salas tapizadas, maderas nobles, cristales de bohemia y relojes de pared. Un amplio salón con salida a una terraza tenía las puertas abiertas de par en par. La brisa entraba dando cuerpo de vela a finos visillos blancos. Caminó hacia ellos con el último rayo de sol sobre su rostro. Él la esperaba. Justo allí. Plácidamente sentado en un sillón, bebiendo una copa de vino blanco.

—Veo que ya te encuentras mejor —saludó Enzo Quiroga con una sonrisa discreta.

Elena asintió llevándose una mano a la sien. El dolor de cabeza tardaría varias horas en disiparse. El miedo que había pasado no desaparecería nunca.

—Bienvenida —dijo él poniéndose en pie—. Albariño Quiroga Mare. —Tendió hacia ella una copa de vino.

—¿Por qué me has traído aquí? —preguntó Elena sin prestar atención al vino.

Él se giró y dejó la botella sobre la mesa.

—¿Por qué no llamaste a la policía? —inquirió la jueza.

—¿La policía? —repitió él con acento a ironía—. No me fío de la policía.

—Dado lo comprometido de tu situación no me extraña —dijo ella.

—Considero que tú también deberías extremar precauciones con ellos.

Elena lo miró con cara de no acabar de entender su razonamiento.

—Así que intentan matarme unos pandilleros y de quien debo desconfiar es de la policía, no de ti, que me traes inconsciente a tu gran palacio para protegerme —arguyó cáustica.

Enzo la miraba con gesto estoico sin intención de contestar.

—Aunque lo cierto es que yo había quedado contigo cuando… oh, ¡sorpresa!, aparecieron los Alacranes —continuó Elena—. ¿Cómo es posible? ¿Por qué no he de pensar que me has tendido una trampa?

—Sencillamente porque no lo he hecho. Si llegué tarde, es porque la policía me confiscó el Bentley y tuve que buscar una alternativa para ir a O Souto Vello.

«Cierto», pensó Elena inhalando aire más despacio. Ella misma había firmado la autorización judicial para registrar ese coche.

—Imagino por la expresión de tu cara que estabas al corriente —añadió Enzo Quiroga.

—¿Por qué no dijiste que habías visto a Paulina Meis el día que desapareció? —retomó el interrogatorio la jueza.

—No estoy acostumbrado a formar parte de los asuntos del pueblo, Elena. En cambio, si me preguntan, respondo.

—Entonces ¿reconoces haber estado con Paulina Meis ese día? —dijo con voz tensa en la garganta.

—Únicamente reconozco lo que, de hecho, sucedió. Ese día salí para el hospital con el Bentley de mi padre. Porque, y aquí hago hincapié, el coche era de mi padre y yo no era el único que lo usaba. Al llegar a la habitación, mi padre estaba con su administrador. Le dije que yo me quedaría a pasar la noche allí, y él mismo, Raúl Raposo, fue quien se llevó el coche de vuelta.

Elena lo escuchaba con atención. «Raúl Raposo», repitió un eco en su cabeza. Voluptuoso y engominado, con traje de diseño y maletín en mano, la silueta del administrador de Lorenzo Quiroga apareció en el recuerdo de una de las mañanas en que ella estaba en el hospital. Él hablaba por teléfono diciendo que le había dado los papeles a alguien, a quien tildó de cretino por no haberlos firmado todavía.

—Supongo que habrá cámaras en el hospital que puedan demostrar que estuve allí hasta el amanecer —añadió él en su defensa.

Aquella explicación tenía sentido, pensó la jueza. Aun así debía hacerle más preguntas antes de disipar cualquier sombra de duda.

—Ordenaré el visionado de esas cámaras —resolvió ella.

Él añadió un moderado ademán de comprensión.

—¿Tienes más preguntas?

—Lo cierto es que sí. ¿Qué hacías en un coche conducido por Brais Verdeguel, ese alacrán que pretendía fondearme esta tarde en la ría de Arousa?

Enzo Quiroga, con inequívocas señales de incomodidad, cogió aire y se dispuso a contestar.

—Ese día. Lo recuerdo perfectamente porque fue el día que te conocí —comenzó él.

Elena rememoró el momento, casi la hora exacta, en que le había tirado encima un café.

—El contratiempo de la mancha de café me obligó a pedir al administrador que me enviase un coche con conductor y una camisa para llegar a tiempo a una reunión de negocios. Además, Raposo aprovechó el viaje para hacerme llegar unos papeles que yo debía estudiar.

«¿Unos papeles? ¿Serían esos papeles a los que hacía referencia el administrador en su conversación telefónica?», se preguntó Elena.

—Comprenderás que en aquel momento desconocía el historial delictivo de ese chico —prosiguió en su defensa Quiroga—. Llevaba treinta años sin pisar este lugar, y creo que eso supone un par de años más de los que ese alacrán debe de tener.

—¿Qué clase de negocios? Siempre aludes a los negocios, pero trabajas en Suiza, en una farmacéutica, ¿a qué negocios te refieres?

La pregunta de Elena parecía haberle cogido desprevenido.

—No creo que sea buena idea hablarte de eso ahora.

—¿Por qué no? ¿Tiene algo que ver con Raúl Raposo?

Él la miró con el ceño ligeramente fruncido.

—Es el administrador de las propiedades de esta casa, Elena. Siempre está al corriente de todo. ¿A qué te refieres exactamente?

—Me sorprende que Raposo te enviara a un alacrán como Brais Verdeguel para custodiar esos papeles que mencionas.

Enzo Quiroga entornó levemente los ojos componiendo un gesto ambiguo.

—Desconocía las labores detectivescas de una jueza de instrucción —dijo él.

Ella le sostuvo la mirada un par de segundos antes de contestar.

—Es la mujer que ha estado a punto de morir quien hace las preguntas. La jueza, en cambio, es quien promete llegar hasta el final y hacer justicia —sentenció.

El rostro del hombre traslucía admiración ante el énfasis de Elena.

—El administrador me hizo llegar la propuesta de una empresa para comprar las bateas y la vieja fábrica de O Souto Vello.

La información sorprendió a la jueza. Aunque no demasiado.

—Esa empresa... ¿es Horizon, S. L.?

—Lo desconozco. No llegué a leer esos papeles —contestó despreocupado.

—¿Por qué no?

—Tengo mi propio plan de negocios para esas bateas y para la vieja fábrica.

Ella lo miraba expectante.

Él sirvió dos copas de vino blanco.

—Albariño de batea —presentó él.

Elena cogió la copa en la mano.

—La esencia del vino de *terroir* aplicado al mar, a la riqueza de nuestra ría.

La jueza se llevó la copa a los labios.

—Si todo sale como confío, abriré una nueva línea de productos Quiroga. Albariño sumergido en nuestras bateas a doce metros de profundidad. Un vino de excelente calidad que, por tu expresión, deduzco, estás disfrutando.

Elena dio otro sorbo a la copa. Lo cierto era que, aunque no sabía mucho de vinos, aquel le gustaba especialmente. Respiró un poco más relajada y miró a Enzo por encima del cristal de la copa. No solo parecía inocente con las respuestas de su defensa, parecía perfecto. Otro sorbo.

—Supongo que ahora solo falta una cosa por hacer —dijo él arqueando una ceja.

Ella se mantuvo alerta.

Enzo se acercó a la mesa a coger algo. Dio un paso, dos, la miró.

—Aquí tienes. —Tendió el diario de Melisa hacia ella—. Solo espero que no juzgues y lo entiendas.

Elena lo agarró con una mano al tiempo que se sumergía en la profundidad de los ojos de Enzo Quiroga.

Él avanzó hacia ella.

Ella permitió que sus manos se rozaran sobre el diario.

Y el teléfono sonó. Sobresaltada, Elena introdujo la mano en el bolsillo de su pantalón.

Intercambiaron una mirada. La pantalla parpadeaba un nombre: Marco. La jueza descolgó y dio un paso atrás.

—Elena, lo tenemos. Hemos rociado el coche con luminol y hay restos de sangre de Paulina Meis.

Elena no dijo nada. Recordó que la noche de la desaparición había cogido el coche el administrador.

—No es lo único que hemos encontrado, Elena. Hay restos de ADN de un hombre. Solo de uno. No hay duda.

No hacía falta que dijera nada más. Frunció el ceño y aguantó.

—Enzo Quiroga.

35

Preocupación, cólera, resolución. Tres palabras para las fases que Elena detectó en la voz de Marco al saber de la emboscada de los Alacranes. Manifestaba tal grado de irritación que ella prefirió no decirle que estaba saliendo de la gran casa Quiroga. Mucho menos que juraría haber escuchado la voz de Rubén en medio de la barahúnda incendiaria de los pandilleros.

Porque en ese momento el comisario Carballo solo podía pensar en ir a por Brais Verdeguel. Detenerlo, esposarlo, encerrarlo de por vida. Elena podía escuchar el puño golpeando la mesa, los pasos por su despacho, la forma en que se estaría abriendo la camisa para coger aire, para pensar.

—Colocaré patrullas en cada entrada y salida de Cruces, de Cambados, de Vilagarcía. Avisaré a la Guardia Civil por si andan por los montes, por si se mueven al interior —recitó iracundo.

—No, Marco, no —pidió ella con la voz más fría—. ¿Verdeguel tiene ya el teléfono intervenido?

—Sí —respondió él más calmado, como si calibrara la intención de Elena—. Además, estoy esperando los registros de llamadas de las últimas semanas.

—Pese a que todavía no conozcamos los pormenores, existe un vínculo entre Brais Verdeguel y Horizon, S. L., la empresa que está detrás de la compra de bateas, la misma que busca el favor de la alcaldesa para obtener el uso exclusivo del espigón de O Souto Vello.

—He estado investigando a esa sociedad: Horizon. Aunque su objeto social es la explotación de viveros de mejillón y la gestión de instalaciones pesqueras, su domicilio social en Suiza no es más que un buzón en un edificio de oficinas. Apuesto a que se trata de una sociedad pantalla.

—Es muy posible. Toda la trama de blanqueo de capitales en Cruces nos lleva a Horizon —aseveró la jueza—. Está claro que Brais Verdeguel y su pandilla de Alacranes tienen algo que ver, pero ¿quién está detrás de todos ellos?

Un silencio. Ninguno de los dos estaba seguro todavía, aunque un nombre rondaba la cabeza de la jueza.

—Muy pronto lo sabremos —afirmó Marco.

—Investiga todo lo que puedas acerca de Raúl Raposo, administrador de la casa Quiroga —pidió ella.

—¿Raposo? —se extrañó el policía—. Es curioso que lo menciones.

—¿Por qué lo dices?

—¿Recuerdas que ayer te comenté que Saturnino Verdeguel, el anterior sacristán de O Souto Vello, figuraba en la base de datos de la Policía Nacional en calidad de testigo en la desaparición de Melisa?

Por supuesto que lo recordaba. Eran tantos los cabos que quedaban por atar en la muerte de su tía…

—Pues en la primera declaración que hizo, ese hombre mencionó haber visto a Melisa con Raposo poco antes de desaparecer. Después se desdijo de todo y afirmó haber pasado la noche en casa, estar confundido, no recordar nada. Lo de siempre —dijo con hastío—. No me extrañaría que alguien le empujara a cambiar la declaración.

—Creo que estás en lo cierto —respondió ella—. Xacobe Verdeguel, su hijo, me dijo algo de que a su padre le había caído el dinero del cielo. Un golpe de suerte o algo así lo llamó. En cualquier caso, gracias a eso se compró la batea.

—Alguien pagó una importante suma de dinero a Saturnino para que no hablara sobre lo que había visto esa noche. Quizá alguien que podía permitirse tirar alfombras de millones de pesetas —dijo él calentando la voz y encendiendo el ánimo.

—La persona que se llevó a Melisa —concluyó Elena con el eco de una aflicción.

La rítmica percusión de unos nudillos sacudió la puerta del comisario Carballo.

—Dame un segundo, Elena —pidió él.

—Mejor hablamos más tarde —respondió ella—. El resto del día trabajaré desde casa.

—Mandaré un coche patrulla a tu casa —la informó sabiendo que de preguntarle manifestaría reticencias—. No acepto un «no» por respuesta, es la segunda vez que intentan matarte —reafirmó.

Elena no dijo nada. Esta vez no. Se disponía a colgar el teléfono cuando Marco le recordó:

—Necesito la orden para detener a Enzo Quiroga.

Sobre la mesa del comisario Carballo, un agente raso había dejado un sobre sin remitente.

Demasiado centrado en hacer una llamada que, de no considerar absolutamente indispensable, bajo ningún concepto realizaría desde la comisaría, no prestó atención al sobre. Lo haría más tarde, cuando no hubiese vuelta atrás.

Marcó el número y se acercó a la ventana. Los tonos de llamada se sucedían. Uno tras otro. Él esperaba con un hombro apoyado en la pared y las piernas cruzadas. Al no obtener respuesta, colgó y enderezó el cuerpo. Murmuró un par de improperios a la altura del malestar que sentía y marcó de nuevo. Una voz temerosa descolgó al otro lado del hilo telefónico.

—¿Qué cojones ha pasado?

Silencio. Una suerte de balbuceo y poco más.

—¿Querían matar a la jueza? ¿Por qué no he sido informado?

Elena llegó a casa. El cielo se había cubierto con nubes bajas que se retorcían iracundas y preñadas. Las gotas de agua comenzaron a golpear furiosas contra su ventana.

Cerró la puerta con cuantas llaves encontró. Se sentó en un sillón. Respiró. El rostro de Enzo Quiroga apareció en la oscuridad de un pensamiento con ojos cerrados. Exhaló todo el aire de sus pulmones y sintió la fría lágrima en sus latidos.

Se había marchado de la gran casa Quiroga con una excusa, incapaz de mirarlo una vez más. Eran tantas las preguntas que le habría hecho. ¿Por qué se había llevado el diario de Melisa? ¿Qué relación había tenido con ella? Cuando le dijo que no debía juzgar, ¿a quién se refería, a Melisa, a él?

Enzo Quiroga volvía a estar en el centro de la investigación, en el ojo del huracán, como principal sospechoso del asesinato de Paulina Meis. Quizá no solo de ella.

Era el momento de retomar la lectura. Era el momento de escuchar a Melisa.

Cruces, 11 de abril de 1987

Jamás perdonaré a mi madre por lo que me ha hecho pasar. Fue una noche oscura, la más oscura que recuerde, la más negra que recordaré nunca.

Úrsula Raposo no tardó en cumplir su amenaza. «Tú sola te has condenado, Melisa». Eso me había dicho con su pelo rubio cubierto de sangre y sus ojos de tigresa después de que yo lanzara una piedra e hiciera diana en su cabeza. Bien sabe Dios que lo sentí en el acto, igual que debe saber que ella no es más inocente que yo.

Pero solo yo fui condenada. Solo yo pagué un precio. Todo gracias a su tío, el administrador de la casa Quiroga. Un fantoche de tres al cuarto, un mono con corbata —y que me perdonen los monos—, que disfruta enseñando colmillos al pueblo. El picapleitos —como le llamaba papá— quiso denunciar al instituto por la piedra que lancé a su sobrina y ellos prefirieron expulsarme sin miramientos y darle el gusto.

No es que vaya a echar en falta las clases. Para nada. Y tampoco es que me vaya a extrañar nadie. Bueno, una persona sí: mi Jackie, mi más leal escudera. Si la hubiera escuchado... ¡Dios! Debí haberla escuchado.

Hace casi una semana de todo eso. Seis días para ser exactos. Con sus seis noches. Llevo la cuenta como un reo en una celda, con la escasa luz de ese sol que a veces ilumina recuerdos que no son tales. Poderosa aliada la imaginación. Con ella rebobino lo sucedido una y otra vez y, como esa película que sabes te va a hacer llorar, yo le cambio el final para sonreír en el último minuto. Solo un minuto. Maldita sea la memoria. Un minuto. Tiempo suficiente en que la oscuridad se cierne y me devora diciendo: «No es así lo que ocurrió». Y yo contesto, desafío: «Cómo olvidar lo que vino después. Cómo vivir ahora».

Cierto que a mi madre no le faltó razón y no pensé en las consecuencias. A Marian la echaron del instituto un día después del incidente. Con Miguel lo intentaron, pero no era tan fácil encontrar quien ocupara su lugar dando clases, ventajas de haber estudiado bien, supongo, aunque ahora trabaje más horas y no se atreva a exigir que se las paguen. Y por último está mi propia caída en desgracia: con la expulsión del instituto, ese mismo día, me echaron también de casa... Eso no lo vi venir.

Al llegar a casa con la carta firmada por el director del instituto, mi madre se encendió con la boca del mismo infierno en la cara. Tal fue que mi padre, antes incluso de bajar a la taberna, ya estaba desbordado, así que allá se fue, en busca del vinatero hasta que las aguas estuvieran más tranquilas en casa. Lo que no imaginaba él era que tardarían tanto en calmarse. A su vuelta mi madre ya había perdido el control de los nervios y me había mandado a la calle. Quise explicarme, defenderme, contar todo lo que había pasado, lo que llevaba pasando tanto tiempo con Úrsula, pero no sirvió de mucho. No sirvió de nada. Sus gritos entraron en un bucle, los ojos despedían llamaradas y la lengua le hervía presa de la rabia que sentía hacia una persona que yo no conocía salvo cuando decía mi nombre. «No soy eso —quise decir—; no he hecho eso —quería defenderme—; nada de eso es verdad». Aunque, es curioso, quizá al final me rinda y acabe siendo lo que me dijo, haciendo lo que nunca había pensado hacer, hasta que la verdad y la mentira se den la mano un día para caminar juntas al filo de un acantilado.

Creo que no lo tenía preparado. Sus nervios no habían sido capaces de planificar lo que sucedería esa tarde al llegar a casa, por eso yo no tenía maleta, mochila, bolsa, muda, nada. Nada. Solo rabia. Necesidad de despertar de aquella pesadilla en mi cama, pudiendo llorar un rato pegada a Marian para después alegrarme con la risa de Martina y la caricia en el moflete de papá mientras me dice: «La liaste buena, eh, Melisiña». Pero esa noche no dormiría nada. El sueño me encontraría al amanecer, en ese limbo de conciencia en el que despertar da más miedo que cualquier pesadilla conocida o por conocer.

Pero Marian no estaba en casa, tampoco Miguel, solo estaba mi madre al cuidado de Martina. La niña me miraba con ojitos tristes, como si tan pequeña sintiera mi ira, mi miedo. Pero incapaz de acercarse a mí.

Mi madre me empujó hasta la puerta. Quise hablar y no dije nada. En el fondo no llegué a creer que aquello estuviera pasando. Hasta que me dijo que ojalá Dios no se hubiera llevado a Matías, que así yo no habría nacido. Un error, su cruz. Eso dijo y cerró con llave mientras yo miraba en silencio su silueta tras el cristal translúcido de la entrada.

Deambulé por O Souto Vello, vi subir la niebla desde la playa. Experimenté una soledad desconocida que se retorcía al caer la noche. No tenía dinero ni comida ni manta. ¿Qué podía hacer? ¿Adónde ir? Necesitaba ayuda de los únicos que no me juzgasen, los mismos que no juzgarían a mi madre. Necesitaba la voluntad de los repudiados por la moral del pueblo. ¿Quién sino alguien con más problemas acogería a una adolescente perdida y vagabunda? «Perdida», así me llamó también, no sé si en calidad de adivina o meiga, o quizá por pura casualidad o falta de vocabulario. Sin saber que mi perdición vendría después, al caer la noche, envuelta en esa niebla que también a ella la desorientó más de una vez al mariscar.

Llamé a la puerta. Pilucha me miró por la ventana de su habitación con un cigarro en la mano haciendo un gesto para que no insistiera con los nudillos en la puerta. Bajó descalza y abrió la puerta.

«¿Qué haces aquí?», me preguntó.

Yo contesté tragando las ganas de llorar, haciéndome la dura y restando importancia: «Mi madre, que se le va la cabeza y me echó de casa».

«Anda, pasa, dijo sin más y, en ese menos, yo sentí alivio.

Pilucha no sabía nada de lo ocurrido en el instituto. Llevaba unos días sin ir. A sus padres no les importaba. Decían que lo que enseñaban en la escuela no le serviría para nada. Lo cierto es que yo pensé que estaban tan ocupados con sus trabajos que no se rompían demasiado la cabeza con el futuro de su hija. Casi caigo en el error de aquel pensamiento, aquel juicio de valor, si no fuera porque Pilucha tenía una cama en la que dormir esa noche, algo en la nevera y no dudaba en compartirlo conmigo. Y porque cuando lo supieron sus padres, tampoco les importó. Y digo cuando lo supieron, porque aunque ya pasaba de las once, todavía no habían llegado.

La mercería de doña Pilar no iba muy bien. Pilucha decía que la envidia en el pueblo era muy mala, y que habían dejado de comprarle nada. La versión de mi madre, en cambio, apuntaba más a la subida de precios. No hay moneda que no tenga dos caras.

Y es que el padre de Pilucha andaba en el negocio. ¿Qué negocio? En ese momento no lo sabía. No tardaría demasiado en saberlo. Porque ese hombre, sin ser electricista, encendía y apagaba farolas. Sin ser pescador, se mojaba los pies y las manos. Y sin ser repartidor ni transportista, conducía, cargaba y entregaba.

Yo no le pregunté a Pilucha más. Estaba agradecida y los agradecidos no preguntan demasiado. Contestan: «sí, claro, vale, venga» para no acabar durmiendo en medio de la densa niebla que a aquellas horas ya había devorado entero a O Souto Vello.

No tenía hambre, por eso no me molestó lo más mínimo que no me ofreciera comida. Normal, ya había cenado, pensé. Pero estaba deseando acostarme. Aunque no fuese a dormir, necesitaba recordar todo para cambiar con imaginación algunas partes, las que más me dolían, también aquellas de las que me arrepentía. Pero Pilucha no había madrugado para ir a clase, tampoco para mariscar. Ella solo fumaba despreocupada, mirando por la ventana, esperando a alguien.

«¿Quieres uno? —me preguntó abriendo una cajetilla de tabaco—. Winston de batea. El mejor».

«¿Por qué es mejor?», dije fingiendo seguridad para encender mi primer cigarrillo. Ella levantó los hombros. «Yo qué sé. Será por el salitre».

Puse cara de «claro claro», tan entendida en el tema como ella.

La tos me llegó de repente. El humo entró en los pulmones y como si rebotara salió provocándome arcadas, mareo y hasta lágrimas en los ojos. Ella se rio. Coloqué el cigarro del demonio entre dos dedos, tal como lo hacía ella, y seguí intentándolo, más despacio que la primera calada, pero con más ganas de conseguirlo.

El ruido de unas motos la puso en pie. Se calzó enseguida saltando a la pata coja en cada intento para acabar dejando los cordones sin atar. Tal como dicta la moda: cordones sin atar para quien tiene ganas de correr sin miedo a tropezar. Me dijo: «Vamos». Yo no sabía dónde, pero tampoco sabía qué hacer con aquel cigarrillo y allí estaba, fumando. Bajé las escaleras despacio, medio mareada y creo que con la cara de un cirio en difuntos. Eso me dijo Pilucha al pellizcarme los pómulos para darme un poco de color.

Se lanzó a los brazos de uno de los chicos. Parecía tener cuatro o cinco años más que nosotras.

Llevaba el pelo muy corto, pendiente en una oreja y la perilla de una cabra, larga y descuidada.

El aire frío de la noche me sentó bien. El suelo a mis pies había dejado de moverse y mi estómago ya no centrifugaba. Miré al chico. Pilucha le besuqueaba una mejilla y él me miró de reojo. El caso es que a mí me sonaba su cara.

«Melisa, te presento a Xacobe. Mi novio», dijo orgullosa y él puntualizó: «Un rollo». Ella le soltó una colleja y él se rio agarrándola por la muñeca.

«Xacobe, el hijo del sacristán. Pues sí que va a mejor la noche», pensé.

Los otros que lo acompañaban no tenían nombres, solo motes de chicos duros con capucha, tan absurdos que no recuerdo ninguno. Siguió presentándome. Todos de la pandilla de los Alacranes. Ni me miraron. Estaban muy entretenidos apoyados en sus vespinos liando algo con papel y la atención de una importante manualidad.

«¿Un canuto?», me tendió uno de ellos. «No —contesté—, me fumaré otro cigarro», interpreté resuelta mi decisión. Pero fue decirlo y ya quise vomitar. Casi me alegré de tener el estómago vacío.

Me senté con la espalda apoyada en el tronco de un árbol y dejé que el cigarrillo se consumiera con el aliento frío de la noche, viendo caer la ceniza y sintiendo alivio.

Entonces llegó el padre de Pilucha. Yo me puse de pie como un resorte. No venía solo. Lo acompañaban dos hombres. Cuando los vi de cerca, me fijé que uno era muy joven. Me miró y vino directo hacia mí. Así lo conocí a él. A él y a su padre. Ahí empezó todo.

36

Elena estaba deseosa de continuar leyendo el diario de Melisa. ¿Quién era él, quién su padre? Lo intuía.

Sin embargo, si había algo que ahora ya entendía eran las palabras de Jackie. «¿Has perdonado a tu madre?» es lo que le preguntó cuando creía hablarle a Melisa. Su abuela Manuela había echado de casa a su hija con solo quince años.

Aunque no era eso lo único que le había sorprendido descubrir: Pilucha, la madre de Paulina y mujer de Paco Meis, había sido pareja de Xacobe Verdeguel, padre de Brais y de Felisa, la enfermera, pero también un alacrán. Se preguntó qué tipo de relación mantendría en el presente la expareja.

Cruces, 2 de octubre de 1987

Qué rápido cae alguien en desgracia.

Desde el incidente con Úrsula muchas cosas han cambiado.

Después de seis noches durmiendo en casa de Pilucha, mi padre vino a buscarme, a rogarme que volviera, tal y como llevaba haciendo los últimos cuatro días, pero esa vez me mintió asegurándome que mi madre quería que volviese. Y yo le creí.

Marian me recibió con la mirada triste y oscura de quien no duerme desde hace días. Llevaba en brazos a Martina. La niña sonrió al verme y no tardó en lanzarse a mi encuentro con esa alegría contagiosa que tanto bien le hace a mi hermana.

Me contó que Miguel y ella buscaban trabajo fuera de Cruces. Dijo que ya llevaban tiempo buscándolo. Pero lo dijo con esa mentira en los labios de quien no quiere cargar culpa sobre nadie y tampoco parecer culpable. Entendí. Asentimos.

Mi madre volvió a hablarme al cabo de un mes. Al principio con el morro prieto, ahora ya como siempre. Bueno, como hacía últimamente, a gritos. «No tienes sangre en el cuerpo», «Pónteme a trabajar como Dios manda», «Cógele el gusto al sacho o a la puerta».

La gente en el pueblo me mira en la distancia. De cerca me reservan solo el reojo. La hija díscola.

Un paso más lejos, o cuatro o cinco más, la madre de Jackie es quien peor conducta me ha puesto en la isla y en todo Cruces, y porque la señora no coge el autobús de línea, que allá iría por las cuatro provincias y hasta Portugal. Dice que soy mala influencia, que se me ha metido el demonio en el cuerpo y que no consentirá que su hija se acerque a mí.

Ella no puede controlarlo todo. Cierto que ha llevado a Jackie a la Romería del Corpiño a rastras y ahora la obliga a ir a misa cada día, pero no puede evitar que nos veamos a escondidas.

Al día siguiente de volver a estar en casa, pedí trabajo en la fábrica Quiroga. Al padre de Jackie le faltó reírse de mí en mi propia cara. Me acerqué a la mercería de doña Pilar. «*Miña neniña*, a punto estoy de echar el cierre. Si no fuera porque mi marido anda en el negocio, estaríamos a pedir». Jackie había hablado con la Faraona, la pescadera de la lonja para la que ella había trabajado un verano, le preguntó si me podía contratar, pero fue inútil. Pasaron semanas hasta que una mañana me planté en la zona de los viñedos de Cruces para presentarme ante el encargado de las tierras de los Quiroga, un tal José Luis. Un chico espabilado que parecía saber mucho de uvas aunque no tendría más de veinticinco años, estimo. Le dije que había vendimiado el año anterior y que podía aprender rápido. Me dijo que para la vendimia a lo mejor, pero hasta entonces no necesitaba a nadie.

Cuando ya había enfilado la carretera, de un lujoso coche negro bajó el señorito Quiroga. En ese momento yo no sabía ni cómo se llamaba. Caminaba con el andar poderoso del padre, pese a ser un canijo de trece años.

Yo me había sentado en una piedra al lado de la carretera para encender un cigarrillo. El sol me daba de cara e hice sombra con una mano. El mocoso se me acercó diciendo que no debería fumar. Quise ignorarlo, pero dibujó una sonrisa traviesa que me hizo gracia. «¿Quieres uno? Es Winston de batea, el mejor», le dije para que no pusiera en duda mi criterio. «¿Por qué el mejor?», preguntó él sin mirar siquiera la cajetilla. «Por el salitre», contesté con esa seguridad con la que hablan los hombres en el bar cuando no tienen ni idea. Él asintió con gesto de dudar y, de pronto, dibujó esa diminuta sonrisa que me hacía tanta gracia.

No sé cómo acabé contándole que había ido a buscar trabajo, que me habían expulsado del instituto y que ahora era una hoja al viento. Él me desafió diciendo: «Más bien cenizas en el humo de un incendio». Casi me atraganto con el humo del cigarro, pero reí su ocurrencia.

La conversación duró lo mismo que la de su padre con el chico de los viñedos. Tan pronto don Lorenzo fue consciente de que hablaba conmigo hizo un gesto con una mano y Enzo se despidió con la misma cara de travesura con la que había llegado.

Me fijé que hablaba con el padre, que lo alteraba. Recuerdo pensar «qué personalidad tiene ese crío». Don Lorenzo llamó a José Luis. El empleado trotó a su encuentro sin pestañear. Algo le dijo el señor que el joven asintió como un soldado chino.

Una vez arrancó el coche levantando un polvo y una humareda que yo tragué junto con el tabaco, José Luis se me acercó para decirme que estaba contratada.

No me pagaban gran cosa, pero menos daba aquella piedra en la que estaba sentada. Así que acepté. Feliz. Todavía no podría irme de Cruces, pero era un comienzo.

Cada día me levantaba temprano para ir a los viñedos. La mitad de las mañanas no tenía nada, absolutamente nada que hacer. Había otros días, cada vez más, en que Enzo llegaba como pequeño gran señor y me hablaba de la uva, del vino, de la importancia de la tierra, de los minerales. Y cuando me hablaba lo hacía con el mismo gesto de entendido que puse yo el día que le hablé del tabaco de batea. Andaba muy estirado para que no se notara que le saco una cabeza. Creo que yo le gustaba. Y a mí me hacía reír tanto tanto que me dio mucha pena dejar el trabajo.

Durante el día estaba bien, me iba a trabajar, veía un rato a Jackie a escondidas, pero aun así me quedaban demasiadas horas libres como para querer volver a casa. Con Marian otra vez trabajando en la conserjería del instituto, aunque ahora le paguen menos —ya que fuera de Cruces no encontraba nada— y, por último y para rematar, con mi padre invirtiendo más tiempo en la taberna que en la faena, la única que está en casa siempre es mi madre, que ya ni baja a mariscar. Y yo no quiero estar con ella.

Y es ahora que hablaré de mi caída en desgracia. Hablaré de él. Se portó bien conmigo. Él y esos Alacranes. He acabado aprendiéndome nombres, motes, tragedias personales, familias rotas, tipos de drogas y más excusas que soluciones.

Empecé a quedarme en la plaza del pueblo a comer pipas con la pandilla, a entrar en los recreativos, a fumar cuanto iba cayendo en mis manos, a reír más, a pensar menos.

Mi objetivo de ahorrar para poder marcharme algún día se truncó al segundo de frecuentar el entorno del *cruceiro*. Allí nos reunimos siempre que los Alacranes no tienen descarga en el espigón o en algún punto de la ría. Allí llevamos litronas, más pipas y suficiente chocolate para liar cajetillas enteras de tabaco de batea. Eso fue lo que más me costó. Estar allí, ver la tierra húmeda, el musgo verde cubriendo las piedras y pensar que allí debajo estaba mi hermano Matías. Un niño pequeño al que la muerte no preguntó. El único de los allí presentes que no habría podido responder.

Amaro lo ve todo desde su casa. Cada planeadora, cada paquete, cada procesión de ánimas con haces de luz en las manos. La Santa Compaña. Qué ingenuos son los niños. Qué inocentes sus ojos. Sin embargo, no sé si tengo más miedo a esas visiones hoy que ayer.

En más de una ocasión me ha salido al encuentro el curandero para darme consejos. «Sin tierra ni agua ni más compañía, cruel destino el de la flor que solo sirve a un señor». Pero como él mismo dice, no hay peor ciego que el que no quiere ver y yo ahora me subo en la parte de atrás de una moto y cierro los ojos.

Cuanto ganaba en los viñedos Quiroga no alcanza a cubrir todos mis gastos. Ahora son muchos mis gastos, mis necesidades, mis amigos. Mis.

Todos trabajan para su padre, y ahora yo trabajaré para él.

Diego Bergara me ha ofrecido trabajar en la discoteca Freedom. Empezaré de camarera. Me ha dicho que muchas modelos empiezan así. En cualquier caso me va a pagar más que José Luis con las uvas. Le estoy muy agradecida a Diego. Y los agradecidos solo decimos: «sí, claro, vale, venga». Aumenta la velocidad y cierro los ojos.

37

En Cruces no era ningún secreto que los Bergara habían levantado un imperio sobre el tráfico de drogas en la década de los ochenta y los noventa. Tampoco que habían invertido en clubes, bares, discotecas y el siempre lucrativo negocio inmobiliario.

Elena cabeceó. Miró la pantalla del teléfono móvil y confirmó la ausencia de mensajes y de llamadas. Vio la hora y cayó en la cuenta de que, a esas alturas, Marco ya se habría presentado en la gran casa Quiroga para detener a Enzo. Habría disfrutado el momento de esposarlo y conducirlo en la parte de atrás de un coche patrulla hasta la comisaría.

La luz de una lámpara caía sobre la mesa de su escritorio. Elena se sentó en su silla de trabajo, levantó la tapa del portátil y abrió una carpeta con el número de expediente del caso de Paulina Meis.

Se dispuso a repasar todas y cada una de las pruebas que había contra Enzo: estaba la alfombra comprada por los Quiroga semienterrada y con sangre en el mismo lugar en que habían aparecido los cuerpos de las dos chicas; la declaración de Paco Meis afirmando haberle visto en la vieja fábrica el día que se encontró la mano amputada de su hija; el testimonio de Aida, la amiga, asegurando que, antes de desaparecer, Paulina había subido al Bentley de Quiroga. Y, lo más importante, había restos de sangre de Paulina en ese coche junto con el ADN de Enzo.

Algunas de esas pruebas eran circunstanciales y, aunque en conjunto cobraban peso, alcanzaban una nueva dimensión al tomar en consideración que él se había ido de Cruces tras desaparecer Melisa y había regresado justo dos días antes de la desaparición de Paulina.

Melisa había muerto a causa de un golpe con un objeto contundente en la cabeza. Por tanto, había sido una muerte violenta, un crimen. Treinta años después ya había prescrito. ¿Por qué sacarlo ahora a la luz? ¿Un desafío? ¿Una provocación? Elena volvió a cabecear.

En cambio, la causa de la muerte en el caso de Paulina apuntaba a la presencia de tóxicos en su organismo. Así figuraba en el informe preliminar del doctor Araújo tras haber realizado un riguroso examen de la bilis.

Elena abrió y releyó ese informe, recordando en el acto que el forense había pedido un estudio de tóxicos con el pelo de cada una de las chicas para completar la investigación. La fecha prevista para la recepción de los resultados apuntaba al 15 de octubre.

La jueza reparó en el hecho de estar ya a 15 de octubre. Sin perder un segundo de tiempo, revisó la bandeja de entrada del correo electrónico del juzgado confiando en que hubiese algún mensaje desde aquella mañana.

Allí estaba. «Asunto: Resultados toxicología de rutina». Comenzó a leerlo con mucha atención, pero después se aceleró, dos líneas, cuatro, seis. Se llevó una mano a la boca, respiró, frunció el ceño y tomó distancia de la pantalla del ordenador, como si necesitara alejarse de cuanto acababa de leer.

El hecho de que Paulina Meis había muerto a consecuencia de un cóctel letal de estupefacientes no era una novedad, pero, según se desprendía del examen de su mechón de pelo, no era consumidora habitual de drogas. Eso sí resultaba sorprendente porque obligaba a pensar en la posibilidad de que, en ausencia de agresión física o sexual ni de robo, alguien la hubiese ejecutado sin piedad. «¿Un ajuste de cuentas?», pensó como primera opción. Su padre había fallado al ingreso mensual en la cuenta de Horizon. Una sociedad que estaba comprando bateas en la zona de Cruces a la que ingresaba dinero un centenar de personas del pueblo. En definitiva, todo apuntaba a que se trataba de una sociedad constituida con el fin del blanqueo. Por tanto, quien estuviera detrás de Horizon era la misma persona que comandaba a los Alacranes, ya que los pandilleros eran los encargados de asustar a los vecinos para que vendieran sus bateas.

Elena abrió los ojos de repente, se acercó a la mesa y comenzó a teclear, casi aporrear, las letras del teclado para escribir el cuerpo de un mensaje. En él solicitaba la titularidad real de Horizon, S. L. Aunque la investigación policial apuntaba a Enzo Quiroga como principal sospechoso, Elena se inclinaba cada vez más por el hecho de que la muerte de Paulina estuviese relacionada con el caso de blanqueo de capitales. Paco Meis, Brais Verdeguel y los Alacranes tenían un papel en todo aquello. La clave ahora era averiguar quién estaba detrás de Horizon, S. L.

Elena intuía la respuesta.

Los resultados toxicológicos arrojados por el otro mechón de pelo, el de Melisa, dolían demasiado. Acodada en la mesa, dejó caer la cabeza sobre la palma de su mano. Cerró los ojos un instante. Las últimas entradas que había leído en el diario describían la dura realidad de su tía, la de una joven al borde del abismo, la de quien no puede dormir y ha perdido toda ilusión por despertar.

Cruces, 23 de junio de 1988

Todo empezó una noche en la Freedom.

Servir copas, dormir de día y trabajar de noche no es tan duro. Aguantar imbéciles sí. Debí suponer las condiciones del trabajo cuando Diego me dijo cómo debía vestir. «Tienes buenas piernas, enséñalas». «Sí». «Esta es una discoteca moderna, no el bar del pueblo». «Claro». «Más corta la falda, más, más arriba». «Vale». «Y ábrete el escote que pareces una monja». «Venga». Sí, claro, vale, venga. Siempre tan agradecida de tener un trabajo, de no sentir ese frío en los bolsillos si me volvía a encontrar fuera de casa. Qué es la felicidad, sino paz, tranquilidad. Tranquilidad en la cabeza, en los sueños, en el corazón y el alma, también en el bolsillo y en la minifalda.

Mi turno en la discoteca acaba al amanecer. A veces a las seis, otras a las siete y otras no sé si desayunar o comer al salir a la calle. Debo aceptar las copas que me ofrece cada desesperado que se acerca a la barra y malinterpreta mi falda, mi escote. Los mismos que de mirar un poco más arriba encontrarían una sonrisa de mala gana y ganas de escupirles en el garrafón que Diego les dispensa a precio de champán francés, porque no somos el bar del pueblo. Sí, claro, vale, venga.

Así que bebí una copa, dos, tres, infinito. No lo sé, la verdad. Diego me dispensó un remedio bajo la promesa de que sería muy efectivo y pronto me encontraría perfecta para seguir mi turno. Hasta para doblarlo.

Los ojos se me cerraban. Recuerdo a Pilucha y a Xacobe disponiendo todo, alineándolo con destreza encima de la mesa acristalada del reservado en el que Diego decía cerrar negocios importantes. Lo cierto es que a mí todos los que pasaban con él me daban más asco que los solitarios de la barra del bar.

Me pusieron de rodillas y me dijeron cómo debía hacerlo. «Aspira fuerte. Por la nariz».

Me sentí igual que con la primera calada de aquel Winston de batea. La primera vez quise morir, pero a la segunda ya quería vivir en París.

Pero, como había dicho un sabio que nada tenía que ver conmigo, todo lo que sube ha de bajar, y, si crees estar en el cielo, ¿adónde has de caer sino al infierno? Y ahí sigo.

Sigo en esa espiral. Cayendo a toda velocidad, creyendo triunfar hasta despertar en medio del fracaso, del desastre provocado. Luces, colores, movimientos blancos que huelen a oportunidad en la noche y saben a amargura al alba. Al alba… Al alba… Hoy es San Juan. Una noche en la que no hace tanto saltaba para alejar brujas y demonios. No he comido sardinas con esos vecinos que al verme se santiguan con la mirada, no me he acercado a ningún fuego por miedo a ver mi reflejo en sus llamas, no he llamado a Jackie para celebrar sus dieciséis años.

No la llamé, aunque en un instante de luz pensé en hacerlo, e igualmente ella vino a buscarme. Apareció de pronto, sonriente, conciliadora, feliz de salir de su encierro con el pretexto del cumpleaños y de San Juan para estar conmigo. ¡Conmigo! Nadie decente hoy quiere estar conmigo. Nadie debería querer. No los culpo.

Me duele tanto recordar sus ojos. Los ojos de Jackie. La forma en que su sonrisa desaparecía al verme. La decepción, esa decepción… No podré volver a mirarla nunca. Porque me vio. Vio de qué modo me doblaba sobre el cristal de la mesa, el deleite, la brutalidad, lo obsceno, en cuanto yo aspiraba. Escote abierto, pupilas dilatadas y una mano en la nariz. No la culpo.

Salió corriendo, qué otra cosa podía hacer. Yo, en cambio, me doblé de nuevo, respirando con fuerza, deslizándome por mi espiral de recreo. Ese frenesí en el que ayer no duele, los minutos saltan y mañana no importa. Sin culpas.

Después debo volver tras la barra. Hacer horas y horas, noche tras noche. Porque ahora debo trabajar para pagar remedios a los problemas que yo sola me he buscado. Y ya nada es suficiente.

El teléfono aulló con la agitación de un animal enfurecido. Al mismo tiempo un mensaje entró en la bandeja del correo electrónico. Elena descolgó y activó el manos libres.

—Hola, Marco, ¿qué tal ha ido todo con Enzo Quiroga? ¿Alguna novedad? —preguntó ocultando un interés que iba más lejos de lo puramente profesional.

—Te llamo por otro asunto —dijo él con voz grave.

—¿Qué ha pasado?

—He estado visionando las cámaras del Hospital Comarcal de Cruces. Con ellas he podido comprobar varias cosas, entre ellas, que un chaval con sudadera y capucha negra se metió bajo tu coche minutos antes de que tú te subieras. Después se alejó en una moto.

—Recuerdo la humareda del tubo de escape de una motocicleta antes de llegar al coche —caviló Elena en voz alta.

—En la grabación se ve la pequeña pegatina roja y negra, distintivo de los Alacranes, en la parte trasera de la vespino. Ahora ya no abrigo la más mínima duda de que esa pandilla provocó tu accidente.

—No solo mi accidente. El mecánico fue muy claro conmigo: utilizaron idéntico *modus operandi* en el accidente que se cobró la vida de un psiquiatra del Centro Médico Social hace años. ¿Has podido comprobarlo? ¿Conoces el nombre de ese médico?

—Tengo a un agente trabajando esa prometedora línea de investigación ahora mismo. Pronto sabré algo más.

—Cuando lo tengas, házmelo saber, Marco —pidió.

—Ahora necesito que hagas memoria y me digas si recuerdas algo que te llamara la atención del día del accidente.

—Ese día recibí la lista de nombres implicados en la trama de blanqueo. Me la había facilitado el exempleado de una sucursal bancaria aquí en Cruces. Después me fui al hospital a ver a mi madre y al salir perdí el control del coche. Pero… espera, un momento, sí hubo algo que me sorprendió. Tras el accidente, llegué al juzgado y encontré a Mari Mar, mi secretaria, en mi despacho. Ella sabe que no me gusta que husmee en mis cosas cuando no estoy salvo excepciones muy puntuales. Igualmente, allí estaba. El caso es que la descubrí revolviendo todo sobre mi mesa, como si buscase algo y, nada más verme, pareció que tuviese ante ella a un fantasma. Resultó extraño. —Elena hizo una breve pausa, como si rumiara una idea, y continuó—: Pero también es cierto que el comportamiento de esta mujer siempre me parece fuera de lo común. No creo que vaya a recibir el premio a la mejor empleada del año —concluyó restando importancia.

Dos toques a la puerta y alguien entró en el despacho del comisario con tanta energía que Elena pudo escuchar el movimiento de los estores metálicos al golpear contra las ventanas.

—Elena, dame un segundo —pidió Marco mientras atendía a un agente uniformado.

La jueza sintió un escalofrío y aprovechó el *impasse* para echarse algo de ropa encima. Buscó la chaqueta con la que había salido aquella tarde sin suerte. Después de una rápida ojeada al salón y al dormitorio compuso gesto de fastidio al caer en la cuenta de que debía habérsela dejado en casa de Enzo Quiroga.

Volvió a sentarse fente al ordenador y abrió el correo que continuaba parpadeando incómodo en su bandeja de entrada.

Comenzó a leer el mensaje, se llevó un vaso con agua a la boca y empezó a toser. No daba crédito a lo que acababa de recibir, la respuesta a su solicitud para saber quién era el titular real de Horizon, S. L.

—Elena, ¿sigues ahí? —dijo el comisario al otro lado del hilo telefónico.

—Sí, sí —contestó ella con la voz todavía ahogada.

—Acaban de entregarme un extracto del registro telefónico de Brais Verdeguel. No ha sido fácil recuperar todos los mensajes escritos y de audio que, como supondrás, habían sido borrados, pero los tenemos. En una conversación con Tito, el Mule y los hermanos Ventín, todos alacranes, destaco el siguiente audio de Brais: «Hay alguien que va por libre, como lo coja, lo despiezo». Le contesta Rafi Ventín: «¿Qué dices, tío?». Continúa Brais: «Lo que estás oyendo. No me jodáis, eh, no me jodáis, ¿una mano?, ¿de quién ha sido la idea? El encargo era muy claro: los paquetes se entregaban juntos y enteros, ¡hostia!».

—¡Los tenemos! —afirmó Elena pletórica al sentir que las pesquisas avanzaban en la línea que había marcado su intuición.

—Daré orden para que los arresten a todos de inmediato —dijo Marco con un tono más contenido que el de la jueza—. Verás qué poco tarda alguno de ellos en señalar con el dedo a quien esté detrás del «encargo» de matar a Paulina.

Marco guardó silencio unos segundos.

—Tú no crees que sea Enzo Quiroga, ¿verdad? —preguntó prudente y convencido de conocer la respuesta.

—Yo solo creo lo que me dicen las pruebas —se defendió.

—Esta tarde, mientras interrogaba a Quiroga explicó que el Bentley no solo lo usaba él, también el administrador de su padre.

—Raposo —musitó ella con la vista clavada en la pantalla de su ordenador mientras escuchaba al comisario a través del manos libres.

—Sí, Raúl Raposo —confirmó él—. El caso es que el coche estaba limpio, hasta el mínimo detalle, y únicamente tenía restos de sangre de Paulina y fibras capilares de Enzo Quiroga. De nadie más. E insisto en que el coche estaba impoluto. A esto cabe sumar que el día de la desaparición, el teléfono móvil sitúa a Quiroga desde las nueve en el hospital, mientras que Aida asegura que eran más de las diez cuando vio a la hija de los Meis subir al Bentley.

—Entonces ¿crees que alguien lo quiere incriminar?

—Por último —prosiguió sin querer contestar—, registramos la casa Quiroga y encontramos un contrato de compra de bateas y de la vieja fábrica. El comprador era la empresa Horizon, S. L., pero Enzo Quiroga no lo había firmado. Debemos averiguar quién es el administrador de…

—Marco —interrumpió ella sabiendo lo que él iba a decir—, ya sé quién es el titular real de Horizon, S. L.

—Y ¿quién es?

—Úrsula Raposo.

El timbre sonó en la puerta. Elena se levantó de la silla y se acercó a la ventana. Apartó la cortina al tiempo que se asomaba para ver de quién se trataba. Exhaló todo el aire de sus pulmones y volvió al lado del teléfono.

—Debo colgar, Marco. Tan pronto pueda me pasaré por la comisaría.

—Sí, pásate —dijo él con un punto áspero en la voz que no pasó desapercibido para ella—. Tengo aquí una chaqueta que creo que es tuya.

38

El cielo cubierto de nubes se apagaba. La noche caía al tiempo que una tímida farola cercana a su portal se encendía.

Elena abrió la puerta. Frente a ella encontró el semblante angustiado de Pilucha.

La madre de Paulina Meis se agarraba las manos a la altura del pecho. Sin llegar a juntar las palmas, las apretaba con fuerza hasta blanquear los nudillos. Parecía componer una especie de cofre, una caja bien cerrada, un secreto. Uno que pesaba y dolía tanto que estaba dispuesta a entregarlo para salvarse.

—Buenas noches —saludó la mujer como si se esforzase por no perder la educación.

—Buenas noches. ¿Puedo hacer algo por usted?

Pilucha miró a un lado y al otro de la calle, nerviosa.

—¿Me permite entrar? —preguntó.

—Adelante —respondió Elena franqueándole el paso.

Ya en el salón, la mujer parecía ligeramente más relajada pese a ese nudo en el pecho que sus manos se encargaban de delatar.

—Necesito hablar con usted —dijo.

—Tome asiento —invitó la jueza—. ¿Quiere un vaso de agua?

—No, no. Estoy bien así. Le cuento lo que he venido a decirle y me voy.

—En ese caso, usted dirá.

—A ver... —murmuró Pilucha con la vista de lado y las manos un poco más cerca de la boca—. A ver por dónde empiezo...

Elena adoptó gesto y disposición de escucha frente a ella.

—Entiendo que tiene que ver con Paulina —dijo tratando de ayudar a la mujer para que comenzara su exposición.

—Sí, claro —contestó atropellada—. No, no —se corrigió de inmediato—. Es por Paco —dijo al tiempo que se sentaba en el sillón que tenía detrás—. Temo por él —añadió, y bajó las manos para que descansaran en su regazo.

Elena, sin decir nada, ocupó otro asiento.

—Temo que Paco haga una locura y aparezca flotando en la ría como un arroaz muerto de tres días.

—¿Por qué cree eso? —trató de indagar.

La mujer bajó la cara, despegó una mano de la otra y se quedó mirándolas un par de segundos meditando la respuesta.

—El día que vino a casa a preguntar por los ingresos que Paco hacía a una cuenta en Suiza, no dije nada, porque..., bueno, ya sabe, porque soy de la idea de que cada uno ha de gobernar su casa como pueda o sepa, y no hay nada que ir contando a nadie. —El tono de Pilucha se elevó un poco para enfatizar aquella defensa incuestionable—. El caso es que ahora me da miedo lo que pueda hacer este hombre o, peor, lo que le puedan hacer a él. —Hizo una mueca que puso en evidencia la desgana con la que acudía a ella para revelar nada.

La jueza escrutaba a la madre de Paulina Meis, esperando que al fin explicara los motivos que la obligaban a estar allí.

—A finales de junio, después del San Juan, en una mañana de mucha faena y buena mar, el motor fueraborda de la dorna dejó de funcionar. No sé qué le pasó, una avería, le entraría agua, yo qué sé, o quizá que le llegó la hora. El caso es que no arrancaba. Debe entender que nosotros tenemos tres hijos, bueno, ahora dos. —Bajó la voz a la altura de un susurro en la memoria—. Y vivimos del mar. De lo que yo me saco con el marisqueo, pero sobre todo de lo que gana Paco con esa dorna. ¿Sabe cuánto cuesta un motor de esos?

Elena levantó ligeramente las cejas mostrando desconocimiento y negó con la cabeza.

—Con los cuatro duros que teníamos ahorrados no llegaba. ¿De dónde lo íbamos a sacar? —lanzó retórica sin esperar respuesta—. Así que yo hablé con un viejo amigo de aquí de Cruces y le pedí trabajo para Paco. Necesitábamos sacar dinero de algún sitio. Y este amigo me dijo que le daría trabajo y le pagaría en negro. Bueno, comprenda usted que, si nos ponemos exquisitos en ese momento, tenemos más de perder que de ganar —arguyó mostrando las palmas de ambas manos.

La jueza no asintió, pero tampoco negó, así que Pilucha se dispuso a continuar.

—Empezó a trabajar en la batea de una hora para otra. Pero a los dos días, el dueño se vio obligado a venderla, ¡por su propio hijo! —exclamó con hastío—. Un malnacido que dejó a su padre sin trabajo ni ganas de levantarse por la mañana. Aquí todos tenemos cruz que cargar, ya ve.

Elena se preguntó si ese viejo amigo sería Xacobe Verdeguel.

—Y, así, de vacío, me volvió Paco para casa. Otra vez. Por eso no es de extrañar que, cuando llegó el 1 de julio, pasara lo que pasó. Todos los meses Paco hace lo mismo: recoge un sobre con dinero y lo lleva a ingresar al banco. A ver, que con eso no hace mal a nadie, él se queda una minucia, calderilla, que buena falta nos hace, entiéndame, y solo tiene que ir al banco y meter lo que le dicen en la cuenta que toca. Unas veces aquí, otras allí. Él no quiere saber a quién o a quiénes. Yo tampoco. —Teatralizó con un movimiento rápido de las manos—. Solo recoge el sobre y lo lleva adonde le indican. Nada más que eso. Nada más.

Una señal de aviso se activó en Elena y la hizo reaccionar con gesto de interrogante.

—Un momento —interrumpió la jueza con una mano dando el alto a la velocidad de crucero que había alcanzado Pilucha—. ¿Paco Meis no solo ingresaba dinero en la cuenta de Horizon, S. L.?

La mujer contrajo el rostro sin entender de qué le hablaba.

—La empresa de Suiza —aclaró Elena.

—No, no. Qué va. —Agitó la cabeza al tiempo que chascaba la lengua—. Había más cuentas. Con nombre y apellido. Pero, repito, yo no quise saber y él tampoco.

Elena recordó que no había leído la totalidad de la lista que le había facilitado el exempleado del banco.

—El caso es que Paco cogió el dinero prestado para comprar un motor nuevo a la embarcación. Serían solo unos días, los que necesitábamos para reunir la cantidad que faltaba. Se lo explicó a ese malnacido. Pero después de ver lo que acababa de hacerle al padre, ¿qué iba a hacerle a Paco? Pues dos dedos le cortó el muy canalla.

—Pero ¿quién se los cortó? —preguntó Elena revolviéndose en el sillón.

—¿Quién iba a ser? —respondió alzando la voz—. Brais Verdeguel. El cabecilla de los Alacranes. Le dijo a Paco que tenía dos opciones: devolver el dinero o hacerle unos trabajos.

—¿Unos trabajos? ¿De qué tipo?

—¡De cuál iba a ser, mujer! Querían que ayudara en el negocio, ya sabe usted. Y se lo fueron a decir a Paco —dijo exagerando incredulidad—. El hombre más honrado que he conocido nunca. Él, que jamás quiso saber nada de Alacranes ni de droga ni de historias. Se negó. Rotundo. Perdió dos dedos y ganó una amenaza: tres meses para entregar el dinero, más intereses.

—¿Por eso la bofetada a Paulina? —preguntó la jueza descolocando por un momento a Pilucha—. Me dijo que había sido por hacerse un tatuaje. Pero no fue exactamente por eso, ¿no? Fue por hacerse un tatuaje de un alacrán.

—Sí, mujer, sí. —Bajó la cabeza y pellizcó las uñas sobre el regazo—. La niña empezó a juntarse con los más jóvenes de la pandilla. La pobre qué iba a saber. Se hizo el tatuaje y a Paco casi le da algo. Discutieron y, por primera vez, le soltó una bofetada de la que, aún hoy, y ya siempre, se va a arrepentir.

Transcurrieron unos segundos en riguroso silencio antes de que Pilucha se pusiera en pie, con la misma velocidad con la que se había sentado al llegar.

—Como le decía, tengo miedo de que le pase algo a Paco. Quiere justicia. Y esa justicia va a acabar con más condena para él y para mí. También para los dos hijos que nos quedan.

La mujer se puso en movimiento sin esperar que Elena la acompañara a la salida.

—Antes de que se vaya, dígame una cosa —dijo la jueza—. Ese viejo amigo suyo era Xacobe Verdeguel, ¿verdad?

Asintió y continuó avanzando hacia la puerta.

—¿Se encontró con él en el hospital el día que ingresó mi madre allí?

Pilucha se detuvo en seco y la miró con gesto de extrañeza.

—Lo cierto es que sí. ¿Qué mal tiene eso? —alegó inocente, y lo parecía.

—Por ahora es simple curiosidad.

—Ya sabrá que su hija trabaja en el hospital. Es enfermera.

La jueza asintió.

—Fue algo fortuito —continuó explicando—. Llegué con Marian y me encontré con Xacobe. Nos conocemos desde hace muchos años.

Elena lo sabía. Asintió de nuevo.

—Cierto que nunca tuvo relación de ningún tipo con tu madre, pero conocía a Melisa. Le conté lo de Paulina. Insisto que siempre tuvimos muy buena relación. A él se le veía mal. Por lo de su hijo. A veces, como padre, no sabes si es peor vivir sabiendo que has criado al verdugo o morir con la víctima.

Elena advirtió el brillo en los ojos de la mujer y se acercó.

—Xacobe se portó bien. Yo tuve que marcharme y él se ofreció a preparar a tu madre para unas pruebas que le iban a hacer. Si vieras con qué cariño le retiró los pendientes, la gargantilla...

—¿Retiró él la cadena del cuello de mi madre? —preguntó sorprendida.

—Sí. Ya sé que esa llave es muy importante para ella. Todo el mundo en O Souto Vello lo sabe.

—¿Tenía la llave? En ese momento, ¿recuerdas que tuviera la llave en la cadena que siempre llevaba al cuello? —se alteró la jueza.

—Sí, claro —contestó sin dar lugar a la duda—. ¿Por qué lo dices?

—Era la llave del diario de Melisa.

—Lo sé —dijo condescendiente.

—No, creo que no lo sabes. Decreté secreto de sumario con la muerte de Paulina. El día que apareció su mano, en ella ocultaba algo.

Los ojos de Pilucha mostraban desconcierto, estupefacción por cuanto estaba escuchando.

—La llave del diario de Melisa apareció en la mano de Paulina.

Con la silueta recortada por aquella solitaria farola frente a la casa de la jueza, Pilucha caminaba más perdida y desorientada que al llegar, en medio de la noche cerrada.

Elena dudó un segundo y descartó la posibilidad de ir a la comisaría a aquellas horas. Cerró la puerta con llave pensando en Xacobe, en cuál sería su implicación en la muerte de Paulina, en aquella mano cercenada sin piedad, en lo que escondía, en la llave.

Se fue a la cama sintiendo el hormigueo de cuantos pensamientos se alborotaban en su mente. Había escrito a Marco para explicarle la conversación que había tenido con Pilucha, pero evitó cualquier alusión a la chaqueta, a esa prenda que la delataba, que la situaba en casa de Enzo Quiroga antes de ser detenido. Fue entonces cuando se concedió unos segundos para pensar en él, para dibujar sus rasgos, su sonrisa de medio lado y el azul de sus ojos de misterio.

Después cogió el diario de Melisa y se dispuso a leer. Leer para entender. Ojalá de una vez por todas.

Cruces, 3 de noviembre de 1988

Oh, blanca flor de mis derrotas.

Blanca flor de mi memoria, de mis olvidos, de mis saltos, de la tumba que, Marian insiste, me esfuerzo en cavar.

Oh, blanca flor de mis derrotas.

El dinero no llega, el cuerpo lo intenta y yo debo pagar. Pagar. Pagar.

Él cobra y me dice cómo, me dice cuándo, me dice «ahora». Yo asiento, la ropa cae, de pie, de rodillas, «date la vuelta». Se ríe, disfruta. Al fin, ya está.

Sigo cavando y es mía, mía la papelina. Me voy llena para sentirme vacía. Oh, blanca flor de mis derrotas.

Marian me ha visto, me ha encontrado esta mañana. Dijo que tenía mala cara. «Mala cara», repitió con pena en la mirada. Esa tristeza miserable, la culpa, esa que, cuando me encuentra, encuentra los ojos de mi alma.

Me ha pedido que escriba, que me aleje, que lo intente. Y la quiero tanto que estoy aquí, intentándolo, alejándome, escribiendo en mi diario de hojas muertas.

¿Cuánto tiempo resistiré el impulso que me llama y me destruye? Quisiera decir que para siempre. Fantasía. Ilusión. Esta noche entro un poco antes. Es viernes y a las siete empieza la sesión de tarde en la Freedom. Hasta las diez la discoteca se llenará de chavalería. Deberían tener mínimo dieciséis años. Tendrán catorce ellos. Ellas puede que menos. Y yo les serviré copas, fingiendo no saber su edad, del mismo modo que los de treinta fingen desconocer que soy menor cuando me soban la falda.

Diego me mira, se asegura de que no vaya a decir nada, que no vuelva a soltarle una del revés al primer envalentonado en meter mano. Y me bebo la copa que me pagan, sonrío, bebo otra copa, sonrío más, bebo otra copa y dejo de sonreír. Y acudo a él. Cada noche acudo a él y le pido que me deje volar. Que lo dejo todo. Que me voy. Discutimos, me marcho, me sigue, me grita. Le debo tanto dinero… Entro al reservado. Mi cuerpo ya no es mío, se lo entrego a él, que haga lo que quiera, no me importa. Oh, blanca flor de mis derrotas. Me quedas tú en ese cristal de tragedia en líneas rotas.

Cruces, 9 de enero de 1989

Un día las sirenas sonarán por mí. Romperán la noche con sus luces girando en todas las direcciones posibles. Se agolparán vecinos, amigos y enemigos, puede que hasta Saturnino, el sacristán, se acerque a decir «lo siento, qué lástima, de verdad». Negarán sin creer, afirmarán sin saber. Mientras, en mi casa el llanto cubrirá las paredes, mi familia sentirá la agridulce liberación de sus noches, de sus días, de sus vidas. También de la mía. Sentirán, sentiré, la siempre cruel condena de quien se va sin ser la hora. Porque un día... un día que me observa desde hace tiempo en una esquina, todo acabará.

39

La detención de Enzo Quiroga abría los matinales. Periódicos, radio y televisión comarcal, provincial y hasta autonómica. Todos mostraban un primer plano de la gran casa Quiroga y de las manos esposadas del principal sospechoso de la muerte de Paulina Meis.

Elena tomó asiento con una taza en la mano. Sorbía el café sin apartar la vista de las imágenes que reflectaba el televisor.

Había otra noticia que proporcionaba mayor interés y tranquilidad a la jueza: el arresto de los Alacranes. De todos menos de su cabecilla: Brais Verdeguel. Él había conseguido huir. Pero no era el único, entre los nombres recitados con tono neutro por la periodista apostada frente a la comisaría de Cruces, tampoco figuraba el de Rubén.

Sin necesidad de mayor preámbulo en una jornada que auguraba movimiento, Elena abrió la puerta y se dirigió a su coche. Un policía uniformado la saludó a lo lejos después de haber hecho guardia toda la noche frente a su casa.

Era un día aletargado y perezoso, con aires que cargaban pesada e invisible humedad.

La jueza se frotó las manos con un gesto envolvente antes de agarrar el volante. Activó el limpiaparabrisas para librarse del relente de la noche, levantó la vista y creyó ver una sombra ante ella. Se asustó. Dio un respingo en el asiento y acomodó la respiración. «Poderoso enemigo el miedo, peor aún la sugestión», se dijo al tiempo que embocaba la llave en el contacto del vehículo. Aun así pudo verla, allí estaba, sentada en un banco. Pilucha miraba al frente, al horizonte, pero también a la profundidad del agua, al pasado, al presente.

La puerta de la comisaría de Policía Nacional de Cruces era un ir y venir de personas. Cámaras, micrófonos. Todo dispuesto para el telediario del mediodía. El heredero de la gran casa Quiroga había sido detenido. «Principal sospechoso del cruel asesinato de una joven de quince años habría aprovechado su posición para, presuntamente, repetir un crimen cometido hace treinta años».

Solo una cosa fallaba en aquel titular que los periodistas presentes perseguían dar a quien prestase oídos, y era la verdad. La verdad de la historia.

Elena abrió la puerta del despacho de Marco, sin esperar a ser invitada a entrar.

El comisario se encontraba en medio de un acalorado debate con el inspector Ruiz.

—¿Quién y por qué le cortó una mano? ¿Por qué pegarle dentro la llave del diario de Melisa? —preguntó Marco a Ruiz.

—La llave del diario de... ¿Melisa? —contestó él hasta ese momento desconocedor de ese detalle—. No figura ninguna llave ni ningún diario entre las pruebas del caso, señor.

—Marco, ¿puedo hablar contigo? —interrumpió ella.

Ruiz le lanzó una mirada reprobando aquella irrupción.

—Pasa y cierra la puerta —dijo él—. De todos modos, no creo que podamos avanzar más en este punto —añadió con la vista puesta en el inspector.

Ruiz cabeceó y balbuceó algo ininteligible, sin saber realmente qué decir. Manifestaba el desconcierto que le había provocado desconocer la existencia de una llave y un diario hasta ese momento. Cerró la puerta a regañadientes y los dejó solos.

—A todo esto —preguntó Marco a Elena—, ¿has recuperado ese diario?

—Lo cierto es que sí —contestó ella sin entrar en detalles.

—Y ¿has podido sacar algo en claro de él?

—Tal y como ha demostrado el análisis de tóxicos, Melisa era consumidora de distintas sustancias. Comenzó a envolverse con los Alacranes de la época y con Diego Bergara. Él la contrató para trabajar en la discoteca Freedom.

—La Freedom —resopló Marco—, durante más de una década ha sido el epicentro de los negocios sucios de los Bergara. Familia en la que, al menos en esa época, no se salvaba nadie. De hecho, la hija de Dante Bergara se casó con un «empresario colombiano». Puedes imaginarte el negocio.

—He averiguado algo acerca de esos negocios de mano de la propia Melisa. Por eso no entiendo quién podría tener interés en dirigir la investigación hacia ese diario. ¿Un alacrán? No tiene sentido.

Marco guardó silencio unos segundos en los que parecía estar buscando la respuesta al rompecabezas. Después continuó:

—Hay algo más que debo decirte antes de que sigamos analizando las conversaciones telefónicas de Brais Verdeguel. A última hora de la tarde de ayer, el doctor Araújo me envió el resultado del examen de las esporas encontradas en la carísima alfombra que apareció en las inmediaciones de la vieja fábrica Quiroga, cerca de donde estaban los cuerpos de las chicas. Se trata de esporas de un tipo de hongo que curiosamente crece en O Souto Vello. Una seta que necesita un grado de humedad elevado y se beneficia del ecosistema de laurisilva.

—Marco, por favor, al grano —se impacientó Elena.

—El cuerpo de Melisa se enterró envuelto en esa alfombra que pertenecía a los Quiroga, en el entorno del *cruceiro de meniños* de O Souto Vello. Y, por algún motivo que quizá ahora empiezo a entender, hace solo unos días fue desenterrado, arrastrando con ese movimiento algunas de las esporas que se adhirieron al tejido de la alfombra.

—Estuvo treinta años enterrada en el *cruceiro* —musitó para sí misma—. ¿Por qué dices que ahora empiezas a entender el motivo?

—Porque, volviendo a las conversaciones grabadas de Brais Verdeguel con los Alacranes, el día 9 de octubre, mientras nosotros encontrábamos la mano de Paulina Meis cerca de la casa del viejo curandero, en un mensaje el pandillero daba orden de «mover el bulto al bajar la niebla».

—«Mover el bulto...». El día que encontramos la mano... Ese fue el día que te comenté haber visto movimiento en el *cruceiro*. Había mucha niebla, recuerdo que al principio dudé de lo que veía —evitó explicar que la visión la llevó a pensar en procesiones de ánimas y Santa Compaña— y me pareció que cargaban en hombros algo. —Hizo una breve pausa—. Estaban ahí, Marco, ahí, muy cerca de mí. Llevaban entre cuatro el cuerpo de Melisa envuelto en esa alfombra y no lo vi —se lamentó—. No andaba desencaminada al concluir que debía de tratarse de alacranes, pero supuse que estarían trapicheando con drogas.

—Eso mismo hubiera pensado cualquiera de nosotros. En un desechable que hemos incautado a uno de esos «piezas» de los Alacranes, encontramos información sobre gran cantidad de descargas de fardos en O Souto Vello de las que no teníamos conocimiento. Las condiciones de esa zona de la isla la convierten en un punto perfecto. Entre la niebla, orientada al Atlántico pero sin puntos de vigilancia con ángulo óptimo de visibilidad, O Souto Vello es de gran valor para los pocos narcos que todavía quedan en la zona.

—Volviendo a la orden de Brais Verdeguel para desenterrar el cuerpo de Melisa —continuó Elena—, ¿por qué querrían moverlo y sacar a la luz un crimen? Dijiste que ahora empezabas a entenderlo, explícate, Marco.

—Los Alacranes y quien esté detrás de ellos ha puesto mucho interés en relacionar los cuerpos de las dos chicas. Los dos crímenes —respondió tajante.

—¿Crees que quien hizo el encargo a los pandilleros es el mismo que está detrás de Horizon?

—Hace dos horas un equipo de la UDYCO ha entrado en las oficinas del bufete de Raúl Raposo, el administrador de la casa Quiroga, para el que trabaja también su sobrina, Úrsula. Tan pronto la tenga en comisaría la interrogaré personalmente y, si en verdad su papel en todo esto es el de testaferro, tendrá que confesar a quién está encubriendo.

—Mantenme informada. Esa información es de suma importancia para aclarar lo sucedido con la muerte de Paulina. En estos momentos parece que la tesis que apuntaba a Enzo Quiroga como culpable empieza a perder fuerza.

—Solo puedo confirmar que las pruebas de las que dispongo en este momento no lo señalan como responsable de la muerte de Paulina Meis —enfatizó el comisario—. De ahí que sus abogados estén a punto de conseguir que lo deje libre hoy mismo.

Elena suspiró de forma casi imperceptible al tiempo que lanzaba una discreta mirada a través de los estores de su ventana. Las ansias de los reporteros bullían en una multitud de voces apostadas en el exterior.

—Será mejor que vaya al juzgado. Utilizaré la puerta de atrás —dijo Elena, y dibujó en los labios el gesto apático que le provocaba aquel circo.

—Dos cosas antes de que te marches. El doctor Araújo me hizo llegar un anexo aclaratorio al informe de tóxicos del pelo de Melisa.

Aquellas palabras captaron toda su atención.

—Aquí lo tienes —enfatizó Marco mientras se ponía en pie y le entregaba una carpeta—. Dice que la parte del cabello más cercana a la raíz demuestra que Melisa llevaba limpia más de un mes.

Ambos se miraron a los ojos. Él no necesitó decirle cuánto lo sentía. Ella prefirió no contestar que lo sabía.

—Lo estaba dejando, Elena —explicó él bajando la voz.

—Debo irme —se despidió Elena conteniendo la respiración.

El comisario se sentó de nuevo y se llevó una mano a la barbilla.

—Elena —la llamó, y ella se dio la vuelta—, tienes tu chaqueta en el perchero. —Señaló un rincón de la estancia.

No tenía de qué avergonzarse, pero se sentía incómoda, quizá incluso desleal.

Asintió y tiró de la prenda obligándola a saltar del colgador. Volvió hacia la puerta. Él la seguía con la mirada.

—Recuerda que aunque no tenga nada que ver con la muerte de Paulina, esconde algo. ¿Por qué el cuerpo de Melisa estaba envuelto en la alfombra de su habitación?

Altiva, prepotente, con el gesto imprudente de quien carece de audacia, Úrsula Raposo alargaba el cuello y exigía ser puesta en libertad. Nadie contestaba. Estaba sola en una claustrofóbica sala de interrogatorio. La más pequeña de la comisaría de Cruces.

Miraba a un lado y al otro. Nada más que una silla y una mesa de color gris metálico. Sin ventanas. Con un espejo rectangular a través del que Marco Carballo la observaba. Paciente, de pie frente al cristal, sin dejar de mirarla. Espiaba cada gesto, cada segundo, cada minuto. Viendo cómo su frialdad se derretía, cómo pasaba de estirar la espalda y acariciar sus llamativos pendientes con la yema de los dedos a combar el espinazo para tamborilear nerviosa con largas uñas escarlata sobre el tablero.

La tensión se apoderaba de ella. No tardó más de media hora en gritar pidiendo un café, agua, hacer una llamada, la presencia de un abogado...

El inspector Ruiz se acercó al comisario para recordarle que no podía retenerla en esas condiciones mucho más tiempo.

Marco se frotó la barbilla, satisfecho.

—Ya está lista —dijo antes de entrar a interrogarla.

Úrsula Raposo lo acribilló con una mirada felina cargada de intención.

—Se están vulnerando mis derechos —espetó al comisario.

—Tome asiento, señora Raposo.

—¿De qué me acusan, si puede saberse?

—¿Conoce la empresa Horizon, S. L.?

Ella aguzó su mirada felina y frunció los labios en leve muestra de desagrado.

—No sé de qué me habla —contestó.

—Le aconsejo que no tome ese camino —dijo Marco colocando ante ella los papeles de titularidad de la empresa en los que podía leerse su nombre.

—Usted es la administradora de Horizon, S. L., ¿no es cierto?

Úrsula soslayó una mirada ignorando los documentos.

—Este es su nombre —indicó él—. Y esta, su firma. —Desplazó un dedo con rapidez sobre la hoja y dio dos toques en el garabato que la incriminaba.

Como si se acercara a un precipicio, la mujer dejó caer un rápido vistazo.

Marco observaba cada detalle de Úrsula. La forma en que se aceleraba el ritmo de su respiración, la resistencia de los botones dorados de su chaqueta de tweed necesitados de aire, de más espacio en el que ensanchar sus pulmones.

—No sé. Tal vez.

—¿Tal vez? ¿Acaso es titular de tantas empresas como para no recordarlas?

—Firmo infinidad de papeles en el bufete, ¿sabe? —Alzó la voz evidenciando un leve temblor.

—Ah, ¿sí? —dijo Marco sereno buscando provocarla—. Según he podido ver, el cargo que desempeña es el de secretaria. ¿Qué clase de papeles firma una secretaria?

Úrsula estiró la chaqueta con ambas manos en un intento inconsciente de querer levantarse y salir corriendo. Las patas de la silla chirriaron sobre la baldosa. Resopló.

—¡Quiero llamar a un abogado! —trató de imponerse.

—¿Y a qué abogado quiere llamar? ¿Quizá a su tío?

El semblante de la mujer rezumaba ira contra él.

—No conseguirá nada de mí —escupió venenosa—. Él me sacará de aquí.

—Parece que hay muchas cosas que desconoce —respondió con ironía—; ahora mismo Raúl Raposo se dirige al aeropuerto de Santiago.

40

Sabía que tenía el teléfono intervenido desde hacía dos días, por eso usaba uno desechable. Lo que no imaginaba era que lo estaban siguiendo. Desde que había salido de Cruces, un coche con dos agentes de policía iba tras él.

Sentado en el asiento trasero de un taxi, Raúl Raposo marcaba los nueve dígitos de un número de móvil, confiando en obtener al fin una respuesta. Daba tono, una vez, dos... El administrador de la casa Quiroga se pasaba el dorso de la mano por la frente empapada en sudor sin dejar de apretar contra su orondo cuerpo un maletín que, por la fuerza utilizada, parecía contener el valor de una vida entera.

Los tonos continuaban, cinco, seis... Hasta que la llamada se cortó. No contestaba a sus mensajes, no le cogía el teléfono. Definitivamente, lo había dejado solo.

Necesitó dos impulsos para salir del coche y otro par de bufidos para increpar al conductor por no saltarse el «prohibido el paso» para dejarlo más cerca de la terminal de salidas del aeropuerto internacional de Santiago de Compostela.

Gabardina oscura abierta, formas desastradas, asía el maletín con el andar de un palmípedo trajeado.

«Déjenme pasar». «Señora, aparte al niño». «Que no ve que llevo prisa o qué». Raúl Raposo se abrió paso hasta alcanzar el mostrador de una aerolínea transoceánica.

—Deme un billete para Panamá.

La joven azafata sonrió y tecleó. Solicitó el pasaporte y volvió a teclear en su ordenador. Dejó de sonreír y compuso un gesto de extrañeza.

—¿Algún problema, señorita? —preguntó él limpiando más sudor de su cara con el canto de una mano.

—Necesito hacer unas comprobaciones —dijo la azafata al tiempo que se levantaba para buscar a su supervisora.

No había completado la vertical cuando advirtió las señales que dos personas le hicieron mientras avanzaban hacia el mostrador en el que Raposo permanecía ajeno.

—¿Me da el billete o qué? —increpó él.

—Espere un momento, señor —pidió la joven con voz entrecortada.

Pasos rápidos, determinación, y uno de ellos dejó a la vista unas esposas. Al murmullo ahogado de los presentes siguió la sutil contracción de una fila de a uno para convertirse en una medialuna alejada de aquel hombre que tenía medio cuerpo apoyado sobre el mostrador. En parte por seguridad. Demasiado evidente el hecho de querer mejorar la visibilidad de los viajeros.

—Raúl Raposo —dijo el de más edad y robusta espalda.

El administrador se dio la vuelta despacio, hombros caídos, largos brazos, sabor a derrota.

—Queda usted detenido.

Confundida, Elena había preferido caminar hasta el juzgado. Necesitaba pensar. En Enzo, en Melisa y en una alfombra de varios millones de pesetas. ¿Qué responsabilidad tenía Enzo Quiroga en la muerte de Melisa?

Rememoró las palabras de Marco sobre ese anexo del doctor Araújo: Melisa llevaba limpia más de un mes en el momento de su muerte.

Le faltaban tres entradas por leer en el diario, por eso se atrincheró en su despacho. Se sentó frente a su escritorio, encendió una lámpara y dejó que la luz abarcase aquellas páginas ribeteadas de flores, aquella letra pequeña, aquel diario y sus secretos.

Cruces, 25 de marzo de 1989

En el tiempo de las rosas, sobre el mar hay tempestad, ¿será ese horizonte blanco donde olas crecen sin parar?

Marian ha llorado junto a mi cama. Me ha hablado de las rosas, de la primavera, también del manto escarchado de la mañana y de cuantos retos puede enfrentar gloriosa una flor. Yo me he girado y le he dado la espalda, queriendo ignorarla, decirle en un gesto: «Déjame en paz, tú y tus rosas». Pero al hacerlo la encontré a ella. Encontré los ojos de la flor más dulce sosteniendo un ramito de primavera. «Son para ti, tía Melisa, las he cogido yo». Oh, Martina. Qué tendrán tus pequeñas manos para dar más calor que ningún sol. No me mires así, no me lo merezco. Tiró de mi brazo y me dijo: «Vamos, juega conmigo como ayer». Ayer. El pasado para ella es ayer. El futuro es mañana. Hoy es, simplemente, vamos, juega conmigo. ¿Será tan fácil?

Cruces, 4 de mayo de 1989

Ahora entiendo a Marian. Ahora entiendo muchas cosas.

Mi hermana decía que el mundo es un lugar lleno de contrastes. Lo decía al volver de rezar en el *cruceiro* llevando de la mano a una niña sin bautismo. Lo decía también, ramito de San Juan en mano, tras asentirle a Miguel en sus quejas contra ritos paganos que, sin considerar herejía, le parecían más propios de indígenas que vivían en tribus. Y es que hay quien halla en el cielo páramo y solitarios, como yo, que en la piedra más muerta un día oyen poesía. Poesía yo. Será cierto que no todos vemos lo mismo y aun siendo los mismos, sentimos cosas distintas a medida que pasa el tiempo. Recuerdo a mi madre asustarme hablando de esa Santa Compaña que hoy veo subir en vespino cargada de fardos de cocaína. Recuerdo a doña Pilar santiguarse al ver a Manoliño y a otros zombis con los brazos destrozados a picotazos para, poco después, ver a la misma mujer vender su alma y cada una de sus palabras por una mercería en el centro del pueblo. Recuerdo a Pilucha hablarme de lo enamorada que estaba de Xacobe hasta que un día ella entró en coma por mezclar lo que no debía y abjuró de todo y de todos los que conocía. No quiso saber más de él, de quien decía era peor que el diablo, salvo cuando caía la noche y él se ofrecía a acercarla a casa en su motocicleta. «No tenemos nada. Ya no somos pareja. Yo ahora he conocido a un buen chico. Un poco soso, pero buen chico». Eso me dijo. Y al poco empezó a dejarse acompañar por Paco Meis a casa. Y al centro del pueblo, a las fiestas, romerías a la Virgen, al día del Carmen. A todas partes menos a la Freedom.

Así, su vida cambió. ¿Quién lo iba a decir? Cambió. ¡Pudo cambiar! Hay esperanza.

Debía hablar con él. Debía preguntar el porqué. Por qué si no era más que una niña. Por qué si era inocente. Por qué. «¡Maldito sea!». Clamó una voz en la cabeza de Pilucha.

Llegó a casa de Xacobe sintiendo vientos huracanados en sus pensamientos, el calor de unas llamas que la devoraban dentro de su ropa, de su piel. En su propia sangre. Percutió con la yema de los dedos en el timbre con una especie de espasmos imposibles de controlar.

—¡Sé que estás ahí! —vociferó—. Abre la puerta o la echo abajo.

Los nudillos de Pilucha se crisparon y redoblaron esfuerzo y ruido sobre la puerta.

—Eh, que sé que estás ahí, ¿me oyes? Tenemos que hablar.

Movimiento metálico en el bombín de la cerradura, chirriar de goznes y Xacobe Verdeguel apareció ante ella con aliento a orujo y un leve balanceo sobre sus talones.

—Ya veo que quien tuvo, retuvo, Piluchiña. No has cambiado nada las formas.

—Paco te vio, ¿sabes? Te vio —acusó con el dedo índice sobre su pecho avanzando hacia el interior del apartamento.

—No sé de qué me hablas —contestó cerrando la puerta de un golpe.

—¿No lo sabes o no lo quieres saber? —Hizo una pausa con gesto de repugnancia al ver cómo él se servía un chupito de aguardiente—. Paco te vio en O Souto Vello un par de horas antes de que apareciera la mano de nuestra Paulina. ¿Qué hacías allí?

—Estaría paseando —dijo con desgana sin mostrar interés.

—¿Paseando? —repitió ella con voz aguda presa de la irritación.

Pilucha dio dos pasos a la izquierda, volvió a la derecha, agitaba la cabeza y sentía un sudor frío en las manos por el que se escurría su capacidad para razonar. Se colocó frente a él y le arrancó el vaso de la mano.

—La cogiste tú, ¿verdad? ¡Tú! ¡Tú cogiste la llave en el hospital!

Xacobe se alejó de ella. Se llevó las manos a la cabeza y continuó retrocediendo.

—Estoy tan cansado de todo esto —exhaló despacio el hombre al tiempo que se dejaba caer en una silla.

—¿Cansado de qué, truhan?

—Créeme si te digo que lo he hecho todo muy mal. Muy mal, muy mal —se lamentó con la cabeza apoyada en las manos.

—Te creo bien. De eso no te quepa duda —azuzó Pilucha con manifiesta hostilidad.

—No te imaginas cuántas cosas pesan en mi cabeza —gimió Xacobe envuelto en los vapores del alcohol y cuantos fantasmas lo habitaban.

—Todas se pagan, *amiguiño*. Todas —dijo ella con voz y gesto de impermeable amenaza.

—Ya las estoy pagando. ¿Acaso no ves el mal que anda haciendo mi hijo?

—Contigo tendría escuela —continuó hostigando Pilucha—. Pero eso a mí qué me importa. Que en cada casa haya patatas viudas si en la mía un mendrugo ha de durar tres días, ¿de qué me sirve? Bastante tengo con lo que tengo, ¿o no ves tú que alguien ha matado a mi niña? Alguien ha robado su vida y se ha llevado la mía. Y, por el Dios del cielo —Pilucha metió una mano en el bolso y extrajo un cuchillo de cocina—, que ahora mismo me vas a decir quién ha sido porque no respondo.

—¿Qué haces, mujer? —preguntó sin dar mucha credibilidad a la amenaza—. Por supuesto que yo no maté a Paulina. Aunque debo decir que en mi vida he hecho cosas horribles de las que me arrepiento cada día. Por eso vi una oportunidad con la llave y me la llevé. Recuerda que Melisa nos hablaba de ese diario, decía que se desahogaba en él, que le ayudó a replantearse su vida, a dejar todo lo que se metía.

—La llave apareció en la mano de mi hija. En la mano amputada a mi hija —intervino Pilucha mordiendo las palabras.

—Necesitaba entregar la llave a la jueza, ¿no lo entiendes? Ella es su sobrina. Quería llamar su atención, que investigara un caso ya prescrito. Yo solo quería hacer justicia.

Con el rostro anegado de lágrimas y la boca pastosa, Pilucha clavaba sus ojos en los de Xacobe. Dio un paso al frente con el cuchillo en la mano. Él se puso en pie aceptando la condena.

—¿Cortaste la mano a mi hija? —preguntó con el brillo del filo en su garganta.

—Cuando me dijiste que había desaparecido Paulina y que andaba con los Alacranes, investigué un poco por mi cuenta, los seguí y no tardé en saber qué había pasado. El resultado fue devastador. Al llegar a la vieja fábrica Quiroga ya estaba muerta. —Pilucha escuchaba sintiendo el rostro enardecido, los ojos desbordados y un temblor en la mano—. Con la llave del diario en el bolsillo, se me ocurrió hacérsela llegar a la jueza. ¡Me cagüen la hostia, Pilucha! —clamó con la primera gota de sangre en su pescuezo—. Sabes como yo que aquí no se puede confiar en la policía, joder. Todavía no sé de qué pata cojea ese comisario joven, pero no estoy en condiciones de fiarme de nadie.

—¿Quién, Xacobe? —preguntó ella apretando los dientes—. ¿Quién fue el que la mató?

—Créeme si te digo que pagará por lo que ha hecho. Pagaremos los dos.

41

Dos rítmicos golpes en la puerta de su despacho y Mari Mar avanzó un paso tras otro hasta situarse frente a ella. Carpeta en mano, semblante en alto, la administrativa estiró el cuello y agitó su pelo provocando el balanceo de una nube amarilla de pelo sobre su cabeza.

—Ha llamado la alcaldesa —empezó diciendo—. Pide que revise todo lo relacionado con la concesión del uso exclusivo del espigón de O Souto Vello. Quiere agilizarla cuanto antes, para lo cual necesita saber en qué estado se encuentra.

—Ese asunto está paralizado en los juzgados por la denuncia de la Plataforma Vecinal para Salvar el Espigón. No hay mucho más que revisar. Por ahora, al menos.

—De todos modos, si le parece, se lo dejo todo aquí, señoría.

De vuelta al silencio de su despacho, Elena ignoró por completo aquellos papeles y volvió a zambullirse en la lectura del diario. Solo quedaba una entrada por leer: el último día en la vida de Melisa.

Cruces, 23 de junio de 1989

El sol brillaba en lo alto. Marian me dijo que también mi piel volvía a brillar. No creo que sea cierto. De vuelta a casa, por el camino que bordea O Souto Vello me he sentido plena como hacía mucho tiempo. Martina llevaba un pequeño cesto de mimbre en una mano con sus hierbas de San Juan. Algunas no eran tales. Poco importa, creo yo. Como si el poder del *cacho* necesitara más que el cariño y la ilusión que le pone a todo esa niña.

Ella me cogió la mano, como antes, como ayer. Tan pequeña y tan cálida. Marian nos miraba y sonreía. También mi madre, pese a los nervios que le impiden detenerse un segundo y respirar solo por el placer de hacerlo.

La pequeña seguía con la mirada el juego de color y alas de dos mariposas en el aire. Revoloteaban y se perseguían sobre el fondo azul de una postal inmejorable. El agua centelleaba, los verdes intensos se respiraban y la luz resplandecía en los ojos de Martina. Entusiasmada quiso seguirlas, quizá también volar. Corría, saltaba, parecía tan feliz... hasta que tropezó con las raíces de un roble centenario. Raíces que semejaban largos dedos de ultratumba que, con moribunda desesperación, sorteaban despeñarse en el terraplén que da al mar.

Abracé a la niña justo antes de caer la primera lágrima. Qué importante recoger esa primera lágrima. Entonces ella abrió sus brazos y rodeó al roble. «¿Tú también te has lastimado?». Preguntó con la inocencia de quien entiende el dolor como universal. «Tranquila, el árbol está bien», le dije y pensé: «Si no lo está ahora, lo estará muy pronto. Es un superviviente».

Con el habitual andar desnortado de quien sabe adónde va, Amaro se acercó a nosotras. No estaba solo. Otro hombre lo acompañaba. Tenía las manos suaves, piel pálida y cara de buena gente. No me extrañó que el curandero se refiriese a él como «doctor». Estaba claro que no era lobo de mar ni trabajaba el campo con una azada.

No sé si fue la forma en que estiró las comisuras o el modo en que ladeó la cabeza, pero Amaro me miró y yo sentí renacer. Él, con ojos diminutos tras el cristal de sus gafas, parpadeando deprisa, parecía decirme: cuánto me alegro de verte.

No dije nada. Él tampoco.

Le faltó tiempo para arrodillarse a los pies de Martina y desinfectarle el arañazo con uno de esos remedios que lleva siempre encima.

Ha sido un buen día.

Ahora estoy en mi habitación viendo el sol caer. He abierto la ventana y disfrutado como una niña al sentir el aire templado de principios de verano, diminutas tiznas planeando en el alféizar, centellas anaranjadas en la playa, corriente de humo, olor a madera quemada, a laurel, a recuerdos. Recuerdos. Pronto empezarán a asar sardinas. Todo está listo para celebrar la noche de San Juan.

He quedado con Jackie. Mi Jackie. La he echado tanto de menos que no veo el momento de abrazarla, de prometerle que nada volverá a separarnos, de pedirle que sea fuerte. Porque desde hoy todo será distinto. Echaré al fuego todo aquello que quiero dejar atrás. Meigas y meigallos, cuanto mal ha devorado mi vida arderá. Ha de arder. Porque hoy, hoy, todo cambiará.

Elena volvió a leer la última frase: «Hoy todo cambiará». ¿A qué se refería exactamente? Pasó la página, buscó la respuesta que necesitaba y nada. No encontró nada más.

Tenía que hablar con Jackie. Estaba convencida de que Jackie era la única persona conocedora de lo que había pasado aquella noche del 23 de junio de 1989.

Pasó frente al escritorio de Mari Mar sin decir nada. Evitó contestar el comentario acerca del pronóstico del tiempo que le hizo el guardia de la entrada y no se molestó en mirar al encargado de seguridad del aparcamiento con su gesto de aburrimiento crónico en la cara.

Porque Elena caminaba deprisa, su cabeza trazaba un objetivo, un destino, como un auténtico geolocalizador que la urgía a llegar.

Debía haber prestado más atención al comentario del vigilante del juzgado sobre la previsión del tiempo. Conducía queriendo ser prudente y, sin embargo, era incapaz de levantar el pie del acelerador. Las olas alcanzaban las rocas, rompiéndose en mil pedazos de mar que salpicaba la calzada. Gruesas gotas caían sobre el coche obligando a accionar el limpiaparabrisas. No quería otro accidente. Aminoró.

Con fuertes rachas de viento, cerrar la gabardina a fin de parapetarse en ella no fue fácil. El aire frío soplaba removiendo su pelo de un lado a otro, arrastrando minúsculas partículas de agua salada que se pegaban a su rostro. Elena se esforzaba en apartar la melena, en recogerla improvisando un moño. Algo, lo que fuera con tal de ver por dónde caminaba.

Quejumbrosos pinos y más altos eucaliptos se agitaban a merced de una tormenta que avanzaba posiciones sobre el océano. La jueza apretó el paso.

Sintió la vibración del teléfono en el bolso a escasos metros de la entrada del Centro Médico Social. Aceleró y se resguardó bajo el alerón del edificio.

Elena miró la pantalla del aparato. Parpadeaba el nombre de Marco. Colocó el cabello enmarañado por el viento y la lluvia tras una oreja y se dispuso a contestar.

—Dime, Marco —saludó acomodando el aliento a sus palabras.

—¿Estás bien?

—Sí, sí, todo bien. Dime.

—He interrogado personalmente y por separado a Úrsula y a su tío Raúl Raposo —comenzó diciendo—. Empecé por ella, ya que a él lo detuvieron hace no más de dos horas en el aeropuerto de Santiago. El muy sinvergüenza pretendía salir hacia Panamá. Está claro que trataba de huir.

—Y ¿qué han dicho de Horizon, S. L.? ¿Han señalado a alguien? ¿Quién está detrás? —Disparó una tras otra las preguntas, impaciente por las respuestas.

—Elena —hizo una pausa de un segundo como si midiera lo que iba a decirle para pedirle un poco de calma—, debes saber que se complica la trama.

—¿A qué te refieres?

—Al sentirse abandonada y traicionada por su tío, Úrsula no tardó ni un segundo en señalarlo a él como artífice de la trama de Horizon. Él, Raúl Raposo, en cambio, culpó de todo a Enzo Quiroga. Dijo que él estaba detrás de la muerte de Paulina Meis.

—Pero, tal y como confirmamos con los audios de los teléfonos, fueron los Alacranes quienes la asesinaron.

—Sabemos que fueron los autores materiales, pero todavía desconocemos al autor intelectual.

Elena no podía creer que Enzo comandara a los Alacranes, ellos habían querido matarla. Dos veces. Y de las dos él había aparecido para salvarla.

—¿Acaso te ha hecho dudar Raposo respecto a Quiroga? —preguntó ella.

—No. Al menos en cuanto se refiere al asesinato de Paulina. Está la sospechosa limpieza del Bentley, con pruebas incriminatorias que parecen manipuladas para apuntar a Enzo, la geolocalización de su teléfono en el hospital a la hora de la desaparición y, sobre todo, el hecho de que lleva treinta años fuera. ¿Cómo habría de dirigir a los Alacranes desde Suiza?

Elena no podía decírselo, pero había algo más que exculpaba a Enzo: él le había entregado el diario de Melisa.

—Por otro lado, Raúl Raposo también afirma que tras Horizon está Enzo Quiroga.

—No tiene sentido. ¿Qué pasa con los papeles de compra de bateas y de la vieja fábrica? El comprador era Horizon y el vendedor Quiroga. —Guardó silencio un instante—. Podría tratarse de una de esas artimañas societarias si no fuera porque los Alacranes trabajan para beneficio de Horizon.

—No solo estoy convencido de que otra persona está detrás de Horizon, S. L., sino que creo que esa persona, la misma que, efectivamente, dirige a los Alacranes, ha puesto mucho esfuerzo y dedicación en querer forzar a Quiroga para que firmase la venta de las bateas y de la vieja fábrica. Esa venta formaría parte de una trama mucho mayor que se está desarrollando en Cruces. Más allá del blanqueo, alguien necesita justo el enclave que proporciona el espigón y esa fábrica para algún fin. Y créeme que no tiene nada que ver con bivalvos ni latas de conservas.

—Narcotráfico —musitó Elena.

—La muerte de Paulina Meis fue limpia, casi podría decirse que una ejecución, porque el objetivo último atendía a otros intereses. Querían cargar con su muerte a Enzo Quiroga.

—Por su negativa a firmar la venta de las bateas y la fábrica —agregó Elena contribuyendo a unir las piezas del caso.

—Exacto. Es la hipótesis que va cobrando más peso. Con Lorenzo Quiroga muerto y su hijo Enzo entre rejas, aunque no pudieran hacerse legalmente con sus propiedades, podrían operar a través del administrador de la casa Quiroga: Raúl Raposo.

Elena sabía que Enzo tenía planes para las bateas y la fábrica: albariño de batea, nuevas líneas de producción, el resurgir de los productos Quiroga.

—Entonces, todas las acusaciones de Raúl Raposo servirían a ese plan de incriminar a Enzo en un último acto a la desesperada. Me pregunto a quién estará protegiendo...

El comisario guardó silencio un segundo.

—Solo hay una cosa que no entiendo —dijo él—. Algo que no acaba de cuadrar. ¿Por qué ordenar a los Alacranes que desenterrasen a Melisa? ¿Por qué ese interés en relacionar las dos muertes?

Fue escuchar su nombre y Elena activó de nuevo todos sus sentidos.

—Melisa —musitó como si acabara de caer en la importancia de aquella pieza del rompecabezas.

—Raúl Raposo también ha declarado que el 23 de junio de 1989 Enzo Quiroga acabó con la vida de Melisa.

42

Oídos que se escondían, dientes que se apretaban y ojos entornados en la más estricta intimidad. Elena no podía imaginar que la conversación con Marco Carballo bajo el alerón del edificio principal del Centro Médico Social había sido escuchada por alguien a quien todo aquello interesaba tanto o más que a ella misma.

Con paso firme cruzó la puerta del Centro Médico Social y se dirigió hacia la robótica recepcionista de carmín apastelado.

—Señoría, qué sorpresa. Usted de nuevo por aquí —dijo enseñando exageradamente una blanquísima dentadura—. Si viene para hablar con la interna Jacinta Noboa, le digo lo mismo que al hombre que acaba de marcharse: sin ser familia o personal sanitario es imposible.

Pero Elena estaba preparada para aquel recibimiento de puertas cerradas. Tenía muy presente las dificultades para ver a Jackie, así que presentó sus credenciales y, para decepción de aquella mujer, se ciñó a preguntar por el doctor García, su psiquiatra.

Él no tardó en aparecer caminando cabizbajo y cerúleo por un pasillo igual de blanco que la última vez.

—Necesito intentar hablar otra vez con Jackie, doctor. De verdad que, si no lo considerara de vital importancia, no se lo pediría.

—Lo siento, señoría. Tal vez más tarde. Ahora mismo está con una visita.

—¿Una visita? —preguntó con cara de extrañeza.

—Bueno, una voluntaria que viene a hacer compañía a los residentes especiales. Ya sabe. Los que llevan mucho tiempo ingresados y además no tienen familia. Le recomiendo que vuelva otro día.

Elena asintió no sin ciertas reservas. Volvería en otro momento, no se daría por vencida tan fácilmente.

Llovía. De camino al coche, una tromba de agua la sorprendió, y Elena apuró el paso bajo el palio improvisado de un pañuelo sobre su cabeza.

En un horizonte crispado de aguas bravas vio caer un relámpago enfurecido y tras él un rayo cuyo estruendo espantó a dos cormoranes.

Alas negras, nubes grises, fuerte lluvia y tempestad.

El paseo entablado resistía a varios metros de altura la cercanía de un mar que rugía furioso. Sobre él, la silueta de un hombre. Ajeno a la lluvia, a los elementos, a cuanta naturaleza rugía en derredor, contemplaba el mar con la admiración de quien ve una obra de Aivazovski y respeta la perfecta técnica de su autor.

Situada a sus espaldas, intuía de quién se trataba. Era él. En ningún momento dudó si dar la vuelta. Quería acercarse.

Una ráfaga le arrancó el pañuelo de las manos y lo hizo volar al encuentro de las olas de aquel mar crispado.

Se giró. La miró. Se miraron.

—¿Has sido tú? —gritó ella subiendo la voz por encima de un viento que aullaba.

—No hay pruebas contra mí, Elena. Nada más que lo que dice el administrador. Un traidor a mi padre, a mi familia. ¿Desde cuándo su palabra puede ser suficiente?

Ella frunció el ceño. Dudó.

—Has sido tú quien ha intentado ver a Jackie Noboa, ¿verdad?

Un relámpago cayó cerca; sin inmutarse, él asintió.

—¿Por qué? ¿Por qué quieres hablar con ella?

El estrépito del trueno atronó en los oídos de ambos. Sin querer, prisionera de un reflejo, Elena se acercó un poco más a él.

El agua corría por los rostros de ambos, surcando mejillas, cruzando sus labios e inundando palabras.

—No recuerdo qué sucedió el día que murió Melisa.

El desconcierto contrajo el semblante de la jueza. Sus ojos empequeñecieron, sus brazos parecieron caer a ambos lados de su cuerpo y su ánimo, derrotado, se ahogó en la lluvia.

Elena no quería escucharlo…, él bajó la mirada y confesó:

—También yo necesito saber qué ocurrió.

Precisaba una ducha caliente, cambiarse de ropa, entrar en calor y pensar.

Entró en su casa acelerada, empapada y confundida. Cerró la puerta tras ella con un manotazo que dio lugar a un estruendo desproporcionado.

La oscuridad del día se reflejaba en habitaciones sombrías. Elena avanzaba deprisa en dirección a la ducha y lo hacía accionando interruptores, dejando claridad a su espalda, dando luz a sus pies.

Confiaba que el calor del agua calmara aquel pensamiento, aquel miedo que se había instalado en su pecho.

¿Qué había ocurrido el 23 de junio de 1989? ¿Enzo Quiroga había matado a Melisa? Ni siquiera él lo sabía.

Aumentó la fuerza del agua permitiendo un abrazo cálido que la aislaba, que corría por su cabeza, por sus orejas, por su cuerpo.

¿Qué posibilidades tenía de averiguar lo sucedido ese fatídico día de la vida de Melisa?

Se frotó la cara en dos o tres movimientos con las palmas. Arrastró agua, en parte salada, endureció el gesto y cerró el grifo.

La mampara de vidrio templado pareció tambalear un segundo ofreciendo resistencia a su apertura. Elena alargó un brazo y alcanzó una toalla. Sacó un pie, luego el otro y se quedó paralizada al escuchar un ruido que provenía de la entrada. Tragó saliva mientras calibraba la pertinencia de acercarse a ver.

Se echó un albornoz por encima y, aún descalza, avanzó despacio y cauta por el brevísimo pasillo que la separaba de la entrada. Nadie ante ella. «Por suerte», pensó. Ningún otro ruido, pero sí una sombra en la rendija bajo la puerta.

Dio un paso atrás conteniendo el aliento.

Un solo movimiento y unos dedos al otro lado deslizaron con fuerza un sobre que apareció de pronto a sus pies.

La sombra desapareció. Escuchó el trotar de pisadas aceleradas sobre el asfalto mojado.

Elena se abalanzó sobre la puerta a fin de abrirla y descubrir al autor de aquella inusual entrega.

Miró a un lado y al otro. Nada. De no ser por aquel sobre tendido sobre la baldosa de su casa creería haber sido presa de algún miedo irracional. Pero el sobre estaba allí. Lo recogió y lo llevó a la mesa de su escritorio a fin de inspeccionarlo.

Un instante de lucidez le dijo que no era eso lo que debía hacer. Debía llamar a la policía y que se encargaran ellos. Estaban preparados, entrenados para circunstancias semejantes. Sin embargo, al tiempo que la prudencia hablaba en su cabeza, las manos impacientes de la jueza empezaron a abrir el sobre para extraer, ávidas de respuestas, el documento que un anónimo le había hecho llegar.

Pero ¿qué tenía ante ella? Medio documento había sido censurado con tinta negra. Escrita a mano, con pulso firme, advirtió la fecha en un margen del papel: 23 de junio de 1992.

Continuó la lectura sintiendo tensión en los hombros, en el cuello, en la cabeza.

> N.º Historia clínica: ███████████
> ████████████████████████████
>
> Centro médico social
> Rúa do Faro, s/n
> Illa de Cruces
> Paciente: Jacinta Noboa Sueiro
> Interno clasificación «E» (Especial)
> Mujer. 20 años (24/06/1972)
> Fecha de ingreso: 26/06/1989
> Antecedentes personales/familiares:
> ██████████████████
> ██████████████
>
> Exploración psicopatológica:
> Contacto sintónico.
> Tras múltiples intentos, suprimido el tratamiento ██████ sugerido por el doctor ██████ la paciente se muestra colaboradora, consciente y orientada a lo largo de una sesión crucial en la determinación de sus facultades mentales.
> Firmado: ███████████████
> N.º Colegiado: █████████

Elena revisó cada una de las cuatro hojas que tenía repartidas sobre la mesa, convenciéndose de tener ante ella una parte de la historia clínica de Jackie. Aunque no podía sacar en limpio nada de aquella información o casi total ausencia de ella. ¿Cuál era el contenido de esa sesión? ¿Y el juicio del psiquiatra?

Entonces dio la vuelta al sobre a fin de vaciarlo por completo, como si le pidiera explicaciones, rogando que hubiese algo más. Cualquier dato que le permitiese conocer el contenido de esa sesión de Jackie con el psiquiatra que la había tratado en el Centro Médico Social.

Con el grosor de un par de milímetros y revestida de un armazón de plástico blanco, una pequeña memoria USB golpeó liviana contra la mesa.

Elena contuvo el aliento y encendió su ordenador. El aparato no tardó ni un minuto en activarse y prestarse a la lectura de un archivo digital.

Un audio. Se trataba de un audio. El médico había grabado la sesión de Jackie. Muy probablemente lo habría hecho en un casete, más propio de la década de los noventa, pensó Elena, pero alguien, el mismo que había dejado el sobre bajo su puerta, se había tomado la molestia de trasladar el contenido de esa conversación médico-paciente a una memoria portátil. ¿Por qué? ¿Tan valioso era su contenido? Muy pronto lo sabría. Porque muy pronto las dudas darían paso a la impotencia, a la rabia, y con ella a una sed desconocida que exigiría justicia.

[Voz de hombre]: Di tu nombre.

[Jackie]: Jackie. Jackie Noboa.

[Voz de hombre]: ¿Qué recuerdas de la noche del 23 de junio de 1989?

[Jackie]: Lo recuerdo todo.

[Voz de hombre]: De acuerdo, Jackie. Desde donde nos habíamos quedado. Escribiste en un papel tus propósitos para la noche de San Juan y saliste al encuentro de tu amiga Melisa.

[Jackie]: No, doctor, no es así. Lo que yo escribí era cuanto quería dejar atrás. Lo que quería que desapareciera de mi vida para siempre.

Había quedado con Melisa. Mi querida Melisa. Ella era mi mejor amiga, ¿sabe? Siempre lo fue. Y aun cuando no estaba a mi lado ni yo al suyo, seguíamos siendo inseparables.

La noche de San Juan es una noche muy especial. Y esa, en concreto, lo era más todavía.

Melisa y yo habíamos quedado en la playa, en el lugar de siempre. Recuerdo el olor a sardinas, a madera, las risas de los niños más pequeños, el ladrido del perro de doña Juana que siempre se escapaba para darse un chapuzón. Aunque teniendo en cuenta lo poco que se quedaba en el agua el animal y la mirada traviesa con la que corría hacia los hombres que reían al calor del vino, juraría que el propósito del chucho era sacudirse veloz y salpicarlos a todos *[suspiro].*

Ay, doctor, hoy será la noche de San Juan, ¿no es cierto? ¿Sería posible...? ¿Usted cree...? Aunque no fuese más que un ratito...

[Voz de hombre]: Todavía es pronto, Jackie. Pero te prometo que estamos cerca. Estás cerca de conseguirlo. Continúa recordando, por favor. Es importante que recuerdes. Lo estás haciendo muy bien.

[Suspiro].

[Jackie]: En esos papeles, Melisa y yo llevábamos nuestros secretos más oscuros, lo que íbamos a quemar en la hoguera antes de saltarla.

Ella había adelgazado mucho y sus ojos parecían haber visto más de lo que necesitaban, pero su sonrisa... su sonrisa seguía siendo inmensa. Proyectaba tanta luz que a su alrededor todo y todos palidecían. ¿Le he dicho ya cuánto la quería, doctor? *[Suspiro].* Esa noche la escuché reír a carcajadas. Hacía tanto tiempo que no la veía así que sentí una alegría aquí, doctor, justo en el pecho, como el eco ensordecedor de unos fuegos artificiales que levantan el ánimo con su espectáculo de luz y color, de brillos en la oscuridad del cielo, en la noche, en mi vida. ¿Sabe usted, doctor? ¿Sabe a qué me refiero? Qué bonita era su sonrisa.

Bebimos un poco de vino. Muy poco, no se vaya a pensar. Yo no estaba acostumbrada y Melisa no estaba por la labor. Pero Moncho, su padre, nos lo sirvió. Dijo que un poquito no hacía daño, que era bueno para la sangre, para coger fuerzas y saltar. «También para caer, papá», le dijo ella. Melisa había cambiado, no quería problemas, y yo me sentía tan feliz de tenerla cerca. Su padre nos sirvió un poco a cada una. También estaba feliz el señor Moncho, sí, muy feliz. Tanto que en un momento cogió a Melisa y la sacó a bailar al ritmo de una pandereta con la que doña Paquita acompañaba una muiñeira. Melisa se dejó arrastrar. Los dos reían y daban vueltas. Él hasta se marcó un paso con giro incluido provocando que los más pequeños intentaran imitarlo para acabar después doblados de la risa.

Mi padre nunca me dejó bailar cuando vivía y ahora de muerto menos me deja bailar mi madre. Poco importa ya. ¿Cree usted que podré salir de aquí pronto? Necesito salir de aquí o me volveré loca de verdad. ¿Sabe usted los gritos que hay aquí por las noches? *[Silencio].* Claro que lo sabe. *[Voz resignada].* Yo disfruté viéndolos bailar a ellos. Viendo la forma en que el señor Moncho pellizcaba un moflete a su hija y la miraba a los ojos como si se reencontrasen tras un millón de años. Qué poco dura la felicidad, doctor. *[Silencio].*

[Sollozos].

[Voz de hombre]: ¿Por qué lloras, Jackie?

¡Qué cruel puede ser el destino, doctor! ¡Qué cruel!

[Voz de hombre]: ¿Quieres tomarte un descanso?

[Jackie]: ¿Podría darme un pañuelo?

Quiero continuar. Necesito continuar.

[Suspiro hondo].

Los vecinos se fueron retirando en un goteo lento desde que se acabaron las sardinas y la alegría del vino dio paso al bostezo de los más animados. Ya no quedaban más que brasas cuando nos llamó moviendo un brazo en el aire.

Yo observaba a Melisa en busca de su reacción, que no fue otra que desconfiar. Su mirada era fría al ver cómo Raposo caminaba a nuestro encuentro.

«¿Qué querrá?», le pregunté yo.

Melisa no me contestó.

Raposo se colocó justo enfrente de Melisa.

«¿Te animas a venir a una fiesta? —le dijo como si yo no estuviera allí—. Será divertida. No habrá mucha gente, algo pequeño pero que no olvidarás nunca».

Creo que se dio cuenta de mi cara porque en ese momento añadió: «Tu amiga también puede venir. Será en la gran casa Quiroga. Algo íntimo, pero en la gran casa».

Fue así como nos invitó a la fiesta. Solo a nosotras. Había más chicas y chicos desperdigados por la playa. Cada uno a lo suyo. Bebiendo, cantando, bailando... Pero vino justo hacia nosotras.

Raposo sonrió sin abandonar su mirada de tigre sobre Melisa.

Recuerdo que yo me puse nerviosa porque pensé que mi amiga iba a decir que no.

«Danos un momento que lo vamos a pensar», le dije. Yo, que no me había atrevido a hablar a Úrsula Raposo nunca antes en mi vida.

Sonrió otra vez mirando a Melisa. No a mí. Reconozco que, si no fuera por la oferta de paz que creí leer en su ofrecimiento, no habría sido tan pesada. No le habría insistido tanto a Melisa.

Y es que me costó convencerla, doctor, de verdad que sí. Porque apareció Amaro, el curandero, con sus artes de présago de mal agüero, diciéndonos que... *[Silencio].* Algo así como que, de seguir un camino que no sepamos adónde va, sigamos a nuestro instinto en la incertidumbre del universo.

Me costó convencerla, no se crea, era tozuda… Pero me quería. Creo que vio la ilusión que me hacía ir a mi primera fiesta, y no en cualquier sitio, en la casa Quiroga, que cedió. Cedió. *[Silencio].* ¡Dios mío! ¡He sido yo, yo la culpable de su destino y del mío! ¡Yo la culpable de nuestra desgracia!

[Sollozos]. [Se suena la nariz].

¡Pagaré mi culpa! ¡Expiaré mi pecado! Oh, Señor… *[Fuertes sollozos].*

[Voz de hombre]: Necesitas descansar, Jackie.

[Jackie]: No, doctor, necesito hablar, confesar, no sé, decir cuanto lleva meses atormentándome. La culpa… Ay, la culpa, doctor… Usted no sabe cuánto quema la culpa…

[Voz de hombre]: Continúa, entonces, Jackie. Despacio.

[Jackie]: [respingo] Continuaré, doctor, continuaré, porque esta pena tan grande me mata, pero bien sabe Dios, o bien debería saber, que mi intención no era otra que creer que podía formar parte de ese club de los afortunados, ya sabe, de esos que nunca han sido burlados con unas monedas entre tripas de pescado. Yo me lo creí, es mi culpa, sí, lo es, porque arrastré en mi error a Melisa. Ay, mi dulce Melisa, tan hermosa, tan valiente. Tan amiga que prefirió ignorar el peligro…

Y así ignoramos al curandero. Así caminamos de ganchete siguiendo a Úrsula Raposo hacia la gran casa Quiroga.

Yo no había estado nunca dentro. Me habían contado maravillas. Pero siempre gente del pueblo que no había pisado aquel lugar. Ya sabe, doctor.

Era mi amiga, mi gran amiga, la que coronó mis escasos picos y amparó mis profundos valles. Ay, mi amiga, doctor.

Siento un dolor tan grande. Usted sabe, aquí, aquí en el pecho. Duele tanto. No respiro. Siento que no puedo respirar. Ay, doctor.

[Voz de hombre]: Si así lo prefieres, Jackie, podemos hacer un descanso.

[Jackie]: Ay, no, no me diga eso que siento que estoy fallando. Que le estoy fallando a ella. A la única persona que ha dado la cara por mí en toda mi vida y todo por defenderme sin esperar nada a cambio, nada más que mi amistad. La amistad de esta inútil a quien su propia madre ha tratado de exorcizar, a quien su padre miraba con desprecio y pena a un tiempo. Ay, doctor, si usted supiera.

Seguimos a Úrsula. Y eso que, en un momento que mi memoria desdibuja, apareció un chico en una vespino, escuché a Melisa pronunciar el nombre de Xacobe y también sentir la oposición de su cuerpo a avanzar en lo que dura un breve instante. Yo la abracé por la cintura y continuamos las dos a un tiempo. «Tranquila —susurré—, ¿por qué no creer que tal vez Úrsula se haya dado cuenta de su error? ¿Por qué no confiar que al igual que tú has madurado ella también lo haya hecho?».

Melisa sonrió. Siempre me sonreía. Con esa paz en los labios que a mí me hacía sentir grande, fuerte, hasta lista. Todo aquello que en mi casa mis padres censuraban. «Esta niña está loca —decía mi madre—, poseída por el diablo». «¿Quién se va a querer casar con ella?», clamaba mi padre con el enésimo vaso en las manos.

Ay, doctor, qué cruel puede ser el destino si no sabes tratarlo de usted.

Yo me había enfrentado a mis padres esa noche para poder salir y quedar con Melisa. Cumplía dieciocho, ¿sabe? Demasiados años de condena, ¿no cree usted? Y ellos juraron no querer saber más de mí. Un portazo por herencia. Triste recompensa a quien quiere volar de un nido tan frío que al desplegar las alas duelen.

Xacobe abrazó a Úrsula, la besó en los labios. Yo abracé a Melisa y entonces me pidió calma. Mesura, que diría ella. Y eso que no había estudiado. Qué maravillosa era mi Melisa, qué espléndida su forma de ser.

Pero en el fondo, doctor, mi felicidad sentía el resurgir de una nueva oportunidad. La oportunidad que me había sido negada, al menos, hasta ese momento. La de ser popular, solo un poco. Un poquito. Casi nada. Infinito para mí.

Qué grandiosa aquella entrada. Las verjas de hierro se deslizaban entre las ramas de dos inconmensurables magnolios que, acostumbrados al asedio, a la lucha y a la tempestad, no supieron en la noche calibrar la oscuridad.

Seguimos a Úrsula. Cruzamos un jardín que olía a flores, a verano, a los tibios rayos del sol en su día más largo, qué aroma, doctor, qué fragancias las de aquel huerto sin necesidad de hortalizas ni frutales. Afortunados.

¡Qué ilusa!

La noche cerrada, la luna luminosa y la oscuridad del firmamento con pinceladas blancas. Cómo refulgían las estrellas esa noche. ¿Sería el vino, doctor? ¿Usted cree?

Escuchamos música y avanzamos. Úrsula Raposo se dio la vuelta para mostrar su sonrisa. Escondía algo. Ahora lo sé.

Todo aquel que sonríe sin causa no puede ser de fiar. Porque es el único que conoce el plan, el motivo de la burla, del camelo, a fin de cuentas.

Así entramos en la habitación de juegos. ¿Se lo puede creer, doctor? Una habitación de un chico de catorce años más grande que mi casa… ¡Qué cruel puede ser el destino!

Enzo Quiroga tenía una sala pensada solo para que se divirtiera. Había futbolín, billares, una pantalla en la que ver la tele y sentir que el cine no es necesario. Sillones a un lado y al otro. Una barra con licores en la que un alacrán bebía más de lo que servía en grandes copas como esferas de un mundo que se veía tan diferente.

De pronto un cubo de hielo saltó a una baldosa blanca y yo di un salto, retrocediendo, con la vista en mis manoletinas desgastadas. ¿Qué estaba haciendo allí? ¿Por qué nos habían invitado? No lo supe entonces, lo sé ahora. Ya de qué me sirve.

Al verla, el joven Quiroga sonrió con ese toque de chico interesante que todo el mundo decía que tenía. Bueno, que estaba desarrollando. Porque para mí que no era más que un mocoso imberbe con ganas de jugar a ser hombre y, sobre todo, de demostrar que lo era con sus miras puestas en Melisa. Ella era su objetivo. No yo. Claro que no. Fue ahí cuando debí decirle a mi amiga que ya estaba bien de aventuras, que era mejor marcharse, pero no dije nada. Me quedé callada, observando qué pasaba.

Estaba claro que a Enzo Quiroga le gustaba Melisa. La miraba todo el tiempo. Y cuando ella lo miraba a él, alargaba el cuello y bebía de trago copas enteras que ese Xacobe debía de servirle bien cargadas. Ya sabe, doctor. Mucho ron, poco hielo y la insignificancia de cuatro gotas de limonada. Xacobe sonreía malicioso y Úrsula le besaba. El joven Quiroga cada minuto que pasaba mantenía peor el tipo y la compostura.

Y, dirá usted, ¿qué hacía un chico joven solo en una fiesta celebrada en su propia casa?

Pues es que no estaba solo, mire usted. Y aquello no era una fiesta. Bueno, de serlo, quizá lo fuera, lo era improvisada. Porque Diego Bergara, con sus veintidós años cumplidos, era el que mandaba, el que había dicho a sus padres y a los de Enzo que podían salir despreocupados que él se encargaba de todo. Y fue así como dejaron el gallinero al cuidado de un zorro perverso.

Ay, Dios mío, si llego a saberlo antes, si pudiera haberlo sabido… *[Sollozos]. [Suspiro].*

No había más que cuatro alacranes, Enzo Quiroga, Daniela y Diego Bergara. Además de nosotras dos. Dispusieron drogas para todos. «Gratis», hizo hincapié Diego, con la vista puesta en Melisa. Creo que ella no dudó. Se mantuvo firme. Yo también, no se vaya usted a pensar. Pero bebí una copa tras otra. Ya no recuerdo quién me las servía. Debían estar bien cargadas. Sí, debió de ser eso. Cuatro gotas de limonada y todo el ron del mundo en mi copa. Creo que fue Xacobe. Sí, fue él. Recuerdo que Úrsula sonreía maliciosa.

Entonces ella dijo que queríamos ser modelos. Según supe después por Melisa, ella le había contado a Xacobe nuestros planes de libertad en alguna ciudad como modelos o lo que fuese.

Las risas eran cada vez más estridentes. Como de hienas u otros animales salvajes. De esos que infunden miedo.

Ya estaba un poco mareada y aun así me refugié en aquella copa tan grande como mi cara para que nadie reparase en lo coloradas que estaban mis mejillas. Me puse roja roja. Qué vergüenza, doctor. Ni se lo imagina.

Ya solo podía ir todo a peor.

Úrsula tuvo una gran idea. Quería que Melisa desfilase por encima de la barra. Ella respondió prudente al desafío. Pero negó rotunda. Úrsula afiló la mirada. Entonces yo terminé la copa y el mismísimo Diego Bergara me sirvió otra más. Sonreí. Creo que me temblaban las piernas. Di un trago. Ya ni por sed ni por vergüenza. Sencillamente, porque no sabía qué otra cosa hacer.

El sabor del ron no parecía el mismo, y se me subió de pronto a la cabeza y a todos los sentidos.

No sé qué pasó, doctor. De verdad que no lo sé.

Me vi subida a la barra desfilando como si de una modelo se tratara. Una muy perjudicada, doctor, ya sabe.

Melisa me pidió que nos marcháramos, que ya estaba bien de fiesta. Debíamos volver a casa.

Todos me miraban, se reían, pero no me importaba. También yo reía. Todo me daba igual.

Melisa cogió un cigarro y salió al jardín a fumar. Incapaz de convencerme para salir de allí, se negaba a abandonarme. Ay, mi Melisa, mi querida querida Melisa. *[Suspiros].* Cómo vivir sin ti. Cómo vivir con lo que sucedió después... *[Silencio].*

Mi memoria se quiebra en ráfagas a partir de este momento, doctor.

Diego me ayudó a bajar de la barra. Eso lo recuerdo. Después me llevó a un dormitorio. De camino vi al joven Enzo

Quiroga semiinconsciente en un sofá. No sé dónde estaban los otros. Yo me dejé conducir sin decir nada. Nada. Hasta que me tumbó sobre la cama. Eran tan fuertes sus brazos... Sentí miedo. Dije «no». Una vez tímida, dos asustada y a la tercera con el escaso valor que me caracteriza haciendo un esfuerzo por levantarme y salir corriendo. Una mano, no necesitó más que una mano para agarrar mis muñecas contra el colchón. Lloré. Recuerdo llorar del dolor. Me pregunto si de haberme bebido toda la copa que él me sirvió podría al menos olvidar el dolor.

Melisa apareció de pronto. Sus ojos abrasados de ira.

«Déjala, cabrón malnacido». Eso dijo.

Él terminó. Sin importarle lo más mínimo.

«¿Celosa?», contestó con burla mientras ajustaba la hebilla del cinturón.

Pequeñas gotas de sangre en una sábana blanca.

Yo me encogí en un rincón de la habitación. Agarré las piernas y apreté las rodillas al pecho. El pecho, doctor. En él mi corazón golpeaba. Sentía tanto miedo y tanta culpa...

Él miró la mancha rojiza y me dijo: «Tampoco puedo decir que sea una sorpresa. Deberías estar agradecida». Eso dijo y me lanzó las bragas a la cabeza. *[Silencio].* No fue lo que dijo, doctor, fue cómo lo dijo. Su cara de desprecio. Después de lo que había hecho en mi cuerpo, la miseria en mi alma no podía ser más honda.

No sé en qué momento Melisa apareció con un palo de billar. Fue todo muy deprisa. Él la paró en el acto. Pelearon, forcejearon. El palo me dio a mí en la cara. Eso descentró a Melisa y Diego Bergara lo aprovechó. Y yo cerré los ojos, fingí estar muerta, como los animales más cobardes. Quizá en verdad ya lo estaba, y el mareo y la visión en ráfagas no eran más que el primer paso al purgatorio de ánimas del que hablaba siempre mi madre.

Mi sangre no era nada comparada con la suya. Ay, doctor, Melisa. ¡Mi Melisa! *[Murmullo de lamentos desesperados]. [Sollozos].*

Lo último que pude ver por el rabillo del ojo fue a Diego colocando a Enzo Quiroga sobre la cama. Junto a él, Melisa. Sus ojos abiertos, la sangre, el desconcierto, la incomprensión de la muerte. *[Voz acelerada].* Todo por defenderme. Tan valiente. Luchadora. Una superviviente. Sí, doctor, todo eso y más era mi Melisa. *[Sollozos].*

Y fue ahí, sí, tuvo que ser ahí cuando perdí la conciencia.

Un par de horas después, desperté en medio de O Souto Vello.

No lo soñé, doctor. Tiene que creerme. Usted me cree, ¿verdad?

Quizá a mis padres no les faltase razón al decir que yo no era muy lista. No fui prudente, jugué con fuego y supongo que debería arder como una bruja en las llamas de mil lenguas venenosas.

Mi madre no creyó nada de lo que conté. Tampoco mi padre.

Por eso hasta se alegraron de que los Bergara, al saber de mi embarazo, me encerraran aquí.

Usted sabe, doctor. Sí, yo sé que usted lo sabe.

43

El comisario Carballo detuvo su coche a un lado de la carretera. Una zona poco concurrida en la que un desvío mal señalizado conducía a ninguna parte. Justo por eso era el lugar perfecto para citarse con él.

Volvió a mirar aquellas fotografías que le habían hecho llegar a la comisaría. Toda una provocación, una amenaza para que tuviera claro que podían acabar con su carrera en la Policía Nacional.

Echó otro vistazo a las imágenes, tratando de dilucidar quién podía esconderse tras ellas.

Gotas de lluvia comenzaron un leve repiqueteo sobre el coche. De pronto la puerta del conductor se abrió.

—Uff, por los pelos me pilla el chaparrón —dijo Rubén con el cuello de la chaqueta levantada y frotándose con fuerza las manos—. ¿Qué pasa para que me hayas llamado con tanta urgencia?

—¿Has podido enterarte ya para quién trabajan?

Rubén resopló con las cejas levantadas haciendo un gesto inespecífico en el aire.

—Ya te dije que está difícil. Brais anda desaparecido y el tío no se fiaba de nadie. Ni de su círculo más estrecho en los Alacranes.

—El objetivo de meterte ahí era tener a alguien para que nos filtrase los movimientos de la pandilla.

—Marco, sé lo que hace un confidente. Todavía me queda alguna neurona. —Se rio.

—¿Te parece gracioso? —increpó Marco con aire de gravedad.

—Por supuesto que no. —Se acobardó.

—Necesito saber quién encargó el asesinato de Paulina Meis.

—El único que hablaba con el «jefe» era Brais Verdeguel.

Marco sostenía una mirada severa sobre Rubén.

—Vale, tío, haré lo que pueda —añadió—. Pero ahora dime una cosa, ¿qué ha pasado? ¿Qué era lo que estabas mirando cuando he entrado en el coche?

—Échale un vistazo tú mismo —dijo, y colocó las fotografías en sus manos.

—¿Qué es esto? Quiero decir... somos nosotros, tú, yo, Elena, Maite, cenando en nuestra casa.

—Fíjate bien. Esta —señaló— es del otro día. Tú y yo en esa cafetería. Alguien nos la tomó desde un coche, ¿ves el pequeño reflejo en el retrovisor?

Rubén asintió.

—Alguien que quiere utilizar contra mí y mi carrera en la Policía Nacional la relación que tengo contigo.

Con expresión de atar cabos lentamente, Rubén volvió a asentir.

—¿Imaginas la mala reputación de malinterpretarse fuera de Cruces una amistad entre un comisario de policía y un alacrán? —insistió Marco.

—Eh, que soy confidente —se defendió con un punto cómico y los ojos muy abiertos—. Pero ¿quién crees que quiere extorsionarte?

Como una argolla forjada en rabia, la impotencia de Elena ante aquella revelación quemaba. Diego Bergara había matado a Melisa hacía treinta años. Un crimen que había prescrito, pero que igualmente merecía justicia. Justicia.

Se puso de pie, caminó hacia la ventana. Apartó la cortina y echó un vistazo. Un cielo convulso amenazaba con no poner fin a aquel temporal de viento y agua.

No podía quedar impune.

Diego Bergara había hecho creer a Enzo Quiroga que él era el responsable de la muerte de Melisa. Así debieron creerlo también sus padres al llegar y encontrar tanta desgracia como inconvenientes en la habitación de juego y ocio de su hijo.

No habrían tardado demasiado en cauterizar la situación Bergaras y Quirogas con la ayuda de los Alacranes.

Envolverían el cuerpo en una alfombra de millones de pesetas y lo enterrarían en el *cruceiro de meniños* de O Souto Vello que tantas almas velaba.

Esa situación habría motivado el destierro de Enzo a Suiza. Quizá, incluso, Diego aportase algún que otro dato a Lorenzo para que no tuviera dudas sobre la negligencia o culpabilidad de su hijo.

Diego se habría salido con la suya. Impune.

Pero Elena no podía aceptarlo. Tenía que haber algo más que relacionara a Diego Bergara con la muerte de Paulina. Porque, si algo estaba claro, era que quien hubiese ordenado la ejecución de la niña de los Meis lo hizo para establecer un nexo con la autoría del homicidio de Melisa y cargarle a Enzo Quiroga ambas muertes.

Entonces, Diego Bergara estaría detrás de Horizon, S. L., razonó y casi automáticamente se lanzó a buscar en la torre de carpetas y papeles recientes el listado que le había facilitado el extrabajador de la banca.

Pilucha le había contado que Paco Meis se encargaba de hacer ingresos en las cuentas que le indicaban. Más de una. Y no solo a nombre de la empresa suiza.

Desplegó las hojas por la mesa. Una, dos, tres, cuatro. Cogió un bolígrafo y empezó a repasar con velocidad cada nombre, números de cuenta, fechas. Cinco, seis, siete, ocho. Más nombres, más cuentas, más fechas. Siempre el mismo destinatario: Horizon, S. L.

No se dio por vencida. Continuó aquella comprobación que a tenor de los últimos acontecimientos cobraba especial relevancia. Más hojas. La punta del bolígrafo acompañaba a su vista de arriba abajo. Más números, distintos importes, otros nombres.

El primero en aparecer fue el de María del Mar Carbajosa. Administrativa del juzgado. Su secretaria.

En los últimos seis meses había recibido más de diez mil euros.

«¿En concepto de qué?», se preguntó la jueza. Cabeceó y se llevó una mano a la frente. Eso explicaba muchas cosas. Entre ellas, el borrado de sus correos y la huida del exempleado de banca el día que había ido a entregarle aquellos papeles al juzgado. Mari Mar lo sabía y debió de advertir a alguien para que lo intimidase. Por otro lado estaba la información que habían recibido los Alacranes para llevar a cabo la cruel emboscada junto a la vieja fábrica Quiroga.

Para su sorpresa, el segundo nombre en salir a la luz en aquella lista era el de Ricardo Ruiz Pardo. Esto resultaba aún más grave. Un dato que iba un paso más allá en aquel entramado de corrupción. El inspector Ruiz era un policía corrupto, un soplón. Ahora tenía sentido el golpe de timón frente a la desaparición de Paulina Meis. Tal y como le había dicho Paco Meis, en un principio el inspector no aceptó la denuncia, sin embargo, en cuestión de horas algo —o más bien alguien— le había dicho que debía hacerse con el control de la investigación. Y en este punto cobraba relevancia el asunto de la visita al hospital que él nunca reconoció. Con toda probabilidad habría ido a verse con Raposo, su nexo con Bergara, y él le habría dado las instrucciones que le hicieron cambiar de parecer en el caso de Paulina Meis.

Elena siempre tuvo un mal pálpito con ese mequetrefe. No estaba equivocada. Sintió un acceso de repugnancia. Nada que no pudiera agravarse mucho más al conocer a la siguiente persona involucrada en una trama de blanqueo que, a juzgar por sus tentáculos en Cruces, se magnificaba y retorcía de una forma que lo complicaba todo.

Y allí estaba: Sonia Seijo. Alcaldesa de Cruces. Un año llevaba en el poder y desde entonces había estado recibiendo cantidades bajo los más variopintos conceptos. En cualquier caso, se trataba de sobornos, mordidas. Todo constitutivo de un delito de cohecho.

«Sonia Seijo», repitió Elena, como si tratara de convencerse. Nunca habían sido amigas. Imposible olvidar los malos momentos sufridos en su etapa de instituto. Y ahora era la alcaldesa. También, y para más inri, compañera sentimental de Diego Bergara.

La jueza enderezó la espalda y frunció el ceño. «Sonia Seijo es la pareja de Diego Bergara, de un asesino», repitió en su cabeza. De ahí que quisiera favorecerlo aceptando sobornos de esa trama de blanqueo que pivotaba en torno a Horizon, la sociedad pantalla de la que Úrsula Raposo era testaferro. De ahí también que se enfrentara al pueblo para consentir el uso exclusivo del espigón natural de O Souto Vello para dar cobijo a las descargas de Bergara en la ría.

Elena ordenó cada hoja de aquella lista, escaneó y adjuntó. Todo en un correo electrónico dirigido también a Marco Carballo. Él debía saber que Ruiz era un corrupto. Debía saber a qué se enfrentaba. Casi como un reflejo recordó a la alcaldesa en un coche con otra mujer haciendo fotografías a Marco mientras estaba en una cafetería con Rubén. Rubén, caviló con la fuerza de una patada y una tela negra cubriendo sus ojos.

Agitó la cabeza para alejar el recuerdo y se centró en el comisario. Pese a su amistad con Rubén, ella seguía confiando en Marco y presionó la tecla de envío. El ordenador se bloqueó un par de segundos. Otro correo electrónico se cruzó y apareció en su bandeja de entrada.

El remitente era el doctor Araújo. El mensaje se dirigía a ella y también al comisario. Lo abrió. Se dispuso a leerlo.

Manuel Fernández. Resultado. Magdalenas. Alucinaciones. Envenenamiento.

Esas fueran las palabras sobre las que se detuvieron los ojos de Elena en una primera y rápida lectura.

Manuel Fernández era el interno del Centro Médico Social que después de haber sufrido alucinaciones y, creyendo que podía volar, se había arrojado desde la azotea del edificio principal del centro. Todo eso se habría producido después de encontrar una de las cajas que habían sido diseñadas y personalizadas para ser entregadas a los asistentes al encuentro de la Asociación de Micólogos de Cruces con cuatro *cupcakes*, que no por cambiarle el nombre dejaban de ser sofisticadas magdalenas. El señor Fernández habría ingerido un par de las magdalenas cuyo resultado arrojaba ahora la reveladora información de una intoxicación por *Amanita muscaria* y belladona.

«¿Belladona?», murmuró Elena sorprendida. La valoración del forense era muy clara respecto a eso: las magdalenas iban dirigidas a una persona. Solo a una. Por tanto, lo sucedido al señor Fernández no era más que un indeseable daño colateral. Porque esa caja, de la que ya solo quedaban dos magdalenas, era para el presidente de la Asociación de Micólogos de Cruces, don Lorenzo Quiroga. Quien ese mismo día ingresó en el Hospital Comarcal de Cruces con una intoxicación que, unida a problemas cardiovasculares previos, días más tarde, el pasado 11 de octubre, había acabado con su vida.

Las deducciones apuntaban en la dirección correcta. Alguien habría envenenado a Quiroga, llevándole a sufrir alucinaciones y posteriormente la muerte. Mentiría si dijese que le produjo la más mínima pena. No después de haber escuchado la sesión de Jackie. Lorenzo Quiroga, de alguna forma, había sido cómplice de Diego Bergara.

Recogió las hojas esparcidas sobre la mesa de su escritorio, tratando de mantener un poco de orden antes de salir de casa. Apiló todo en una esquina no sin hacer esfuerzos para que la precaria estabilidad de una torre más propia de Pisa resistiese. Pero esta no tardó ni un segundo en desmoronarse.

Elena resopló, se puso en cuclillas y empezó a recoger cada carpeta y cada documento. Redobló esfuerzos en dos pilas de papel con mayor posibilidad de éxito.

Varias hojas dispersas provenientes de una carpeta con el logo del Centro Médico Social aparecieron ante sus ojos. Al menos fue en ese momento cuando les prestó la atención que merecían. En ellas, un nombre y una fecha: María de los Ángeles Freire, 1989. Se trataba de la historia clínica que un psiquiatra del centro había redactado a petición del ya conocido doctor Varela.

El contenido no resultaba concluyente y apenas aportaba datos debido al estado comatoso de la paciente. No así la letra. Manuscrita, aquella caligrafía le resultaba conocida. Al menos podría asegurar haberla visto antes.

Se puso de pie. Colocó las historias clínicas de Jackie y de su madre una al lado de la otra para compararlas.

No había dudas. Se trataba de la misma letra. Por tanto, las había atendido el mismo médico psiquiatra.

Sin nombre, sin número de colegiado, sin firma. ¿Quién era ese médico?

Cogió el abrigo y, con ambas carpetas bajo un brazo, salió de casa. Debía hablar con él. Su padre tendría que hacer memoria.

Arreciaba. Abrió un paraguas y se detuvo un instante con el rostro embargado por un pensamiento, una elucubración, quizá. ¿Sería ese el psiquiatra muerto en un accidente de coche en 1992?

44

Las ruedas cruzaban charcos y el agua saltaba a ambos lados del parabrisas. Mientras, dos carpetas descansaban en el asiento de copiloto a la espera de que Elena llegara a casa de su padre. Estaba decidida. Nada en aquel momento podía ser más importante para ella. Nada, salvo la llamada que estaba a punto de recibir.

—¿Elena? —preguntó una voz a través del manos libres del coche.

Era la voz de un hombre. A ella le resultaba conocida. Contestó.

—¿Sí?

—Elena, soy el doctor García. Psiquiatra de Jackie —saludó con una voz que invitaba al desaliento.

La jueza aminoró la velocidad y sintió un escalofrío.

—Se ha escapado.

—¿Jackie?

—Sí, hará cosa de media hora que no sabemos dónde está. Ha salido un coche del Centro Médico Social a buscarla. No quieren dar parte a la policía. Y a falta de familia...

—Ha hecho bien en llamarme, doctor.

—Hay algo más. En su habitación he encontrado una fotografía. No reconozco el lugar, pero creo que puede ser de utilidad para dar con su paradero.

—Envíemela, por favor —pidió Elena antes de colgar el teléfono.

Elena puso los cuatro intermitentes de emergencia y detuvo el coche en el arcén.

Abrió el mensaje enviado por el doctor García y reconoció la imagen de inmediato.

Sabía perfectamente adónde había ido Jackie.

Se incorporó al tráfico de la carretera y avanzó en dirección al centro de Cruces.

En lo alto de las escaleras una verja forjada en negro se abría en un muro de sólida piedra. Al fondo la cruz de una capilla. Escasos mausoleos exponían apellidos, nichos diminutos, nombres todavía más pequeños. Algún ángel, esculturas blancas. Una flor. La lluvia tampoco cesaba en el cementerio de San Julián.

Elena, sin prestar excesiva atención al barrizal en el que los caminos se habían convertido, introdujo un pie en un socavón. Sintió agua a la altura del tobillo, pero no se detuvo. Su vista solo miraba al frente, en una única dirección, buscando una silueta, un rostro: a Jackie.

Sobresaltada por la impresión, se detuvo un par de metros antes de llegar a la tumba de Melisa.

La encontró. Sintió lástima. Una lágrima punzante. Y se compadeció.

Allí estaba. ¿Dónde si no? Yacía sobre la sepultura de Melisa. Acurrucada. Acariciando con dos dedos las letras que, en metal, un anónimo había colocado días antes.

¿Quién le había dicho a Jackie dónde estaba enterrada Melisa? ¿Quién había hecho esa fotografía el día de su entierro?

Ya habría tiempo de encontrar respuesta a aquellas preguntas. Ahora Elena debía ser prudente. Lo sabía. Por eso se acercó a ella despacio y susurró confiando en que las palabras la alcanzasen con la suave brisa de su aliento.

—Ven conmigo. —Le tendió la mano.

Jackie la miró con expresión de admiración. Con el asombro de dos cejas altas y la boca entreabierta.

—Sabía que no era cierto. Estás aquí... —Sus ojos parecían volar con una sonrisa sincera.

—Coge mi mano —repitió la jueza con mayor sosiego y paz que la primera vez.

—Necesitaba verte —dijo la mujer con acento a secreto o confesión.

Elena esbozó una sonrisa amable, queriendo decir «lamento tu dolor», «ojalá pudiera ayudarte» y, sin embargo, no dijo una palabra.

—He traído algo para ti. —Hizo una pausa en la que miró en derredor con el semblante confundido—. ¿Cuánto tiempo ha pasado? —La confusión dio paso al miedo—. ¿Qué es este lugar?

La jueza no sabía qué contestar y ofreció de nuevo su mano en el aire.

—¿Por qué tu nombre está en ese mármol oscuro? —Señaló la lápida con turbación, como si acabara de encontrarla.

La angustia se incrementaba. Sus ojos, sin éxito, buscaban entender.

—He sido fuerte, te lo prometo —gimió con el rostro contraído y las manos suplicantes.

Elena la miraba, la escuchaba, pero seguía sin saber qué decir para calmarla.

De pronto Jackie se lanzó a sus brazos.

Al tiempo que la sostenía, reparó en su atuendo. Una chaqueta de lana sobre un vestido estampado. Todo nuevo. También los zapatos. Su piel y su pelo desprendían un espléndido aroma a flores.

A una distancia que se acortaba a pasos agigantados, la jueza advirtió la presencia de dos hombres con uniforme blanco del Centro Médico Social.

—Pronto seré libre —susurró Jackie en su oreja al tiempo que se separaba de ella.

Elena atisbó en sus labios una sonrisa traviesa que no era capaz de interpretar.

Los hombres se colocaron cada uno a un lado de Jackie, con intención de devolverla al Centro Médico Social cuanto antes.

Apenas opuso resistencia, su cuerpo se veía cansado y sus ojos parecían volar, aun así consideraron la supuesta defensa razón de peso suficiente para colocarle una camisa de fuerza y administrarle un potente sedante intravenoso.

Jackie la miró una última vez con gravidez en los párpados. No tuvieron tiempo de subirla a una silla de ruedas, las piernas de la mujer se doblaron y cayó al suelo.

La jueza recriminó en el acto la falta de profesionalidad de los empleados del Centro Médico Social. Ellos bajaron la cabeza, se echaron la culpa el uno al otro. Nadie se disculpó con Jackie.

—¿Acaso era indispensable una camisa de fuerza? ¿Y sedarla? —preguntó airada.

—Señora, seguimos instrucciones —dijo el más joven.

—Hablaré con el director del centro. Esta forma de proceder con una paciente no es tolerable.

—Con esta paciente, las órdenes vienen de más arriba —intervino el de mayor edad y mucha más experiencia.

No era necesario que le dijera a quién se refería. El Centro Médico Social pertenecía a la familia Bergara. Elena sintió repugnancia, torció el gesto e hizo ademán de dar la vuelta para seguir su camino.

—Además, señora, debería saber que no es la primera vez que se escapa.

Elena desechó en el acto la opción de marcharse dispuesta a escuchar con creciente interés lo que ese hombre estaba a punto de revelarle.

—Según me han contado, esto ocurrió como una semana antes de inaugurarse el Centro Médico Social... —El hombre levantó la barbilla y entornó los ojos como si quisiera rebobinar el tiempo—. A ver, la inauguración fue el 4 de marzo de 1990 y el intento de fuga estoy convencido de que se produjo la semana anterior. Solo se hablaba de eso cuando empecé a trabajar ahí. Y ya pronto hará treinta años. Fui de los primeros en incorporarme a la plantilla —añadió con un punto de orgullo.

—Acumulará entonces mucha experiencia fruto de tantos años —dijo Elena con un tono más amistoso buscando adularlo.

—Bueno, alguna sí. —El hombre sonrió desprevenido.

—¿Podría contarme algo más de ese intento de fuga? ¿Pasó mucho tiempo fuera del centro? —Disparó las preguntas aprovechando la guardia baja de su interlocutor.

—Oye, que llevamos prisa —intervino el compañero tras haber instalado a Jackie en una camilla colocada en la parte de atrás de la pequeña ambulancia con el logo del Centro Médico Social.

El hombre reaccionó mirando la hora en su reloj de pulsera.

—Cierto. Se nos hace tarde —dijo acodado en la baranda de la entrada del cementerio, sin mostrar demasiada urgencia.

Elena continuaba frente a él inmóvil, esperando su respuesta.

—No me puedo entretener mucho. Ya ve. —Hizo un mohín hacia la espalda del compañero—. Sí le diré que esta paciente no se fugó sola.

El impacto de aquellas palabras cambió por completo el rostro de la jueza.

—¿No? —balbuceó.

—Aunque cuando la trajeron de vuelta al Centro Médico Social lo estaba.

—A ver, hombre, que es para hoy —protestó el más joven ya sentado en el asiento del conductor.

El hombre levantó una mano pidiendo calma.

—Parece que tendré que irme —dijo con desgana incapaz de ver el desconcierto en los ojos de Elena.

—Solo una cosa antes de que se marche —pidió ella con un tono lo más neutro posible—, ¿con quién se fugó Jackie en 1990?

Aunque en ese momento Elena intuía la relevancia de esa información, desconocía hasta qué punto podía cambiarlo todo de una forma imposible de imaginar.

El hombre cabeceó y resopló a un tiempo.

—Una pena. Yo no sé qué habrá de verdad en todo eso. De ahí que fuera conveniente poner una camisa de fuerza a esta mujer y sedarla. Y lo que hiciera falta...

A punto estuvo la jueza de perder la paciencia con aquel ir y venir de rama en rama. Resistió. Merecía la pena resistir.

—Porque esta interna se fugó con un bebé. Una recién nacida.

—¿Una recién nacida?

—Como lo oye. Su propia hija. Según he oído no tendría más que cuatro días.

—¿Qué fue de la niña? —preguntó con el tono afectado.

Cuatro días, 4 de marzo, 1990. Elena calculó que esa niña tendría ahora su edad.

—Se cree que murió. Los chicos que llevaron de vuelta a la mujer no trajeron al bebé.

—¿Chicos? ¿Qué chicos?

—Unos de Cruces que andaban por O Souto Vello con sus motocicletas y la encontraron. Para que luego se diga que esos grupetes de jóvenes...

Elena evitó añadir nada al respecto. Ya imaginaba a qué jóvenes aludía y, respecto a lo que sugería el hombre, no podía estar de acuerdo. Los Alacranes habrían salido a buscar a Jackie siguiendo órdenes de Bergara. Daba igual si el padre o el hijo. ¿Qué habrían hecho con esa niña?

Desanduvo los pasos que la distanciaban de la tumba de su tía Melisa buscando un momento de serenidad para hacerle una promesa: buscaría la forma de hacer justicia. Para ella, también para Jackie y para esa niña.

No fueron más que unos minutos que concluyeron con una caricia sobre el relieve de cada letra de su nombre, pero sin duda suficientes para reconfortarla.

Pegado a la base de la sepultura, cubierto en parte con barro, un ramito de flores silvestres temblaba inerme a merced del viento.

Elena dobló la espalda y alargó una mano para alcanzarlo. Apartó el barro con cuidado de cada uno de los pétalos. El cielo comenzaba a salpicar pequeñas gotas de lluvia cuando una lágrima voló rabiosa al encuentro de aquel ramito con hierbas de San Juan que a Melisa tanto le gustaban.

45

Elena se ajustó el cinturón de seguridad del coche y arrancó con un pequeño derrape sobre el lodazal que se orillaba en las proximidades del cementerio. A su lado, sobre el asiento del copiloto, continuaban dos carpetas con las historias clínicas de Marian y de Jackie.

Siguió la carretera en línea recta hacia el norte, hacia O Souto Vello. Debía ir a casa de su padre. Necesitaba hablar con él cuanto antes y preguntarle por el nombre del psiquiatra que, casi treinta años atrás, había atendido a su madre.

Timbró una vez y metió las manos en los bolsillos de su abrigo tratando de contenerse para no presionar de nuevo el botón con el dibujo de una campana blanca. No quería alarmar a su padre.

Solo transcurridos un par de minutos decidió repetir la acción y llamar de nuevo.

Su padre apareció ante ella con las gafas de leer en la punta de la nariz y el pelo revuelto. Elena supuso con buen criterio y muchos años de experiencia que se habría quedado traspuesto con un libro en el regazo y la cabeza de medio lado en el sillón orejero frente a la ventana del salón.

Los saludos iniciales fueron breves. Elena no se esforzó lo más mínimo en ocultar a su padre la impaciencia por hacerle unas preguntas.

Lo siguió por el pasillo. Él caminaba despacio arrastrando unas zapatillas de casa. Las mismas zapatillas desde hacía tantos años que no recordaba haberle visto otras nunca.

Parecía tan mayor…, pensó. Pese a contar con poco más de seis décadas, su padre acusaba cansado el paso de un tiempo que, lejos de sumar años, le restaba tanta vida a su espíritu como fuerza y movimiento a su cuerpo.

—¿Quieres un café? —preguntó Miguel.

—No, gracias, papá. Necesito enseñarte algo.

Él se sentó al tiempo que empujaba las gafas hasta el puente de su nariz.

—Dime, hija.

Elena abrió las carpetas a fin de exponer su contenido sobre la pequeña mesa de centro.

—Ambas hojas forman parte de las historias clínicas de mamá y de Jackie Noboa —comenzó a explicar.

Miguel se acercó con ojos curiosos.

—¿Lo aprecias? —preguntó ella—. Se trata de la misma letra. Exactamente la misma caligrafía en una y otra historia. Por tanto, cabe pensar que a ambas las trató el mismo psiquiatra.

—Puede ser —asintió su padre despacio, sin valorar la importancia de aquel hallazgo.

—Necesito que hagas memoria, papá. ¿Cómo se llamaba ese médico?

Miguel contrajo el rostro con una mano en la barbilla, mostrando cierto esfuerzo por recordar.

—Ese hombre, el doctor… ay, qué mala memoria —lamentó—, le hizo más mal que bien a tu madre. Quizá por eso mi cabeza no quiere recordar su nombre.

—¿Por qué dices eso?

—Él acababa de perder el hijo que estaba esperando con su mujer. Quizá eso le influyó para creer que ayudaba a Marian actuando de la forma en que lo hizo. —Parecía divagar.

—¿A qué te refieres, papá? —A Elena le estaba costando seguir el hilo argumental de su padre.

—Ella estaba embarazada en ese momento, Elena. De ti —dijo esbozando una tierna sonrisa—. En verdad ya lo estaba cuando desapareció Melisa. Solo que ahí aún no lo sabía. También cuando perdió a su padre y a nuestra pequeña Martina. —Volvió la vista a la ventana un segundo antes de proseguir—: Después sobrevino el trastorno de estrés postraumático y esa especie de coma. Ya sabes... —Evitó profundizar en algo que ambos conocían bien y que, por tanto, era innecesario.

Elena asintió. Hasta ahí ninguna novedad.

—Entonces me ofrecieron ingresarla. Dijeron que un gran médico podía ayudarla y yo me lo creí. Consentí que la metieran en el Centro Médico Social.

—¿Quién te ofreció ingresarla?

—La familia que acababa de comprar el viejo psiquiátrico. Todo el mundo en Cruces sabía de la desgracia de Marian. Además, embarazada... —Cabeceó apesadumbrado—. Así que los Bergara corrieron con los gastos del ingreso.

«Bergara», resonó en la cabeza de Elena como una ráfaga de aire frío en una habitación cerrada. Esa gente no ayudaba, limpiaba pruebas, enterraba errores y solo buscaba salirse con la suya.

—Pero este médico no sirvió de ayuda —continuó Miguel—. Bueno..., cierto que consiguió sacarla del coma. Al menos ella despertó. Aunque no sabemos si igualmente se hubiera despertado de no estar al cuidado de ese doctor. —Hizo una pausa valorando lo que acababa de decir—. El caso es que, una vez consciente, no tuvo más que media docena de sesiones con ella y en lugar de conseguir que tu madre dejase de creer en todas esas ideas raras que se le metieron en la cabeza, el psiquiatra la creyó. Empezó a creer en todo cuanto ella le había contado —dijo sin dar crédito a la profesionalidad del médico.

—Todavía hay algo que no me has contado —dijo Elena—. Más allá de las desgracias, ¿qué creía mamá que había ocurrido?

Miguel parecía redoblar esfuerzos por recordar detalles de aquel médico, buscando dar con su nombre.

—Debí haber imaginado que sería un error dejarla allí —lamentó.

Elena escuchaba cada palabra con suma atención.

—Ese médico le había dado el alta al curandero. A Amaro. No solo llegó a creer en su cordura, sino que ambos establecieron una especie de amistad. Recorrían O Souto Vello juntos. Y mientras el curandero explicaba sus «ciencias del mundo» —añadió escéptico—, el médico escuchaba.

—Pero ¿qué creía mamá que había ocurrido? —preguntó con un interés que se acrecentaba a cada segundo—. Papá —frunció el ceño necesitada de respuestas—, ¿qué le pasó a Martina?

Miguel dejó descansar la espalda en su sillón, con las manos sobre mullidos apoyabrazos y la memoria en un capítulo de su vida que no dejaba de sangrar: octubre de 1989.

—Recuerdo el tormento en el rostro de tu madre. Era tanto su sufrimiento desde la desaparición de Melisa... La noche anterior los truenos partían el firmamento con un vendaval que anticipaba la crudeza del peor invierno en mucho tiempo. Así, esa mañana del 17 de octubre el sol se escondía bajo el manto frío de nubes negras, dejando que pesadas y densas nieblas inundasen la isla de Cruces.

»Recuerdo ver a Marian en la ventana del salón al amanecer. Martina se acercó con el gesto encogido sin saber qué hacer y queriendo nada más que un abrazo de su madre. Marian sonrió cansada, peinó su cabello con una mano y acarició su cara, buscando alejar el mal de sus recuerdos de infancia. Era una buena madre —suspiró—. Luego se dirigió a mí para explicarme que había encontrado el diario de su hermana Melisa.

»Marian ya sabía de su coqueteo con las drogas, del mal camino que había transitado poco antes de desaparecer, pero también que su timón había virado ciento ochenta grados y, para prueba, el hecho de que pocas semanas antes las dos hermanas habían recuperado la estrecha relación que habían mantenido siempre. Marian no había llegado a conocer al detalle aquella vida de excesos de Melisa, por falta de tiempo para hacer las preguntas pertinentes, supongo, pero sí sabía que alguien la maltrataba. Más de una vez la vio llegar con cardenales en los brazos y los muslos. No dio el nombre ni más pistas de su agresor, pero en una ocasión había afirmado sentir miedo de un hombre. Melisa miedo. Tú no conociste a tu tía, Elena, pero nunca antes había afirmado sentir miedo de nadie. Y no porque no lo sintiera. Todo el mundo en algún momento siente miedo de algo o de alguien. Ella no era diferente en ese sentido. Pero Melisa, lejos de sucumbir a parálisis de ningún tipo, encontraba la forma de enfrentarse. Y eso que no era más que una niña. Quizá porque no era más que una niña.

»De ahí la importancia del diario. Esa noche tu madre encontró en él el nombre de Diego Bergara. Entendió que era quien le proporcionaba las drogas. El mismo que le impedía dejarlas y, lo peor de todo, quien se las cobraba de la forma más sucia y retorcida: satisfaciendo sus más bajos instintos con ella, con una menor.

»Los hallazgos del diario esa noche terminaron por ahogar la cabeza de tu madre en oscuras posibilidades y más lúgubres pensamientos, y debilitaron su capacidad para razonar o acudir a la policía. Debo reconocer que la familia

Bergara en aquel entonces acumulaba cada día más poder, que sus negocios eran turbios y tenían amigos hasta en el infierno. En eso quizá tu madre tuviera razón.

»Por eso justamente le dije que lo mejor sería pedir ayuda a las autoridades. Era necesario pensar bien qué hacer con aquella hipótesis sobre el paradero de Melisa que podía apuntar a Bergara para no dar pasos en falso o enfrentarnos a quien no debíamos. Pero tu madre lo daba todo por sentado. Para ella no era una posibilidad la implicación de Bergara, sino un hecho, absoluta realidad. De poco sirvió cuanto yo le dije. Ni siquiera me dejó leer el diario para valorar su idea. Tampoco quiso escuchar consejos de Manuela ni de Moncho. Prefirió dejarlos al margen. Me impidió contarles nada del diario ni de los pecados que Melisa escondía. En el fondo era secreto. Y, como los peores secretos, dolían a quien los guardaba y a quien no debía conocerlos nunca. Además, Marian confiaba en que Melisa volvería a casa. Tal vez hubiese tenido que huir de Diego Bergara por un tiempo o quizá la tuviese retenida. Quién sabe ni sabía. Por eso decidió salir esa mañana a hacer unas preguntas a casa de los Bergara. Y se fue. Se fue sola. Y yo la dejé ir.

»De poco sirvió la mirada triste de Martina al ver salir a su madre a la intemperie de una lluvia que azotaba su cuerpo con la violencia de aquel viento que agitaba copas de árboles inmensos.

»Moncho, tu abuelo, muy desmejorado desde la desaparición, se acercó a acariciar las mejillas de Martina. Un gesto que me conmovió. El mismo con el que mimaba a Melisa. Recuerdo que me fijé en lo mucho que había adelgazado, con las mejillas hundidas y los ojos secos de un prisionero sin hambre ni sed. Entonces él vio cómo se alejaba la silueta de Marian y me preguntó adónde iba su hija. La primera vez que me hablaba en varios años rompiendo un mutismo impuesto por motivos que en ese momento palidecían hasta desaparecer.

»No podía decirle nada. Se lo había prometido a tu madre, pero él encontró el diario por su cuenta.

»Respecto a qué pasó en la casa de los Bergara con absoluta certeza, lo desconozco. Solo pude saber lo que tu madre al cabo de un tiempo me contó.

—¿No hablasteis de qué había ocurrido en casa de los Bergara cuando ella volvió de allí? —preguntó Elena incapaz de dar sentido a las últimas palabras de su padre.

—Todo se complicó a un nivel que todavía hoy me cuesta digerir. —Hizo una pausa y tomó aliento para continuar—: Al cruzar la puerta de la entrada, los servicios de emergencias hacían esfuerzos sobrehumanos por salvar la vida de tu abuelo. Había leído el diario. No todo, quizá solo una parte. Lo suficiente, puesto que resultó letal para él. Su corazón no pudo resistirlo.

»Acelerada, hecha una madeja de emoción y nervios imposibles de devanar, tu madre se abalanzó sobre la camilla que llevaba a tu abuelo.

»Nada se pudo hacer por él.

»Yo me centré en atender a Martina. En preservar los límites de su fantasía infantil. Mi pobre hija no entendía qué pasaba, por qué la casa en que vivía se había convertido en el triste refugio de unas sombras.

»Por eso insistí en que Martina no debía estar presente en el velatorio de su abuelo. Tampoco en el entierro. Y tu madre aceptó.

»No aceptó en cambio el consejo de Jacinta Noboa, la madre de Jackie, y de otras mujeres del pueblo, que le dijeron que antes de volver a casa del cementerio debía "quitar el aire del muerto para proteger a Martina".

»Veo por la expresión de tu rostro que no sabes a qué me refiero —dijo Miguel ofreciendo explicación a sus palabras—. Esas mujeres creían que el aire, la sombra o el espíritu de un difunto podía adherirse al cuerpo de tu madre y, aunque incapaz de entrar en él y hacerle daño, podría volver con ella a casa para afectar el cuerpo siempre vulnerable de una niña como era Martina. Creencias populares —suspiró cansado.

»Tu abuela Manuela había colocado un pequeño montón de laurel seco en la parte de delante de la casa al que después prendió fuego. Le pidió a tu madre que se dejara ahumar con él para alejar malos espíritus de Martina.

»Discutieron y tu madre pasó el resto del día en la cama sin querer hablar.

»Ese día decidí acostar pronto a Martina. Le leí un par de cuentos y la dejé en su habitación. Tardó en dormirse. Escuché un buen rato cómo hablaba con sus peluches. Tenía un pequeño baúl de madera que Moncho le había comprado a un viejo amigo carpintero y en él guardaba todos sus muñecos. De pronto escuché cómo lloraba. Era un llanto abrupto, de alarma, que nos hizo saltar de la cama a tu madre y a mí. Los dos a un tiempo. Atropellándonos en la puerta por entrar primero a su dormitorio.

»Martina se agarraba la mano con ojos de terror y cientos de lágrimas empapando su cara.

»Marian la cogió en brazos. Le besó la mano, la cara, la estrechó contra su cuerpo y creo que de alguna forma le pidió perdón.

»Se había lastimado. No cabía duda de eso, pero ni Marian ni yo apreciamos nada grave.

»Martina, en cambio, aseguraba que había querido acostar al osito en su cama, que no era otra que el baúl de madera, y entonces el osito le había mordido.

»Yo entendí que quizá me había excedido en alimentar la imaginación y el mundo de fantasía de la niña, le di un beso y la arropé. Los dos lo hicimos. Apagamos la luz y volvimos a la cama. En ese momento recuerdo que tu madre me cogió la mano y al volver a la cama nos abrazamos. Solo queríamos proteger a nuestra hija. Solo eso. Y no lo hicimos —musitó.

»La mañana había amanecido con un silencio aterrador. Martina siempre era la primera en levantarse. Ella venía a nuestra habitación, saltaba a la cama y se escurría entre los dos bajo las mantas. Pero eran más de las nueve y la niña seguía en su habitación.

»Marian fue la primera en abrir la puerta de su cuarto —dijo con la voz ahogada y el vívido reflejo del pánico en sus ojos—. Martina, mi niña Martina —cogió una bocanada de aire—, no se movía. Su cuerpo estaba frío y su mano hinchada y enrojecida. Estaba muerta. —Apretó un gesto tembloroso tras un puño con nudillos blancos. Sus gafas se empañaron y dejó de hablar.

Elena abrazó a su padre y, aunque sintió el calor del consuelo, él sabía que la culpa era tenaz predadora que nunca le permitiría descansar.

—Fue ahí cuando Marian perdió la cabeza, el sentido de la realidad. Dijo que era cosa de Bergara. Que la habían amenazado a ella y a la familia si no dejaba de acusarlos de nada.

La jueza frunció el ceño, dudó.

—Exactamente, ¿qué animal le picó a Martina? ¿Una serpiente, quizá?

—No —cabeceó Miguel sin poder disimular la amargura en la mirada—, un alacrán.

46

El estruendo de un disparo en O Souto Vello rompió la tregua de escasos minutos en que la tormenta tomaba aliento para continuar.

Una vecina se apresuró a cerrar portillos tras forcejear nerviosa con las cerraduras y puertas de su casa. Solo después levantó el teléfono para llamar a la policía.

Elena bajó del coche. No estaba segura de lo que había escuchado. Parecía la detonación de un arma, pensó. Tal vez lo fuese. No era un sonido con el que estuviese familiarizada.

Ajena a la lluvia de aquel día que parecía no acabar, prescindió del paraguas y colocó sobre su cabeza la capucha de su gabardina. Necesitaba averiguar la naturaleza de aquel sonido y, además, pensó, no le vendría mal tomar un poco de aire.

La picadura de un alacrán había acabado con la vida de su hermana Martina. Elena pensó en su padre, en la amargura de sus cínicos comentarios debatiendo siempre entre la razón y una culpa que se escurría para encontrarlo. Pensó en su madre, en la huida de su mente y sus sentidos, en cuanto dolor no había podido soportar su espíritu. Y todo eso mientras estaba embarazada. Y no era la única. Jackie había dado a luz a una niña justo el mismo día en que ella llegó al mundo.

Elena se llevó una mano a la frente. Le dolía la cabeza. Aligeró el paso entre laureles, pisó la tierra mojada y esquivó extensos guipures de telarañas. Después se detuvo. Cerró los ojos un segundo en el que se consintió apoyar la espalda en la robustez de un tronco, permitiendo que diminutas gotas de lluvia saltaran entre hojas y ramas hasta su cara. Los pensamientos se arremolinaban. Las preguntas no cesaban. Y respiró. Respiró la verde y embalsamada atmósfera que la rodeaba en O Souto Vello.

La estridencia de otro disparo quebró la frágil paz que buscaba. Desacompasadas, las gaviotas graznaron batiendo alas con el nervio de un superviviente y el quejido del dueño de aquella galaxia. Instintivamente, Elena dobló las piernas para permanecer en cuclillas, escondida y agazapada. Entonces, sin más, una última detonación devolvió silencio.

1 hora antes
O Souto Vello

Tras el primer disparo, el de advertencia, cimbreaba con la escopeta caliente apoyada en un hombro. Él, en cambio, situado a escasos metros en un claro de O Souto Vello no se inmutó. De hecho, ni siquiera se esforzó en disimular la repugnancia que le producía tenerlo cerca. Osadía o imprudencia, se limitó a decirle que se volviera para casa a seguir bebiendo hasta caer.

—Me odias, ¿no es cierto? —balbució con lengua torpe y anestesiada—. Odias a tu propio padre.

Brais Verdeguel desdeñó sus palabras con el ademán indolente de una mano en el aire.

—No eres mejor que yo, ¿sabes? Qué vas a ser... —Xacobe negó con la cabeza aturdida—. Tú eres peor. Mucho peor. No has corregido ni uno solo de mis errores.

—Chocheas, viejo. —Alzó la voz el hijo—. Gano mucho más dinero del que ganaste tú nunca. Ni en la batea ni cuando estabas en el negocio. —Se encaró, y arrugó la nariz emulando la amenaza de un perro de presa.

Xacobe Verdeguel se carcajeó a riesgo de perder el precario equilibrio que lo mantenía en pie.

—Es un dinero manchado de sangre, imbécil —vociferó.

—Lo mismo que tus manos. No seas hipócrita. ¿Me vas a dar lecciones de algo tú a mí? —espetó recortando la distancia con su padre—. Diego me contó lo de la chica. Tú la enterraste. Enterraste a esa tal Melisa hace treinta años.

—Cierto —asintió cerrando los ojos en un pesado parpadeo—. Pero yo no la maté. Imagino que a estas alturas, como vasallo de Bergara que eres —se resarció con boca indómita—, ya sabrás que fue él quien acabó con esa chica. Yo solo ayudé a tapar sus mierdas en el pasado, algo por lo que estoy pagando, ¿no crees? —dijo abriendo los brazos para exhibir sus miserias—. Pero tú mataste a Paulina Meis sin ningún escrúpulo.

Una vena se hinchó en medio de la frente de Brais Verdeguel resaltando el perfil beligerante que lo embargaba.

—No se puede tener escrúpulos en los negocios. ¿En qué mundo vives? —se burló—. Diego Bergara necesitaba la vieja fábrica y las bateas de Quiroga. Punto. Si se las hubiese vendido, no habría tenido que morir esa chica —explicó cortando el aire con los brazos en direcciones opuestas.

—En eso te has convertido... —dijo con un acento ambiguo entre el asco y la vergüenza.

El hijo reaccionó haciendo un aspaviento para controlar la ira que ardía en la palma de sus manos.

—¿Y qué eres tú? ¿Te crees mejor que yo? —Trató de amedrentarlo con el pecho inflamado y gruesas venas en sus brazos—. Eres un asesino de niñas.

Los ojos de Xacobe se paralizaron, su gesto parecía congelado. Miró hacia un lado, buscando auxilio en la oscura maleza de O Souto Vello. No muy lejos de allí, el *cruceiro de meniños* velaba el sueño de pequeños cuerpos con la pureza intacta en sus almas.

—Cuatro años y cinco meses —murmuró con las neblinas del alcohol y el dolor del remordimiento—. Esa era la edad que tenía Martina Casáis. No estaba bautizada y tuvieron que enterrarla ahí, bajo ese *cruceiro*.

Brais murmuró algo indescifrable, incapaz de responder con una emoción que pudiera acercarse a la compasión.

—Ella no debía morir —continuó Xacobe—. Diego y Dante me aseguraron que el bicho no era venenoso. El objetivo era solo asustar a Marian. Ella se había presentado en casa de los Bergara hablando del diario de su hermana Melisa. Los había acusado de andar con la droga, de abusar de una menor y de no sé qué cosas más. —Friccionó su frente con gesto fatigado—. Al ver un alacrán en la habitación de la niña entendería el mensaje. Comprendería que no era buena idea meterse en acusaciones con los Bergara y ya está. Nada más que eso. —Xacobe cabeceaba carcomido por la desazón de aquel episodio de su vida.

—El diario. ¡El puto diario! —exclamó Brais apretando un puño encolerizado—. Fuiste tú quien le cortó la mano a Paulina y le metió la llave de ese diario —agregó caminando en círculos a gran velocidad—. Debí imaginarlo.

—Así que aunque la jueza había decretado secreto de sumario, lo sabías —dijo Xacobe haciendo un ademán de sorpresa—. ¡Lo sabía! —se jactó—. Sabía que teníais a alguien en la policía.

—¿Te extraña? —Se echó a reír—. Por supuesto —afirmó rotundo—. El inspector Ruiz trabaja para Bergara.

—Estás a tiempo de saltar de ese barco en llamas, Brais —rogó el padre con una mano que se movía torpe en el aire—. Entrégate, paga por tu condena y empieza de nuevo.

Pero la cabeza de Brais bullía acelerada, negando cualquier posibilidad por evidente o remota que fuera de renunciar a aquella vida. Porque él prefería ser respetado y temido. Prefería acumular más dinero del que poder gastar en tres vidas, pese a no tener más que una, la misma que, sin saberlo, en aquel momento pendía de un hilo. Más bien, de una bala.

Brais puso fin a sus cortos paseos de un lado a otro y se detuvo a varios metros de su padre. En sus ojos había tanta rabia como desconcierto.

—¿Que me entregue? ¿Eso me pides? —Se encaró de nuevo con mayor violencia en sus ojos y sus manos.

Xacobe trataba de mantenerse firme, pese al leve balanceo de su cuerpo.

—¿Que confiese yo? ¿Y qué hay de ti? ¡Contéstame! —ordenó con un grito al viento—. Porque yo al menos no maté a un recién nacido. ¿Te suena la historia? ¿O es que tus remordimientos hasta ahí no llegan, padre?

Xacobe negó con la cabeza.

—Sé que mataste a la hija de la Jackie —insistió.

—Estás tan equivocado... —rechazó la acusación con más fuerza y vehemencia—. Diego me lo pidió. Me lo ordenó. De eso no te quepa duda. Me dijo que matara a su propia hija —esgrimió con boca espumosa y ojos enrojecidos—. Pero ¿cómo iba a hacer semejante atrocidad? ¿Cómo? No podía acabar con otra niña. El peso que cargaba desde la muerte de Martina Casáis ya era insoportable... Se había golpeado la cabeza en la huida en brazos de su madre. Pero yo no la maté. La dejé en el mismo lugar en que años atrás había enterrado a Melisa y solo unos meses antes una familia destrozada despedía el cuerpo de Martina —confesó con la vista en el *cruceiro*.

Brais avanzó un paso hacia su padre con un dedo amenazante.

—Le contaré a Diego que quizá esa niña vive, ¿me oyes? Se lo contaré todo —advirtió con el dedo índice apuntando al cielo—. Y no le va a gustar.

—No, hijo mío. No lo harás.

Xacobe lo apuntó con la escopeta. Brais se paró en seco con brazos nervudos, cubiertos de tatuajes y el amago de una sonrisa cerril que buscaba desafiarlo.

A su espalda sonó el clic que retiraba el seguro a un arma reglamentaria de la Policía Nacional.

Padre e hijo se giraron y, con más o menos asombro, descubrieron que el inspector Ruiz estaba allí y había escuchado su disputa, quizá desde el principio.

—Deja la escopeta en el suelo, Xacobe, y dale una patada hacia mí —pidió el policía.

—Menos mal que has llegado —dijo Brais recortando la distancia que lo separaba del inspector.

—No des un paso más —ordenó el agente—. Hemos recibido la llamada de una vecina alertada tras haber escuchado un disparo —dijo.

Ruiz alargó el brazo para alcanzar el arma y dibujó una sonrisa de hiena en la cara. Sacó la radio de la policía y pidió refuerzos.

Eso fue lo que les hizo creer, pues no había activado la llamada.

El joven lo miró con gesto de no entender.

—¿Qué estás haciendo, cretino? —preguntó Brais—. Si me detienen a mí, juro que te hundirás conmigo —bramó.

El inspector lo apuntó con la escopeta.

—A mí nadie me va a joder —murmuró el policía antes de descerrajar un tiro en la cabeza de Brais y ver cómo su cuerpo caía fulminado al suelo.

La torpeza del alcohol dominó las dos zancadas que lo separaban de su hijo. Se arrodilló ante él y liberó un grito entre improperios con los puños a ambos lados de la cara.

El policía, lejos de inmutarse por el agravio, empuñó su pistola.

Xacobe tragó saliva y cuanta amargura quedaba en su boca. Se puso de pie a duras penas apoyando una mano en su rodilla, sintiendo el temblor de ese brazo y de tanta rabia acumulada. Apretó los labios, lo miró a los ojos y enfrentó la bala.

Tras la última detonación Elena había echado a correr sendero abajo, tratando de ignorar aquella especie de martillo hidráulico que golpeaba dentro de su cabeza y hacia ambas sienes.

Al llegar frente a la casa de Amaro se detuvo unos segundos para recuperar el aliento. Sin haber llamado a la puerta, el curandero, con sus ojos diminutos y aura de enigma perpetuo, apareció ante ella invitándole a pasar sin necesidad de pronunciar una sola palabra.

Su casa era pequeña. Apenas un dormitorio donde no había más que una cama, un lavabo minúsculo y la cocina en la que estaban. En ella, sin más protagonista que una *lareira* de piedra con su chimenea, dos leños secos eran devorados por el fuego sobre un lecho de brasas.

Contra todo pronóstico, el hogar de aquel anciano le pareció extremadamente acogedor. Quizá en parte por el olor a leña quemada, a café recién hecho y a distintas flores, entre las que destacaba la lavanda.

—No hace falta que pidas permiso —dijo el anciano—. Siéntate junto a la lumbre.

Elena tomó asiento en una silla de enea y frotó las manos con avidez para después exponer las palmas al calor de las llamas.

Amaro, poco a poco, paso a paso, se acercó a un chinero de madera en el que parecía rebuscar algo entre botes de cristal, primero con la vista, después con ayuda de ambas manos.

La jueza aprovechó el *impasse* para sacar del bolsillo su móvil y comprobar si tenía alguna llamada. Le decepcionó comprobar que la cobertura era inestable. Las rayas que debían mostrarla en la pantalla aparecían, crecían y se esfumaban ante sus ojos en una milésima de segundo, indiferentes a su necesidad de llamar a Marco para decirle que había escuchado disparos en O Souto Vello.

—¿Usted tiene teléfono fijo? —preguntó al curandero.

El hombre negó con los labios sellados.

—¿Ha escuchado los disparos? Juraría que venían del entorno del *cruceiro,* ¿no cree?

—Hay tormenta. Tal vez hayan sido truenos. O tal vez no.

Elena miró hacia el techo y torció ligeramente la boca aprovechando que Amaro estaba de espaldas, rebuscando entre los frascos que guardaba en aquel mueble. Qué difícil le resultaba recibir una respuesta de ese hombre y, sobre todo, descifrarla. Suspiró y bajó la vista de nuevo sobre la pantalla del móvil.

¿Cómo no lo había visto antes? Tenía un mensaje de voz de Marco. Se acercó el auricular a la oreja afanada en escucharlo cuanto antes.

El comisario Carballo le preguntaba dónde estaba, ya que necesitaba hablar con ella de forma urgente. Después le contaba que alguien estaba tratando de extorsionarle. Alguien que quizá también lo intentaría con ella. La voz de Marco sonaba expeditiva, resuelta. Hablaba de unas fotografías, de una cena en casa de Maite, del encuentro con Rubén en una cafetería. Elena prestaba oídos a cuanta información le estaba haciendo llegar el comisario. «¿Unas fotografías?», se dijo. Recordaba perfectamente haber visto a una mujer de mirada felina e imagen recargada sacando fotografías a Marco desde un coche conducido por la alcaldesa de Cruces. La alcaldesa. Esa palabra resonó con un chasquido de dos dedos en su cabeza. Por último, el comisario le dijo algo que la hizo exhalar todo el aire de sus pulmones: Rubén era un confidente de la policía.

Elena podía respirar un poco más tranquila después de conocer esa información, que explicaba el motivo por el que Rubén estaba con Brais el día de la emboscada.

Volvió a mirar la pantalla del teléfono. Resopló al comprobar que otra vez no tenía cobertura. Igualmente accionó la opción de grabar audio y se dispuso a contestar a Marco. Daba por hecho que él todavía no habría tenido ocasión de leer el correo que le había enviado con los movimientos bancarios que señalaban a varios corruptos en Cruces. Entre ellos, el inspector Ruiz y la alcaldesa Sonia Seijo. Se lo resumió en un breve mensaje en el que explicaba quién debía estar detrás de la extorsión. Era muy posible que la alcaldesa estuviera trabajando por libre en su propia defensa a través de amenazas para dañar la reputación de un comisario de policía y quizá también la de ella, una jueza. No le saldría bien, sonrió Elena. Rubén era un confidente.

Por último aprovechó el audio para decirle a Marco que había oído disparos en O Souto Vello.

Amaro apareció ante ella apoyado en su cayado de madera con una taza de latón humeante en la otra mano.

Hacía mucho tiempo que Elena no veía una taza así. A duras penas conservaba el color del metal, con un asa deformada y varias abolladuras en sus cilíndricas formas, pero cumplía a la perfección con su cometido.

Dejó que una sonrisa asomase a su rostro, en parte por el recuerdo a infancia de aquella taza, y alargó el brazo aceptando el ofrecimiento del anciano. Con ambas manos envolvió el latón acodada sobre sus rodillas con el rostro más cerca del fuego. De niña, su abuela preparaba chocolate caliente y se lo ponía en un recipiente muy parecido a ese mientras su madre se marchitaba diminuta y encogida bajo las mantas de una cama. Sorbió el café muy despacio, consciente de lo mucho que le iba a costar hacerlo bajar por su garganta. Tras la revelación de su padre sobre Martina no resultaba nada fácil digerir el sufrimiento de Marian. Menos aún pensar en si llegaría a despertar otra vez.

—Toma esto. Aliviará tu dolor de cabeza y ayudará a que recuperes un poco de calma ahí dentro —dijo el hombre sin precisar.

No obstante, Elena entendió a qué se refería. Aunque se esforzaba en proyectar fortaleza y un temperamento sobrio, recientes hallazgos a su alrededor quebraban esa imagen aportando confusión. Y eso no le gustaba. No le gustaba nada. ¿Qué había pasado con la hija de Jackie? Se preguntó una vez más. ¿Estaría viva? Quizá sí lo estuviese. Elucubró con el ceño fruncido. De estarlo, sería hija de Diego Bergara. Fue pensar en aquel nombre y sentir un nudo en la boca del estómago. Sorbió más café tratando de entrar en calor y al mismo tiempo buscando alivio a la frustración de intuir que sería imposible dar justicia a Melisa y a Jackie. También a esa niña. Estuviese viva o muerta. Habían transcurrido ya treinta años. Todo había prescrito. Todo. Sorbió más café y sintió un sudor frío en sus palmas. Reconsideró beber más y casi al momento desterró la taza a la repisa de la chimenea.

—Es descafeinado —dijo Amaro con las manos apoyadas en la cabeza del cayado—. Deberías tomar lo que te he dado. Te hará bien. Si no, mal tampoco te va a hacer.

Elena se sorprendió al ver lo que el curandero había colocado ante ella, sobre un tronco de madera que debía cumplir unas veces de mesa y otras tantas de taburete. En un pequeño plato de loza había dos botes de cristal. Con ojos curiosos, acercó primero un tarro, luego el otro, para leer lo que estaba escrito a mano en sendas etiquetas blancas. Temblorosa y aun así legible, en aquella letra podía leerse «Hierba de San Juan» y «Aceite de romero y lavanda».

—¿Quiere que me tome esto? —preguntó.

—Yo hace mucho que no quiero nada. Te ofrezco un remedio de lo que sé y de lo que tengo.

Elena desenroscó uno de los envases y depositó un poco de aceite en el dorso de una mano. Lo extendió con las yemas de los dedos en movimientos circulares y las hierbas liberaron un aroma floral y envolvente que, si no la relajaba, resultaba muy gratificante para sus sentidos.

Acercó la mano a la nariz a fin de deleitarse con aquella fragancia verde que le resultaba conocida.

—¿Lo ha preparado usted? —preguntó Elena dispensando unas gotas de aceite sobre la otra mano.

Amaro asintió.

—Imagino que por aquí vendrá mucha gente a buscar sus remedios —trató de indagar, pero no obtuvo más respuesta que el crepitar de la leña. Continuó—: Recuerdo cuando yo venía de niña con mi abuela Manuela, aunque, en aquel entonces, no tenía la hierba de San Juan en cápsulas... —insinuó.

El curandero le dirigió una mirada con el silencio del buen entendedor.

—Dicen que los tiempos cambian. Alguna vez incluso a mejor —respondió evasivo el anciano con la vista de nuevo en la lumbre.

Elena aproximó la nariz al dorso de la mano para inhalar la fragancia del aceite. Entonces recordó el abrazo a Jackie en el cementerio. El aroma que desprendía ella era muy similar si no exactamente el mismo.

Frunció el ceño pensativa, y por fin se le ocurrió la pregunta que debía formular.

—Estuvo ingresado en el Centro Médico Social, ¿no es cierto? Usted mismo me lo dijo.

—Nunca trae nada bueno ver lo que alguien quiere esconder a toda costa.

Elena entendió la referencia a las descargas de estupefacientes. Ahora lo tenía claro. Los Bergara se habrían encargado de tenerlo encerrado largas temporadas para que no entorpeciese sus movimientos en O Souto Vello.

—Por suerte dio con un buen psiquiatra que le dio el alta. ¿Podría decirme cómo se llamaba?

—Un buen hombre. Y como todos los buenos hombres, anónimo y antes de tiempo enterrado. —Cabeceó despacio sin dejar de mirar el fuego—. Sin ser natural de Cruces hizo más por este bosque y por el saber de sus plantas que muchos de aquí interesados solo en lo que han de traer las aguas —dijo con un largo suspiro—. Oropeles y farolillos para adornar tumbas abiertas.

Mientras lo escuchaba, Elena sostenía una de las cápsulas de hipérico haciendo pinza con dos dedos. Parecía analizarla con interés al tiempo que comenzaba a vislumbrar una conexión entre aquellos remedios naturales y quien había sido psiquiatra de Marian, Jackie y Amaro.

Sin previo aviso y para su sorpresa, el timbre del teléfono sonó provocando que ella diese un pequeño salto en la silla.

Acertó a descolgar la llamada con la excitación de quien intuye urgencia. El número que aparecía en la pantalla era largo, gran cantidad de dígitos que ella supo reconocer. La llamaban del Hospital Comarcal de Cruces.

—Sí, soy yo, su hija —contestó con la voz en guardia y el cuerpo rígido por miedo a perder la cobertura.

—¿Qué? —se alarmó mientras el corazón la golpeaba con extrema violencia—. Voy ahora mismo.

47

Al llegar a la cuarta planta del hospital, Elena fue recibida por la extraordinaria y siempre afable sonrisa de Felisa Verdeguel.

Con carrillos como amapolas, la enfermera no dudó en acercarse a abrazarla en mitad del pasillo. Elena no solo consintió aquella explosión de emotividad, sino que reaccionó desplegando un brazo para acogerla.

—¿Cómo ha sido? —preguntó la jueza.

—Según ha dicho el doctor Varela, fue exactamente como la otra vez, de repente abrió los ojos y preguntó dónde estaba.

Elena esbozó una sonrisa contenida de emoción.

—¿Puedo verla?

—Espera solo unos minutos. Tu padre está con ella mientras el médico hace unas comprobaciones de rutina. Ya sabes, reflejos y otras pruebas neurológicas. Después la sentarán en una silla. ¡Lo ha pedido ella! —exclamó entusiasmada—. Se la ve tranquila. Como si se hubiera levantado de una siesta —bromeó haciendo una mueca.

—¿Te importa que espere frente a la puerta de la habitación? —preguntó cauta.

—Mejor ven al control de enfermería. Aquí, con el trasiego de carros de la limpieza y personal sanitario, es un ir y venir constante de tropiezos.

Elena accedió. Se acodó en el mostrador y respiró con una tranquilidad que hacía mucho tiempo que no sentía. Cuántos momentos había pasado en los últimos días en aquel hospital. Desde el disgusto inicial, la incertidumbre, el sentimiento de soledad y, también, por qué no reconocerlo, los encuentros con Enzo Quiroga junto a la máquina de café.

Se preguntó qué estaría haciendo en ese momento. Debía hablar con él. Confirmarle que era inocente de la muerte de Melisa, que no había ningún cargo contra su persona. Que, en definitiva, era un hombre libre. «Libre», susurró una voz en su cabeza. La misma que en algún recóndito, diminuto y secreto lugar de su ser escondía el rostro de Enzo y que ahora le preguntaba: «¿Por qué no, Elena? ¿Qué motivos tienes ahora para decir que no?». Una sensación desconocida y maravillosa pareció adueñarse por completo de aquel momento de calma y quiso sonreír.

Iba a hacerlo cuando, una vez más, su atención voló con su mirada hacia la imagen que aparecía en la pantalla del ordenador de la enfermera. En ella, el *cruceiro de meniños* de O Souto Vello se prestaba como telón de fondo para la fotografía familiar de Felisa y sus padres. La diferencia en esta ocasión venía de la mano del ángulo en que se encontraba, tan cerca que pudo leer sin dificultad una fecha en la parte superior de la imagen. Probablemente, la fecha del día en que se había realizado la fotografía.

Elena enderezó la espalda y frunció el ceño.

—Perdona, Felisa, me habías dicho que en esa foto con tus padres celebrabais algo, ¿no?

—Sí, es un recuerdo muy especial. —Sonrió—. Celebrábamos un cumpleaños.

Elena leyó aquella fecha: 28 de febrero.

El comisario Carballo y dos agentes de uniforme y aire circunspecto avanzaban con paso ligero por el pasillo hacia donde ellas se encontraban.

Elena lo miró, incapaz de moverse ni decir nada.

—¿Estás bien? —preguntó Marco colocando una mano sobre el hombro de Elena.

No tuvo tiempo de contestar. El comisario se acercó a Felisa para decirle que necesitaba hablar con ella. Silencio y mal presagio. Sus palabras tenían el eco fúnebre de las malas noticias.

Elena no hizo ademán de alargar la oreja para husmear. El llanto de la enfermera, la forma en que intercalaba el nombre de su hermano y de su padre con agudos sollozos fue más que suficiente para entender qué había pasado.

Quiso abrazarla. Dio un paso al frente, pero se detuvo. Un batallón de enfermeras apareció de pronto con los brazos abiertos, dispuestas a entregar un verdadero cargamento de consuelo.

No fueron las únicas. Caminando con traje de dos piezas, americana y falda hasta la rodilla, una joven se acercó a aquel grupo que cerraba filas en torno a Felisa. Al verla, las demás abrieron un pasillo para que la enfermera se dejara caer en sus brazos.

Elena retrocedió y se acercó a Marco.

—¿Ha sido Xacobe? ¿Él acabó con Brais? —preguntó.

—Eso parece. Xacobe disparó a su propio hijo. Ruiz, después, no tuvo más opción que derribarlo de un disparo —contestó Marco.

—¿Ruiz? —preguntó ella con sorpresa.

—Sí, una vecina dio aviso a la policía al escuchar el primer disparo. Cuando llegó al lugar de los hechos, Xacobe ya había disparado a Brais y pretendía hacer lo mismo con Ruiz. Ha sido en defensa propia.

—Marco, el inspector Ruiz trabaja para Horizon —dijo ella con una expresión en el rostro que manifestaba dudas respecto a la versión dada por el policía—. Figura en la lista de receptores de cobros que me pasó el exempleado del banco.

Marco se pasó la mano por la barbilla e hinchó el pecho antes de liberar despacio el aire de sus pulmones. Elena se fijó en la forma que marcaban sus brazos, en la forma en que desafiaban cada uno de los botones de su camisa con saltar a un infinito desconocido.

—Lo tienes todo en el correo que te envié hace unas horas y que te adelanté en el audio —agregó ella.

—Cierto. Todo encaja. ¡Qué haría sin ti! —dijo y dibujó una sonrisa cómplice.

Elena esquivó su mirada y se limitó a darle un toque en el brazo.

—Entonces ¿quién está detrás de Horizon? —preguntó él—. Por ahora no hemos conseguido que los Raposo hablen.

—Tarde o temprano la alcaldesa o Ruiz nos lo dirán. No creo que sean tan leales a nada ni a nadie —dijo con una mueca subrayando la bajeza moral de ambos—. Pero yo tengo ya una teoría.

—Pues compártela —animó Marco.

—Diego Bergara.

Marco asintió despacio al tiempo que parecía atar cabos.

—Estamos jodidos —dijo el comisario.

Elena contrajo el gesto por la desazón que le provocaba intuir a qué se refería.

—Diego Bergara es intocable.

—Él mató a Melisa —afirmó Elena con amargura.

Marco apretó la mandíbula y giró la cabeza controlando el sentimiento furibundo que le generaba aquella información.

—El crimen de Melisa ha prescrito, Elena. Y ojalá me equivoque, pero tiene pinta de que ese cabrón se ha blindado bien para que no lo atrapemos por la muerte de Paulina ni por el entramado de blanqueo a través de Horizon.

Sabía que tenía razón. Aun así escucharlo la quemaba por dentro. Suspiró en silencio al tiempo que se apoyaba en la pared.

Marco llamó con una mano a los agentes que esperaban al lado del control de enfermería.

—Necesito que vayáis al escenario del crimen de los Verdeguel a recoger pruebas —ordenó—. Daré aviso para que se impida la salida de comisaría al inspector Ruiz hasta que yo vuelva de llevar a Felisa Verdeguel al reconocimiento de los cuerpos.

Miró una vez más a Elena. En verdad sufría al verla derrotada.

—Bueno, por otro lado —se dirigió a ella—, ya no cabe la menor duda de que Enzo Quiroga es inocente de todos los cargos. Alguien debería decírselo —le susurró con gracia en un oído.

Elena solo pudo acariciarle la cara.

Transcurrieron unos minutos hasta que una de las compañeras de Felisa resolvió acompañarla al depósito de cadáveres.

Al pasar al lado de Elena, la joven de mejillas coloradas que ahora lucía la pátina desolada de miles de lágrimas extendió una mano hacia la jueza a fin de encontrar más consuelo y el acento compasivo de su mirada.

Los gritos enloquecidos de un hombre inundaron el triste silencio del pasillo.

—Otro con alucinaciones —dijo una de las sanitarias hacia la mujer con traje—. Os vais a hacer de oro en el Centro Médico Social con tanto loco suelto.

Al escuchar aquel comentario, Elena observó con mayor interés a aquella joven de media melena oscura, flequillo recto y piel de porcelana. Entonces percibió una sonrisa escondida en su rostro de hielo que le encogió el estómago.

—Por cierto, enhorabuena por el cargo —continuó la enfermera señalando su atuendo—, aunque te echaremos de menos por aquí. Te lo mereces. Después de tanto trabajo como voluntaria nadie mejor que tú para ser la nueva responsable de Atención Farmacéutica del Centro Médico Social.

La joven dibujó una sonrisa sin reflejo en su mirada, pero que acentuó la presencia de un hoyuelo en una de sus mejillas.

Elena abrió los ojos de par en par.

Miguel salió de la habitación empujando una silla de ruedas desde la que Marian miraba con ternura la silueta de su hija de espaldas.

Entretanto, la mente de Elena bullía. Ya sabía quién era aquella joven. Se había cortado el pelo, lo llevaba más oscuro, pero era ella, la farmacéutica: «Emma Fonseca», murmuró más alto de lo que pretendía.

—Fonseca —repitió Marian.

Elena se giró.

—¡Mamá!

Elena se dobló para abrazar a su madre.

—Así se llamaba mi psiquiatra. Arturo Fonseca —vertió en el oído de su hija ajena a la importancia de sus palabras.

Frente al control de enfermería, Emma Fonseca se despedía de Felisa.

—Debo atender ese ingreso urgente en el Centro Médico Social —dijo—. Parece que opondrá resistencia.

La enfermera asintió con la mirada baja.

—Más tarde estaré contigo. —Trató de aliviar su pena con una caricia en la mejilla de su amiga—. Veo que conservas la fotografía que os hice en mi cumpleaños —añadió—. Increíble —hizo una breve pausa—, pronto cumpliré ya treinta años.

Emma Fonseca avanzaba por el pasillo con andar sereno y dos tacones rotundos.

Elena la seguía con la mirada mientras rodeaba con fuerza el cuerpo de su madre. Tenían tantas cosas de las que hablar. Era tan larga la sombra del dolor que debía dejar atrás... Nada que aquel abrazo y todo el calor que desprendía no ayudase a curar.

Una camilla cruzó el pasillo en dirección a los ascensores. Sobre ella, un hombre gritaba prisionero de perversas visiones que lo atormentaban.

—¡Es cosa de brujas! ¡Id al infierno! ¡Al infierno! —vociferaba con voz áspera en su delirante desesperación.

Elena no pudo ver de quién se trataba, pero recordó a Dante Bergara y a Lorenzo Quiroga en los días previos a su muerte. Los dos habían sufrido terribles alucinaciones. En el caso de Lorenzo, las pruebas de unas magdalenas de la comida de la Asociación de Micólogos de Cruces apuntaban a que habían sido provocadas. Por tanto, alguien utilizaba el poder de las hierbas y las setas de O Souto Vello para torturarlos.

Miguel cogió la mano de Marian y con dulzura la besó. Lejos de impedirlo, Marian demostró que le agradaba. Quizá por eso a Elena no le extrañó que él se ofreciera a llevarla a casa y a pasar la noche allí. Para que no estuviera sola, había dicho, aunque lo que en verdad temía era perder la oportunidad de compartir una vejez que quizá nunca llegase.

Se despidieron en la puerta del hospital.

—Nos vemos en casa en una hora —dijo Elena a sus padres.

Marian asintió con una sonrisa que parecía haber llegado para quedarse en su rostro.

—Descuida, hija. Sé que debes ir —arguyó con intuición.

Elena salió corriendo hacia el aparcamiento. La lluvia caía inclemente desde un cielo que se volvía más oscuro a cada minuto que pasaba.

Sentada frente al volante del coche, se soltó el pelo mojado, lo sacudió con los dedos haciendo saltar gotas de agua en todas direcciones y dejó la chaqueta sobre el asiento del copiloto. Dudó si remangar los puños de la camisa y acabó por desabrochar también dos botones del escote antes de arrancar.

Los magnolios de la entrada se agitaban con el gemido sordo de gruesas ramas en movimiento. La gran casa Quiroga se enfrentaba a la tormenta.

Tiró del freno de mano y en un segundo se encontró golpeando la gran aldaba de su puerta.

Una mujer uniformada con cofia blanca la invitó a entrar. Mientras esperaba buscó su reflejo en el espejo del vestíbulo para remover una vez más el pelo y darle algo de volumen. Se miró de arriba abajo y fue consciente del barro que llevaba en las botas. ¿Cómo no se había fijado antes en las salpicaduras que subían hasta la rodilla, probablemente a causa de la carrera por O Souto Vello? Alargó el cuello a izquierda y derecha confiando en que él todavía no se acercase. Abrió el bolso, sacó un pañuelo de papel y comenzó a limpiar el cuero negro de sus botas de caña alta. Primero una, luego la otra. Lo más llamativo al principio, con más ahínco después. Resopló y guardó el papel sucio en una diminuta bolsa de plástico que llevaba siempre para emergencias de ese tipo. Volvió a guardarla en un compartimento del bolso en el que encontró algo que no se esperaba. Se trataba de un bote de plástico etiquetado con el nombre de «Hipérico». O lo que era lo mismo: «hierba de San Juan».

Extrajo una de las cápsulas proporcionadas por Emma Fonseca y después rebuscó en el bolsillo del pantalón hasta dar con la que le había dado Amaro, el curandero. Ambas rodaron por la palma de su mano hasta encontrarse en el centro. Viendo las dos juntas, una al lado de la otra, pudo comprobar que tenían idénticas características.

Las devolvió al interior del bolso. Justo después reparó con la yema de los dedos que allí tenía otro pequeño frasco que le había entregado Emma Fonseca en la farmacia del hospital. Lo miró y leyó su etiqueta justo antes de verter unas gotas de aceite de romero y lavanda en el dorso de la mano.

Un carraspeo a su espalda la sobresaltó haciendo que el recipiente de vidrio cayera al suelo con el peor de los resultados posibles.

Enzo Quiroga arqueó una ceja.

La mujer uniformada apareció con un paño en la mano y, pese a toda la disposición del mundo para recoger los desperfectos, lanzó una mirada de reproche a Elena.

—¿Esto es lo que entiendes por romper el hielo? —dijo Enzo con una sonrisa traviesa.

Elena reparó en la forma en que la miraba y sintió una ola de calor que le subía hasta la cara. Él se fijó en su pelo suelto, en las gotas de lluvia que se deslizaban por su cuello y en el lento avance hacia su escote.

—Ya está, señor —dijo la empleada antes de perderse tras la misma puerta por la que había salido.

En ese momento los latidos en el pecho de Elena eran tan fuertes que llegó a preguntarse si él podría oírlos.

—Supuse que habías venido para decirme que era inocente —dijo con voz cálida y una mirada cargada de picardía— y ya de paso aceptar esa invitación pendiente para cenar. No podía imaginar que traerías también un presente —sonrió dando un paso hacia ella.

Elena retrocedió hasta quedar a un palmo de la pared.

—Exactamente, ¿qué contenía ese frasco? —preguntó Enzo.

—Aceite de romero y lavanda —contestó.

—Me gusta —dijo él acercándose un poco más a ella—. Me gusta mucho.

Elena parpadeó despacio respirando su fragancia a sándalo, sintiendo cómo se acercaba decidido, queriendo decirle que a ella la embriagaba aquel perfume, más que ningún otro y de una forma que no alcanzaba a entender.

Enzo pisó un cristal en el suelo. Levantó el pie y vio que en él había una etiqueta blanca. La recogió con dos dedos, la leyó para sí mismo y compuso un gesto ambiguo.

—Veo que ya conoces los remedios de Emma Fonseca —dijo alzando la vista hacia Elena—. Sin duda son dignos herederos del curandero de la isla, ¿no crees?

Elena recordó la vez que lo había visto hablando con la farmacéutica en el hospital.

—Cierto, tú la conoces —dijo ella.

—Trabajo, más bien, trabajaba para una empresa farmacéutica interesada en algunas de sus cremas.

—¿Trabajabas? —se sorprendió.

—He decidido embarcarme por completo en la industria del vino. Algo me dice que desde ahora disfrutaré de mi regreso a Cruces —respondió con una mirada traviesa por la insinuación de sus palabras.

Elena no se resistía a dejar pasar la oportunidad de recibir la información que necesitaba para completar el rompecabezas en torno a la figura de Emma Fonseca.

—¿A qué te refieres con que sus remedios son herederos del curandero? —preguntó.

—Según me contó ella misma, su padre era aficionado a la etnobotánica. Sentía especial respeto y admiración por el curandero que vive en O Souto Vello. Eso me contó el día que, «por casualidad», te encontrabas tras la cartelería de un congreso de cardiología —dijo con la sombra de una sonrisa en los labios.

Por un segundo Elena dudó si sonrojarse al saberse descubierta o fingir no haber oído nada. Se decantó por la segunda opción.

—¿Y de qué se conocían?

—Arturo Fonseca había sido psiquiatra del curandero en el Centro Médico Social. Desgraciadamente murió joven en un accidente de coche del que Emma sobrevivió. Por suerte, ella parece haber heredado el interés de su padre por las plantas y los remedios naturales de esta zona. Y lo cierto es que tiene un talento extraordinario.

Elena frunció el ceño, pensativa. Emma Fonseca había nacido el mismo día que ella. O al menos eso parecía tras ver la fecha de la celebración de su cumpleaños en el ordenador de Felisa: 28 de febrero. En cualquier caso, día arriba, día abajo, su nacimiento se había producido a finales de febrero de 1990. Su padre era Arturo Fonseca, el psiquiatra que había tratado a Marian, Jackie y Amaro en aquel tiempo. Un tiempo en el que, tal y como le había contado Miguel, ese médico acababa de perder el hijo que esperaba, de ahí la sensibilidad que había mostrado con Marian al verla embarazada a su ingreso en el Centro Médico Social. Elena hizo una cuenta rápida; si Marian había ingresado en octubre de 1989, y ese médico acababa de perder el hijo que esperaba, ¿cómo iba a ser el padre de una niña nacida en febrero de 1990? Era imposible. Por lo que solo quedaba una pregunta por hacer: ¿quién era Emma Fonseca?

48

Tras la tempestad, la calma se había instaurado en el silencio de nubes blancas. Sin lluvia ni viento azotando la isla, la niebla, y cuantos fantasmas en ella susurraban, avanzaba sigilosa e invencible, como un animal de vaporosas garras en su asedio al Centro Médico Social.

Con el cerrojo echado en la puerta del laboratorio, alargó la mano para alcanzar el portarretratos de la repisa que se suspendía en un rincón sobre la encimera metálica. Emma Fonseca no sonrió al ver la fotografía. La expresión de su rostro dominaba altas dosis de rencor frío en una mirada entornada. Frente a sus ojos, la imagen de un bebé con parte de la cabeza vendada que dormía en brazos de una mujer. A su lado un hombre con bata blanca agarraba la mano de la niña sin dejar de sonreír.

Con ayuda de unas pinzas, levantó las cuatro pestañas que sostenían en el dorso la espaldera del marco y la retiró. Allí, bajo la fotografía, guardaba el recorte de un periódico. En él, una noticia fechada el 23 de junio de 1992, cuya lectura abrasó sus ojos y liberó en el acto la maligna ponzoña que, tras años de espera, corría libre por sus venas.

Bajo un titular que rezaba: «Terrible accidente en el puente de la isla de Cruces acaba con la vida del doctor Fonseca y su esposa», la imagen en blanco y negro de una niña de dos años frente a un vehículo hecho un amasijo de hierros.

Guardó el recorte en el mismo lugar donde lo escondía y coronó la repisa de nuevo con aquella fotografía. Junto a ella, colocadas en orden cronológico, varias hileras de cintas magnéticas que recogían las sesiones terapéuticas que su padre, el doctor Fonseca, había grabado en varios años de profesión. La primera fila la integraban nombres, apellidos, fechas, en un *totum revolutum* al que no prestó demasiado interés. La segunda, en cambio, la ocupaba la extensa e interrumpida trayectoria de ingresos de Amaro Aralar, el curandero de Cruces.

Finalmente, pasó un dedo sobre cada una de las cintas que recogían las sesiones terapéuticas de la tercera altura, con un sentimiento tan hondo que la arañaba. Una a una paseó la vista por aquellos lomos escritos a mano con distintas fechas, desde junio de 1989 hasta junio de 1992. Todas de la misma paciente: Jacinta Noboa.

Emma detuvo la mano frente a la caja vacía donde debía guardarse la grabación del 23 de junio de 1992, la última sesión terapéutica de Jackie. Último día con vida del doctor Arturo Fonseca.

Abrió el convertidor de casetes a su espalda y extrajo aquella cinta para devolverla a su caja original, al lado de las demás.

Con gesto sobrio parecía mostrar satisfacción por haber hecho llegar la versión de Jackie a la jueza Casáis. Si era cierto lo que se decía de ella, si era tan incorruptible y perseguía la justicia, sin duda merecía saber qué había ocurrido con su tía Melisa. También el porqué de cuanto iba a suceder.

Cogió el montón de papeles que integraban la historia clínica de Jackie, le dio un golpe de canto contra el tablero y lo introdujo en un cajón del que colgaba un candado de seguridad. De nuevo a salvo.

Pasaron años hasta que entendió lo que había ocurrido con sus padres tras descubrir que no era su hija biológica. La clave había sido esa historia y todas las cintas que su padre guardaba de Jackie. Jackie, Jacinta Noboa, una niña de la que había abusado un hombre perverso para después arrancarle de los brazos a la pequeña criatura que él mismo había engendrado. Una niña que había sido encerrada y olvidada, condenada a la triste locura de quien vive entre nieblas, sin ver luz ni horizonte. Una niña que nunca llegaría a sentirse mujer y, sin embargo, que Emma Fonseca sabía que era su madre.

El doctor Fonseca habría intentado sacar la verdad a relucir, enfrentarse a quien nunca dejaría salir del Centro Médico Social a Jackie. Por eso había pagado un precio muy alto. Con su propia vida y la de su mujer. Pero también dejando sola a la niña que salvó una vez al recogerla de los brazos de un curandero que poco más podía hacer por una recién nacida después de rescatarla de la intemperie y la adversidad de una noche de invierno a los pies de un *cruceiro.*

Qué fácil había resultado ocultar las causas del siniestro. Tan sencillo como silenciar a todo aquel que viese o hablase más de la prudencia entendida y delimitada por quien gobernaba en la niebla, un criminal.

Emma Fonseca apretó el gesto y apartó varias gradillas con tubos de ensayo para despejar el frontal de tres recipientes de cristal, cada uno con un nombre y un apellido.

Tamborileó despacio con dos dedos sobre el metal de la encimera. Tictac, fijó la vista en el nombre del primer envase: Lorenzo Quiroga. En él, un compuesto a base de belladona y *Amanita muscaria*. No había sido difícil acercarse al salón de eventos de la azotea del Centro Médico Social el día de la comida de la Asociación de Micólogos de Cruces y cambiar las magdalenas dirigidas a su presidente. Tuvo claro cómo provocar el fracaso cardiaco al conocer que había sufrido un infarto tras haber sido cómplice de los Bergara. El síndrome muscarínico fue una elección muy acertada para acabar con él, así como dejar que antes se encontrara con los fantasmas que había tratado de enterrar.

Tictac, dibujó una sonrisa cruel y leyó el segundo: Dante Bergara. Asmático, acostumbrado a los cigarrillos de estramonio, había sido mucho más sencillo subirle la dosis de esa planta venenosa hasta provocarle las primeras alucinaciones. La madre de Felisa, ama de llaves en la casa Bergara, había resultado de gran ayuda sin saberlo. Ella se habría encargado de proporcionarle esos cigarrillos que ya ninguna farmacia dispensaba. De esa forma, él lentamente se había estado envenenando, abriendo una puerta a esos fantasmas que lo esperaban cada noche para devorarlo. Emma Fonseca recordó el momento en que, ya ingresado en el hospital de Cruces, había decidido acelerar su locura ungiendo su pecho con el ungüento de aquel recipiente a base de estramonio. Así, varias noches, hasta que las visiones le provocaron una crisis asmática de la que ella se encargó de que no recibiera asistencia médica.

Tictac, tictac, tictac. Agarró el tercer frasco de cristal y dibujó una sonrisa de medio lado que escondía diabólicos pensamientos. Lo desenroscó y preparó un linimento con el que proporcionar los cuidados necesarios a quien era propietario de aquellas instalaciones. El mismo que había entregado a la madre de Felisa y que, ajena a sus intenciones, le proporcionaba desde hacía días al señor de la casa creyendo que era loción para el afeitado. Agregó belladona, también estramonio y cuantas plantas estimó necesarias en una cocción propia de brujería con la que obsequiar al nuevo residente del Centro Médico Social.

Levantó la vista y advirtió su reflejo en el cristal de una vitrina. Había tanto frío penetrando en sus ojos como oscuras llamas en el fondo de su alma. El amanecer estaba cerca. Era la hora.

Dentro de la habitación dos técnicos sanitarios hacían esfuerzos sobrehumanos por ceñir gruesas correas a las muñecas y los tobillos de Diego Bergara.

Emma Fonseca entró y los saludó con un movimiento de cabeza antes de pedir que la dejaran a solas con él.

Abrió el frasco, lentamente, mirándolo a los ojos, viendo en ellos el instinto cruel que lo dominaba. Parsimoniosa, ungió las yemas de su mano enguantada y procedió a extender la crema por su cara.

Él escupía, movía la cara de un lado a otro.

—Te mataré, zorra, lo haré con mis propias manos —bramó Diego con espuma en las comisuras de la boca al tiempo que forcejeaba con las correas que lo ataban a la cama.

—Respira, Diego, respira, deja que los poros se abran —dijo ella y se humedeció los labios.

Diego Bergara se revolvía con la agitación propia de un demonio encadenado.

Emma, impasible, añadió más cantidad de linimento a su piel para restregarla como un autómata sin piedad, de mejilla a mejilla, cruzando su boca, dejando que la ponzoña de su mezcla llegara a su lengua de por sí venenosa, a su sangre, a su cabeza.

Hasta que él abrió los ojos. De par en par, desorbitados, prisioneros del terror que le producían las sombras, los susurros, las caras desfiguradas.

—¡Brujas! ¡Dejadme! —vociferó con el semblante descompuesto.

—Más alto, señor Bergara —pidió Emma inalterable—, los guardias y celadores de la planta de abajo todavía no lo han oído.

Un grito desgarrado cortó el aire. Agitado, Diego Bergara buscaba salvarse en bocanadas cortas. ¿Qué eran aquellas diabólicas visiones que no lo dejaban respirar?

Emma Fonseca levantó la barbilla, disfrutando de aquel momento. El momento de la condena.

Los técnicos uniformados, al escuchar los gritos, entraron para proteger a la responsable de Atención Farmacéutica del Centro Médico Social.

Diego Bergara la miraba con ojos de infierno y locura a partes iguales.

—Tranquilo —dijo ella pasándole una mano por la cara—, estaré aquí, a tu lado, mucho mucho tiempo. —Se recreó esbozando una sonrisa que escondía el oscuro placer que le provocaba su desesperación.

Elena necesitaba saber quién era Emma Fonseca. Por eso, nada más levantarse aquella mañana se dirigió hacia el Centro Médico Social en busca de la última respuesta que necesitaba.

Próximo al centro, sentado en un banco de piedra con la vista en un mar en calma, Amaro apoyaba las manos en su cayado.

Sin decir nada, Elena se sentó a su lado confiando en ver lo mismo que él miraba con tanta atención, sin saber que estaba a punto de hallar la respuesta que le faltaba.

A varios metros de distancia, sobre el sendero entablillado que bordeaba el agua, la niebla parecía retirarse al paso de una silla de ruedas. En ella, Jackie sonreía viendo un cielo que despuntaba azul en el brillo dorado del horizonte.

Emma Fonseca la empujaba con las manos en las empuñaduras.

—No te he dado las gracias por las fotos que hiciste a ese lugar en que han dejado a mi Melisa —dijo Jackie con la boca entreabierta y la mirada perdida entre copas de árboles inmensos.

La farmacéutica frenó la silla un momento y se colocó de cuclillas frente a ella.

—Eres libre, ¿lo sabes? —preguntó.

Elena pudo ver cómo Jackie asentía con torpeza y gesto de niña a aquella joven a sus pies, consciente del asombro que ralentizaba sus parpadeos y entreabría su boca.

—¿Me pones más de esa crema tuya en las manos? Me gusta como huele... me recuerda al verano —dijo Jackie acentuando una sonrisa de pueril travesura.

Emma depositó una nuez de crema a base de rosas y otras plantas de O Souto Vello en la cuenca de su mano. Una sombra cubrió el rostro de Jackie haciendo que ignorase el cosmético para centrar su vista en el flequillo de la joven. Sorprendida y confundida a partes iguales, apartó el pelo para descubrir la frente de Emma Fonseca.

Amaro y Elena seguían la escena con interés. Pues donde el primero parecía encontrar regocijo en una mirada que asentía al universo, la jueza trataba de entender esa última pieza del rompecabezas que estaba a punto de encajar.

El semblante de Jackie se contrajo con tristeza mientras acertaba a dar un beso en la cicatriz de la frente de la joven.

—Lo siento —musitó casi inaudible.

Emma Fonseca no dijo nada. Se limitó a esbozar una sonrisa agridulce lo suficientemente sincera para subrayar el dolor de una vida entera.

Elena abrió los ojos, cogió aire y lo retuvo en el pecho dos segundos. Ese beso, esa forma de besar su frente... era muestra de afecto maternal. No cabía duda. Se giró conteniendo la sorpresa en los ojos, y buscó la reacción de Amaro.

—Jackie y Emma Fonseca —balbuceó—. ¿Es posible? Usted lo sabe. Es su madre, ¿no es cierto? —preguntó al viejo curandero.

—No hay respuesta más sincera que la de una cicatriz que ni en mil vidas cierra.

La certeza se apoderó de Elena y entendió que el hombre que había separado a Emma de su madre era quien había encerrado a Jackie en aquel lugar. El mismo que, muy posiblemente, habría encargado a los Alacranes que se deshicieran de una recién nacida en la madrugada del 28 de febrero de 1990.

Gritos desgarrados, desesperación, desde la primera planta del Centro Médico Social, Diego Bergara se enfrentaba a los fantasmas que habitaban su locura. Alaridos de una bestia prisionera que rompían su voz obligando a un celador a cerrar la ventana. Elena levantó la vista incapaz de deshacerse del asombro que dominaba su cara cuando vio cómo las gaviotas reaccionaban a los gritos con graznidos al vuelo al tiempo que cuatro cuervos se posaban a placer en su alféizar.

Miró de nuevo a Emma, contemplando la delicadeza con la que extendía crema en las manos de Jackie. Ella le devolvió la mirada justo antes de dirigir sus ojos a aquella ventana cerrada. Fue así como las dudas de Elena se disiparon igual que la niebla de la mañana. No haría preguntas ni buscaría más respuestas. La respuesta que necesitaba estaba allí, ante ella, en las frías llamas de la venganza que ardían inclementes en el rostro de Emma Fonseca.

—Lo ha sentenciado —murmuró Elena.

Antes de contestar, el anciano asintió en un lento parpadeo.

—La justicia no siempre entiende de leyes.

Agradecimientos

La idea de esta novela se originó con una anécdota que encerraba la increíble fuerza de creencias y tradiciones que envuelven a mi querida tierra: Galicia.

Así empezó el fuego que alimentó durante días y noches la trama y cada uno de sus personajes. Gracias, Pablo Z, por la chispa necesaria.

Gracias a todos aquellos que han puesto a disposición de este proyecto su conocimiento.

A Elena Dorrego, mi imprescindible asesora jurídica, por atender cada una de mis preguntas con la paciencia y la pedagogía de una gran profesional sin perder la sonrisa imperecedera de una buena amiga.

A María de los Ángeles Romero, jefa de Patología Forense del Instituto de Medicina Legal de Galicia (IMELGA) en Pontevedra, por dar credibilidad a la trama, por cada duda despejada y por el tour en el IMELGA de Pontevedra, así como en los juzgados.

A María Sánchez por implicarse, primero como lectora, después prescriptora y, por último, la más eficiente facilitadora.

A Carlos Morla, catedrático de Botánica de la UPM, por guiar mi andadura en el fabuloso mundo de las plantas y por el excelso ejemplar de Dioscórides que no dudó en prestarme para profundizar en las virtudes, riesgos y secretos que cada especie guarda.

A Ana, técnico de la Oficina de Turismo de A Illa de Arousa, por dar a conocer con tal nivel de entrega y detalle la historia de la isla ligada a la fábrica de conservas Goday.

A Guimatur y a las mariscadoras de Cambados por su saber hacer y el cariño al trasladar cada anécdota de un día a día que afrontan incansables. Nunca olvidaremos la jornada de marisqueo. Sin duda, para repetir.

A Iria y a Corticata por mostrar con tanto cariño la isla de Cortegada; toda una inspiración que me ha permitido ambientar O Souto Vello.

A las Bodegas Attis por una visita y explicaciones clarificadoras.

A Álvaro Carou, porque es imposible querer más a su tierra: Vilagarcía de Arousa.

A Bibi y a Omar, por la rapidez con la que me proporcionaron las respuestas que en el ámbito farmacéutico necesitaba la historia.

A la señora Fina por las conversaciones de hospital y el recuerdo de años y tradiciones que no han de perderse nunca.

Gracias también a mi marido e infatigable compañero, Borja, por cada consejo y sugerencia siempre acertados.

Al equipo de edición de Suma dirigido por Gonzalo Albert, persona de extraordinaria valía humana y gran profesional. Gracias por la pasión con la que empuja cada novela.

Agradecimiento que quiero hacer extensible a todo el sello editorial de Suma y en concreto al departamento comercial de PRHGE. Muy especialmente a Ana, María, Cristina, Carlos, Paco y Diego, por la confianza, el cariño y hacerme sentir siempre en casa.

Gracias a mi querida Ángela por estar siempre ahí.

Y, por supuesto, gracias a ti, lector, por haber entregado tiempo y confianza, página tras página, hasta llegar aquí.

Este libro
se terminó de imprimir en España
en el mes de septiembre de 2022